Anne Lück

Jewel & Blade

Die Wächter von Knightsbridge

ANNE LÜCK

JEWEL & BLADE

DIE WÄCHTER VON KNIGHTSBRIDGE

Band 1

Ravensburger

MIX
Papier | Fördert gute Waldnutzung
FSC® C111262
FSC
www.fsc.org

1 3 5 4 2

Originalausgabe

Postfach 2460, D-88194

Lektorat: Tamara Reisinger (www.tamara-reisinger.de)
Umschlag- & Farbschnittdesign: Alexander Kopainski
unter der Verwendung lizenzierter 3D-Blätter von Carel Jordaan

Printed in Germany

ISBN 978-3-473-40215-1

ravensburger.com

Für Laura.
Danke für die immer wieder inspirierenden und buchproblemlösenden Spaziergänge!

Prolog

Als Thomas Gray an diesem Abend von der Arbeit nach Hause kam, spürte er direkt, dass irgendetwas anders war.

Er war müde von der langen Schicht im Restaurant, von den Gesprächen mit hochnäsigen Kunden und angespannten Kollegen und hatte eigentlich vorgehabt, sich nur noch vor dem Fernseher zu entspannen.

Aber kaum hatte er den ersten Schritt über die Schwelle seiner kleinen Wohnung gemacht, war da so ein Gefühl in seiner Brust. Ein Gefühl, dass etwas nicht stimmte.

Thomas blieb im Gang stehen, und als die Tür hinter ihm ins Schloss fiel, umfing ihn Dunkelheit. Sein Herz schlug mit einem Mal wild in seiner Brust, die Härchen auf seinen Armen stellten sich auf, während er in die Stille hineinlauschte. Aber obwohl er auch nach mehreren Sekunden nichts hörte, konnte er das Gefühl nicht abschütteln, dass jemand hier war.

Er lebte bereits seit ein paar Jahren allein, seit er damals das Haus seiner Eltern verlassen hatte. Hier in Margate hatte er noch kaum Freunde, die ihn besuchten, seine Familie war zu weit weg, um spontan vorbeizuschauen. Seine Wohnung war klein und spärlich eingerichtet, und das Haus machte auch nicht besonders viel her. Niemand würde hier einbrechen, denn bei Thomas gab es nichts zu holen.

Nichts, außer …

Plötzlich lief ihm ein eisiger Schauer über den Rücken. Er löste sich aus seiner Erstarrung und eilte mit großen Schritten ins Schlafzimmer, wo er zu dem kleinen Nachtschrank stürzte und die oberste Schublade aufriss. Erleichterung flutete ihn, als ihm dort ein goldenes Glänzen entgegenkam. Das Schmuckstück, das wertvolle Erbstück seiner Familie. Es war noch da.

Thomas atmete geräuschvoll aus und war versucht, sein seltsames Gefühl der Überarbeitung zuzuschreiben.

Doch da hörte er ein Geräusch hinter sich. Nur ganz kurz, ganz leise, sodass man es fast direkt wieder vergessen könnte. Im nächsten Moment spürte Thomas einen stechenden Schmerz in der Brust, von dem aus sich Wärme in seinem Körper ausbreitete.

Überrascht ließ Thomas den Blick nach unten wandern. Sah auf das glänzende Metall herunter, das aus seiner Brust ragte. *Ein Messer,* stellte er fest. Ihm ragte ein langes, blutbeflecktes Messer aus der Brust.

Jemand hatte es ihm von hinten durch den Körper gerammt.

Thomas spürte keinen Schmerz, aber seine Sicht verschleierte sich. Er taumelte, seine Beine gaben unter ihm nach, und dann stürzte er zu Boden. Nicht einmal den Teppich seines Schlafzimmers konnte er fühlen. Eigentlich spürte Thomas gar nichts mehr, außer der sich weiter ausbreitenden Wärme in seinem Oberkörper.

Nur noch verschwommen nahm er die Gestalt wahr, die hinter ihm gestanden hatte. Er konnte nicht sagen, ob es ein Mann oder eine Frau war. Nur dass sie groß und schlank war und dass sie noch immer das Messer hielt, das ihm eben noch in der Brust gesteckt hatte.

Lautlos machte sie einen Schritt über ihn hinweg, zu dem noch immer offen stehenden Nachttisch, und nahm das glänzende Schmuckstück an sich.

»Es tut mir leid«, flüsterte die Gestalt, deren Stimme er nur noch wie durch einen Wasserfall wahrnahm. »Aber es war nötig, dass du stirbst, Thomas Gray.«

Er verstand den Sinn hinter den Worten nicht – und das würde er auch nie tun.

Denn nur eine Sekunde später kippte Thomas' Kopf zur Seite, die Welt versank endgültig in Dunkelheit, und er starb auf dem blutdurchtränkten Teppich in seinem Schlafzimmer.

KAPITEL 1

Die *Lions Bar* am Alberts Dock war so voll, dass die Hintergrundmusik über das summende Stimmengewirr um uns herum kaum noch zu hören war. Als ich den Kopf von der Cocktailkarte hob, die ich eigentlich schon auswendig konnte, beugte meine beste Freundin Willow sich halb über den wackeligen Tisch zwischen uns, eine steile Falte zwischen den Brauen.

»Haben die ihre Preise etwa schon wieder angehoben?«

Ich konnte mir ein Schmunzeln nicht verkneifen, während ich mit den Schultern zuckte. »Sie können es sich offensichtlich leisten.«

Willow schnaubte und sah sich zwischen den Menschen um. Ich konnte in ihrem Gesicht genau ablesen, was sie dachte, und das nicht nur, weil ich sie seit meiner jüngsten Kindheit kannte. Willow war ein offenes Buch, sie konnte ihre Gefühle nur schwer verbergen. Das war schon immer so gewesen. Und jetzt, in diesem Moment, wünschte sie sich genau wie ich diese Zeiten ein wenig zurück. Wir waren schon als Jugendliche ständig hier gewesen, hatten Milchshakes getrunken und über Mitschüler gelästert. Damals war die *Lions Bar* noch nicht so von Touristen überrannt gewesen, und wir hatten immer einen Platz am Fenster bekommen, mit Blick über das Wasser. Aber das war nicht das Einzige, was ich an dieser Zeit vermisste.

»Ich nehme einfach noch ein Bier«, knurrte Willow und winkte dem Kellner, ehe der wieder von der Menschenmasse verschluckt wurde.

Wahrscheinlich würde es wie beim letzten Bier mindestens eine halbe Stunde dauern, bis es da war.

Ich ließ den Finger über den Rand der kleinen Gläser gleiten, aus denen wir vorhin Shots getrunken hatten, und spürte ein leichtes Rumpeln in meinem Magen. »Wie lange gehen deine Semesterferien eigentlich noch?«

»Zwei Wochen.« Sie lehnte sich auf ihre Arme und beobachtete mich über den Tisch hinweg skeptisch. »Und dass du so fragst, bedeutet wahrscheinlich, dass du nicht mit mir zurück nach Cambridge kommst?«

Um der Antwort noch eine Weile zu entgehen, leerte ich den letzten Schluck meines Bieres. Die wohlige Wärme des Alkohols und der vielen Menschen hier drinnen hatte mich bereits eine Weile umfangen. Ich war müde, und bis eben hatte ich mich auch sehr zufrieden gefühlt. Das tat ich immer, solange ich nicht damit konfrontiert wurde, dass ich irgendwann über meine Zukunft nachdenken musste.

Willow wartete geduldig, ohne mich aus den Augen zu lassen. Sie fuhr sich mit einer Hand durch die kurzen braunen Haare. Als sie das letzte Mal auf Heimaturlaub in Liverpool gewesen war, waren ihre Locken noch bis weit über die Schultern gefallen, jetzt gingen sie ihr gerade einmal bis kurz unter die Ohren. Ich fragte mich unwillkürlich, wie sehr sie sich noch verändern würde, während sie so weit weg von mir studierte. Ob sie beim nächsten Besuch ein Tattoo haben würde? Oder ein Nasenpiercing? In meinem Magen regten sich Gefühle, die eine seltsame Mischung aus Neid und Sehnsucht nach der Zeit waren, als wir beide noch Kreideblumen in unserem Innenhof gemalt hatten.

»Nein«, sagte ich langsam und gerade laut genug, dass sie mich gut verstehen konnte. »Ich komme nicht wieder mit nach Cambridge.«

Kurz konnte ich so etwas wie Enttäuschung in ihrem Gesicht aufblitzen sehen, dann zuckte Willow mit den Schultern und stützte das Gesicht auf die Hände. »Gar nicht mehr?«

»Ich weiß nicht.« Ein unangenehmes Kribbeln wanderte über meine Wirbelsäule.

Willow war seit ein paar Wochen wieder in Liverpool, und wir hatten es bis jetzt vermieden, über dieses Thema zu sprechen. Aber mir war klar gewesen, dass es aufkommen würde, wenn wir uns in unserer Lieblingsbar betranken. Ich hatte versucht, mich darauf vorzubereiten, hatte versucht, eine Antwort zu finden, aber jetzt konnte ich nur tief seufzen und sie entschuldigend ansehen. »Wärst du sehr wütend auf mich, wenn ich nicht wieder nach Cambridge komme?«

Willow wirkte eine Sekunde überrascht, dann wurden ihre Gesichtszüge weich. Sie beugte sich über den Tisch und griff nach meinen Händen. Mit warmen Fingern strich sie über die vielen Goldringe an meinen, während sie den Kopf schüttelte. »Komm schon, Harper. Wann war ich jemals wütend auf dich? So richtig wütend? Ich kann mich nicht an ein einziges Mal erinnern. Unsere Freundschaft ist wie aus einem kitschigen Rom-Com-Buch. Wenn du dein Studium endgültig hinschmeißen willst, bin ich sicher die Letzte, die dich aufhalten wird. Dessen kannst du dir sicher sein.

Ich mache mir nur Sorgen, dass du es aus den falschen Gründen machst.«

Ich spürte, wie meine Augenbrauen zusammenwanderten. Aber bevor ich nachfragen konnte, trat der Kellner an unseren Tisch.

»Zwei Bier«, bestellte Willow sofort mit einem breiten Grinsen. »Wir brauchen was für die Seele.«

»Damit kann ich auf jeden Fall dienen.« Der Mann lächelte und stellte die Shots, die er auf seinem Tablett getragen hatte, vor uns. »Von den Herren da drüben.« Er deutete auf eine Feiergruppe ein paar Tische weiter, die sofort die Arme in die Luft rissen und uns lachend und pfeifend winkten.

Ich presste die Lippen zusammen, um das Schmunzeln zu unterdrücken.

»Wie nett.« Willow nahm sofort ihr Gläschen und prostete den Männern zu. Sie waren sicher so um die Mitte zwanzig. Alle nicht ganz mein Typ, außer einem, der ganz außen saß und mir mit beinahe schüchternem Lächeln entgegensah und grüßend sein Bier hob.

Ich prostete ihm ebenfalls zu, dann kippten Willow und ich den Schnaps runter.

»Das Bier kommt gleich«, meinte der Kellner, bevor er sich wieder in die Menschenmenge stürzte.

»Die wollen bestimmt, dass wir mal rüberschauen.« Willow wackelte mit den Augenbrauen.

Ich drehte mich wieder zu ihr. »Hattest du nicht eine Freundin?«

»Das hast du falsch verstanden. Ich habe in der Uni eine Frau gedatet, aber das war nicht wirklich etwas Ernstes. Wir haben uns vor den Semesterferien darauf geeinigt, dass wir uns nichts schulden.« Sie nickte vergnügt zu dem anderen Tisch rüber. »Und ein paar von den Männern sind echt heiß, oder nicht?«

Ich musterte meine beste Freundin durchdringend. Eigentlich war sie nicht der Typ dafür, sich in belanglose Affären zu stürzen, deshalb ging ich davon aus, dass ihre Freundin wohl allein entschieden hatte, dass sie nicht zusammen sein sollten. Da Willow aber offensichtlich nicht darüber reden wollte, tat ich ihr den Gefallen und ließ das Thema unter den Tisch fallen.

»Okay, gehen wir rüber«, sagte ich deshalb. Als ihre Augen aufblitzten, schob ich hinterher: »Aber erst sagst du mir, was du damit meintest, was du gerade gesagt hast. Dass du Angst hast, dass ich aus den falschen Gründen mein Studium abbreche – was wären das denn für Gründe?«

Ihre Lippen kräuselten sich. »Na ja«, meinte sie gedehnt. Dann seufzte sie so tief, dass mir wieder etwas flau im Magen wurde. »Du hast damals, vor einem Jahr, alles aufgegeben. Und ich verstehe wirklich, warum du es getan hast. Du wolltest nach dem Unfall deiner Schwester für deine Familie da sein. Für deine Mum. Für das Geschäft eurer Familie. Das war großartig von dir, Harp.«

Wieder schloss sie die Hände um meine, und ich konnte nichts dagegen tun, dass die Erinnerungen auf mich einstürmten. Der Anruf, den ich damals im Wohnheim bekommen hatte – während ich mit Willow einen Schnulzenfilm geschaut und Karamellpopcorn gegessen hatte. Gott, ich konnte das Zeug seitdem nicht einmal mehr riechen. Es erinnerte mich viel zu sehr an diesen schrecklichen Augenblick.

»Aber Danica geht es gut«, fügte Willow eindringlich an. »Mittlerweile kommt sie mit ihrer neuen Situation klar. Deiner Mum geht es gut. Eurem Geschäft geht es auch gut. Die Wogen haben sich längst geglättet, aber du bist noch hier. Ich mache mir Sorgen, dass du für andere nicht mehr weitermachst.«

Ich öffnete den Mund, bekam aber erst mal kein Wort heraus,

also schüttelte ich nur schwach den Kopf. Als der Kellner mit unserem Bier kam, klammerte ich mich an das kalte Glas, um irgendwie Halt zu haben. »Das ist es nicht«, sagte ich nach ein paar Sekunden. »Nicht nur. Klar, ich habe deshalb alles auf Pause gestellt. Aber die Zeit in der Goldschmiede hat mich wieder daran erinnert, dass es eigentlich das ist, was mir Spaß macht. Der Schmuck, den ich mache, und die Arbeiten für die Kunden. Ich liebe das.«

»Klar, du hast als Kind schon selbst gemachte Ohrringe getragen. Die Libellenkette, die du mir in der Sechsten gemacht hast, habe ich immer noch.« Willow strahlte, und aus irgendeinem Grund wirkte sie beinahe erleichtert. »Also ist das jetzt dein Plan? Einfach die Schmiede deiner Mutter übernehmen?«

»Das will Mum nicht.« Ich zuckte etwas genervt mit den Schultern. »Sie will, dass ich studiere und etwas Ordentliches mache. Ich weiß, dass ich alt genug bin, um das selbst zu entscheiden, aber vielleicht hat sie auch recht damit. Vermutlich brauche ich einfach nur einen Plan B. Aber zu dem Englischstudium zurückzukehren, fühlt sich nicht länger richtig an. Keine Ahnung, was ich stattdessen machen soll … Ich hatte die Hoffnung, dass ich das noch etwas rausschieben kann.«

Willow nickte verständnisvoll. »Es kann nicht jeder das Glück haben, sofort zu wissen, was er mit seinem restlichen Leben machen will.«

So wie sie, die schon in der Grundschule jeden Tag lauthals verkündet hatte, dass sie einmal Lehrerin werden würde.

Ich lächelte ehrlich, während ich mich an die guten Seiten unseres gemeinsamen Studiums erinnerte. Dass ich mit Willow hatte zusammenwohnen können, die Studentenpartys, ein paar der Vorlesungen hatte ich auch interessant gefunden. Vielleicht wäre es doch gar nicht so schlecht, wieder zu studieren – wenn ich irgendwann wusste, was ich eigentlich wollte. Wenn ich bereit war, wieder in die Realität zurückzukehren.

Ich griff nach meinem Bierglas und grinste meine beste Freundin an. »Na los, lass uns mal sehen, was die Jungs da drüben so Nettes zu erzählen haben.« Ich deutete zu dem Nachbartisch, und einer der Männer rief sofort zu uns rüber: »Ja. Kommt, wir haben noch genug Platz auf unserer Bank!«

Willow grinste. »Da sie alle Fußballshirts tragen, kann ich mir die Themen schon vorstellen. Aber hey, lassen wir uns doch überraschen.« Sie hakte sich bei mir ein, als wir rübergingen und uns zu den Männern auf die Bank quetschten.

Ich genoss es, den Abend mit meiner besten Freundin verbringen zu können, ohne weiter an die Zukunft zu denken. Ich genoss die Gespräche um mich herum und das süße Lächeln des schüchternen Typen, der mir nach ein paar Minuten von seinem Studium in Medizintechnik erzählte und dabei ganz leuchtende Augen bekam. Irgendwann wurde die Musik lauter gedreht, und wir begannen zu tanzen, und ich konnte wieder wirklich alles loslassen.

Es tat gut.

Willow und ich gingen erst ein paar Stunden später nach der sicher fünften Runde Shots und dem vierten Bier. Ich fühlte mich gut, auch wenn wir uns ein wenig aneinanderklammern mussten, um einigermaßen unbeschadet nach Hause zu kommen. Das hielt uns aber nicht davon ab, die ganze Zeit zu lachen.

»Gott, das Dock ist so schön«, sagte Willow irgendwann, während wir am Wasser entlanggingen. »Eins der wenigen Dinge, die ich an Liverpool vermisse. Abgesehen von dir natürlich.« Sie knuffte mich grinsend in die Seite, und ich musste lachen.

»Na, das hoffe ich doch.«

Willow lehnte ihre Schulter gegen meine, während wir über das

Kopfsteinpflaster tanzten. »Wir waren lange nicht mehr im Boot deines Vaters«, kommentierte sie. »Liegt es hier noch am Albert Dock?«

»Klar«, brummte ich und konzentrierte mich auf den Weg, weil wir beide schon gefährlich schwankten. »Wenn es nicht jemand geklaut hat. Aber was soll man schon mit so einem alten Kahn?«

»Und noch dazu einem Kahn, der so mit Graffiti verschandelt ist?« Willow kicherte in ihre Faust.

Graffiti, die wir platziert hatten. Selbst jetzt, so viele Jahre später, konnte ich mich noch an die Wut in meinem Bauch erinnern, mit der ich die Wände verschandelt hatte. Mittlerweile konnte ich nur schwach darüber lächeln. »Es ist also auf jeden Fall noch da.« Als ich mich zu den Booten im Wasser umdrehte, bemerkte ich im Augenwinkel eine Bewegung aus der Richtung, aus der wir gekommen waren. Und plötzlich hatte ich das Gefühl, beobachtet zu werden. Aber als ich genauer hinsah, war da niemand. Vermutlich hatte ich mich doch getäuscht.

»Mhmm«, machte Willow neben mir zustimmend. Sie hatte die Augen geschlossen.

Ich lachte und stupste sie an. »Hey, nicht einschlafen. Allein kriege ich dich nicht nach Hause. Und ehrlich gesagt glaube ich, dass ich mich selbst auch nicht allein nach Hause kriege. Ich bin mir sicher, dass das Dock angefangen hat, sich zu drehen.«

Willow gab ein Grunzen von sich, öffnete aber glücklicherweise wieder die Augen. Aneinandergelehnt torkelten wir weiter. Mein Nacken prickelte noch immer, aber jedes Mal, wenn ich den Weg zurückblickte, war die Straße leer. Mein alkoholvernebeltes Hirn spielte mir offenbar Streiche.

Die kühle Nachtluft wehte mir um die Nase und ließ meinen Kopf wieder etwas klarer werden. Sobald wir das Dock hinter uns gelassen hatten, konnte ich mich wieder auf die vielen kleinen Läden konzentrieren, die rechts und links von uns an der Straße lagen. Und schließlich auf die Ladenfläche, über der in glänzenden Buchstaben »Bells Goldschmiede« stand.

Wir torkelten kichernd auf den Eingang daneben zu und schafften es nach ein paar Sekunden, einen unserer Schlüssel ins Schloss zu kriegen und in den Hausflur zu stolpern.

»Schhh«, machte Willow, obwohl sie viel lauter dabei war, die Treppe nach oben zu gehen, weil sie sich an dem klappernden Geländer festhielt. »Meine Mum bringt mich um, wenn sie uns hört.«

»Martha bringt dich nicht um. Sie macht dir höchstens eine deftige Suppe, damit du nach deinem Kater schnell wieder auf die Beine kommst«, sagte ich belustigt.

Im ersten Stock lehnte Willow sich an die Wohnungstür ihrer Familie und warf mir über die Schulter einen vorwurfsvollen Blick zu. »Zu dir und deiner Schwester ist sie so. Zu mir ganz sicher nicht.«

Ich klopfte ihr auf den Rücken, als ich an ihr vorbei zur nächsten Treppe ging. »Morgen Kaffee?«

»Aber nicht vor Mittag«, murmelte Willow, ohne mich anzusehen, und verschwand schon im Wohnungsflur.

Ich grinste, dann machte ich mich daran, die nächsten Stufen zu erklimmen. Zum Glück vertrug ich Alkohol besser als meine beste Freundin. Als ich in den Flur unserer Wohnung trat, war mein Blickfeld schon wieder fest, und mir ging es gut genug, um mich auf leisen Sohlen in mein Zimmer zu schleichen. Meine Mum war gerade zwar nicht da, da sie unsere Grandma in Ibworth besuchte, weit weg von der Zivilisation und jeglichem Empfangsbalken auf dem Handy. Aber meine Schwester Danica schlief bestimmt schon tief. Und ihre Gardinenpredigten waren für eine Sechzehnjährige um einiges schlimmer als die unserer Mutter.

Als ich das Zimmer betrat, hob unser Hund Reginald, der in dem Körbchen an meinem Fußende lag, nur kurz müde den Kopf, bevor er sich wieder zusammenrollte.

Ich grinste und ging ins Bad, um mir die Zähne zu putzen und in meinen Pyjama zu schlüpfen. Aber kaum hatte ich in meinem Zimmer das Licht gelöscht, kam mir das Gespräch mit Willow wieder in den Sinn. Ich setzte mich auf die Bettkante und starrte die Lichterketten an, die ich um mein Bettende geschlungen hatte, und dachte an das Gespräch mit meiner Mum. Daran, wie sie gesagt hatte, dass Goldschmieden ihr Traum war und ich mich davon nicht beeinflussen lassen solle. Dass ich meinen eigenen Weg gehen solle, auch wenn sie wusste, dass es mir in den Fingern kribbelte, mit dem Goldschmieden weiterzumachen. Einfach stundenlang in der Werkstatt im hinteren Bereich unseres Ladens zu sitzen und Schmuck zu machen. Ich war damals wirklich wegen meiner Schwester zurückgekommen, aber ich war nicht so unglücklich darüber gewesen, wie Willow befürchtet hatte.

Ich ließ mich auf den Rücken fallen und versuchte, die Gedanken wieder loszuwerden, die Gedanken an meine Zukunft, aber es funktionierte nicht. Ich war schon wieder zu nüchtern. Und noch dazu war ich mir ziemlich sicher, dass gerade irgendetwas aus dem Erdgeschoss nach mir rief.

Die goldenen Ohrringe vielleicht, die ich am Nachmittag angefangen hatte.

Ich warf einen Blick auf meine Uhr. Kurz nach zwei. Viel zu spät, um noch einmal in die Schmiede zu gehen. Aber wen kümmerte es schon? Ich konnte gerade sowieso nicht schlafen.

Als ich aufstand und in meine Strickjacke und meine Slipper

schlüpfte, hob Reginald wieder den Kopf und wirkte beinahe etwas vorwurfsvoll. Er war so alt, dass die Haare an seinem Schnauzer schon komplett grau waren.

»Ich komme bald wieder«, flüsterte ich, auch wenn er das wahrscheinlich nicht verstand. Aber als ich auf den Flur zuging, hörte ich direkt sein Tapsen hinter mir und drehte mich wieder um. Er sah mich mit großen Augen an, die keine Widerrede zuließen.

Mein Herz war zu weich für dieses Tier.

»Okay«, murmelte ich und hob ihn hoch, damit er mit seinen alten Knochen die Treppe nicht mehr selbst gehen musste. »Aber kein Gebell, hast du verstanden?«

Und während ich nach unten ging, stieg wieder das warme Kribbeln in meinem Inneren auf, das ich immer fühlte, wenn ich in die Schmiede trat.

KAPITEL 2

Reggie bellte. Es war das raue Geräusch eines alten, hustenden Mannes, der sein Leben lang viel zu viele Zigaretten geraucht hatte.

Ich schreckte so heftig auf, dass ich die Werkzeuge, die auf dem Werktisch unter mir gelegen hatten, zu Boden fegte. Mein Herz hämmerte von innen gegen meine Rippen, und ich brauchte einen Moment, um mich zu orientieren. Neben mir flackerte ein Licht, und als ich mich ihm panisch zuwandte, erkannte ich darin die alte Arbeitslampe, die schon seit Monaten einen Wackelkontakt hatte. *Unsere Werkstatt. Ich war in unserer Werkstatt.*

Mein stoßweiser Atem beruhigte sich nur langsam, als ich mit einer Hand meinen schmerzenden Nacken massierte und versuchte, die Situation zu verstehen. Offensichtlich war ich bei der Arbeit eingeschlafen. Der Schmuck lag auf der dunklen Unterlage, mit der ich die Arbeitsfläche abgedeckt hatte: zwei filigrane Schmetterlingsohrringe aus goldenem Draht, verziert mit winzigen Steinen. Es war mir noch nie passiert, dass ich einfach am Tisch eingeschlafen war, und das war nicht das Einzige, was mir Kopfzerbrechen bereitete.

Was hatte ich da gerade geträumt?

Die Erinnerung verblasste bereits, vor meinem inneren Auge waren nur noch Schatten, Dunkelheit und dann ein grelles, aufflackerndes Licht, das beinahe an Feuer erinnert hatte. Ich seufzte tief und rieb mir die Augen. Mein Handy, das neben mir auf dem Tisch lag, zeigte bereits kurz nach vier Uhr. Es war also mitten in der Nacht, beinahe schon morgens. Ich lauschte, aber das Haus lag in vollkommener Stille, wie es zu erwarten gewesen war. Abgesehen von dem erneuten Bellhusten hinter mir.

Ich drehte mich schwerfällig auf meinem Schreibtischstuhl um. Bis auf das flackernde Licht war die kleine Werkstatt unserer Familie in Dunkelheit getaucht. Nur ein schwacher Schein beleuchtete die Werkzeuge, die fein säuberlich an der Wand hingen, und auch die, die sich auf der Werkbank und nun auch auf dem Boden verteilten, als wäre ein Sturm darübergefegt. Neben dem zweiten Arbeitsplatz, an dem sonst meine Mutter saß, gab es hier nur noch eine Vitrine für den fertigen Schmuck, die Tür zum Materiallager und einen kleinen, runden Teppich in der Mitte des Raumes, auf dem Reggie saß. Als ich ihn anblickte, schnippte sein Schwanz von der einen zur anderen Seite, der klägliche Versuch eines Wedelns. Der Hund war älter als das Haus, unter dessen Dach wir uns befanden, und das war ihm nicht nur an den drahtigen Haaren anzusehen, die seine vorher schwarze Schnauze in den letzten Jahren grau gefärbt hatten.

»Kumpel, wir hatten darüber gesprochen«, sagte ich und unterdrückte ein Gähnen. »Wenn du hier hinten schlafen willst, während ich arbeite, gibt es kein Gebell. Sollte ich hier einen Herzinfarkt kriegen, werde ich stundenlang nicht gefunden.«

Schnipp. Reggies Schwanz wechselte wieder die Seite. Er hechelte schwerfällig, und seine angegrauten Ohren zuckten.

Ein erneutes Seufzen stieg in mir nach oben. »Schon verstanden. Du brauchst eine Gassirunde.«

Ich drehte mich zu dem Fenster um, das direkt hinter meinem Arbeitstisch lag und zum Innenhof hinauszeigte. Es war so stockdunkel draußen, dass ich nur meine eigene Spiegelung darin sehen konnte. Meine rotblonden Haare waren zerzaust, und ich hatte Striemen in meinem totenblassen Gesicht. Wenn jemand mich so sah, würde er mich wahrscheinlich für untot halten. Andererseits war es mitten in der Nacht, der Laden war abgeschlossen, und im Hausflur war sicher auch niemand mehr unterwegs. Also, wer sollte mich schon sehen?

Ich erhob mich ächzend, weil mein Fuß in der unbequemen Haltung eingeschlafen war, und Reggie legte den Kopf schief. Beinahe, als wollte er mich fragen: *Na, wer von uns ist jetzt alt?*

»Du. Du bist der alte Mann. Und jetzt lass die Blicke, sonst kannst du allein sehen, wie du die Tür zum Hof aufbekommst.« Ich griff nach der Taschenlampe, die an der Wand hing, klemmte sie mir zwischen die Zähne, Reggie unter den Arm, und öffnete die Tür, um ihn die drei Stufen nach oben zu tragen.

An die Werkstatt war ein dunkler Flur angeschlossen. Die Tür zum Ladenbereich unserer Familiengoldschmiede stand offen, und das Licht des Mondes und der Straßenlaternen beleuchtete den hellen Holzboden. Die Schatten der auf die Glastür geklebten Buchstaben wurden ebenfalls auf das Holz geworfen: *Bells Goldschmiede* stand dort, verschnörkelt und lang gezogen.

Reginald hechelte unter meinem Arm etwas heftiger, und ich beeilte mich, ihn im Flur wieder abzusetzen. Kaum berührten seine Pfoten den Boden, tippelte er auch schon los. Ich folgte ihm den schmalen Gang entlang zu der Hintertür, die unsere Goldschmiede mit dem Hausflur verband. Dort wartete Reggie geduldig, bis ich ihm aufgemacht hatte, nur um dann schnurstracks weiterzutippeln, am Aufzug vorbei und zum Hinterausgang, der zum Innenhof führte.

Ob Danica sich wunderte, dass ich nicht nach Hause gekommen war? Ging sie davon aus, dass ich mit Willow länger weg war? Oder vermutete sie, dass ich danach noch in der Werkstatt versackt war? Das hatte ich im letzten Jahr – nach ihrem Unfall – schließlich oft getan, vor allem wenn meine Mum nicht da gewesen war. Noch vor zwei Tagen hatte Danica mich deshalb zur Schnecke gemacht, weil sie der Meinung war, dass ich zu viel arbeitete. Himmel, selbst meine Mutter war der Meinung gewesen, dass wir einfach einmal zwei Wochen geschlossen haben konnten, während sie unsere Grandma besuchte. Aber ich hatte mich direkt dagegen gewehrt. Nicht nur, weil wir das Geld sicher ganz gut gebrauchen konnten … Ich liebte es auch, hier zu sein. An Schmuck zu arbeiten, ihn zu formen, zu reparieren, schöner zu machen. Ich hatte es schon als Kind geliebt, meiner Mutter dabei zuzusehen, und sobald ich die Werkzeuge selber hatte halten können, hatte ich sie auch schon angefleht, mir alles beizubringen.

Was sie auch getan hatte. Trotzdem wollte sie nicht, dass ich meine Zukunft und mein ganzes Leben hier verbrachte. Erst recht nicht nachts. Meine Mutter hätte wahrscheinlich einen Anfall bekommen, wenn sie gewusst hätte, dass ich so spät noch in der Goldschmiede war.

Ein frischer Wind umspielte meine Beine, als ich die Tür öffnete. Reggie kam sofort in Bewegung, humpelte nach draußen, den gepflasterten Weg hinunter, und dann verschluckte ihn die Dunkelheit der Nacht. Der Innenhof war groß, und zwischen dem Fahrradhäuschen, den vielen Gartenmöbeln und den rechts und links angelegten Büschen konnte Reggie leicht verschwinden.

»Nicht so schnell, alter Mann«, zischte ich, schlang die Arme um meinen Oberkörper und eilte ihm nach.

Obwohl es bereits Juni war und wir mehr und mehr sonnige Tage bekamen, lag Liverpool doch direkt am Meer, und die kühle Küstenluft machte die Nächte ungemütlich. Aber es war nicht nur das, was mich frösteln ließ. In der Stille unseres dunklen Hofes waren meine Gedanken wieder zu dem Traum gewandert, der mir immer noch in den Knochen saß. Vor allem dieses beklemmende, ungute Gefühl ließ mich einfach nicht los, egal, wie sehr ich versuchte, es abzuschütteln.

Ich knipste die Taschenlampe an, um die Büsche vor mir auszuleuchten. »Reggie? Wo steckst du schon wieder?«

Die Antwort war ein Rascheln und ein zufriedenes Grunzen, das irgendwo aus der linken Hälfte unseres Gartens kam. Einer unserer Nachbarn hatte den Rasen frisch getrimmt, aber an die Rosenbüsche meiner Mutter traute sich in deren Abwesenheit niemand heran. Sie waren das Heiligtum des Hofes, das wusste im Haus jeder, und Reggie musste jetzt irgendwo zwischen ihnen nach dem perfekten Ort für sein Geschäft suchen.

Hoffentlich beeilte er sich bei seinem Toilettengang, damit ich endlich ins Bett konnte. Allmählich kroch mir die Müdigkeit doch wie Blei in die Beine.

Ungeduldig verlagerte ich mein Gewicht von einem Bein aufs andere und wieder zurück, damit die Kälte nicht an ihnen heraufkriechen konnte. Als ich gerade darüber fluchen wollte, dass ich mir nicht zumindest noch eine Jacke übergeworfen hatte, hörte ich plötzlich ein Geräusch.

Zuerst dachte ich, dass es Reggie war, der von seiner Pieselmission zurückkam. Dann aber wurde mir klar, dass das Geräusch nicht aus dem Hof kam, sondern aus dem Haus hinter mir. Überrascht blickte ich über meine Schulter zur offen stehenden Tür.

Ich konnte den Gang von meiner Position aus gut sehen, aber er war nach wie vor dunkel, und in den Schatten war keine Bewegung auszumachen. Ich lauschte weiter, und erst nach ein paar Sekunden erkannte ich das Geräusch als ein … Rütteln? Jemand schien an der Tür zu rütteln. Einmal, zweimal, dann gab es eine Pause, und dann war das Rütteln wieder da.

Ein Anwohner, der seinen Schlüssel vergessen hatte? Oder ihn nicht ins Schloss bekam, weil es so dunkel war und er … na ja, um diese Uhrzeit vielleicht betrunken?

Ich sah zurück zum Hof, aber Reggie war anscheinend noch nicht fertig. Deshalb machte ich kehrt und lief in den Hausflur. Ich wühlte in meiner Hosentasche und bekam den Schlüssel in die Finger. Wenn die Tür abgeschlossen war, konnte ich den armen Tropf, wer auch immer es war, wenigstens hier reinlassen. Wahrscheinlich einer der Studenten aus der WG über uns. Die waren um diese Uhrzeit eigentlich meistens noch wach.

Während ich auf die Tür im Hausflur zuging, legte sich allerdings ein merkwürdiges Gefühl über mich. Erst konnte ich nicht so richtig ausmachen, was genau es war – doch nur wenige Schritte vor Ende des Ganges verstand ich es. Die Eingangstür bewegte sich nicht. Das Rütteln war noch zu hören, aber es wirkte ferner und kam von links.

Das hieß, dass jemand an der Tür der Goldschmiede rüttelte.

Meine Muskeln spannten sich an, und eine Gänsehaut kribbelte über meinen Rücken. Bilder von unserem Laden voller Glasscherben tauchten vor meinem Auge auf. Gott, der Traum vorhin machte mich schon paranoid, wahrscheinlich hatte sich nur jemand in der Tür vertan, aber ich konnte die Nervosität in mir nicht wegschieben.

»Reggie«, zischte ich in Richtung Hof, aber viel zu leise, als dass er mich hätte hören können. Und selbst wenn, hätte er seinen Toilettengang sicher nicht unterbrochen, um mir zu Hilfe zu eilen. Er war einfach nicht zum Helden geboren.

Also knipste ich die Taschenlampe aus, schlich zur Tür der Schmiede und dann durch den Gang dahinter. Mein Herz hämmerte in meiner Brust, während ich mich dem Rütteln näherte. Als ich endlich an den Toiletten vorbei war, sah ich bereits die Schatten, die die Laternen auf den Boden unserer Ladenfläche warfen. Neben der Schrift, die vorher schon da gewesen war, waren nun auch die Schemen eines großen Menschen zu erkennen. Ein großer Mensch, der an unserer Tür stand und an ihr rüttelte.

Meine Nackenhaare stellten sich auf. Sollte ich die Polizei rufen? Die Alarmanlage auslösen? Aber wenn es wirklich nur ein Betrunkener war, der sich in der Tür geirrt hatte, konnte das unangenehm werden. Ich musste zumindest einen Blick riskieren.

Also drückte ich mich an die Wand im Flur und lugte ganz vorsichtig um die Ecke in die Ladenfläche.

Es war ein Mann, der vor unserem Laden stand, zumindest der Statur nach. Er hatte immer noch eine Hand auf der Klinke. Gerade drückte er sie noch einmal hinunter, und es sah aus, als würde er mit irgendetwas im Schloss herumfummeln. War das wirklich nur ein Betrunkener oder versuchte er ernsthaft, hier einzubrechen?

Mein Hals fühlte sich trocken an, und mein Herz machte einen unangenehmen Hüpfer. Bis auf die tief gezogene Kapuze seines Pullovers war wirklich nichts an ihm zu erkennen. Sein Gesicht lag komplett im Schatten.

Dann legte er plötzlich eine Hand auf das Glas. Erst eine Sekunde später merkte ich, dass er gerade versuchte, in den Laden zu schauen, und zog so schnell wie möglich den Kopf zurück. Wahrscheinlich konnte er mich durch die Dunkelheit hier drinnen sowieso nicht sehen, aber mir war bereits die Angst so tief in die Glieder gefahren, dass ich nicht mehr richtig denken konnte.

Was sollte ich bloß tun? Doch die Polizei rufen? Oder konnte ich ihn irgendwie anderweitig verscheuchen?

Mein Blick fiel auf den Lichtschalter auf der anderen Seite des Flures. Ob das reichen würde?

Just in diesem Moment entschied sich Reggie, seine Pinkelpause zu beenden. Er kam über den Flur getapst, schüttelte sich kurz und blickte dann zu mir auf, als hätte er gerade erst gemerkt, dass ich da war. Sein Schwanz schnippte wieder fröhlich in die andere Richtung. *Was für ein Wachhund.*

Das Rütteln auf der anderen Seite des Ladens setzte wieder ein, offensichtlich hatte unser Einbrecher noch nicht aufgegeben. Leider schienen die Geräusche jetzt auch bei Reggies alten Ohren angekommen zu sein, denn sie stellten sich auf. Er knurrte. Und dann schoss er, schneller als ich es ihm zugetraut hätte, um die Ecke in den Laden hinein. Sein hustendes Bellen erfüllte sofort den Raum.

Ich war ziemlich sicher, dass der Opahund meiner Familie nicht ausreichen würde, um einen echten Einbrecher zu verscheuchen. Dafür war er wirklich zu wenig angsteinflößend und zu langsam. Aber in Kombination mit dem Licht würde es vielleicht ausreichen. Also stürzte ich nach vorn und betätigte den Schalter, und sofort war die Ladenfläche unserer Schmiede hell erleuchtet.

Wie immer funkelte das Deckenlicht in den vielen mit Ringen und Ketten gefüllten Vitrinen und erzeugte einen Regenbogen aus glänzenden Lichtern. Ich wartete drei Herzschläge lang, dann machte ich einen Schritt um die Ecke.

Reggie stand an der gläsernen Eingangstür und bellte immer

noch. Aber ich stellte mit Erleichterung fest, dass dahinter niemand mehr zu sehen war. Die Straße vor der Schmiede war leer.

»Fuck«, murmelte ich und durchquerte den Raum, um den bellenden Reggie vom Boden aufzuheben. Er zitterte in meinem Arm wie Espenlaub, und ich rechnete ihm hoch an, dass er trotzdem todesmutig versucht hatte, den Laden zu verteidigen.

Selbst mein Atem ging immer noch stoßweise, und mein Herz hatte sich längst nicht beruhigt.

Zur Sicherheit überprüfte ich noch einmal die Tür, die nach wie vor verschlossen war. Dann erst ging ich mit wackeligen Beinen zurück in den Flur und löschte das Licht wieder. Ein paar Sekunden blieb ich noch stehen und drückte Reggie, der immer noch Knurrlaute von sich gab, an meine Brust. Ich lauschte, falls der Typ vielleicht doch noch zurückkam, aber als nichts passierte, ging ich zum Hausflur.

Selbst wenn er es noch einmal versuchte – unsere Alarmanlage würde ihn aufhalten. Das redete ich mir zumindest ein, während ich alle Lichter löschte und Türen schloss, ehe ich die Treppe hinaufstieg. Reggie schien sich auf meinem Arm langsam zu beruhigen, aber ich konnte das erst, als sich die Tür unserer Wohnung hinter mir geschlossen hatte. Ich lehnte mich gegen das Holz und atmete lang und tief durch, bevor ich Reggie absetzte. Ihm war der Vorfall im Laden gar nicht mehr anzusehen, denn er tapste sofort in Richtung Wohnzimmer, wo er sich im Dunkeln wahrscheinlich in seinem Körbchen zusammenrollte.

Ich wusste nicht, warum, aber meine Nervosität trieb mich in den hinteren Bereich unserer Wohnung, wo ich so leise wie möglich die Tür zum Zimmer meiner Schwester öffnete. Wie erwartet lag Danica im Bett, die Decke hob und senkte sich sanft. Ihr Rollstuhl stand schief daneben, was ein Zeichen dafür war, dass sie sich selbst ins Bett umgesetzt hatte. Gerade war eigentlich Mums beste Freundin und Willows Mum Martha jeden Abend bei uns, um Essen zu machen und Danica zu helfen. Darauf hatte Mum bestanden – trotz Danicas Einwand, dass sie mit sechzehn Jahren keinen Babysitter mehr brauchte. Meine Schwester hasste es, wenn andere sich zu viel um sie kümmerten. Seit sie im Rollstuhl saß, hielten ihr alle Leute ständig die Türen auf, und meistens ging ihr das gehörig auf die Nerven. Offenbar glaubte niemand, dass sie in der Lage war, noch irgendetwas selbst zu tun. Dabei hatte meine Schwester sich bereits an ihre neue Lebenssituation gewöhnt, als der Rest der Familie – Mum und ich – noch unter Schock standen. Selbst jetzt, als meine Gedanken die Erinnerung nur streiften, gefror mir das Blut in den Adern.

Schnell verdrängte ich die Gedanken wieder. Danica ging es gut. Sie war in Sicherheit. Hier oben würde niemand einbrechen, und im Laden war die Alarmanlage. Es gab also keinen Grund, mir Sorgen zu machen.

So leise wie möglich schloss ich die Tür und schlich in mein eigenes Zimmer rüber. Die Tür ließ ich einen Spalt offen, falls Reggie nachts in mein Zimmer kommen wollte. Dann schaltete ich wie jeden Abend die Lichterketten über meinem Bett an und kuschelte mich unter die Decke. Mein Herz hatte sich inzwischen fast vollständig beruhigt, und noch während ich mich in die Kissen sinken ließ, traten die Gedanken an den Fasteinbrecher und Danicas Unfall in den Hintergrund.

KAPITEL 3

»Du siehst beschissen aus.« Meine Schwester Danica grinste breit, als ich in die Küche trat. Sie hatte sich hübsch gemacht, wie immer. Ihre Haare, die etwas tiefer rot waren als meine, waren zu einem ordentlichen Zopf geflochten, der ihr über die Schulter auf die Brust fiel. Sie trug ein Kleid, das ihre schmale Figur betonte, war leicht geschminkt, und an den Fingern saßen geschwungene Goldringe. An jedem Finger einer – alle von mir gemacht. Gegen sie stank ich in meiner alten Jeans und dem ausgewaschenen T-Shirt ziemlich ab, und das nicht nur, weil ich einen wahnsinnigen Kater und bestimmt Augenringe bis zu den Knien hatte.

»Vielen Dank auch«, murmelte ich sarkastisch.

Es war irgendwann am Vormittag, ich hatte nicht auf die Uhr gesehen, als ich aufgestanden war. Aber wahrscheinlich war es schon beinahe Mittag, denn Willows Mutter Martha stand bereits am Herd. Sie schenkte mir ein Lächeln. »Na, hattet ihr zwei einen guten Abend?«

Ich ließ mich an den Tisch fallen. Obwohl Willow und ich beide volljährig waren und uns sicher nicht mehr rechtfertigen mussten, wollte ich ihr auch nicht auf die Nase binden, wie sehr wir uns abgeschossen hatten. Also meinte ich nur: »Ja. Wir haben ewig gequatscht.«

Als Martha sich wieder den Spaghetti zuwandte, zog Danica die Augenbrauen nach oben. »Siehst aus, als hättet ihr mehr als gequatscht.«

Ich zeigte ihr wenig galant den Mittelfinger, bevor ich zu Martha sagte: »Du musst nicht immer für uns kochen, nur weil Mum eine Weile weg ist. Wir können uns mittlerweile ganz gut selbst verpflegen, und das ist doch immer ein riesiger Aufwand für dich.«

»Einen Stock nach oben zu kommen? Unsinn.« Sie lachte, als sie den Topf vom Herd schob. »Außerdem freue ich mich, dass ich mal wieder jemanden hab, für den ich kochen kann. Seit Willow studiert, koche ich fast nur noch für mich.«

Ich stützte das Kinn auf meine Hand und hütete mich, weiter zu protestieren. In Wahrheit würden Danica und ich uns wahrscheinlich von Käsetoast und Gurken im Glas ernähren, wenn Martha nicht für uns kochen würde. Meine kurze Studentenzeit hatte das bewiesen. Ich bekam nicht einmal Rührei hin, und um meine Schwester stand es leider nicht viel besser. Wir waren zu verwöhnt von unserer Mutter.

»Wo ist Willow eigentlich?«, wollte Danica wissen.

Ich war mir sicher, dass sie mit einem Mordsschädel im Bett lag, verkniff mir den Kommentar aber mit einem Grinsen.

Martha schnaubte, als sie den großen Soßentopf auf den Tisch hievte. »Sie hat noch geschlafen, als ich hochgekommen bin. Vielleicht kannst du sie kurz holen, Harper-Schatz?«

»Klar«, gab ich knapp zurück. »Wenn ich sie aus dem Bett kriege.« Ich erhob mich vom Tisch und ignorierte die hochgezogenen Augenbrauen meiner Schwester, als ich in den Flur schlurfte, um in meine Schuhe zu schlüpfen.

Zu meiner Überraschung kam Willow mir schon im Treppenhaus entgegen, ohne dass ich minutenlang an ihrer Schulter rütteln musste. Sie sah so zerzaust aus, wie ich es vermutet hatte, aber mein Grinsen verblasste schnell, als ich ihren Gesichtsausdruck bemerkte. Ihre Augen waren aufgerissen, und wir blieben gleichzeitig stehen und starrten uns an, nur wenige Treppenstufen voneinander entfernt.

»Was ist?«, fragte ich alarmiert.

Meine beste Freundin räusperte sich. »Das … das *Lions* ist abgebrannt.«

Mir klappte der Mund auf. Es dauerte ein paar Sekunden, bis ich ihre Worte so richtig verstanden hatte, dann schüttelte ich langsam den Kopf. »Nein. Wir … wir waren doch gestern Nacht …«

»Es muss irgendwann in den frühen Morgenstunden passiert sein.« Willow kam zwei Stufen nach oben und hielt mir ihr Handy unter die Nase. Auf dem Bild konnte ich die verkohlte Front unserer Lieblingsbar erkennen, der Schriftzug darüber war kaum noch zu lesen. »Sarah hat mich gerade angerufen, du weißt schon, die Kellnerin, mit der ich mal eine Weile ausgegangen bin.«

Ich nickte, weil ich mich noch gut daran erinnerte, wie glücklich Willow damals in ihrer ersten Beziehung mit einer Frau gewirkt hatte, bis sie beide erkannt hatten, dass es doch nicht reichte. »Wurde jemand verletzt?« Wie automatisch wanderte meine Hand an meinen Nacken, wo sich eine unheimliche Gänsehaut ausgebreitet hatte. »War jemand drin?«

»Zwei Angestellte, die noch aufgeräumt haben. Einer liegt auf der Intensivstation, einer wurde nur leicht verletzt.« Willow ließ das Handy sinken und presste die Lippen zusammen. »Letzterer hat wohl erzählt, dass es wahnsinnig schnell ging. Innerhalb von Sekunden stand der gesamte Laden in Flammen, sie konnten sich kaum nach draußen retten. Richtig unheimlich.«

Ich schluckte schwer. »Weiß man schon, was die Ursache war?«

»Bisher wohl noch nicht, aber so was dauert ja immer eine Weile.« Sie zuckte mit den Schultern. »Vielleicht Brandstiftung?«

Brandstiftung. Obwohl das sicher nicht miteinander in Zusammenhang stand, kam mir plötzlich wieder der unheimliche Typ in den Sinn, der in der Nacht in die Schmiede wollte.

Willow legte den Kopf schief. »Was denn? Du bist so blass geworden.«

Ich warf einen Blick über meine Schulter zu unserer Wohnung, bevor ich leise sagte: »Du darfst Danica und Martha nichts davon erzählen, klar?« Als sie nickte, atmete ich tief durch. »Ich glaube, heute Nacht wollte jemand in die Goldschmiede einbrechen. Da war ein Typ, der an unserer Tür gerüttelt hat. Es ist nichts passiert, Reggie hat ihn verjagt, aber erschrocken habe ich mich trotzdem.«

Willow schnappte nach Luft. »Scheiße. Was hast du denn um die Uhrzeit überhaupt noch da unten gemacht?«

»Ohrringe«, gab ich schwach zurück und winkte ab. »Spar's dir, ich weiß, dass ich hätte schlafen sollen. Aber darum geht es auch gerade gar nicht.«

»Schon klar. Das mit dem Fasteinbrecher ist unheimlich. Aber wenn er sich von deinem Hundeopa hat verjagen lassen, war er wahrscheinlich kein richtiger Verbrecher, sondern nur ein Betrunkener, der sich verlaufen hat.« Sie grinste breit, und obwohl das auch das war, was ich zuerst vermutet hatte, stieg etwas Unwillen in meinem Magen auf.

Ich kämpfte das dumpfe Gefühl nach unten, weil ich eigentlich wollte, dass Willow recht hatte, und zuckte mit den Schultern. »Ein Einbrecher und ein Brand in unserer Lieblingsbar, beides in einer Nacht. Schon ein großer Zufall, oder?«

»Da müssen die Sterne wohl irgendwie echt schräg gestanden haben gestern.« Willow schüttelte abwehrend den Kopf und hakte sich bei mir unter. »Na komm. Ich rufe später noch mal Sarah an und frag, ob es neue Details gibt. Und du hältst dich jetzt nachts von der Schmiede fern, klar?«

»Klar, Mama«, brummte ich und konnte ein Lächeln nicht ganz unterdrücken.

Willow verdrehte die Augen und zerrte mich nach oben. »Dann gehen wir jetzt mal essen, mein Kind.«

Ich hielt es nicht lange in der Wohnung aus. Kaum waren unsere Teller leer, entschuldigte ich mich und verschwand wieder im Treppenhaus, um zurück in die Schmiede zu gehen. Ein paar Aufträge, die ich in der Abwesenheit meiner Mutter selbst angenommen hatte, waren noch offen, und es brannte mir unter den Nägeln, den Schmuck fertig zu machen.

Als ich jedoch auf die Ladenfläche trat, bemerkte ich, dass jemand an der Glastür stand und versuchte, durch die Scheibe nach drinnen zu schauen. Es war ein junger Typ mit dunklen Locken, und ich schreckte fürchterlich zusammen, weil ich sofort an meine unheimliche Begegnung letzte Nacht denken musste. Aber der hier war ganz sicher kein Einbrecher. Er war hochgewachsen und trug ein ordentliches weißes Hemd, durch das sich seine definierten Muskeln abzeichneten. Überhaupt wirkten seine Klamotten teuer und sein ganzes Äußeres mehr als gepflegt.

In diesem Moment nahm er mich von draußen wohl ins Visier. Seine Haltung versteifte sich kurz, ehe seine Mundwinkel einen

Millimeter nach oben zuckten. Er hob die Hand, winkte mir durch die Scheibe und deutete dann auf die Tür.

Mit ein paar großen Schritten durchquerte ich den Verkaufsraum und schloss die Tür auf. »Hey. Wir haben momentan keine richtigen Öffnungszeiten«, erklärte ich ihm.

Der junge Mann betrachtete mich einen Moment aus kaffeeschwarzen Augen, die direkt meine Seele zu durchbohren schienen, dann trat wieder ein Lächeln auf sein Gesicht. Er wirkte nicht älter als fünfundzwanzig, aber irgendetwas in seinem Ausdruck, an seiner geraden Haltung ließ ihn … sehr reif wirken. »Ja, ich habe das Schild gesehen. Ich hatte nur gehofft, dass ich vielleicht doch jemanden antreffen würde. Du arbeitest hier?«

Etwas unsicher nickte ich, ließ den Blick an seinen teuren Klamotten herunterwandern und dann wieder zu seinem Gesicht. Er wirkte freundlich, charmant sogar, und verdammt, ich musste zugeben, dass er … echt heiß war. Die Muskeln, die dunklen Augen, diese leicht angehobenen Mundwinkel und dann noch dieser dezente Geruch nach einem holzigen, sicher teuren Parfüm … Ich schluckte. »Meiner Mutter gehört die Goldschmiede. Wie kann ich dir helfen?«

In seiner Miene blitzte etwas auf, und seine Mundwinkel wanderten noch ein Stück nach oben. »Du bist die Tochter von Lillian Bell?«

Überrascht sah ich ihn an. »Du kennst meine Mutter?«

»Nicht persönlich, aber … ein Verwandter hat hier einmal ein Schmuckstück reparieren lassen und war sehr zufrieden mit dem Ergebnis.«

»Verstehe.« Wieder musterte ich seine teuren Klamotten. Der Typ hatte offensichtlich genug Geld, um zu jedem Juwelier und jeder Goldschmiede der Welt zu gehen. Die Reparatur meiner Mutter musste ihn wirklich beeindruckt haben. Ich lächelte. »Also wie gesagt, sie ist nicht da. Kleine Arbeiten mache ich in ihrer Abwesenheit gern. Aber ich habe noch ein paar andere Aufträge, und es könnte sein, dass es etwas dauert.« Ich machte einen Schritt zur Seite, damit er in den Laden treten konnte.

»Das macht nichts. Ich bin noch bis morgen oder übermorgen in der Stadt, bevor ich wieder losmuss.« Er ging an mir vorbei und sah sich neugierig um.

Ich schob die Tür wieder zu und betrachtete seinen muskulösen Rücken. »Du kommst gar nicht aus Liverpool?«, fragte ich.

»Nein, eigentlich aus London.« Er unterbrach die Inspektion der Vitrinen und drehte sich wieder zu mir um. »Entschuldige, ich habe mich gar nicht vorgestellt. Mein Name ist Archer Harrison.«

»Harper«, gab ich zurück, konnte meine Neugier aber nicht ganz unterdrücken. »Da hast du ja einen ganz schönen Weg hinter dir, Archer. Machst du Urlaub in Liverpool?«

»So ähnlich.«

Es war offensichtlich, dass er nicht tiefer ins Detail gehen wollte, auch wenn sein Lächeln weiter freundlich und durchaus charmant wirkte. Himmel, der Typ sah WIRKLICH gut aus. Plötzlich ärgerte ich mich ein wenig, dass ich nur eine alte Jeans und ein T-Shirt trug und meine Haare nicht einmal richtig gekämmt hatte.

Ich schob die Frage nach seinem Verwandten, der extra in Liverpool bei meiner Mutter gewesen sein soll, zurück in meinen Hinterkopf und bemühte mich um ein halbwegs höfliches Lächeln. »Worum geht es denn?«

Er hielt mir die Hand hin, und ich zwang mich, den Blick von seinem gemeißelten Gesicht zu nehmen und nach unten zu sehen.

Als ich den Ring an seinem Mittelfinger ins Auge fasste, war mein Kopf plötzlich wie leer gefegt. Auf den ersten Blick sah er nur aus wie ein alter Goldring, aber mit jeder weiteren Sekunde, die ich ihn betrachtete, bemerkte ich ein neues Detail. Verzierungen zogen sich über die gesamte Fläche bis zur Fassung des großen Steines. So ein filigranes Muster von Ranken hatte ich noch nie in dieser Größenordnung gesehen. Ich rückte etwas näher, und da fiel plötzlich das Sonnenlicht durch die Fensterfront in den Stein. Er war milchig, beinahe durchsichtig, und leuchtete in Tausenden Farben wie ein Regenbogen.

»Harper?«

Archers Stimme holte mich zurück in die Realität. Ich hob den Kopf und starrte ihn an. »Der … der ist wunderschön! Wo hast du den her?«

»Ist ein altes Familienerbstück. Schon seit Generationen in meiner Familie.«

»Was sind das für Materialien?«

»Ich dachte eigentlich, dass du eine Antwort darauf hast.« Sein Lächeln war herausfordernd.

Ich konzentrierte mich wieder auf den Ring. »Das ist sicher echtes Gold. Der Stein ist in Emaille eingefasst. Und dass er alt ist, ist auch völlig klar, das sieht man ihm trotz seines großartigen Zustandes an.« Ich neigte den Kopf ein wenig, betrachtete die schmale Fassung. »Unglaubliche Qualität. Großer technischer Aufwand. Muss deine Familie damals eine Menge gekostet haben.«

»Angeblich war er ein Geschenk.«

»Derjenige muss wirklich schwer verliebt gewesen sein.« Ich richtete mich wieder auf und sah ihm in die Augen. »Aber der Stein – keine Ahnung. Ich glaube, so etwas habe ich noch nie gesehen. Es ist kein Diamant, auch wenn er so funkelt. Ähnelt mehr einem Opal oder einem Mondstein, aber mit einem seltsamen metallenen Glanz. Ich kenne kein Metall, das so …« Mir fehlten tatsächlich die Worte.

Archer nickte nachdenklich. »Du bist dir sicher, dass du so etwas noch nie gesehen hast? Ein anderes Schmuckstück, das vielleicht ähnlich aussah? Oder dich daran erinnert?«

Ich schüttelte den Kopf. »Ganz sicher nicht. Daran würde ich mich erinnern.«

Archer seufzte leise, aber bevor ich ihn fragen konnte, ob alles in Ordnung war, lächelte er wieder. »Er gehörte wohl zu einem Set, und ich suche aktuell nach den anderen Stücken. Aber egal. Er ist zwar in gutem Zustand, aber er sollte dringend mal wieder gereinigt werden. Eben weil der Ring so wertvoll ist, habe ich mich nicht getraut, das zu Hause zu machen. Könntest du das für mich übernehmen?«

»Wie gesagt … es könnte etwas dauern, weil ich noch andere Aufträge habe, einige davon müssen heute fertig werden.« Schnell schob ich noch hinterher: »Aber wenn du ihn bis morgen hierlassen könntest?« Denn ich wollte diesen Ring wirklich näher untersuchen. Und irgendwie wollte ich auch diesen gut aussehenden Typen noch mal sehen.

Archer zögerte. Ich konnte es ihm nicht verdenken, der Ring musste von unschätzbarem Wert sein – emotional wie materiell.

Ich richtete mich auf. »Ich schwöre, dass ich sehr gut auf ihn aufpassen werde. Niemand außer mir wird ihn anfassen, und ich werde ihn über Nacht in unserem Safe einschließen.«

Er stockte, dann lächelte er wieder. »Das wäre großartig.« Nach einem erneuten Zögern zog er den Ring vorsichtig von seinem Finger und hielt ihn mir hin.

Aus irgendeinem Grund musste ich mich davon abhalten, nach Luft zu schnappen, dabei wusste ich überhaupt nicht, warum. Wir hatten hier oft teuren Kram von Kunden, wenn auch nicht so teuren. Ich hielt die Hand auf, und Archer ließ den Ring hineinfallen.

Einen Moment hatte ich das Gefühl, dass der Ring eine Wärmewelle durch meinen Körper schickte. Vielleicht weil Archer ihn bis eben noch getragen hatte, und das Gefühl verschwand auch direkt wieder, daher schenkte ich ihm nicht weiter Beachtung.

Stattdessen betrachtete ich erneut den Ring. Von Nahem sah er sogar noch beeindruckender aus, selbst im indirekten Licht funkelte er wunderschön. »Der ist wirklich gut gepflegt, aber ich werde trotzdem sehen, was ich machen kann.« Ich hob den Kopf und bemerkte, dass Archer auf den Ring starrte und dabei die Stirn in Falten gelegt hatte. »Alles okay?«, fragte ich nach.

Sofort wanderte sein Blick zu mir hoch. Prüfend. Skeptisch vielleicht sogar. »Fühlt es sich ... seltsam an?«, fragte er.

»Was?« Ich sah auf den Ring hinunter und dann wieder in sein Gesicht. »Was soll sich seltsam anfühlen?«

Er wartete noch kurz ab und zuckte dann mit den Schultern. Ich konnte es mir zwar nicht genau erklären, aber er wirkte irgendwie enttäuscht. »Nichts, vergiss es. Ich hinterlasse dir auch noch meine Kontaktdaten.«

Ich beeilte mich, den Ring in den kleinen Safe im hinteren Bereich des Raumes zu legen und abzusperren. Dann brachte ich Archer Zettel und Stift, die er mir kurz darauf wieder reichte.

Er zog die Mundwinkel hoch, aber irgendwie war der Funke aus seinem Gesicht verschwunden. Es wirkte seltsam stumpf, als wäre ein wenig der Freude aus ihm gewichen. »Unter der Nummer kannst du mich jederzeit erreichen, wenn irgendetwas ... seltsam sein sollte. Oder wenn etwas Unvorhergesehenes passiert. Kann ich bis morgen Mittag damit rechnen?«

Was meinte er mit seltsam? Und unvorhergesehen? Meinte er

einfach, dass ich es vielleicht nicht schaffte? Weil seine Miene noch verschlossener wirkte als am Anfang, hakte ich besser nicht nach. »Sicher«, gab ich nur zurück. »Ich melde mich, wenn er fertig ist.«

»Vielen Dank, Harper.« Wie er meinen Namen aussprach. Als wäre er ganz besonders schön. Archer lächelte ein letztes Mal, dann verließ er den Laden. Durch die hohen Fenster konnte ich sehen, wie er auf dem Gehweg sofort nach seinem Handy griff und es mit ernster Miene an sein Ohr hob.

Ich lehnte mich an die Theke und drehte mich zum Safe rüber, in dem der Ring nun lag.

Das Ganze war … wirklich seltsam gewesen.

KAPITEL 4

Meine Augen brannten, als ich das goldene Armband gegen das Licht meiner Schreibtischlampe hielt, um es ein letztes Mal zu prüfen. Aber selbst mit scharfem Blick war die Stelle, an der es der Kundin letzte Woche gerissen war, kaum noch zu erkennen.

Es war fertig.

Unwillkürlich entfuhr mir ein tiefes Seufzen der Erleichterung. Mit dem kleinen goldenen Kettchen hatte ich alle Bestellungen der letzten Tage abgehakt. Es war das erste Mal, seit meine Mutter nach Ibworth abgereist war, dass keine Aufträge mehr offen waren.

Das hieß … bis auf einen.

Ich schob mich mit dem kleinen Stuhl vom Arbeitstisch weg und knipste die Lampe aus, bevor ich aufstand. Es war schon wieder spätabends, ich hatte mich also nicht wirklich an mein Vorhaben gehalten, ein wenig kürzerzutreten. Aber immerhin konnte jetzt so langsam die Anspannung aus meinem Rücken weichen, die sich schon die ganzen letzten Wochen auf mich gelegt hatte, weil ich mich trotz allem für alles hier verantwortlich fühlte.

Während ich mit dem goldenen Armband zur Ladenfläche zurücklief, rieb ich mir den steifen Nacken. Gott, ich war wirklich schon wieder viel zu lange hier, aber noch konnte ich nicht ins Bett gehen. Ich legte das Armband in den Samtbeutel, der dafür vorgesehen war, und drehte mich dann – endlich – zu dem kleinen Safe um.

Es war seltsam, aber der Ring, den Archer vorbeigebracht hatte, schien mich wie magisch anzuziehen. Vielleicht lag es daran, dass ich noch nie etwas Vergleichbares gesehen hatte. Auch jetzt, als ich ihn wieder in meine Hand nahm, löste er ein warmes, vertrautes Gefühl aus, obwohl der Stein mir noch immer ein Rätsel war. Vielleicht, wenn ich ihn unter der Lupe betrachtete …

Eine Tür schlug zu, und ich zuckte zusammen. Als ich aber nur eine Sekunde später das leise Klimpern von Ringen auf dem Metall der Greifreifen des Rollstuhles auf dem Flur hörte, beruhigte sich mein Herz sofort wieder. Danica. Das war nur meine Schwester. Und wann war ich eigentlich so schreckhaft geworden? Vermutlich lag es bloß an dem Fasteinbrecher und dem unheimlichen Brand in der *Lions Bar.*

»Harper?« Danica bog um die Ecke, und sobald sie mich erblickte, schossen ihre Augenbrauen nach oben. »Sag mal, was machst du denn immer noch hier?«

»Ich habe noch die offenen Aufträge fertig gemacht.« Wie automatisch schlossen sich meine Finger um den Ring, und ich ließ die Hand sinken. Bildete ich es mir nur ein, oder wurde das Metall unter meiner Haut wirklich wärmer?

»Du hast das Abendessen verpasst. Mal wieder.« Danica verdrehte die Augen und sah dabei aus wie das Klischee jedes Teenagers. Irgendwann seit heute Morgen musste sie die Ohrringe angelegt haben, die ich ihr dieses Jahr zum Geburtstag gemacht hatte. Feine, perfekt runde Ringe, die im Licht des Ladens golden funkelten.

Der Anblick ließ jeglichen Widerstand in mir schmelzen wie Butter. »Tut mir leid«, sagte ich zerknirscht und schloss den Safe hinter mir. »Ich wollte endlich alle Aufträge abschließen, damit ich mal wieder ein paar Tage freimachen kann.«

Danica wirkte nicht sehr überzeugt. Sie scannte mich von oben bis unten und verschränkte dann die Arme vor der Brust.

Erst jetzt bemerkte ich, dass sie einen Teller mit Kartoffelauflauf auf dem Schoß hatte, der ganz offensichtlich für mich war. Ihre große Schwester, die, obwohl sie immer da war, eigentlich kaum da war.

Ich wollte mich gerade mit einem warmen Lächeln bedanken, als Danica mich fragte: »Du warst gestern mit Willow in der *Lions Bar*, oder?

Überrascht blinzelte ich. »Ja, wieso?«

Danica presste die Lippen zusammen. »Der Brand ...«

»Keine Sorge, da waren wir schon längst weg. Wir haben nichts davon mitbekommen.«

Danica wirkte nicht unbedingt beruhigt.

»Wirklich«, sagte ich. »Und es war ein schöner Abend, also du siehst, ich kann mich schon auch von der Arbeit trennen.«

»Ein Wunder. Hattest du denn auch Spaß?« Sie zwinkerte zweideutig, und ich stöhnte genervt.

»Und gerade noch hatte ich beinahe so etwas wie warme schwesterliche Gefühle für dich.«

Danica machte öfter Kommentare in diese Richtung. Sie hatte mit ihren sechzehn Jahren mehr Dates im Monat als ich in den letzten Jahren. Eigentlich hatte ich seit der Trennung von meinem Exfreund Eric kurz nach unserem Schulabschluss niemanden mehr gedatet. Wir hatten uns drei Jahre gedatet, bevor er mich für seine hübsche Klassenkameradin Sophia sitzen gelassen hatte, die mit ihm zum Studieren nach Manchester gegangen war. Ich hatte die Sache mittlerweile überwunden, aber große Lust auf Dates hatte ich seitdem auch nicht mehr. Und schon gar nicht, wenn meine kleine Schwester versuchte, mich zu verkuppeln.

»Ich mache mir nur Sorgen um dich, Harper.«

»Ich mir auch um dich. Vor allem weil du wie vierzig klingst und nicht wie sechzehn.« Ich ging an ihr vorbei, klaute mir den Teller mit dem Auflauf von ihrem Schoß, und ließ dabei unauffällig den Ring in meine Hosentasche fallen.

Das Essen war noch warm und roch großartig nach cremigen Tomaten und den Gewürzen, die Martha immer benutzte. Ich roch Basilikum, Oregano und eine ordentliche Portion Knoblauch und musste unwillkürlich grinsen. Martha brachte immer ihr halbes Gewürzregal mit, wenn sie für meine Schwester und mich kochte. Schnell versenkte ich die Gabel, die auf dem Tellerrand gelegen hatte, in den Kartoffeln. Der Käse zog sich wunderbar lang, als ich den ersten Bissen in den Mund steckte. Himmel, das schmeckte göttlich.

»Du wirst noch als alte Jungfer sterben«, neckte Danica mich. Sie wendete den Rollstuhl wahnsinnig flink, um mir in den Flur zu folgen, und der Anblick versetzte mir einen winzigen Stich.

Danica ging besser damit um als Mum und ich. Sie hatte sich unglaublich schnell an den Rollstuhl gewöhnt, daran, dass sie querschnittsgelähmt war. Anfangs hatte ich sie noch ab und zu dabei erwischt, wie sie abends auf dem Bett gesessen und geweint hatte, wenn sie dachte, dass sie niemand sah. Allein bei dem Gedanken daran krampfte sich mein Magen zusammen. Aber innerhalb weniger Monate hatte sie akzeptiert, wahrscheinlich nie wieder laufen zu können, hatte zu ihrer alten Energie zurückgefunden und gelernt, mit allem klarzukommen.

»Dann verbringe ich meinen Lebensabend eben mit Reggie.« Ich grinste meine Schwester an. »Ich wette, die alte Haufenschleuder überlebt uns eh alle.«

Danica seufzte, vielleicht aufgrund meines Unwillens, ihr einen hübschen Schwager zu suchen. Als sie sah, dass ich wieder in Richtung Werkstatt ging, zogen sich ihre Augenbrauen zusammen wie ein paar dunkle Gewitterwolken. »Was machst du da? Ich dachte, du bist fertig für heute?«

»Du hast mir bestimmt das Essen gebracht, weil dir klar war, dass es nicht so ist.« Ich zuckte mit den Schultern. »Und ich bin FAST fertig. Es gibt da nur noch einen Ring, den ich säubern will. Einmal das Ultraschallbad und vielleicht etwas nachpolieren. Dauert höchstens zehn Minuten.« Obwohl, konnte ich das versprechen? Immerhin hatte ich eigentlich noch vor, mir den Stein genauer anzusehen. Vielleicht ein wenig zu recherchieren, aus welchem Material er war. Ich korrigierte mich: »Höchstens zwanzig.«

Danica schnaubte. Ich war mir sicher, dass eigentlich sie früher hätte zur Welt kommen sollen, denn sie wirkte in diesem Moment, genau wie in vielen anderen, eher wie eine ältere Schwester als ich. »Mach doch, was du willst«, knurrte sie. »Aber dann beschwer dich morgen nicht wieder ewig über deine Nackenschmerzen. Oder darüber, dass du keine Zeit für dich hast.«

Ich presste die Lippen zusammen, um nicht wieder zu grinsen. »Ehrlich, ich mache bald Feierabend. Dreißig Minuten, höchstens.«

»Dir ist schon aufgefallen, dass sich die Minutenzahl schon wieder erhöht hat, oder?«

»Wenn ich hochkomme, schauen wir irgendeinen Film zusammen, den du unbedingt sehen willst. Zum dritten Mal *Die nackte Kanone,* zum Beispiel, okay?«, versuchte ich es mit lieblicher Stimme.

Danica stöhnte. »Ich sage Ja, aber nur in der festen Überzeugung, dass ich eh wieder allein auf der Couch sitze.« Sie griff nach den Rädern ihres Rollstuhles und wandte sich energisch Richtung Flur zum Aufzug.

»Bis später«, flötete ich ihr hinterher. »In vierzig Minuten dann!«

»Klappe, Harper.«

Ich lachte, vor allem weil ich deutlich hören konnte, dass sie offensichtlich ein Schmunzeln unterdrückte. Kaum war die Tür hinter ihr zugefallen, drehte ich mich wieder um und ging die drei Stufen in die Werkstatt hinunter.

Ich schwor mir, dass es das letzte Mal an diesem Abend sein würde, dass ich mich auf meinen Arbeitsstuhl setzen würde, aber kaum hatte ich den Ring wieder hervorgeholt, waren die Nackenschmerzen vergessen und die Neugier zurück. Auch unter der Lampe am Arbeitstisch funkelte der Stein sofort wieder in allen Farben des Regenbogens. Ich war mir sicher, dass ich so etwas noch nie gesehen hatte, und trotzdem … Warum kam er mir so vertraut vor, verdammt? Ich konnte mir das Gefühl nicht erklären, das er in mir auslöste. Möglicherweise war es einfach die Geschichte, die dieser Ring an sich kleben haben musste. Denn Himmel, je länger ich ihn unter der Lupe betrachtete, das fein gearbeitete alte Gold, den fein geschliffenen Stein in der kunstvollen Fassung, desto sicherer war ich mir, dass er uralt war. Älter als jedes Schmuckstück, das ich je hier im Laden gesehen hatte. Das ich überhaupt je gesehen hatte.

Vielleicht konnte ich ihn googeln? Aber was genau sollte ich in die Suchmaschine eingeben? Ich legte die Lupe weg und betrachtete jedes Detail des Ringes mit Argusaugen, während ich nach meinem Handy griff, das irgendwo rechts von mir liegen mus…

Mir entkam ein Zischen, als mir ein scharfer Schmerz in den

Finger fuhr, und ich ließ vor Schreck den Ring auf die Arbeitsplatte fallen. Statt nach meinem Handy hatte ich anscheinend nach einem der Arbeitswerkzeuge gegriffen und mich verletzt. Ein dicker Blutstropfen quoll aus meinem Finger.

»Scheiße«, kam es mir über die Lippen. Ich hatte sofort wieder die strenge Stimme meiner Mutter in den Ohren, die mich ermahnte, meinen Arbeitsplatz ordentlich zu halten, damit ich mich nicht aus Versehen verletzte.

Vielleicht war es wirklich Zeit, Feierabend zu machen.

Seufzend richtete ich mich auf und griff mit der nicht blutenden Hand nach dem Ultraschallgerät auf der linken Seite.

»Möglicherweise rettet das hier ja die Beziehung zu meiner Schwester«, murmelte ich. Da der Deckel des Gerätes kaputt war, musste ich ihn aufhalten und nun doch mit der verletzten Hand nach dem Ring auf meinem Arbeitstisch greifen. Ich seufzte. »Dann lohnt sich die Reinigung wenigstens richtig.«

Aber in der Sekunde, in der meine Haut das Schmuckstück berührte, explodierte plötzlich die Welt um mich herum. Es war, als wäre ein Blitz in die Werkstatt eingeschlagen, alles um mich herum war mit einem Mal so grell, dass ich kaum die Augen offen halten konnte. Keine Sekunde später stieg mir der Geruch von Karamellpopcorn in die Nase, ein süßes Kribbeln auf meiner Zunge, und dann löste ich mich auf.

Meine Hände gruben sich in dunkle Erde. Die Welt verschwamm vor mir und wurde wieder klar, sodass ich den staubigen Boden und die Grasbüschel, die ich mit meinen Knien zerdrückt hatte, unter mir sehen konnte. Ich rang nach Luft, wollte dieses Bild wegblinzeln, doch es verschwand nicht. Das war nicht der Holzboden unserer Werkstatt. Was zur Hölle war gerade geschehen?

Über mir erklang ein lautes Klirren, wie Metall auf Metall, und erschütterte meinen Körper. Ich riss den Kopf hoch und sah nur einen Meter von mir entfernt eine breite Schwertklinge, die gegen einen geschwungenen Metallstab gepresst wurde. Nach Luft schnappend wich ich zurück, rutschte auf dem Hosenboden über die dunkle Erde weg von den beiden Kämpfenden, die mich gar nicht zu bemerken schienen.

Auf der einen Seite war ein Mann in einer altmodischen stumpfgrauen Ritterrüstung mit einem roten Banner über der Brust. Seine blonden Haare wehten um das von Schnittwunden entstellte Gesicht. Er atmete schwer, hatte die Zähne gefletscht und stemmte sich offensichtlich mit ganzer Kraft gegen sein ausgestrecktes Schwert. Es war nur wenige Zentimeter von dem blassen Hals einer Frau entfernt, die seinen Schlag offensichtlich im letzten Moment pariert hatte, doch diese Tatsache schien sie nicht zu beunruhigen.

Mein Blick glitt fasziniert über ihren entspannt wirkenden Körper, der in ein dunkelgrünes, bodenlanges Kleid gehüllt war. Sie war eindeutig nicht für einen Kampf gekleidet, und auch ihr kunstvoll hochgestecktes braunes Haar wirkte eher für einen Ball zurechtgemacht. Aber sie schien auch nicht so zu kämpfen, wie er es tat. Im Gegenteil, die Frau lächelte sanft und hob die freie Hand, als würde sie durch die Luft nach dem Mann greifen wollen.

»Du kannst mich nicht mit einem Schwert töten, Artus«, meinte sie mit schmeichelnder Stimme. »Das müsstest du doch mittlerweile verstanden haben.«

Der Mann, Artus, schnaubte angestrengt. »Nicht mit irgendeinem Schwert, nein. Aber mit diesem.«

Und dann fiel ein Sonnenstrahl auf die Klinge, und das Metall leuchtete in allen Farben des Regenbogens, als wäre sie aus Diamant. Als wäre sie aus … Magie.

Die Frau lächelte breiter, böser. »Ich will sehen, wie du es versuchst, mein König.«

Und dann stieß der Mann mit einem Schrei nach vorn. Das Schwert durchbrach die Deckung der Frau und bohrte sich knapp unter dem Rippenbogen durch ihre Haut. In derselben Sekunde riss sie in einer abrupten Bewegung die Hand herum. Ein grauenvolles Knacken ertönte, das in meinem ganzen Körper vibrierte.

Voller Horror sah ich zu Artus. Er hatte den Mund überrascht aufgerissen, aber kein Schrei kam ihm über die Lippen. Blut floss ihm aus dem Mund, sein Blick wurde starr und kalt, und dann kippte er vornüber und sank zu Boden. Die Frau hatte ihn nicht berührt, nicht einmal ihren Stab bewegt, und doch lag er plötzlich neben mir auf dem dunklen Erdboden. Tot.

Panik breitete sich in mir aus. Ich konnte mich nicht von dem leblosen Körper abwenden, der nur wenige Zentimeter entfernt war. Eine Stimme in meinem Inneren schrie, dass ich weglaufen solle, dass ich mich in Sicherheit bringen müsse, aber meine Glieder waren wie erstarrt.

Das Schwert steckte immer noch im Bauch der Frau, aber sie reagierte gar nicht darauf. Mit einem Lächeln sah sie auf den toten Mann zu ihren Füßen hinab. »Du dachtest, dass du mich so einfach loswerden kannst, weil du mich wie immer unterschätzt hast.« Sie griff nach der Klinge, von der nicht einmal Blut lief. Doch als sie es herausziehen wollte, bewegte es sich nicht. Nur eine Sekunde später änderte sich ihr Gesichtsausdruck von siegessicher zu entsetzt. Sie zog an dem Schwert, erst mit einer Hand, dann mit beiden. Dann stieß sie einen Schrei aus, so schrill, wie ich es nie aus dem Mund eines Menschen gehört hatte.

Das Geräusch hallte in meinen Ohren nach, als plötzlich ein Ruck durch mich ging.

Ich prallte auf dem harten Holzboden der Werkstatt auf, und mir entfuhr ein Schmerzensschrei. »Fuck«, keuchte ich, als der Schmerz über meinen Hintern den Rücken hochwanderte. »Fuck«, fluchte ich erneut, als ich die Deckenlampe über mir erkannte und wusste, dass ich zurück war.

Was zur Hölle war gerade passiert? Wo war ich, und was hatte ich da gesehen?

Mein Atem ging stoßweise, während ich an die Decke starrte und versuchte, die Situation zu verstehen. Versuchte, nicht vollkommen durchzudrehen.

Mein Herz hämmerte. Ich verstand nicht im Geringsten, was da gerade passiert war. Hatte ich einen Anfall gehabt, war ich ohnmächtig geworden? Was zur Hölle war das gerade gewesen? Es hatte sich so real angefühlt. Als wär es wirklich passiert.

Ich drückte eine Hand auf meine Brust, versuchte, meinen Atem zu beruhigen, mein Herz dazu zu zwingen, langsamer zu schlagen, aber es war zu viel. Ich verstand einfach nicht, was ich da gerade erlebt hatte.

Vorsichtig drückte ich mich in eine Sitzposition. Das Licht der Schreibtischlampe blendete mich, und als ich deshalb wieder nach unten blickte, fiel mir der Ring ins Auge. Offensichtlich war er bei meiner Bruchlandung ebenfalls runtergefallen und halb unter dem Arbeitstisch zum Liegen gekommen.

Scheiße. Hoffentlich war er nicht kaputtgegangen.

Meine Hände zitterten, als ich mich vom Boden hochdrückte und nach dem Ring griff, um ihn aufzuheben. Aber kaum hatte ich ihn berührt, drehte sich wieder alles um mich herum. Ich roch Karamellpopcorn, roch Blut und Dreck und hörte ferne Stimmen, die mir durch Mark und Bein gingen. Vor Schreck ließ ich den Ring wieder fallen. Mit dem klackenden Geräusch, als er den Boden berührte, waren all die Gerüche, die Gefühle und der Schwindel sofort wieder weg.

Fassungslos starrte ich auf das Schmuckstück runter. Mein Blut pochte in meinen Ohren, aber eines war absolut klar: Der Ring hatte es ausgelöst – was auch immer *es* war. Irgendetwas hatte er mit meinem Kopf angestellt, was ich mir absolut nicht erklären konnte.

Plötzlich hatte ich wieder den enttäuschten Gesichtsausdruck von Archer vor Augen, als ich den Ring das erste Mal berührt hatte. Hatte wieder seine Worte im Ohr, dass ich mich jederzeit melden könne, wenn etwas Seltsames passiere.

Hatte er etwa das gemeint?

Aber wie war das überhaupt möglich?

Ich war nicht abergläubisch, glaubte auch nicht an Magie oder so, aber in diesem Moment wusste ich, dass das, was ich gerade gesehen hatte, keine Einbildung gewesen war. Diese Szene, diese Bilder ... Sie waren wirklich da gewesen. Und ich wollte wissen, was es damit auf sich hatte. Was es mit diesem verfluchten Ring auf sich hatte.

Ich musste mich am Arbeitstisch abstützen, weil meine Knie so sehr zitterten. Es dauerte eine ganze Weile, bis ich den Zettel fand, auf dem Archers Handynummer stand. Und noch mal eine ganze Weile, bis ich die Nummer in mein Handy getippt hatte. Zitternd holte ich Luft, während ich dem Freizeichen lauschte.

Bereits nach zweimal Klingeln nahm jemand ab. »Harrison?«

»Archer?« Meine Stimme bebte. Ich konnte es nicht verhindern.

»Harper?« Er hatte mich sofort erkannt. Hatte er etwa tatsächlich auf diesen Anruf gewartet?

Ich holte erneut tief Luft, aber es half nichts, ich konnte mich einfach nicht beruhigen. »Was ... was zur Hölle ist das für ein Ring?«

Meine Stimme klang erstickt. Ich war mir sicher, dass man die Panik, die Ungläubigkeit darin hören konnte.

Archer schwieg lange. Dann fragte er leise: »Bist du im Laden?«

»Ja.« Ich wischte mir den Schweiß von der Stirn.

»Gut. Ich bin gleich da.« Archer legte auf, bevor ich noch etwas sagen konnte.

Langsam ließ ich das Handy sinken und lehnte mich mit dem Rücken an die Wand neben dem Arbeitstisch.

Auf diese Erklärung war ich wirklich gespannt.

KAPITEL 5

Als es an der Glasscheibe der Ladentür klopfte, zuckte ich zusammen. Die letzten Minuten hatte ich mich auf den Hocker hinter der Kasse gesetzt, war in mich zusammengefallen und hatte auf einen unsichtbaren Punkt in der Luft gestarrt. Es war schwierig, mich aus den chaotischen Gedanken zu lösen, aber ich tat es und hob den Kopf.

Hinter der Scheibe stand Archer. Er sah genauso aus wie am Morgen: ein perfekt sitzendes Hemd, ordentliche Haltung, dunkle Locken, die sanft gebändigt waren. Und doch wirkte er ganz anders. Vor ein paar Stunden hatte er ruhig gewirkt, beherrscht. Jetzt strahlte etwas in seinem Gesicht, das ich nicht verstand. Archer wirkte … aufgeregt.

Als ich ihm die Tür aufschloss, lächelte er mich offen an. Ich machte einen Schritt zur Seite, damit er in den Laden treten konnte, und kaum war die Tür hinter ihm wieder zu, fragte er: »Harper, was ist passiert, als du den Ring berührt hast?«

Also doch. Er hatte geahnt, dass ich etwas Seltsames mit seinem Ring erleben würde. Es vermutlich sogar darauf angelegt.

Ich schluckte schwer, als ich an das zurückdachte, was ich gesehen hatte. Die Bilder flimmerten vor meinem inneren Auge auf, nur in doppelter Geschwindigkeit wie bei einem Film, der vorgespult wurde. Obwohl ich es eigentlich nicht wollte, weil ich mir immer noch albern vorkam, flüsterte ich: »Ich … ich habe etwas gesehen.«

»Etwas?«

»Eine Frau und einen Mann. Sie haben gekämpft.« Ich durchforstete meine Gedanken fieberhaft nach Details, an die ich mich noch erinnern konnte. Mein Mund fühlte sich trocken an, als ich es aussprach: »Artus. Er hat gegen …«

Archer riss die Augen auf. »König Artus?« Seine Stimme klang angespannt. »Du hast König Artus gesehen?«

Ich nickte. Ja, die Frau – vermutlich Morgana – hatte ihn Artus genannt. Davon abgesehen kannte ich die Sage. Jeder in England tat das. Die Sage von König Artus und Excalibur, dem Schwert, das er aus einem Stein gezogen und das ihm die Krone eingebracht hatte. Wieder musste ich an den regenbogenfarbenen Glanz des Metalles denken, kurz bevor es den Bauch der Frau durchbohrt hatte. Das konnte nur Excalibur gewesen sein. Und Artus hatte damit Morgana getötet.

»Wieso?« Meine Stimme war kratzig, als hätte ich einen schweren Husten. »Wieso habe ich plötzlich von dieser dämlichen Sage geträumt? Hatte ich einen Anfall?« Es musste so etwas sein. Denn das andere, was mir in den Sinn kam, war zu absurd. Es war unmöglich.

»Nein, das war kein Anfall. Und auch kein Traum.«

»Und was dann?« Ich weigerte mich, zu glauben, dass es doch etwas Magisches gewesen war. Es gab keine Magie. Es musste irgendeine realistische Erklärung geben.

Archer hob die Hand und deutete auf seinen Mittelfinger, wo vorher der Ring gesteckt hatte. Ich deutete in Richtung der Theke, auf der die Kasse stand. Der Ring lag auf dem hellen Holz, ich hatte ihn mithilfe eines Tuches aufgehoben und dort platziert, weil ich mich einfach nicht getraut hatte, ihn noch mal anzufassen. Archer ging langsam darauf zu.

»Es ist passiert, als du ihn berührt hast, richtig?«, fragte er mit dem Rücken zu mir, während er mit den Fingern über den Ring strich.

Ich nickte zögerlich, als er über die Schulter zu mir sah, und schloss die Faust um meinen verletzten Finger. Ich hatte ihn inzwischen mit einem Pflaster verarztet, war mir aber sicher, immer noch ein sanftes Pochen zu spüren. Wie ein Mahnmal.

Archer holte tief Luft, als müsste er sich für das wappnen, was er gleich sagen würde. »Dann hat der Ring Magie in dir ausgelöst«, sagte er ganz schnell, wie um es hinter sich zu bringen. »Du hattest eine Vision.«

Ich starrte ihn mit aufgerissenen Augen an. Hoffte, dass er gleich lachte und mir sagte, dass er nur einen dämlichen Scherz gemacht hatte. Aber sein Gesicht blieb ernst. Er sah mich an, als würde er auf eine Reaktion von mir warten, also lachte ich auf. »Hast du getrunken? Eine Vision, ernsthaft? Das ist deine Erklärung?«

Archer seufzte. »Glaub mir, ich weiß, wie sich das anhört. Obwohl mir meine Eltern von klein auf die Geschichte erzählt haben, habe ich es nie ganz geglaubt. Bis …« Er steckte sich den Ring wieder an, und ich war mir sicher, Erleichterung auf seinem Gesicht zu sehen. Er hob zögerlich die Hand und drehte sie, sodass der Stein im Licht der Deckenlampe funkelte. »Bis ich die Magie am eigenen Leib erfahren habe. Erst da habe ich verstanden, dass alles wahr ist.«

»Dass was wahr ist?«

»Artus. Die Ritter der Tafelrunde. Morgana, die Hexe. Excalibur. Magie.«

Das Lachen, das mir die Kehle heraufwandern wollte, blieb mir im Hals stecken, als sich an seiner Miene nichts veränderte. Er glaubte wirklich, was er da gerade sagte. Ich presste die Lippen zusammen. Archer hatte ganz offensichtlich den Verstand verloren. Denn es war unmöglich. Die Artussage war genau das, eine Sage. Mehr nicht. Und es gab keine Magie. Unwillkürlich fragte ich mich, ob Archer gefährlich war. Ob er mich angreifen würde.

Archer bemerkte wohl, dass mein Gesichtsausdruck panisch wurde. Denn er schloss einen Moment die Augen und atmete tief durch. Dann sah er mich ruhig an. »Ich kann verstehen, dass du mir nicht glaubst. Wirklich, Harper. Das muss sich völlig absurd anhören.« Er schüttelte den Kopf. »Du musst mir auch nicht glauben. Du kannst deine eigene Erklärung für diese … Bilder finden. Aber dass du sie gesehen hast, zeigt mir, dass ich aus dem richtigen Grund hier bin.«

Meine Gedanken fuhren Achterbahn, aber bei seinen letzten Worten wurden sie wieder klar. »Was meinst du damit?«

»Ich bin hierhergekommen, weil ich nach etwas suche.« Wieder griff er wie automatisch an den Ring.

Ich musste daran denken, was er am Morgen gesagt hatte, und zog die Augenbrauen zusammen. »Den Rest vom Set?«

Ich wusste nicht, warum, aber bei dem Gedanken an noch mehr von diesen Schmuckstücken kribbelte meine Haut. Es war, als würde eine Stimme in mir danach verlangen, sie zu sehen. Sie zu berühren. Obwohl mir der Schock über die plötzlichen Bilder immer noch in den Knochen saß. Was war nur mit mir los?

Archer wiegte den Kopf. »Ein Teil aus dem Set wurde gestohlen, vor vielen Jahren schon. Eine Kette. Ich suche schon sehr lange nach ihr. Ich hatte gehofft, dass sie vielleicht hier im Laden sein könnte.«

Mein Herz machte einen Hüpfer. »Wie kommst du darauf, dass sie hier sein könnte? Und warum jetzt?«

»Weil wir die Spuren der Person, die sie gestohlen hat, bis hierher zurückverfolgt haben. Vor ein paar Tagen haben wir einen neuen Hinweis entdeckt. Ich wusste noch nicht, in welchem Zusammenhang sie mit euch, mit dir stand, aber mittlerweile habe ich eine Vermutung.« Er atmete tief durch, bevor er mich mit seinem Blick durchbohrte. »Es geht um Eli Grayson.«

Ein Kloß bildete sich in meinem Hals. Eli. Der Nachname war mir unbekannt, aber ich wusste trotzdem sofort, wen er meinte. Und im Gegensatz zu Archer wusste ich auch, in welcher Verbindung er zu meiner Mutter stand. Ich hätte nur beim bestem Willen nicht gedacht, dass mein Vater irgendetwas mit diesem Typen zu tun hatte. Geschweige denn, dass er eine teure Kette gestohlen hatte.

»Eli Bell«, berichtigte ich Archer leise.

Der Mann, der mich großgezogen hatte, bis er irgendwann vor acht Jahren plötzlich einfach verschwunden war. Abgehauen. Er hatte meine Mutter zurückgelassen, meine damals erst achtjährige Schwester und mich, hatte eines Nachts einfach einen Koffer gepackt und war in sein Auto gestiegen. Mum hatte mir erzählt, dass er nach zehn Jahren ohne Kontakt zu seiner Familie zurückgekrochen war, weil sie ihm mit dem Entzug seines Erbes gedroht hatten. Sie hatte es netter ausgedrückt, aber auch wenn ich damals erst elf war, wusste ich, wie es in Wirklichkeit war: Der Mensch, den ich für den großartigsten Mann meines Lebens gehalten hatte, hatte uns für ein volles Bankkonto sitzen lassen.

»Es tut mir leid, dich enttäuschen zu müssen, aber ich habe ihn seit acht Jahren nicht gesehen. Selbst wenn er eine teure Kette bei euch gestohlen hat, haben wir nichts damit zu tun.« Ich versuchte, die Bitterkeit aus meiner Stimme zu verbannen, aber so ganz gelang es mir nicht.

Archer räusperte sich. »Ich bin … fast sicher, dass er die Kette irgendwie Lillian, also deiner Mutter, hat zukommen lassen. Wir konnten sie nirgends sonst finden.«

»Unsinn.« Ärger schraubte sich in mir hoch. »Er hat uns verlassen. Vor einer Ewigkeit. Und jetzt soll er meiner Mutter eine wertvolle Kette hinterlassen haben?« Ich presste die Zähne zusammen, damit die Wut mich nicht übermannen konnte, wie es schon so oft in den Jahren nach seinem Verrat passiert war. Tief durchatmen.

Archer machte wieder den Mund auf, aber ich kam ihm zuvor.

»Ganz abgesehen davon, dass ich mir sicher bin, dass sie ihn hasst – meine Mutter würde nie bei einer solchen Gaunerei mitmachen«, sagte ich. »Nie im Leben.«

»Die Schmuckstücke haben nicht nur einen materiellen Wert, Harper.« Er baute sich vor mir auf, und seine Hände waren so fest zusammengekrampft, dass seine Arme zitterten. Die Anspannung an ihm war überdeutlich, und plötzlich stieg in mir Angst auf.

Es war offensichtlich, dass er diese Kette wollte. Und ich war hier ganz allein mit ihm im Laden. Was würde er tun, wenn ihm klar wurde, dass ich sie ihm nicht geben konnte?

Er machte noch einen Schritt auf mich zu, und ich wich sofort zurück. So weit, dass ich mit dem Rücken gegen die Theke stieß. Sein Ausdruck wirkte beinahe ein bisschen fiebrig, seine Iris gefährlich dunkel. Erst jetzt wurde mir bewusst, wie groß er war. Wie stark wahrscheinlich.

»Du hast gesagt, du suchst die Kette schon lange«, wisperte ich, um irgendwie Zeit zu schinden. »Warst … warst du das letzte Nacht? An der Tür unserer Schmiede? Hast du versucht, hier einzubrechen?«

Er antwortete nicht, aber auch so war sein Schweigen eindeutig.

Fuck. Er war wirklich gefährlich. Ich musste hier weg.

In dem Moment machte er einen weiteren Schritt auf mich zu und schnitt mir damit den Fluchtweg ab.

Horror durchfuhr mich. »Bleib stehen!«, rief ich. »Komm mir nicht zu nahe.« Hektisch tastete ich nach der Theke, nach dem Erstbesten, was ich zu greifen bekam. Es waren Schachteln für den Schmuck. Und bevor ich so richtig darüber nachdenken konnte, bevor Archer reagieren konnte, schleuderte ich sie nach ihm.

Er hatte keine Chance, sich zu ducken. Eigentlich. Denn keine Sekunde später prallte die Schachtel hinter ihm an der Glastür ab. Er hatte sich nicht bewegt, das wusste ich, und ich konnte an seinem erschrockenen Gesicht erkennen, dass er nicht einmal darüber hatte nachdenken können. Ich hatte auf ihn gezielt. Die Schachtel hätte ihn treffen müssen. Wieso zur Hölle hatte sie ihn nicht getroffen?

»Harper.« Archer warf nur einen kurzen Blick auf die Schachtel am Boden, bevor er mich wieder ansah. Da war Schreck in seinen Augen, aber auch so etwas wie Ungeduld. Aufsteigende Verärgerung. »Hör auf damit.«

Ich reagierte gar nicht auf seine Worte. Stattdessen griff ich nach der nächsten Schachtel. Diesmal war es eine aus Holz, sie lag schwer in meiner Hand. Ohne zu zögern, schleuderte ich sie nach ihm.

Er zuckte nicht mal mit der Wimper, als das Ding an der Decke über ihm abprallte und zu Boden fiel. An der verdammten Decke. Ich war alles andere als eine Sportskanone, und ich hatte ganz sicher nicht die Kraft, eine Holzschachtel meterweit an unsere hohe Decke zu schleudern. Was passierte hier?

»Hör auf«, sagte er noch mal. Dieses Mal klang es drohend, grollend. »Ich tu dir nichts. Ich will nur diese Kette. Ich bin mir sicher, dass sie hier ist. Deine Mutter hat sicher …«

»Mein Vater hatte genug Geld, er hatte es bestimmt nicht nötig, jemanden zu bestehlen. Und meine Mutter … Sie hat ihm nicht bei einem Diebstahl geholfen. Nie. Im. Leben«, sagte ich entschieden. »Du kennst sie nicht. Sie ist ein ehrlicher Mensch. Sie würde nie …«

»Und wenn sie nichts davon wusste?« Archer griff sich an den Hemdkragen und räusperte sich. »Wenn sie nichts davon wusste, dass Eli die Kette hierher gebracht hat?«

Ich presste die Lippen zusammen. Meinem Vater traute ich mittlerweile alles zu. Aber wie hätte er irgendetwas vor meiner Mutter verstecken sollen? Wir hatten immer hier gelebt, zusammen. Es gab keinen Ort, den meine Mutter nicht … Ich stockte. Denn es gab doch einen Ort. Ich musste tief durchatmen, um ruhig zu bleiben. Archer machte mir immer noch Angst. Diese ganze Situation machte mir Angst. Vielleicht wäre es schlauer, die Polizei zu rufen, statt mich hier mit ihm rumzuschlagen. Vor allem weil er irgendwie meinen Angriffen ausgewichen war, ohne sich zu bewegen. Wie zur Hölle hatte er das gemacht? Ich glaubte immer noch nicht an Magie, aber der Gedanke, dass da vielleicht doch etwas Übernatürliches im Spiel war, ließ mich nicht los. Ich wollte nichts damit zu tun haben, was auch immer es wirklich war. Aber Danica war oben, vollkommen ahnungslos. Und vielleicht würde Archer ja verschwinden, wenn er bekam, was er wollte.

»Möglicherweise gibt es einen Ort, an dem die Kette sein könnte, wenn Eli sie wirklich gestohlen hat. Ich kann dich dorthin bringen.

Aber wenn sie dort nicht ist, dann lässt du unsere Familie in Ruhe, verstanden? Wir wollen nichts mehr mit ihm zu tun haben.«

Archer wirkte erleichtert. »Ich verspreche, du bist mich sofort los, wenn ich die Kette habe.«

Ich wickelte die Strickjacke enger um mich, weil ich vor Angst fröstelte, und wies in Richtung der Ausgangstür. »Dann los.«

KAPITEL 6

Wir überwanden das schmale Brett, das das Hausboot meines Vaters und den Steg miteinander verband, und standen dann erst einmal ein paar Sekunden unschlüssig auf dem Deck. Ich kaute auf meiner Unterlippe herum und war froh, dass Archer keinen Kommentar abgab. Seine Anwesenheit schickte mir immer noch eine Gänsehaut über den Nacken, aber das war es nicht, was mich unruhig machte. Zumindest nicht nur.

Es war auch das Hausboot selbst.

Nachdem mein Vater abgehauen war, war ich lange Zeit nicht mehr hier gewesen. Zu sehr hatte es mich an ihn erinnert. Erst ein Jahr später waren Willow und ich hergekommen und hatten ein paar der Sachen meines Vaters zerstört, einfach nur, um der Wut freien Lauf zu lassen. Wieder etwas später hatten wir die Wände mit Graffiti besprüht, und irgendwann war es zu unserem Treffpunkt geworden. Trotzdem hatten wir nie eine Kette gefunden – wenn sie also hier war, musste sie gut versteckt sein.

»Lass uns … einfach aufteilen und suchen«, sagte ich schließlich.

Archer nickte, und wir klapperten erst einmal alle Stellen ab, an denen man ein Schmuckstück aufbewahren konnte: den kleinen Küchenschrank, der direkt neben der Leiter unter Deck lag, dann den schmalen Bettkasten unter der Koje und die festgenagelte Truhe auf der anderen Seite des kleinen Raumes.

Wir redeten nicht miteinander, anscheinend waren wir beide zu angespannt, wenn auch aus anderen Gründen. Während Archer wahrscheinlich nur an diese Kette dachte, spielte sich in meinem Kopf wieder und wieder die ganze letzte Stunde ab. Die Dinge, die passiert waren und die ich immer noch nicht fassen konnte. *Eine Vision,* hatte Archer gesagt. Magie. Ich konnte es einfach nicht glauben, auch wenn ich, wenn ich ehrlich war, keine Ahnung hatte, was es sonst gewesen sein sollte. Aber vielleicht würde sich ja alles erklären, wenn wir die Kette fanden. Zumindest war das meine Hoffnung.

Aber wir fanden nichts.

Gegenüber dem Bett stand noch eine kleine Couchecke, bei der man den Deckel aufklappen konnte. Aber darunter waren vor allem alte Daunendecken, und weil ich wusste, dass die da seit vielen Jahren lagen und wahrscheinlich ordentlich vermodert waren, hatte ich eigentlich keine Lust, mich da durchzuwühlen. Nachdem wir allerdings die ganze Kajüte auf den Kopf gestellt hatten, musste ich mir eingestehen, dass uns keine Wahl blieb.

Ich stieß ein Stöhnen aus und klappte die Couch nach oben. Sofort stieg mir der unangenehme Geruch von Staub und Schimmel in die Nase, der ganz eindeutig von den fleckigen Decken ausging, die mein Vater viel zu selten gewaschen hatte. Ich sah mich noch einmal in der Kajüte um, ob ich so etwas wie Handschuhe entdecken konnte, damit ich diese verdammten Decken nicht mit den bloßen Händen anfassen musste. Aber es half nichts. Nach einer erfolglosen Drehung um meine eigene Achse gab ich auf und packte die Decken, auch wenn mir dabei ein Schauer durch den Körper ging.

»Hilf mir mal«, knurrte ich in Richtung Archer, der mit zusammengezogenen Augenbrauen hinter mir gestanden und in die Couch gestarrt hatte.

Trotz seines feinen Hemdes streckte er sofort die Arme aus. Wir schüttelten jede der Decken schnell aus und warfen sie dann auf den Boden, damit wir sie nicht länger als nötig zwischen den Fingern hatten. Es waren drei Stück, aber offensichtlich hatte niemand versucht, irgendetwas zwischen ihnen zu verstecken. Nachdem ich die letzte hatte fallen lassen, blickte mir nur der kahle Holzboden entgegen, auf dem die Couchecke stand. Dunkles, modrig riechendes Holz, sonst nichts.

»Hier ist nichts«, sagte ich. »Wie ich vermutet habe.« Nervös drehte ich mich zu Archer um. Was würde er jetzt tun? Endlich einsehen, dass er doch falschgelegen und mein Vater die Kette nicht gestohlen hatte, und mich wie versprochen in Ruhe lassen? Oder würde er mir drohen? Meiner Familie? Die unheimliche Szene im Laden machte mir immer noch zu schaffen.

Archer stand etwas nutzlos mitten im Raum und sah sich mit zusammengepressten Kiefern um. »Und es gibt ganz sicher keinen anderen Ort, an dem Eli etwas versteckt haben könnte?«

»Keinen, von dem ich wüsste.«

Ich ließ Archer nicht aus den Augen, als er anfing, durch den Raum zu tigern. Vielleicht hätte ich im Laden doch einfach die Polizei rufen sollen. Der Typ war offensichtlich nicht ganz dicht, und ich war hier völlig allein mit ihm. Er hatte sich bisher zwar an sein Versprechen gehalten und mir nichts getan, aber jetzt, wo klar war, dass ich nicht hatte, was er wollte … Er könnte mich jederzeit angreifen. Sein Blick wirkte düster, und ich wandte mich unruhig ab.

Plötzlich fiel mir etwas auf, dem ich vorher gar keine Bedeutung beigemessen hatte: der Holzboden unter meinen Füßen, der sich durch die ganze Kajüte zog und auf dem alle Möbel standen, einschließlich der Couch. Er war alt und zerkratzt von den vielen Füßen, die sich in den letzten Jahren auf ihm getummelt hatten. Aber – ich warf noch mal einen Blick in das Innere der Couch, um ganz sicher zu sein. Die Maserung des Holzes war gleich, aber es war dunkler als das des restlichen Bodens. Und auch die Dielen schienen schmaler zu sein, beinahe so, als hätte sie jemand nachträglich eingefügt.

Ich ließ mich auf die Knie sinken und tastete das Innere der Couch ab.

»Was ist?«, wollte Archer hinter mir wissen.

Ich beachtete ihn gar nicht. Die Bretter saßen nicht so fest, wie sie es bei dem Boden taten, und ich konnte die Fingernägel unter den äußeren Rand schieben. Ich zog daran, aber die Holzbretter wollten sich nicht lösen, und meine Finger rutschten immer wieder ab.

»Das Küchenmesser«, rief ich Archer über meine Schulter zu. »In der Schublade neben dem Kühlschrank.«

Er fragte gar nicht nach, sondern machte nur einen Satz zurück, um es mir zu holen.

Währenddessen rasten meine Gedanken. *Ein falscher Boden.* Ein falscher Boden, das konnte doch nur heißen, dass mein Vater wirklich etwas zu verbergen hatte.

Als Archer mir das Messer gab, hebelte ich die Klinge unter die schmale Lücke zwischen den Holzbrettern. Es brauchte mein ganzes Körpergewicht und etwas Hilfe von Archer – und ich hatte schon kurz das Gefühl, dass das Messer eher brechen würde als die Dielen –, da krachte es plötzlich, und das Holz splitterte. Ich hatte mit meiner Hebeltechnik ein großes Stück aus den Brettern gebrochen.

Die Lücke zwischen dem Boden der Couch und dem hellen Holz der Kajüte war nur wenige Zentimeter dick, doch darin konnte ich erst einmal nichts sehen. Ich bewegte meine Hand hindurch, vorsichtig darauf bedacht, mir keinen Splitter einzufangen, und tastete den Boden ab. Mein Körper war angespannt, aus Angst, etwas zu ertasten, was ich sicher nicht zwischen den Fingern haben wollte. Eine Maus zum Beispiel – oder eine abgeschnittene Hand.

Das Erste, was ich allerdings in die Finger bekam, fühlte sich eher an wie dickes Papier. Ich tastete die Kanten ab, bevor ich es richtig zu fassen bekam und aus dem Loch zog. Es waren alte Fotos, wie aus einer Polaroidkamera, aber man konnte nichts mehr darauf erkennen.

»Was ist drauf?« Archer blickte mir über die Schulter, und seine Nähe jagte mir eine Gänsehaut über den Nacken.

Ich biss die Zähne zusammen, um mir nichts anmerken zu lassen. »Nichts. Die feuchte Luft und die Jahre haben den Bildern den Garaus gemacht«, gab ich knapp zurück. Ich wusste nicht, warum, aber aus irgendeinem Grund riefen sie eine unheimliche Sehnsucht in mir hervor. Ich wollte wissen, was für Fotos mein Vater hier in seinem Boot vor uns versteckt hatte. Was war so wichtig, dass niemand von uns es sehen durfte?

Vorsichtig legte ich sie auf dem Boden im Innern der Couch ab, als könnte ich noch mehr daran kaputt machen. Dann ließ ich meine Hand wieder in das Loch zwischen den Dielen wandern und tastete weiter. Nach ein paar Sekunden bekam ich schließlich wieder etwas zu fassen. Meine Nägel verhakten sich mit dem Gegenstand, und ich zog ihn heraus.

Ein brauner Umschlag, der so dick mit Paketband umwickelt war, dass man kaum fühlen konnte, ob sich etwas darin befand. Ich nahm wieder das Messer und schlitzte die verklebte Verpackung auf. Dann drehte ich den Umschlag und schüttelte ihn unwirsch, bis etwas herausfiel.

Es klapperte leise, als eine Kette auf dem dunklen Boden landete. Das Gold wirkte alt, die filigrane Arbeit war aber auch nach der langen Zeit noch deutlich zu erkennen. Die Fassung des großen Steines schlang sich wie goldene Äste um ihn herum. Mir blieb der Atem weg, als der Stein unter dem schummrigen Licht der kleinen Deckenlampe funkelte. Wie ein Opal, wie ein Mondstein – und dann doch wieder nicht. Ein metallisch schimmernder Regenbogen, ganz genau so wie der Ring von Archer. Und die Kette war sogar noch schöner.

»Sie ist es.« Archer schnappte nach Luft. Als ich kurz zu ihm blickte, leuchteten seine dunklen Augen.

Erst mit etwas Verspätung bemerkte ich, dass ich die Hand nach dem Schmuckstück ausgestreckt hatte. Meine Finger waren nur noch wenige Zentimeter von der Kette entfernt, und der Stein schien noch heller, noch bunter unter ihnen zu funkeln. Mein Kopf schaltete sich einfach aus, ich dachte nicht länger nach, sondern schloss die Finger darum.

Wärme. Ein Kribbeln in meinem ganzen Körper. Aber als ich mit dem Daumen darüberstrich, passierte nichts.

»Harper.« Archers Stimme klang ein wenig fern, aber ich konnte hören, dass er nervös war. »Diese Kette ist …«

Ich achtete nicht auf ihn, sondern ließ den Daumen weiterwandern. Drückte ihn auf die scharfe Kante der Kette, erhöhte den Druck, obwohl ich selbst nicht wusste, warum ich das tat. Ich war gar nicht mehr ich selbst.

Und dann platzte die kleine Wunde von vorhin, die ich mir an dem Werkzeug zugezogen hatte, wieder auf.

Blut tropfte auf das Gold.

Ich nahm den Geruch von Karamellpopcorn wahr.

Und dann explodierte erneut meine Welt.

KAPITEL 7

Ich fiel.

Vor Schreck schloss ich die Augen. Meine Hände wollten nach etwas greifen, wollten sich an etwas festklammern, aber da war nichts mehr um mich herum. Keine Kommode, keine Couch, nur kalte flirrende Luft. Dann prallten meine Knie auf den harten Boden, und mit einem erschrockenen Aufkeuchen, das den Schmerz aus meinem Mund presste, riss ich die Augen wieder auf.

Mein eigenes Gesicht starrte mir entgegen. Verzerrt ein wenig und von einem glänzenden Rosaschleier überzogen. Die alten Holzdielen des Bootes hatten sich in einen prächtigen Marmorboden verwandelt.

Schritte erklangen neben mir, und als ich aufblickte, schien sich der Raum um mich herum in Zeitlupe mitzubewegen. Da war Marmor, drei Meter in jede Richtung, und dann nur Schatten. Nur Schwärze. Als würde die Welt dahinter einfach aufhören, zu existieren. Das Blut jagte mir unangenehm schnell durch den Körper, während ich den Kopf langsam drehte, zu den Schritten herum, die immer näher kamen.

Da trat jemand aus den Schatten in meinen Marmorkreis. Es war ein Mann, der überhaupt nicht zu bemerken schien, in was für eine kleine Welt er gerade gestolpert war. Der MICH gar nicht zu bemerken schien. Er blickte über die Schulter zurück, als könnte er hinter die dunklen Schatten sehen, und als er sich wieder zu mir drehte, wirkte er ängstlich, fast schon panisch. Seine blonden Haare kringelten sich, und die Brille saß ihm schief auf der Nase. Seine Augen konnte ich von meinem Platz aus nicht erkennen, aber ich wusste trotzdem, welche Farbe sie hatten. Grün, dunkel wie ein Tannenwald. Wie Danicas. Wie meine. Obwohl ich meinen Vater seit acht Jahren nicht gesehen hatte, erkannte ich ihn sofort. Vielleicht lag es daran, dass er sich kaum verändert hatte. Nur der Dreitagebart, der ihm ein beinahe wildes Aussehen verlieh, war neu.

Ich sog rasselnd die Luft ein und hatte trotzdem das Gefühl, dass kaum Sauerstoff in meiner Lunge ankam. Dad bewegte sich in Zeitlupe, und es war offensichtlich, dass er mich nicht bemerkte. Er blickte direkt an mir vorbei, sein Ziel schien eindeutig hinter den Schatten zu liegen.

Bevor ich richtig darüber nachdenken konnte, hob ich den Arm in seine Richtung. Er war nur einen Meter von mir entfernt, und wenn ich die Finger ausstreckte, konnte ich ihn fast berühren. Sein Anblick schickte mir Wellen von Schmerz durch den Körper, Wellen von Erinnerungen, die ich einmal mit ihm verbunden hatte. Dad, wie er neben mir auf dem Bett gesessen und mir aus einem alten Buch über englische Mythen vorgelesen hatte. Dad, wie er mich auf seine starken Schultern hob, damit ich nicht durch die hohen Brennnesseln laufen musste. Dad, wie er mich anlächelte. Dad, wie er eines Morgens einfach nicht mehr da war.

Ich wollte nach dem schwarzen Stoff seines Pullis greifen, ihn festhalten und anschreien. Ihm die ganzen Gefühle entgegenschreien, die ich in den letzten Jahren meistens unterdrückt hatte. Wieso hast du uns im Stich gelassen? Wieso hast du dich nie gemeldet? Wieso warst du nicht da, als wir dich brauchten?

Aber gerade als ich ihn berühren wollte, wurde um mich herum plötzlich alles schwarz, als hätte jemand den Lichtschalter betätigt. Eine Sekunde bewegte ich mich wieder in normaler Geschwindigkeit, und das brachte mich erneut ins Straucheln. Ich stürzte zurück auf die Knie, und das Licht ging wieder an. Unter mir war immer noch Marmor, aber er war nicht mehr nur Rosa. Nicht mehr nur prächtig und sauber und glänzend. Da war Rot, überall, es floss um meine Finger, um meine Knie, über den Boden. Und als ich den Kopf hob, war da wieder Eli. Dad.

Er lag in einer Blutlache, die Arme von sich gestreckt, den Blick an die Decke gerichtet. Seine Lippen bewegten sich ein letztes Mal, aber kein Ton kam hervor. Dann kippte sein Kopf zur Seite, die blonden Haare sanken in das Blut unter ihm, und plötzlich schien er mich anzusehen. Wirklich zu sehen. Da war Angst in seinem Gesicht, Panik. Bis das Licht darin für immer erlosch.

Ich holte in Zeitlupe Luft. Und schrie.

Die Kette klirrte, als sie auf den Holzboden fiel, aber ich hörte es kaum über meinen Schrei hinweg. Ich konnte nichts anderes tun, als mir die Hände auf die Ohren zu pressen und zu weinen. Mir liefen Sturzbäche von Tränen über die Wangen, als das Bild meines sterbenden Vaters immer wieder vor meinem inneren Auge auftauchte wie ein grausamer Horrorfilm. Der Kopfschmerz war erneut rasend und präsent, die Übelkeit und der Schwindel wollten mich überwältigen.

Plötzlich spürte ich warme Hände an meinen Schultern, und ich versuchte, sie abzuwehren. Aber der Griff war eisern, und in der nächsten Sekunde lehnte mein Kopf an einem Hemd, an einer

Brust, und Arme schlangen sich um mich. Nicht, als wollten sie mich einsperren, sondern als wollten sie mich halten, damit ich nicht noch tiefer in die Dunkelheit stürzte. Ich nahm den Geruch eines herben Parfüms wahr. Die Wärme eines Körpers, spürte das Schlagen eines Herzens.

Und dann hörte ich eine sanfte Stimme, die ich erst nicht zuordnen konnte. »Beruhige dich, Harper. Es ist alles in Ordnung. Du bist auf dem Boot. Hier ist niemand, der dir wehtun wird.«

Archer.

Ein weiterer Schluchzer schüttelte mich, und ich brachte endlich ein Wort über die Lippen: »Dad.« Ich verbarg mein tränennasses Gesicht an Archers Brust. »Ich habe Dad gesehen. Ich habe gesehen, wie er starb.«

Archers Muskeln versteiften sich, und erst jetzt fiel mir wieder ein, was er zu mir gesagt hatte.

Magie.

Der Ring hatte eine Vision in mir ausgelöst. Und nun hatte auch die Kette eine Vision in mir ausgelöst. Das war kein Traum gewesen, kein Anfall, keine Einbildung. Die Bilder, die ich von meinem Vater gesehen hatte, waren echt gewesen.

Sofort löste ich mich aus Archers Armen und starrte ihn an. »Ich habe gesehen, wie er starb.« Ein Schauer raste über mein Rücken. »Es war eine Vision. Eine Vision vom Tod meines Vaters. Er wird sterben, Archer.« Mir war übel. Dieser Mann hatte uns verlassen, hatte unserer Familie den Rücken zugekehrt und nie zurückgeblickt. Aber egal, wie grausam er zu uns war, ich konnte ihn nicht sterben lassen. Nicht, bevor ich Antworten hatte. »Wir müssen ihn warnen. Sofort.« Aber vor was sollte ich ihn warnen? Ich hatte nichts gesehen außer Blut. Außer einem rosafarbenen Marmorboden. Würde er mir überhaupt glauben?

Archer blickte aus der Hocke zu mir auf, und erst jetzt fiel mir auf, dass ich aufgestanden war. Seine Augenbrauen wanderten zusammen, aber es war kein Ärger, kein Unverständnis in seinem Ausdruck. Es war Bedauern.

Ich spürte, wie mein Kopf sich zu einem Schütteln bewegte, und Archer seufzte tief.

»Es tut mir leid, Harper«, sagte er leise. »Ich bin mir sicher, dass das, was du gesehen hast, eine Vision war. Magie. Genau wie bei meinem Ring. Aber sie hat dir nicht die Zukunft gezeigt. Eli Grayson ist vor acht Jahren gestorben.«

KAPITEL 8

Das Boot schaukelte. Es war ganz sanft, aber plötzlich konnte ich es mehr als deutlich wahrnehmen. Ich stolperte einen Schritt zurück, und als mein Bein an die Couch stieß, ließ ich mich darauf sinken. »Er ist gestorben.« Mein Mund fühlte sich trocken an. Als hätte ich einen ganzen Esslöffel Salz geschluckt. »Vor acht Jahren.«

Also kurz nachdem er uns verlassen hatte.

Archer nickte etwas steif, und plötzlich war da nichts Bedrohliches mehr an ihm. Er wirkte einfach nur ein bisschen überfordert. Vermutlich war es ihm unangenehm, dass er sich jetzt mit meinen Gefühlen herumschlagen musste, aber ich kämpfte momentan noch zu sehr mit den Bildern vor meinem inneren Auge, um Rücksicht auf ihn nehmen zu können.

Ich hatte bereits vor fast acht Jahren beschlossen, dass ich meinen Vater hasste. Seit ich an diesem einen Morgen in die Küche gekommen war und meine Mutter dort vorgefunden hatte, über einen Brief gebeugt. Sie hatte geweint und mir dann gesagt, dass Dad nicht wiederkommen würde. Dass er sich entschlossen hatte, uns zu verlassen. Ich konnte die Trauer, das Unverständnis und die

Wut auch jetzt noch in mir spüren, fühlte immer noch die vielen Tränen, die ich wegen ihm vergossen hatte. Himmel, ein Teil von mir dachte sogar, dass er es vielleicht verdient hatte. Aber das Bild, wie er da blutend auf dem Marmorboden gelegen, wie er mich ein letztes Mal angesehen hatte, bevor das Licht in seinen Augen erloschen war – es war so grausam und erschreckend gewesen.

So echt.

Keine Einbildung, sondern die echten Bilder seines Todes. Eine Vision. Ausgelöst durch eine Kette. Durch Magie …

Wie zur Hölle war das möglich?

Ich atmete so tief durch, wie ich konnte, und klammerte mich an die Couch. Dann atmete ich ein zweites Mal tief durch, ehe ich wieder Archer anblickte, der immer noch auf dem Boden hockte. Sein Hemd war nass von meinen Tränen, aber seine Schultern waren noch immer steif und gerade.

»Die Wahrheit«, sagte ich, und meine Stimme klang ungewöhnlich schroff. »Keine Ausflüchte, keine Halbwahrheiten, sondern nur die Wahrheit ab jetzt, verstanden?«

Er erwiderte meinen Blick und nickte langsam. Ich wusste nicht, warum die Furcht vor ihm nun gänzlich aus meinen Gliedern verschwunden war. Vielleicht lag es daran, dass er mich gerade festgehalten hatte, ganz dicht an seinem Körper, aber ohne die Kette an sich zu nehmen. Er hätte die Gelegenheit gehabt, das wusste ich, aber er hatte es nicht getan. Vielleicht lag es aber auch daran, dass ich ihm jetzt glaubte. Die zweite Vision hatte mich endgültig überzeugt. Es war Magie. Es konnte gar nichts anderes sein.

»Gut. Die Wahrheit. Mein Vater hat diese Kette wirklich gestohlen?« Ich griff nach dem Schmuckstück, das sofort wieder Wärme in mir auslöste, und hob die Hand. Es schien zu pulsieren, als hätte es einen eigenen Herzschlag, aber möglicherweise lag es auch nur daran, dass ich die Kette so fest hielt, dass sie mir in die Haut schnitt.

Archer wirkte immer noch betrübt. »Die Kette ist schon seit vielen Generationen im Besitz der Familie Grayson.«

»Aber das ist seine Familie, oder? Es ist sein Nachname.«

»Ja, aber er hatte trotzdem nicht das Recht, sie zu nehmen. Sie wurde an seinen älteren Bruder Wade vermacht, der sie in seinem Haus aufbewahrte. Eli hat sie genommen und offensichtlich hier versteckt.« Archer ließ die Schultern sinken. »Ich habe sie sehr lange gesucht, bis ich vor ein paar Tagen einen Hinweis bekommen habe, der mich hierher geführt hat.«

Ich schüttelte verständnislos den Kopf. »Warum? Was hast du mit der Familie meines Vaters zu tun?«

Wie zur Antwort hob Archer die Hand und zeigte mir den funkelnden Stein an seinem Ringfinger. »Wie gesagt, die Kette der Graysons gehört genauso wie dieser Ring zu einer größeren Sammlung an Schmuckstücken. Es sind genau sieben Teile aller Art, die über Generationen hinweg weitergegeben wurden. Der Ring in meiner Familie, die Kette in deiner.«

»Sieben?« Ich dachte an die Bilder, die ich gesehen hatte. An meine erste … Vision, die von König Artus. Ich kannte nur die Geschichten aus dem Unterricht, die Dinge, die man sich eben erzählte. Aber im Zusammenhang damit kam mir diese Zahl nicht bekannt vor.

»Die Ritter der Tafelrunde. Ursprünglich waren es der Legende nach zwölf Ritter, aber noch bevor Excalibur geschaffen wurde, fielen viele von ihnen im Kampf gegen die mächtige Hexe Morgana. Am Ende waren noch sieben übrig. Die Schmuckstücke wurden in ihren Familien weitergegeben.«

Ich spürte, wie meine Schultern einsanken.

Artus, der legendäre König.

Die Ritter der Tafelrunde.

Morgana, die böse Hexe.

War es wirklich möglich, dass ich Artus und Morgana in einer Vision gesehen hatte? Dass das, was ich gesehen hatte, wirklich genau so passiert war? Dass die Ritter der Tafelrunde immer noch existierten?

»Ich stamme also von einem Ritter der Tafelrunde ab, ist es das, was du sagen willst?« Das klang absurd. Aber das hatte der Gedanke an Magie vor ein paar Minuten auch noch getan.

»Ja.« Archer nickte. »Wenn man den Geschichten glauben kann, die in unseren Familien wie die Schmuckstücke weitergegeben wurden.« Ihm war deutlich anzusehen, dass er es auf jeden Fall tat.

»Welcher Ritter?« Keine Ahnung, warum ich das so dringend wissen wollte, aber es war die Frage, die zuerst über meine Lippen kam.

Archer antwortete mit einem sanften Lächeln. »Meine Familie stammt von Galahad ab. Die Graysons von Lancelot.«

Lancelot. Ich konnte nicht anders, als aufzulachen. Ich kannte nicht einmal alle Ritter, ohne das Internet zurate zu ziehen, aber dieser Name sagte mir definitiv etwas. »Okay. Mein Vater stammte also von Lancelot ab. Und warum hat er die Kette seiner Familie gestohlen?« Es war merkwürdig, das zu fragen. Mich damit auseinanderzusetzen, dass Eli wirklich seine Familie bestohlen hatte. Mein Bild von ihm war so weit entfernt von allem, was ich in den letzten Minuten erfahren hatte.

Archer presste die Lippen zusammen. »Das weiß ich nicht.«

Ich legte den Kopf schief und starrte ihn durchdringend an, bis er schließlich seufzte.

»Ich weiß es wirklich nicht, Harper. Es gibt nur Vermutungen.«

»Dann erzähl mir die.«

Er schien sich unter meinem Blick zu winden, aber er hatte mir die Wahrheit versprochen, und er hielt sich offensichtlich daran: »Nach Artus' Todeskampf mit Morgana ist das sagenumwobene Schwert Excalibur verschwunden, aber die Ritter bekamen stattdessen die hier.« Er deutete auf seinen Ring und die Kette in meiner Hand, bevor er sich seufzend auf die Kante der Koje fallen ließ. Das Boot schaukelte wieder sanft. »Die Schmuckstücke sind angeblich ein Schlüssel, ein Wegweiser zu Excalibur.« Archer leierte die Worte runter, als hätte er sie schon Tausende Male gesagt und die Lust daran verloren. »Die Prophezeiung besagt, dass Excalibur von den wahren Erben wiedergefunden werden kann, wenn es an der Zeit dafür ist. Und derjenige, der es besitzt, wird große Macht bekommen. Unvorstellbare Macht. Du kannst dir also sicher vorstellen, dass das für einige verlockend klingt.« Er hob die Hand mit dem Ring und deutete auf mich. »Als du die Kette berührt hast, hast du die Macht gespürt, oder? Die Magie, die hindurchfließt. Sie ist nur ein kleiner Ausblick auf die Macht, die Excalibur hat.«

Gedankenversunken strich ich mit dem Daumen über den funkelnden Stein, der auch jetzt noch nach mir zu rufen schien. Kaum hatte ich die Hand das erste Mal darum geschlossen, hatte ich das starke Verlangen gehabt, ihn zu beschützen. Ihn nie wieder herzugeben. War das die Macht von Excalibur? Existierte das Schwert tatsächlich immer noch irgendwo auf dieser Welt?

Ich hob den Kopf. »Mein Vater wollte die Schmuckstücke also, um Excalibur und seine Macht zu bekommen?« Hatten sie auch nach ihm gerufen, wie nach mir?

»Das ist die Vermutung, ja«, sagte Archer leise. »Tut mir leid.«

Ich schluckte. »Okay. Und was heißt das, *wenn es an der Zeit dafür ist?*«, wollte ich wissen.

Archer zuckte mit den Schultern, und diesmal glaubte ich ihm. »Niemand weiß das. Das Leben von Artus spielte sich vor sehr langer Zeit ab, und über die Jahrhunderte geriet immer mehr davon in Vergessenheit. Die Schmuckstücke wurden zwar in den Familien weitergegeben ebenso wie die Prophezeiung selbst, aber die Rittertitel waren irgendwann nur noch das: Titel. Namen, mit denen man sich brüsten konnte.« Er schüttelte den Kopf, wie um sich selbst zu ermahnen. Dann straffte er die Schultern wieder. »Da wir nicht wissen, wann der Tag der Zusammenführung ist, haben die Wächter beschlossen, dass die Schmuckstücke in London bleiben müssen. Mittlerweile verwahrt meine Familie die Schmuckstücke der Wächter, die nicht mehr in London leben. Die Familie deines Vaters und die anderen Familien in London haben zugesichert, ihre Schmuckstücke an uns abzugeben, sollte der Tag der Zusammenführung jemals kommen. Doch dann hat dein Vater die Kette gestohlen.«

»Tag der Zusammenführung?«

»Der Tag, an dem Excalibur wiedergefunden werden kann. Der Tag, an dem alle Schmuckstücke an einem Ort sein müssen. Dadurch, dass die Magie in den Erben erwacht ist, vermuten wir, dass er bald kommen wird.«

Ich runzelte die Stirn. »Du willst mir also erzählen, die anderen Familien haben alle ihre Schmuckstücke einfach bei deiner abgegeben? Obwohl ihnen sehr viel Macht gewunken hat?«

Archers Rücken versteifte sich etwas. »Die Prophezeiung ist über 1500 Jahre alt, viele der Familien haben im Laufe der Zeit den Glauben daran verloren.« Archer ließ sich gegen das Holz der Bootswand sinken und wischte sich über das Gesicht.

Ich strich mir eine Haarsträhne aus dem Gesicht und atmete tief durch. »Okay, okay«, murmelte ich und versuchte, Ordnung in meine Gedanken zu kriegen, was bei der Informationsflut nicht gerade einfach war. »Du hast vorhin von wahren Erben gesprochen und dass nur sie Excalibur wiederfinden können. Was meintest du damit?«

»In der Prophezeiung ist die Rede von den wahren Erben der damaligen Ritter. Davon gibt es einen pro Familie. Und vor etwa einem Jahr haben einige Nachfahren begonnen, etwas zu spüren. Es war bei jedem anders, aber bei jedem gab es eine gewisse Verbindung, das Spüren von Magie, ein Rufen. Die Schmuckstücke wurden zu diesem Zeitpunkt entweder in Vitrinen oder unter Sicherheitsverschluss gehalten, weit weg von Berührungen. Aber irgendwann hat einer der wahren Erben als Erster dem Rufen nachgegeben – und genau wie bei dir ist auch in ihm Magie erwacht.«

»*Wahre Erben.*« Ich schnaubte. »Du willst mir also sagen, dass ich nicht nur die Nachfahrin von Lancelot bin, sondern auch seine wahre Erbin? Das klingt, als würdest du mir aus einem Fantasybuch vorlesen. Was bedeutet das denn für mich? Muss ich mich jetzt für einen epischen Krieg zwischen Gut und Böse wappnen?«

Archers Augenbrauen zuckten nach oben, und ein leichtes Schmunzeln schlich sich in seine Mundwinkel. »Da muss ich dich leider enttäuschen. Das Erwachen der Magie der Erben ist wahrscheinlich nur ein Zeichen, dass Excalibur bald wiedergefunden werden kann. Zumindest vermutet mein Vater das. Ihm zufolge geben die Schmuckstücke ihren Erben Magie, damit diese sie im Notfall beschützen können.«

»Ah, das ist also der Grund, warum dein Vater alle Schmuckstücke an einem Ort versammeln will. Und deine Familie, die Harrisons, hat jetzt fast alle zusammen oder zumindest greifbar, bis auf …«

»Lancelots Kette.« Archer nickte. Ihm war anzusehen, dass er sich zwang, nicht auf meine Hand zu starren und stattdessen meinen Blick zu erwidern. »Als wir von eurer Verbindung zu Eli erfahren haben, hat mein Vater mich losgeschickt, um nach ihr zu suchen. Ich wusste nicht, dass Eli Kinder hatte. Er und seine Familie waren lange zerstritten und hatten keinen Kontakt, bis er vor acht Jahren wieder nach London gekommen ist. Und ich wusste auch nicht, dass eines seiner Kinder der wahre Erbe von Lancelot ist. Bisher sind die Graysons davon ausgegangen, dass es deine Cousine ist, ihre einzige Tochter. Auch wenn sie bisher keine Magie gezeigt hat.«

Ich hatte eine Cousine? Mein Kopf schwirrte schon, aber ich wollte die ganze Geschichte hören. Die ganze Wahrheit. »Du bist der wahre Erbe von Galahad?« Ich dachte an die Schmuckschachteln, mit denen ich ihn beworfen, die auf unerklärlicher Weise aber nie auch nur in seine Nähe gekommen waren. *Magie.*

Er lächelte angespannt. »Ja, das bin ich. Galahad wird in der alten Legende als der freundliche Ritter bezeichnet. Ich kann nicht direkt angegriffen werden, aber ich kann auch niemanden als Erster angreifen.«

Das klang absurd. Und wenn ich es nicht mit eigenen Augen gesehen hätte, hätte ich es wahrscheinlich auch nicht geglaubt. Ich atmete tief durch und schüttelte wieder den Kopf. »Was passiert, wenn alle Schmuckstücke zusammen sind?«

Archer zögerte, bevor er etwas zerknirscht antwortete: »So genau weiß das niemand. Es gibt wieder nur … Vermutungen, was die Macht des Schwertes angeht. Viele glauben, dass es mit Magie zu tun hat, so wie die Kräfte der Schmuckstücke. Nur viel, viel machtvoller.«

Ich schloss langsam die Finger um die Kette, und ein Zittern ging durch meinen Körper. Die Vision von meinem Vater kam mir wieder in den Sinn. Und mit ihr zusammen die Frage, die ich mich bisher nicht getraut hatte, zu stellen. »Und deswegen ist mein Vater gestorben? Deswegen wurde er getötet?«

»Was?« Archer zuckte zusammen. »Harper, dein Vater wurde nicht getötet. Sein Tod war ein Unfall.«

Überraschung wanderte in mir auf. »Was für ein Unfall?«

»So genau weiß ich es nicht, aber angeblich ein Autounfall. Ich war noch jung, als es passierte, aber die anderen haben sehr um ihn getrauert.« Er sank ein wenig in sich zusammen. »Es tut mir leid, aber ich habe nie danach gefragt, was wirklich passiert ist, ich kannte Eli kaum. Aber obwohl wir von den legendären Rittern abstammen, sind wir eine moderne Gesellschaft. Keine Barbaren, die sich gegenseitig umbringen.«

Meine Finger verkrampften sich um die Kette. Ein Autounfall? Danach hatte es in meiner Vision ganz sicher nicht ausgesehen. Er hatte auf einem rosafarbenen Marmorboden gelegen, in seinem Gesicht Panik. Aber warum erzählte Archer dann von einem Unfall? Er schien es jedenfalls zu glauben. Aber je öfter die Bilder vor meinem inneren Auge auftauchten, desto sicherer war ich mir: Das war kein Unfall gewesen. Irgendetwas wurde hier vertuscht.

Wenn Excalibur wirklich existierte und wenn die Schmuckstücke der Schlüssel zu seiner Macht waren, dann gab es auch Menschen, die alles dafür tun würden, sie in die Hände zu bekommen. Und bei diesem Gedanken kam mir ein Teil der Sage in den Sinn. »Aber kann nicht nur Artus das Schwert benutzen? Als der einzig wahre Würdige?«

»Das ist auch ein Grund, warum viele Wächterfamilien im Laufe der Jahre den Glauben an die Prophezeiung verloren haben«, meinte Archer. »Artus hatte keine Nachkommen, denn er starb auf dem Schlachtfeld im Kampf gegen Morgana.«

Ja, richtig. Das hatte ich gesehen. Ein stechender Schmerz schlich sich in meinen Kopf, und ich stöhnte auf. Das war mir alles zu viel. Die bleierne Müdigkeit, die meine Knochen gepackt hatte, schien sich in meinem Körper auszubreiten. »Also ist am Ende der, der alle Schmuckstücke hat und Excalibur findet, der Würdige?«

Archer zuckte mit den Schultern. »Wahrscheinlich.«

»Und die anderen ordnen sich ihm unter, weil sie hoffen, ein Stück vom Kuchen abzubekommen?«

Das bedachte er nicht mit einer Antwort. Stattdessen hielt er den Blick auf mich gerichtet, die Lippen zusammengepresst und die Schultern steif. Er rieb die Hände aneinander, und ich konnte den Stein an seinem Ring im faden Licht funkeln sehen. Ich wusste, was er sagen wollte, aber ich wartete trotzdem darauf, dass er es tat.

Und schließlich seufzte Archer tief. »Harper, ich brauche diese Kette. Ich bin nach Liverpool gekommen, um sie zu finden und mit nach London zu nehmen. Sie ist das letzte Stück, das in der Sammlung noch fehlt.«

Natürlich war er deswegen gekommen, und er hatte auch versprochen, mich in Ruhe zu lassen, sobald er die Kette hatte. Nur hatte nicht er die Kette gefunden, sondern ich. Und ich war auch diejenige gewesen, die bei ihrer Berührung eine Vision hatte. Die wahre Erbin der Lancelot-Kette. Natürlich wollte ich nicht zwischen ein paar Wächterfamilien geraten, die einen irren Kampf um unermessliche Macht führten, wie man es aus epischen Filmen kannte. Ich war nicht lebensmüde.

Aber Eli, mein Vater, war anscheinend dazwischengeraten und hatte es mit seinem Leben bezahlt. Unfall oder nicht, ich konnte noch genau vor mir sehen, wie er mich angesehen hatte, und in mir herrschte das unstillbare Verlangen, die Wahrheit herauszufinden. Seinen Tod zu verstehen.

Archer bemerkte wohl den Kampf in meinem Gesicht, denn er lockerte die Schultern etwas und fuhr sich mit einer Hand durch die schwarzen Locken. »Es ist spät, Harper. Ich kann mir vorstellen, dass das für dich eine ganze Menge Informationen waren und auch die Visionen nicht einfach zu verkraften sind.«

Das konnte er laut sagen. In mir wuchs trotzdem das Misstrauen. »Und was schlägst du jetzt vor?«

»Wir schlafen eine Nacht darüber. Verarbeiten, was passiert ist. Und morgen früh sprechen wir, wie es weitergeht. Einverstanden?«

Ich starrte in seine ernsten kaffeeschwarzen Augen und zog die Brauen zusammen. »Kannst du versprechen, dass du nicht in der Nacht versuchen wirst, mir die Kette zu stehlen?«

Er hob sofort abwehrend die Hände. »Wenn du versprichst, dass du in der Nacht nicht versuchen wirst, mit der Kette zu türmen oder sie irgendwo zu verstecken, werde ich mich auch benehmen. Versprochen.«

Galahad, der Freundliche. Ich wusste nicht, warum, aber ich glaubte ihm, dass er es ernst meinte. Seufzend zuckte ich mit den Schultern. »In Ordnung. Morgen früh.«

»Gut.« Archer erhob sich und klopfte sich den Staub des Bootes von der Hose. Dann reichte er mir müde lächelnd die Hand, an der kein Ring am Finger steckte.

Ich nahm sie und ließ mich zurück auf die Füße ziehen.

KAPITEL 9

»Igelst du dich wieder ein?«

Ich hob den Blick und sah, wie Willow langsam im Treppenhaus nach oben kam und mich angrinste. Ihre kurzen Haare wellten sich, als wäre sie gerade erst von einem Morgenschwimmen im Meer zurückgekommen, und sie wirkte wirklich ausgeschlafen. Im Gegensatz zu mir.

Ich hatte die gesamte Nacht kaum ein Auge zugemacht. Die Angst, tief einzuschlafen und erneut meinen Vater sterben zu sehen, hatte mich wieder und wieder aufschrecken lassen. Als die Sonne aufgegangen war, hatte ich es aufgegeben und mich aus dem Bett geschält, mich angezogen und war aus der Wohnung geflüchtet, um mich hier auf die oberste Stufe im Treppenhaus zu setzen. Und nachzudenken. Ich konnte Archer noch nicht gegenübertreten, noch nicht mit ihm sprechen oder ihm gar die Kette überlassen. Allein der Gedanke fühlte sich absurd an. Und da waren immer noch so viele Fragen in meinem Kopf, dass er mittlerweile schon vor Schmerzen zu summen schien. Was war mit meinem Vater passiert? Es war definitiv kein Autounfall, aber war es vielleicht trotzdem ein Unfall gewesen? Oder doch Mord? Und … wusste meine Mutter, dass er tot war?

Ich war mir fast sicher, dass sie es nicht tat. Nachdem er uns verlassen hatte, hatte sie jeden Abend in ihrem Sessel im Wohnzimmer gesessen und durch das Fenster nach draußen in den Innenhof gestarrt. Obwohl er nie zurückgekommen war, nie angerufen oder geschrieben hatte, saß sie immer noch jeden Abend dort, einen Tee in der Hand, und starrte nach unten, als könnte er jeden Moment durch das Tor spazieren, als wäre keine Zeit vergangen. Egal, wie gut es ihr mittlerweile ging, egal, wie viel sie wieder lachte, auch nach acht Jahren hatte sie nicht aufgegeben.

Es würde ihr das Herz brechen.

Willow ließ sich neben mich auf die oberste Stufe fallen. Aus dem Augenwinkel konnte ich sehen, dass sie mich musterte. »Ist alles in Ordnung, Harper?«

Wie zur Hölle sollte ich diese Frage nur beantworten? *Nein, ich habe gerade erfahren, dass ich die Nachfahrin von Ritter Lancelot bin und außerdem, dass mein Vater seit acht Jahren tot ist?* Ich wollte sie nicht anlügen, nicht meine beste Freundin, die mir in den letzten Jahren immer beigestanden hatte, egal, was passiert war. Also seufzte ich und antwortete: »Nicht wirklich. Gestern ist ein Kunde in die Goldschmiede gekommen, wir haben eine Weile geredet und … es hat sich herausgestellt, dass er die Familie meines Vaters kennt.«

Willow schnappte nach Luft. »Ernsthaft?«

Ich nickte. »Die Graysons. Sie leben wohl in London und sind Freunde von Archers Familie. Er hat Eli sogar flüchtig gekannt.«

Willow hob fragend die Augenbrauen.

Also sprach ich es aus, auch wenn die Worte sich auf meinen

trockenen Lippen falsch anfühlten: »Er ist tot. Anscheinend ist er vor ein paar Jahren bei einem Unfall gestorben.«

»*Shit.*« Willow schnappte nach Luft. »Wieso hast du mir nicht geschrieben? Wie geht es dir?«

»Keine Ahnung.« Ich zuckte mit den Schultern. »Ich denke, ich musste es erst mal selbst verdauen. Dass er tot ist, ändert nichts an der Sache, dass er uns damals verlassen hat. Aber … es war trotzdem hart, es zu hören.« *Und es zu sehen.* Ich schüttelte mich.

Willow nickte verständnisvoll, und ich setzte mich endlich auf und fuhr mir durch die Haare. »Sag es Danica nicht. Ich weiß noch nicht, ob sie es unbedingt erfahren muss.«

»Meine Lippen bleiben versiegelt.« Sie machte eine Geste, als würde sie ihren Mund mit einem Schloss versehen.

Unbewusst griff ich nach der Kette, die ich unter meinem Shirt versteckt hatte. Der Schlüssel zu Excalibur. Auch nach einer Nacht hörte sich das Ganze nicht weniger absurd an. Und doch konnte ich nach wie vor das sanfte Pulsieren auf meiner Haut spüren. Wie ein Beweis, dass nichts mehr so war wie vorher, bevor ich den Stein das erste Mal berührt hatte.

Willow stützte sich auf ihren Arm und musterte mich prüfend. »Was hast du jetzt vor?«

Ich erwiderte ihren Blick überrascht. »Was meinst du?«

»Na ja, du hast vom anderen Teil deiner Familie erfahren. Du kennst jemanden, der weiß, wo sie leben. Wirst du sie kennenlernen?«

Darüber hatte ich noch gar nicht nachgedacht. Aber als Willow die Worte jetzt aussprach, zog sich wieder ein Kribbeln über meine Haut. Was, wenn ich Archer nach London begleitete? Das klang völlig abwegig, weil ich ihn überhaupt nicht kannte und diese ganze Geschichte mit den Schmuckstücken und den Erben zwischen uns stand. Aber wenn ich ihn begleitete, würde ich die Familie meines Vaters kennenlernen. Ich würde vielleicht herausfinden, was wirklich mit ihm passiert war.

»Vielleicht«, brachte ich über die Lippen. »Aber das wäre ziemlich unbedacht, oder? Mit einem fremden Typen nach London zu fahren, um Menschen kennenzulernen, die mir auch nicht näher sind?« Die nicht einmal wussten, dass ich existierte.

Willow zuckte mit den Schultern. Auf ihren Lippen lag ein leichtes Lächeln. »Nicht unbedachter, als alles andere, was man in unserem Alter so macht.« Sie beugte sich ein bisschen nach vorn und zog an einer Strähne meiner Haare. »Nach dem, was Danica passiert ist, hast du alles aufgegeben, Harper. Du bist hiergeblieben und hast dich um die Schmiede gekümmert, und um deine Familie. Jetzt ist es mal Zeit, an dich selbst zu denken, und zwar nur an dich. Was willst du?«

Ich atmete tief durch. Die Kette. Meine Familie. Der Tod meines Vaters. Bevor ich den Gedanken beendet hatte, nickte ich auch schon. »Ich will nach London.«

»Gut.« Willow zuckte wieder mit den Schultern. »Dann tu es. Was kannst du denn dabei verlieren? Im schlimmsten Fall lernst du ein paar grässliche Verwandte kennen und merkst, dass London nichts für dich ist. Dann kannst du immer noch wieder mit mir nach Cambridge zum Studium kommen.« Sie zwinkerte, und ich musste lachen. »Und im besten Fall sind die Leute, von denen du abstammst, großartige Menschen.«

»Ja, aber ich will Danica nicht hier allein lassen.« Etwas verzweifelt fuhr ich mir durch die Haare. »Und ich habe meiner Mum versprochen, dass ich ein Auge auf die Schmiede habe.«

»Deine Mum hat gemeint, dass die Schmiede auch eine Weile zu sein kann.« Willow schüttelte abschätzig den Kopf. »Und hallo?

Deine Schwester ist nicht allein. Ganz abgesehen davon, dass sie sechzehn ist und sehr gut klarkommt, ist meine Mutter noch da. Ich bin noch da. Wir sind auch eure Familie.«

Ich seufzte tief. Willow hatte zwar recht, aber ich zweifelte trotzdem noch. Am liebsten hätte ich mit meiner Mutter gesprochen, aber weil ihr Teil der Familie in einem Kaff ohne Internet- und Handyempfang – und nur einem einzigen Festnetztelefon für das ganze Dorf – lebte, war das auch nicht möglich. Außerdem war ich alt genug, meinen Weg selbst zu entscheiden. Und ich konnte nicht ignorieren, was ich erfahren hatte. Was ich gesehen hatte. Dads Tod … Es gab zu viele Fragen. Zu viele Ungereimtheiten, denen ich nachgehen musste. Deshalb nahm ich all meinen Mut zusammen und stand von der obersten Stufe auf. »Dann sollte ich wahrscheinlich packen gehen.«

Ich konnte selbst nicht glauben, dass ich so etwas Absurdes tat. Als ich eine Stunde später mit meiner gepackten Tasche im Treppenhaus wieder nach unten ging, raste mein Herz, und meine Hände waren schweißnass.

»Hältst du das wirklich für eine gute Idee?«

Als ich über meine Schulter blickte, zog Danica die Augenbrauen nach oben. Sie saß am oberen Treppenabsatz und hatte die Arme vor der Brust verschränkt. Manchmal sah sie mehr aus wie unsere Mum als … na ja, unsere Mum.

Ich lächelte. »Ich bin nur ein paar Tage weg, und Martha wird währenddessen nach dir sehen. Du kannst sie jederzeit um Hilfe bitten, wenn etwas ist. Und mich anrufen.«

Danica stöhnte genervt. »Ich komme klar, Harper. Du weißt genau, dass ich das nicht meine.«

Ich bemerkte, dass sie ein wenig nervös an ihren Ringen herumspielte. Die, die ich für sie gemacht hatte. Ich drehte mich ihr wieder komplett zu. »Du machst dir Sorgen, dass ich entführt und verschleppt werde?«

»Wer sollte dich schon entführen wollen?« Sie schnaubte belustigt, genau wie ich es gedacht hatte.

Ich grinste breit. »Genau. Du musst dir also keine Sorgen um mich machen. Wie gesagt … Ich sehe mir nur die Uni in London an, um mich zu entscheiden, ob sie was für mich ist. Dann bin ich sofort zurück.« Ich hatte ein schlechtes Gewissen, dass ich sie anlog, aber die Wahrheit konnte ich ihr noch nicht erzählen. Und mit meiner Zukunft konnte ich meine Familie immer noch am besten ködern.

Danica seufzte tief. »Ich bin ja froh, dass du endlich wieder rauskommst …«

»Danke, Mum.«

»Aber wie gut kennst du den Typen, mit dem du fährst?«

Ein Prickeln breitete sich auf meinem Nacken aus. *Gar nicht. Ich fahre mit einem fremden Typen nach London, der mir am Vorabend noch wahnsinnige Angst gemacht hat – nur, weil er mir Geschichten über eine verlorene Familie und Magie erzählt hat.* Ich biss mir auf die Unterlippe. »Sehr gut. Er ist ein alter Klassenkamerad von mir, der in London studiert, hab ich doch schon erzählt.«

Einen Moment starrten wir uns an, und ich hoffte inständig, dass sie sich damit abfand. Oder hoffte ich das Gegenteil? Dass sie mich bat, zu bleiben, damit ich diese ganze Aktion abbrechen konnte? Ich wusste es nicht genau.

Danica schob sich eine Strähne ihrer langen roten Haare hinters Ohr. Dann nickte sie, als hätte sie ein schweres Urteil gefällt. »In Ordnung.«

Damit war ich wohl entlassen. Ich lächelte noch einmal und hob die Hand zum Abschied. »Bis in ein paar Tagen.«

»Pass auf dich auf, Harper.«

Sie sagte es so eindringlich, dass ich beinahe noch einmal ins Stocken gekommen wäre. Nur eine Sekunde, dann setzte ich wieder einen Fuß vor den anderen. »Immer, Dani.«

KAPITEL 10

Als ich die Haustür öffnete, lehnte Archer bereits an einem auffälligen schwarzen Sportwagen, der in der Sonne glänzte. Er lächelte mir entgegen. Genau fünf Sekunden lang, während ich nach draußen trat und die Tür hinter mir schloss. Denn dann sah er offensichtlich die Sporttasche in meiner Hand, und alles in seinem Gesicht fiel in sich zusammen.

»Was ist das?«, fragte er.

»Das sind meine Sachen für ein paar Tage. Ich komme mit nach London zur Familie meines Vaters.«

»Auf keinen Fall.« Archer wirkte vollkommen entsetzt, als er mit erhobenen Händen einen Schritt auf mich zumachte. »Ich kann ihnen doch nicht einfach eine Verwandte vor die Tür setzen, von der sie nichts wissen.«

Ich hatte schon mit so etwas gerechnet, deshalb erwiderte ich seinen Blick grimmig. »Gut, was ist die Alternative? Ich setze mich in den nächsten Zug und fahre selbst nach London. Mache die Familie meines Vaters einfach ausfindig, stelle mich selbst vor ihre Tür und sage, dass du mir von ihnen erzählt hast, mich ihnen aber nicht vorstellen wolltest. Denkst du, das traue ich mich nicht?«

Es schien zu funktionieren, denn Archer biss sich auf die Unterlippe. »Was genau versprichst du dir denn davon, die Graysons kennenzulernen? Die Ritterfamilien sind ein enger Kreis, der selten neue Menschen zulässt.«

Ich verspreche mir davon, dass ich rausfinde, was meinem Vater passiert ist. Ob es wirklich ein Unfall war oder ob er wegen dieser Kette sterben musste. Einer Kette, die ich einfach wildfremden Menschen geben sollte. Ich hob die Augenbrauen. »Ich will einfach nur wissen, wo ich herkomme, ist das so schwer zu verstehen? Außerdem bin ich doch angeblich … wie hast du es selbst gesagt? … die wahre Erbin von Lancelot?«

Archer knurrte. »Und du bist auch ein verschwiegenes Kind eines verstorbenen Familienmitgliedes.« Als ich bei seinen Worten die Lippen zusammenpresste, seufzte er. »Ich will dir damit nur sagen, dass es sein kann, dass du nicht mit offenen Armen empfangen wirst.«

»Das ist mir egal«, gab ich hart zurück. Ich griff unter meine Bluse und zog die Kette hervor, die in der Vormittagssonne zu funkeln begann. »Lancelots Kette …«, sagte ich kühl, »… bekommst du nur, wenn du Lancelots Erbin mitnimmst. Überleg es dir.«

Archer sah mich entgeistert an. »Das ist nicht dein Ernst, oder?«

»Natürlich.«

»Sie gehört nicht dir, Harper. Sie gehört …«

»Meiner Familie, schon klar«, unterbrach ich ihn. »Hör zu, Archer, eigentlich ist es mir herzlich egal. Die Schmuckstücke, Excalibur, diese Geschichte mit der Macht und die ganze Wächtergesellschaft. Und diese Magie …« Ich konnte nicht verhindern, dass ich mir an die Brust griff. »Ich habe nicht darum gebeten. Diese Visionen machen keinen Spaß, aber das hast du mir sicher angesehen, oder? Das Einzige, was ich will, ist, mit nach London zu kommen. Diese verdammte Kette, die mein Vater gestohlen hat oder was auch immer, ich werde sie zurückgeben.« Der Gedanke war überraschend schmerzhaft, aber ich versuchte, das Gefühl zu ignorieren. »Den Graysons. Den rechtmäßigen Besitzern, wie es sich gehört. Das wird doch sicher in Ordnung sein für dich, oder?«

Archers Kiefermuskeln verkrampften sich. Ich hatte mit Widerrede gerechnet, aber stattdessen nickte er kurz und hart. »Die Graysons sind, wie ich bereits betont habe, gute Freunde der Familie. Die Kette gehört zwar ihnen, aber sie wollten, dass meine Familie sie hat …« Er schüttelte seufzend den Kopf. »Ich kann dich ja verstehen, Harper. Wirklich. Ich würde wahrscheinlich auch wissen wollen, wo ich herkomme und was mich mit diesen Menschen verbindet.«

»Danke«, gab ich schnell zurück und meinte es auch so. Sein Verständnis war nicht unbedingt etwas, womit ich gerechnet hatte. Und es gab mir ein wenig Hoffnung. »Das heißt also …?«

Archer kaute auf seiner Unterlippe herum. Dann stöhnte er resigniert auf. »Meinetwegen, ich nehme dich mit nach London.« Als sich auf meinem Gesicht ein breites Grinsen ausbreitete, hob er warnend die Hand. »Wie gesagt: Ich weiß nicht, wie sie auf dich reagieren werden. Was damals mit Eli passiert ist, war ein großer Schock, und dein Onkel und deine Tante gehören zu den Menschen, die solche Dinge lieber verdrängen und mit teurem Whiskey begießen. Dein Auftauchen wird sie wieder daran erinnern, dass der Mann, um den sie trauern, ein ganzes Leben gelebt hat, von dem sie nichts wissen.«

Ein Schauer jagte mir bei seinen Worten über den Rücken. Wenn es wirklich so kam, dass sie nichts mit mir zu tun haben wollten und mich aus dem Haus warfen, sobald ich ihnen die Kette zurückgegeben hatte, wäre ich danach völlig allein mitten in London. Aber vermutlich war es die Hoffnung, dass die Graysons in mir doch ein Familienmitglied sahen, die Tochter ihres geliebten Eli, die mich selbstbewusst bleiben ließ. »Mach dir mal keine Sorgen um mich, ich komme schon klar mit ein bisschen Abneigung von mir völlig fremden Menschen.«

Und ich hoffte wirklich inständig, dass das stimmte.

Zu meiner Erleichterung hob Archer ergeben die Hände und deutete mit dem Kinn zu seinem Auto. Mein Herz machte einen Satz, aber ich versuchte, mir nichts anmerken zu lassen. Stattdessen warf ich mit stoischer Miene meine Tasche auf den Rücksitz und ließ mich dann auf den Beifahrersitz fallen. »Nur damit du es weißt ... Meine Familie weiß, wo ich bin, und verfolgt mich über GPS. Nur falls du vorhast, mich bei voller Fahrt aus dem Auto zu werfen.«

»Zu schade«, gab er zurück, offensichtlich nicht ganz ernst gemeint. HOFFENTLICH nicht ganz ernst gemeint.

Archer schien nicht sonderlich erpicht darauf zu sein, die Fahrt mit einem Gespräch zu verkürzen. Kaum hatte er sich hinter das Lenkrad geklemmt, setzte er seine Brille, die er wohl zum Autofahren brauchte, auf und starrte mit angespanntem Kiefer stur geradeaus auf die Straße. Wahrscheinlich machte er sich immer noch Gedanken, was meine Familie von mir halten würde. Aber das waren auch die Dinge, die mich beschäftigten, während wir über die Straßen rasten. Das und die Frage, wie mein Vater gestorben war. Blutüberströmt auf einem rosafarbenen Marmorboden. Ich schluckte heftig, als erneut das Bild vor meinem Auge auftauchte.

Ich würde herausfinden, was passiert war.

Koste es, was es wolle.

KAPITEL 11

Irgendwann musste ich trotz der quälenden Gedanken eingeschlafen sein. Vielleicht lag es an Archers sicherem Fahrstil, an der Erschöpfung der letzten Tage oder aber an dem sanften Brummen seines teuren Wagens. Auf jeden Fall schreckte ich erst wieder hoch, als rechts und links neben dem Wagen hohe Gebäude in den Himmel schossen. Ich konnte mich nicht erinnern, was mich aus meinem leichten Schlaf geholt hatte, aber mir haftete noch ein seltsames Gefühl an. Wie eine dunkle Ahnung, die sich schon wieder verflüchtigte. Ich blinzelte überrascht erst aus dem Fenster und dann zu Archer rüber, der immer noch steif da saß. Himmel, der Typ musste doch längst völlig verspannt sein.

»Sind wir schon in London?«, murmelte ich verschlafen.

Archer brummte zustimmend. Als er sich zu mir drehte, war sein Gesicht überraschend sanft. »Wir sind kurz vor Knightsbridge.«

»Knightsbridge?«

»Ein Stadtteil in London.« Sein Lächeln wurde breiter und fast ein bisschen stolz. »Unser Stadtviertel.«

»Den Rittern gehört ein ganzes Viertel?!«

»Es gehört uns nicht. Aber die meisten Wächterfamilien leben seit vielen Generationen hier, und der Rest von Knightsbridge ist im Laufe der Jahre um sie herum entstanden.«

Das war wirklich unglaublich. Und irgendwie ein seltsames Gefühl, dass ich ein kleiner Teil dieses riesigen Geflechtes englischer Geschichte war – ohne es je auch nur geahnt zu haben. Gedankenversunken strich ich über den warmen Anhänger, der auf meinem Brustbein lag.

Leichte Nervosität flutete mich, als ich daran dachte, dass ich bald meiner Familie gegenüberstehen würde. Meinen Onkel Wade hatte Archer schon erwähnt, aber … »Wer gehört eigentlich noch zur Familie meines Vaters, außer Wade, meiner Tante und dieser Cousine, die sie für die wahre Erbin gehalten haben?«

»Niemand, es gibt nur Wade, deine Tante Cassandra und ihre Tochter Ada«, gab Archer knapp zurück, als er in eine engere Straße einbog. Hier reihte sich eine Stadtvilla an die nächste, und das flaue Gefühl wurde schlimmer.

»Bloß nicht zu viele Informationen«, meinte ich sarkastisch.

Archers Blick zuckte kurz wieder zu mir, dann seufzte er erneut. »Dein Onkel ist in der Politik, er arbeitet im Parlament. Deine Tante hat auch Politik studiert, daher kennen sie sich. Aber sie hat mittlerweile eine Boutique hier in London. Und Ada ist am UCL, sie studiert Tiermedizin.«

Ich atmete tief durch. »Danke«, gab ich flüsternd zurück, weil meine Stimme ein wenig versagte. Archer seufzte, und ich betrachtete sein Gesicht eine Weile von der Seite, bevor ich nachhakte: »Und du?«

»Und ich was?«

»Was machst du in London?«

Er runzelte die Stirn. Ich merkte, dass er etwas schneller mit den

Fingern auf dem Lenkrad herumtippte, und dachte eigentlich, dass er mir nicht antworten würde. Dann aber sagte er langsam: »Ich studiere Recht am UCL.«

»Oooh«, machte ich, etwas beeindruckter, als ich es eigentlich klingen lassen wollte. Als er mich abschätzend musterte, fügte ich an: »Das passt irgendwie zu dir.«

»Tatsächlich?« Archer drehte sich wieder nach vorn. Kräuselten sich etwa seine Lippen etwas? »Mein Bruder Carter studiert auch Recht, und ich würde sagen, dass wir sehr unterschiedliche Typen sind. Was an mir passt also?«

Ich legte den Kopf schief. »Ich kenne deinen Bruder nicht, aber dich kann ich mir einfach gut als Anwalt vorstellen. Oder als Richter.« Mit strengem Blick und diesem kleinen Hammer. Wieso wurde diese Szene in meinem Kopf plötzlich sexier, als sie sein sollte? Verlegen sah ich wieder nach vorn, und weil Archer nur noch zustimmend brummte, versiegte unser Gespräch damit.

Die Straßen um uns herum wurden ruhiger, wie man es von einem Wohngebiet erwartet, und schließlich wurde Archer an einem großen weißen Herrenhaus langsamer, das durch einen feinen schwarzen Zaun von der Straße abgegrenzt war. Es hatte prächtige, dunkle Fensterläden, vor denen Blumen hingen, die perfekt gestutzt waren. Ansonsten wirkte nichts an dem Haus heimelig. Der kleine Vorgarten war gepflastert, nicht einmal ein kleines bisschen Unkraut war zu sehen. Die Fassade war sauber und eintönig. Archer lenkte das Auto zu der kleinen Auffahrt, und das Tor schob sich mechanisch auseinander.

Sofort fuhr ich zu ihm herum, die kribbelnde Nervosität in meinem Magen war nun überdeutlich zu spüren. »Hier wohnt meine Familie?«

»Nein.« Er legte die Bremse ein, während das Tor hinter uns wieder zuging. »Hier wohnt MEINE Familie. Wir machen nur einen kurzen Halt und laufen von hier aus.« Er blickte zu mir rüber, bemerkte wohl mein blasses Gesicht und fügte hinzu: »Es wird schon alles gut, Harper.«

Versuchte er gerade, mich zu beruhigen?

Ich lachte nervös. »Das klang vor ein paar Stunden aber noch ganz anders.«

»Deine Familie ist ganz in Ordnung.«

Ich rümpfte die Nase. »Dann wolltest du mich also wirklich nur davon abhalten, mitzukommen?«

»Ja.« Er betrachtete mich ernst, aber ich konnte beinahe so etwas wie einen kleinen Schalk in seinem Blick aufblitzen sehen.

Ich brummte, aber es klang mehr nach einem Schnurren, deshalb beeilte ich mich, aus dem Wagen zu springen.

Archer folgte mir langsam und legte eine Hand auf das Autodach. Jetzt war das Beinahe-Lächeln wieder aus seinem Gesicht verschwunden. »Warte hier. Wir gehen gleich zu deiner Familie rüber. Ich möchte nur ... den Ring ablegen und mich zurückmelden.«

Ich sah Archer hinterher, als er auf die Villa zuging und von der breiten Eingangstür verschluckt wurde. Ich lehnte mich an sein Auto und versuchte, mich mit dem Gedanken anzufreunden, dass meine Familie wahrscheinlich auch in so einem Herrenhaus lebte. Dass sie Geld hatten. Vielleicht sogar Snobs waren.

Nervös rieb ich mir die Finger und schreckte ein wenig zusammen, als die Eingangstür wieder aufgerissen wurde. Aber es war nicht Archer, der nach draußen kam, sondern ein anderer Typ in unserem Alter. Er wirkte wütend, während er regelrecht auf sein Handy einhämmerte.

Archers Bruder? Ein Freund?

Erst, als er schon neben dem Auto war, bemerkte er mich. Er

sah von seinem Handy auf und starrte mich einen Moment überrascht an. Blaue, unergründlich tiefe Augen, die mich zum Stocken brachten. »Ein Mitbringsel aus Liverpool? Sieht unserem Archer gar nicht ähnlich«, brummte er. Sein Blick streifte die Kette, die auf meinem Brustbein lag, und ich war mir sicher, dass etwas in seinem Gesicht passierte, was ich nicht verstand.

»Wie bitte?«, fragte ich überrumpelt nach.

Der Typ sah wieder auf und winkte ab. »Vergiss es.«

Da trat auch Archer wieder nach draußen. »Lark«, rief er, beinahe ein wenig herrisch. »Warte.«

Lark verdrehte die Augen in meine Richtung, als würden wir plötzlich ein Geheimnis teilen. »Viel Spaß mit ihm«, meinte er noch und verschwand dann durch das Tor zur Straße raus, ohne auf Archer zu achten.

Ich starrte ihm immer noch nach, als Archer neben mir auftauchte. Er wirkte verärgert und spielte die ganze Zeit an dem Finger herum, an dem vorher noch der Ring gewesen war.

»Was war das denn gerade? Dein Bruder?«, wollte ich wissen.

Aber Archer winkte nur ab, genau wie dieser Lark gerade. »Ganz sicher nicht. Sollen wir zu den Graysons rübergehen?«

Nach kurzem Zögern nickte ich. Mir blieb schließlich keine andere Wahl mehr. Wir traten ebenfalls durch das Tor nach draußen, und als ich die Straße hinabblickte, war Lark schon verschwunden.

KAPITEL 12

Ich war noch nie in London gewesen, aber Knightsbridge war so, wie ich mir die Stadt immer vorgestellt hatte. Eng aneinanderstehende, hohe Häuser, deren edle Fassaden einen alten Charme versprühten. Uns kamen Leute auf der Straße entgegen, die deutlich machten, dass Knightsbridge eher ein Viertel für die gut betuchten Einwohner Londons war. Ich sah Markenklamotten, schicke Anzüge und perfekt hergerichtete Menschen, die uns nicht weiter beachteten. Trotzdem kam ich mir direkt seltsam verfolgt vor. Vielleicht weil ich mich so fehl am Platz fühlte, denn als ich über meine Schulter spähte, war dort niemand.

Das Haus der Graysons war bereits von Weitem zu sehen, als wir in die Straße einbogen und Archer darauf deutete, und ich hielt ehrfürchtig den Atem an. Die Fassade war zuckerweiß gestrichen, hatte große Fenster und ein elegantes, dunkles Flachdach. Ich zählte drei Etagen, in denen bestimmt mehr als vier Familien Platz gefunden hätten, und es gab riesige Balkone, die sich über den gesamten ersten und zweiten Stock erstreckten. Der Vorgarten lag hinter einer brusthohen Mauer, die die gleiche Farbe wie die Fassade hatte, und dahinter wuchsen junge Bäume, deren Kronen den untersten Balkon gerade so kitzelten. Am Rand des Daches konnte ich ebenfalls ein Geländer erkennen, also gab es anscheinend eine Dachterrasse, die höchstwahrscheinlich auch riesig war. Das Haus war schön, herrschaftlich definitiv, aber längst nicht so kalt wie das von Archers Familie.

Wir waren gerade an der Mauer angekommen, als die auf zwei Stufen erhobene Eingangstür aufging und ein Mann nach draußen trat. Eine seltsame Gefühlswelle ging bei seinem Anblick durch meinen Körper, und ich musste die Hände zu Fäusten ballen. Er sah aus wie mein Vater. Die gleichen starken Gesichtszüge, die gleiche kurze Nase, die gleichen blonden Haare. Nur dass die von Onkel Wade kürzer und auf dem Kopf ordentlich nach hinten gekämmt waren.

Er blickte erst Archer an, dann mich, dann lächelte er. »Es ist also wahr, was Archer sagte.« Er kam die Stufen herunter, um uns das Tor aufzuhalten, und musterte mich prüfend. Nach einer gefühlten Ewigkeit, in der ich schon langsam anfing, mich unwohl zu fühlen, meinte er: »Du siehst ihm sehr ähnlich.«

Ich nahm die Hand, die er mir reichte, und zwang meine Mundwinkel nach oben. »Harper.«

»Wade«, sagte er, dann klopfte er Archer auf die Schulter. »Schön, dass du wieder zurück in London bist. Und … danke.«

Es war schwer auszumachen, wofür er ihm dankte. Dafür, dass Archer einen Teil der Familie nach London gebracht hatte? Oder die Kette?

Ich rechnete es meinem Onkel Wade zumindest hoch an, dass er mir zuerst in die Augen gesehen hatte, bevor sein Blick zur Kette gewandert war.

Archer lächelte leicht. »Keine Ursache, Wade. Jetzt, wo alle

Schmuckstücke wieder versammelt sind, wird es sicher ein Fest geben. Ihr kommt doch?«

»Natürlich.«

»Gut.« Archer deutete in meine Richtung. »Bringt sie mit. Es ist das letzte Schmuckstück, das wird also ein großer Tag.«

Wade nickte.

Jetzt war es jedenfalls eindeutig, dass die beiden nicht von mir geredet hatte, sondern von der Kette. Lancelots Kette. Er sah kurz zu mir und schien nicht zu wissen, was er sagen sollte. Dann begnügte er sich mit einem: »Wir sehen uns, Harper.«

Mir war klar gewesen, dass es irgendwann darauf hinauslief, aber ich hatte gehofft, dass er noch bleiben würde, bis ich mich bei meiner Familie akklimatisiert hatte. Ein Blick genügte jedoch, um mir sicher zu sein, dass er mich einfach so schnell wie möglich hatte abliefern wollen. Dass er einfach wieder in sein Leben zurückkehren wollte, in dem ich ihm nicht auf den Geist ging.

Er lächelte reserviert, und ich tat es ihm gleich.

»Danke«, sagte ich leise, weil er tatsächlich alles getan hatte, worum ich ihn gebeten hatte.

Eine Sekunde musterte er mich noch mit hochgezogenen Brauen, als wollte er herausfinden, ob es mir gut ging. Als würde er sich doch dafür interessieren.

»Komm, Harper«, sagte da mein Onkel und legte mir eine schwere Hand auf die Schulter, »ich möchte dir gern das Haus zeigen, in dem dein Vater aufgewachsen ist. Du kannst hierbleiben, so lange du möchtest.« Er griff nach meiner Tasche, winkte Archer zum Abschied zu und ging dann zur Eingangstür zurück.

Meine Schultern sanken ein, als Archer sich langsam abwandte und zurück zur Straße lief. Ich sah ihm nach, bis er hinter der Mauer verschwunden war.

»Es tut mir leid, dass ich hier so unangekündigt herkomme«, versuchte ich es mit Höflichkeit, während ich Wade nach drinnen folgte. »Ich war selbst überrascht davon, dass ich hier in London noch Familie habe.«

»Du musst dich nicht entschuldigen. Wir freuen uns, dich kennenzulernen.« Wade lächelte mich wieder warm an, bevor er auf eine Frau deutete, die in der Eingangshalle auf uns wartete. Sie strahlte mich an, wenn auch beinahe eine Spur schüchtern. »Das ist meine Frau, Cassandra. Unsere Tochter wohnt nicht mehr bei uns, aber du lernst sie sicher bald kennen.«

Meine Tante, Cassandra, kam auf mich zu und schüttelte mir die Hand. »Harper, richtig?« Als ich nickte, wanderten ihre Mundwinkel noch ein ganzes Stück nach oben. »Elis Tochter. Ich kann es gar nicht richtig glauben.«

»Ich ehrlich gesagt auch nicht«, gab ich verlegen zu.

Ihr Blick glitt kurz zu der Kette, dann sah Cassandra wieder zu Wade, der in diesem Moment aus einer kleinen Starre zu schrecken schien.

Er klatschte in die Hände und setzte ein Lächeln auf, das etwas schief geriet. »Unser Koch wird ein kleines Abendessen für uns drei zubereiten. Solange wir darauf warten, können wir uns in den Salon setzen und … reden.«

Unser Koch. Der Salon.

Mir schwirrte jetzt schon der Kopf von der Dekadenz dieses Ortes.

Kopfschüttelnd folgte ich den beiden in einen Raum mit hohen Decken, einem Kamin und mehreren wirklich unbequem aussehenden Stühlen, die mich an das frühe zwanzigste Jahrhundert erinnerten. Ein verstohlener Blick auf mein Handy verriet mir, dass es erst vier war. Aßen reiche Leute immer so früh zu Abend? Oder wussten sie einfach nicht mit dieser seltsamen Situation umzugehen – so wie ich?

Cassandra und Wade setzten sich auf die Stühle und starrten mich erwartungsvoll an, also nahm ich ebenfalls Platz und versuchte, es mir einigermaßen bequem zu machen, auch wenn die kunstvollen Verzierungen des Stuhles mir in den Rücken piksten.

»Archer hat … dich also gefunden, als er …« Wade richtete seinen Kragen, bevor er auf die Kette deutete.

Meine Finger wanderten fast automatisch zu dem Stein, und wieder spürte ich, wie die Wärme in meinen Körper strömte. Ich stieß unauffällig die Luft aus. »Ja, wir sind uns in Liverpool begegnet.«

Cassandra faltete die Hände auf ihrem Schoß. Ich bemerkte, dass sie sich gar nicht anlehnte, was wohl die Krux bei diesen Stühlen war. Ihr Rücken war gerade, und ihre Stimme klang angespannt, als sie fragte: »Und als du sie berührt hast …«

Die Vision kam mir sofort wieder in den Sinn, und ich ruckelte etwas unwohl auf dem dünnen, edlen Polster herum. »Hat sich wohl so etwas wie … Magie in mir geregt?« Ich kam mir immer noch etwas lächerlich dabei vor, das zu sagen. Aber so wie die beiden sich daraufhin ansahen, war das für sie wohl nicht lächerlich.

»Verstehe.« Wade strich sich nachdenklich über den perfekt gestutzten Bart. »Du bist also die wahre Erbin von Lancelot.«

Klang er enttäuscht? Interessiert? Ich konnte es nicht sagen. Ich verlagerte wieder mein Gewicht und räusperte mich. »Ihr … habt nichts von mir gewusst, oder?«

Sie zuckten zusammen. Beide gleichzeitig. War es Schmerz, der in ihren Gesichtern aufflammte? Sicher. Ich konnte mir vorstellen, wie sie sich fühlten. Wie es sich anfühlte, einen ganzen Teil seiner Familie verheimlicht zu bekommen.

»Wir waren sehr überrascht«, gab Wade zu. Er verzog das Gesicht erst zu einer schmerzvollen Grimasse und dann zu einem sehr bemühten Lächeln. »Das heißt aber nicht, dass wir uns nicht freuen, dich zu treffen. Deswegen bist du nach London gekommen, nicht wahr?«

Und um herauszufinden, was mit meinem Vater passiert ist. Mein Hals wurde trocken, und ich nickte etwas steif. »Ja. Und weil ich ... mehr wissen wollte.«

»Über die Wächter?«

Gewissermaßen.

Wade lächelte milde. »Es sind alte Legenden. Alte Prophezeiungen von vor vielen Hundert Jahren. Wir waren immer stolz auf unsere Abstammung, aber zu erfahren, dass die Erben wirklich ... Magie besitzen ... hat uns auch überrascht.«

Das klang irgendwie, als wären sie doch noch etwas skeptisch, was die ganze Geschichte anging. »Ihr glaubt also nicht so richtig an die Prophezeiung?«

»Wir glauben an das, was wir sehen«, warf Cassandra diplomatisch ein. Sie legte Wade eine Hand auf das Bein, bevor sie weitersprach: »Frederik Harrison ist eine treibende Kraft bei der Zusammenführung der Schmuckstücke. Er glaubt an die Prophezeiung, an das Schwert und alles, was damit verbunden ist. Seit vor einem Jahr die Magie in den Familien erwacht ist, sind wir aber auch, gelinde gesagt, gespannt, was passieren wird.«

»Es hat ein wenig zu Unruhen geführt in den Familien«, gab Wade zu, und dann lachte er auf, als wäre das alles ein Witz, den ich nicht verstand. »Aber wenn du uns fragst, musst du dir keine Sorgen machen.«

»Sorgen?« Mein Rücken spannte sich an, und diesmal lag es nicht an der verzierten Lehne hinter mir.

Wieder tauschten Wade und Cassandra einen Blick, diesmal wirkten aber beide etwas amüsiert. »Es gab in den letzten Jahren immer mal wieder Gerüchte, dass mit der Rückkehr der Magie und des Schwertes auch etwas … Böses zurückkommt. Die Menschen damals waren abergläubisch und fürchteten sich vor allem, was sie nicht verstanden. Daran glauben wir aber nicht.«

Morgana. Wieder sah ich die Bilder aus meiner ersten Vision vor mir. War sie das Böse? Aber ich hatte selbst gesehen, wie Artus sie getötet hatte, sie konnte also nicht zurückkehren.

»Doch jetzt wollen wir alles von dir wissen«, sagte Wade plötzlich, und ein kleines Strahlen trat in sein Gesicht. »Erzähl uns von dir. Von deinem Leben.«

Ich verdrängte die Gedanken an Morgana und begann zögerlich, den beiden von mir zu erzählen. Von Liverpool, unserer Goldschmiede, von meinem Studium, das ich abgebrochen hatte. Sie stellten viele Fragen, offensichtlich war ihnen wirklich wichtig, mich kennenzulernen. Und ich spürte, wie ich langsam etwas wärmer mit ihnen wurde. Irgendwann war das Essen fertig, und wir wanderten rüber in den wirklich imposanten Speisesaal.

Das Essen bei Wade und Cassandra Grayson war so großartig, wie ich mir ein Essen von einem Privatkoch vorgestellt hatte. Die beiden waren wirklich nett und erzählten mir alles über meine Familie, von der ich nichts gewusst hatte. Von seltsamen Tanten, mürrischen Großeltern, die bereits verstorben waren, und Cousinen und Cousins, die nicht zur Kernfamilie gehörten und auch nicht mehr in London lebten.

Schon nach kurzer Zeit fühlte ich mich wohl in unserer kleinen Runde, auch wenn ich schnell bemerkte, dass sie das Thema Eli, so gut es ging, vermieden. Ich konnte nicht anders, als mich zu fragen, ob es daran lag, dass sie ihn noch immer so sehr vermissten – oder an seinem mysteriösen Tod, der definitiv kein Autounfall gewesen war. Ich wollte sie danach fragen, aber bei einem ersten Treffen kam mir das eine Spur zu harsch vor. Deshalb schluckte ich das Thema runter und ließ mich nach dem sehr langen Essen durch das Herrenhaus führen, in dem mein Vater aufgewachsen war.

Es war wirklich beeindruckend und erinnerte mich an die Promihäuser, die ich bisher nur im Fernsehen gesehen hatte. Stuck an den Decken, hohe Räume mit antik aussehenden Möbeln und riesige Gemälde in goldenen Rahmen, die überall an den Wänden hingen. Ich konnte mich kaum sattsehen an dem Prunk, aber ich musste auch zugeben, dass das nicht meine Welt war. Obwohl die Familie meines Vaters mich wirklich herzlich aufnahm, wusste ich, dass ich nicht hierher gehörte. Ich wollte hier definitiv nicht länger sein, als es nötig war.

Nicht länger, als es brauchte, um alles über den Tod meines Vaters herauszufinden.

Irgendwann, als es schon längst Abend war, zeigte Onkel Wade mir schließlich das Gästezimmer im ersten Stock, in dem schon meine Tasche auf dem Bett stand. »Dein Vater hat auch hier geschlafen, wenn er zu Besuch war«, sagte er leise, und ich konnte wieder Schmerz auf seinem Gesicht erkennen, als er sich im Zimmer umsah.

Ich presste die Lippen zusammen und spürte, wie mein Herz einen erneuten Satz machte. »Ich habe erst von Archer erfahren, dass er gestorben ist.«

Wade schwieg eine Weile, die Arme hinter dem Rücken verschränkt. Es wirkte, als müsste er sich sammeln. Dann murmelte er: »Sein Unfall hat uns alle schwer getroffen.«

Ich schluckte, bevor ich fragte: »Was genau ist passiert?«

Wieder Schweigen. Mein Onkel schüttelte langsam den Kopf,

beinahe abwesend. Erst nach ein paar Sekunden blickte er mich wieder an und lächelte. »Du bist sicher erschöpft von der Reise. Ruh dich ein wenig aus.«

Also noch nicht. Aber irgendwann musste ich die Frage noch einmal stellen. »Danke, Wade.«

Er stockte und fragte dann: »Wie lange möchtest du denn bleiben?«

»Ich weiß es noch nicht. Aber ich will eure Gastfreundschaft nicht überstrapazieren«, sagte ich schnell. Außerdem konnte ich mir nicht vorstellen, länger als eine Nacht in diesem unheimlichen, riesigen Herrenhaus zu bleiben. Vielleicht würde ich mir ein Hotelzimmer nehmen.

Wade nickte. »Du kannst bleiben, solange du willst.« Sein Blick fiel wieder auf die Kette auf meiner Brust, und ich spürte, dass jetzt der Moment gekommen war. Dass ich mich von ihr trennen musste.

Es fiel mir überraschend schwer, sie abzulegen, und ich strich noch einmal über den metallisch schimmernden Stein, bevor ich sie Wade reichte.

Er lächelte mich warm an. »Danke, Harper. Du glaubst nicht, wie schön es ist, dass sie wieder dort ist, wo sie hingehört.«

Ich hob die Mundwinkel, obwohl ich mich nicht danach fühlte. Irgendwie war mir plötzlich ein wenig kalt.

Sobald er den Raum verlassen und die Tür hinter sich geschlossen hatte, ließ ich mich seufzend auf das riesige Himmelbett fallen und starrte in den über mir aufgespannten babyblauen Stoff hinauf. Ich war tatsächlich mit einem beinahe fremden Menschen nach London gefahren, um meine Familie kennenzulernen. Ich war wirklich hier, um den Tod meines Vaters aufzuklären. Was hatte ich mir bloß dabei gedacht?

Ich zog mein Handy aus der Tasche, und als ich Willows Nachricht las, dass sie mich jederzeit aus London abholte, wenn meine Familie nicht nett zu mir war, musste ich grinsen. Ich schrieb ihr, dass es mir gut ging und meine Verwandten in Ordnung waren. Danach rief ich eine Suchmaschine auf. Erst gab ich den Namen meines Vaters ein mit verschiedenen Begriffen wie »London« und »Unfall«, denn auf die Idee war ich bisher gar nicht gekommen, aber es kam nichts. Nicht das Geringste. Selbst als ich nach dem Jahr googelte, in dem er uns verlassen hatte, fand ich keine Spur. Dass ein so tödlicher Unfall nicht zu finden war, bestätigte nur meine Vermutung, dass an der Sache etwas faul war. War es also doch Mord gewesen? Wade und Cassandra schienen davon allerdings nichts zu wissen. Oder sie trauten sich nicht, darüber zu sprechen.

Als Nächstes suchte ich nach allem, was ich im Internet über Artus und seine Ritter fand. Die Legenden waren allerdings so vielfältig und unterschiedlich, dass es unmöglich war, zu sagen, was davon stimmte und was nicht. Das meiste waren nur Geschichten, Filme, Romane. Nichts davon war echt, im Gegensatz zu dem, was ich hier am eigenen Leib erfahren hatte.

Erst als ich mein Handy schon frustriert weglegen wollte, merkte ich, dass mein Messenger immer noch blinkte. Ich hatte eine Nachricht von Archer.

> Wenn du etwas brauchst, meld dich gern bei mir. Ich will nicht, dass du dich in London völlig allein fühlst.

Hatte er jetzt etwa ein schlechtes Gewissen? Hatte ich verzweifelt ausgesehen, als er sich vorhin verabschiedet hatte? Ich grub mich zwischen die dicken Decken, bevor ich ihm antwortete:

Würdest du mich auch aus dem Haus meiner Familie retten, wenn ich dir schreibe, dass sie mich für den Diebstahl meines Vaters in ihren Keller gesperrt haben?

Ohne dir dein Handy abzunehmen? Das wäre zu stümperhaft für sie.

Seine Antwort ließ mich schmunzeln. Es tat irgendwie gut, zu wissen, dass er da war. Vor allem weil ich nicht damit gerechnet hatte. Ein paar Sekunden später erschien eine neue Nachricht.

Gute Nacht, Harper.

Ich tippte zurück:

Schlaf gut, Archer

Dann schob ich das Handy endlich weg und drückte mein Gesicht in das Kissen.

KAPITEL 13

Das Herrenhaus meiner Familie lag still vor mir, als ich am nächsten Morgen gegen sieben Uhr aus meinem Zimmer schlüpfte. Obwohl ich unheimlich müde gewesen war, weil mir der Schlaf von einigen Tagen fehlte, war ich bereits so früh aufgewacht. Und hatte nicht mehr einschlafen können. Wade und Cassandra schliefen vermutlich noch, da nichts zu hören war, also konnte ich die Zeit ja vielleicht für eine kleine Erkundungstour nutzen.

So leise und schnell wie möglich huschte ich über den Flur des ersten Stockes, um einen Blick in die Räume zu werfen, die Wade mir nicht gezeigt hatte. Arbeitszimmer, Schlafräume, Salons, ich sah mir alles ganz genau an. Aber nirgends war auch nur der Hauch eines rosafarbenen Marmorbodens zu entdecken. Mein Vater war also nicht hier gestorben – im Haus seiner Familie. Ich war erleichtert darüber, auch wenn ich nicht wirklich gedacht hatte, dass Wade oder seine Frau etwas damit zu tun gehabt hatten. Mein Onkel hatte zu betroffen vom Tod meines Vaters gewirkt.

Ich lief gerade zurück zur Treppe, als ich die Eingangstür hörte und daraufhin ein lautes »Hallo?« ertönte.

Ich blieb überrascht stehen, als eine junge Frau um eine der Säulen in der Eingangshalle trat. Sie musste etwa in meinem Alter sein, und sie trug ein Blusenkleid, das ihr bis zu den Knien ging. Dazu hatte sie dunkle Sneaker an, und ihre schulterlangen Haare waren blond gebleicht und ein wenig wirr. Ihre blauen Augen leuchteten auf, als sie mich erblickte, und das folgende breite Grinsen war eindeutig echt.

»Harper?« Sie kam auf mich zu und hielt mir die Hand hin, als ich nickte. »Ich bin Ada, und wie es aussieht, sind wir wohl Cousinen.«

Ada. Ich wusste nicht genau, wie ich sie mir vorgestellt hatte, aber ich war froh darüber, wie normal sie wirkte. Und wie fröhlich sie strahlte. »Ich wollte eigentlich nachher, nach dem Unipraktikum, vorbeikommen, um dich kennenzulernen. Aber ich war so aufgeregt, dass ich schon vorher kommen musste. Hast du vielleicht Lust, einen Kaffee mit mir trinken zu gehen?«

Mein Mund klappte ein paarmal nutzlos auf und zu, weil ich mit ihren schnellen Themenwechseln nicht ganz mitkam, und Ada lachte auf.

»Sorry, dass ich dich so überfalle. Noch mal von vorn: Meine Eltern sind sicher schon bei der Arbeit, deshalb dachte ich, du hast vielleicht Lust auf Frühstück mit mir. Aber ich kann dieses Herrenhaus hier nicht mehr leiden, seit ich ausgezogen bin, und hatte gehofft, du bist fit genug für ein Café?«

Ich atmete tief durch und spürte, wie mir ein Lächeln aufs Gesicht wanderte. »Auf jeden Fall.«

»Na dann.« Sie deutete in Richtung Ausgang.

Ich beeilte mich, in meine Jacke und meine Schuhe zu schlüpfen, mein Handy und etwas Geld einzupacken. Dann folgte ich ihr nach draußen zur Straße, wo ein kleines rotes Auto am Bordstein stand.

»Ich schreibe meinen Eltern, dass ich dich entführt habe«, meinte sie grinsend, als sie sich auf den Fahrersitz fallen ließ.

Ich nahm neben ihr Platz, musterte die Scrunches am Ganghebel und dann wieder sie.

Ada lächelte eine Spur verschmitzt, als sie das Handy in ihre Tasche fallen ließ und den Motor startete. »Du bist also die Erbin von Lancelot.«

Überrascht riss ich die Augen auf. »Ich denke … ja.«

»Interessant. Weißt du, weil ich das einzige Kind meiner Familie war, haben alle immer gedacht, dass ich es sein würde. Aber im Gegensatz zu den anderen habe ich nie etwas gespürt. Nie etwas gesehen. Und jetzt weiß ich auch, warum.«

Ein mulmiges Gefühl stieg in mir auf. »Tut mir leid«, kam es mir über die Lippen, aber Ada lachte nur herzlich auf.

»Du kannst doch nichts dafür! Außerdem muss ich sagen, dass ich nicht unbedingt scharf auf die Rolle war. Diese ganze Wächtergesellschaft ist mir ein ziemliches Rätsel, und keines, das ich unbedingt lösen möchte. Die meisten von ihnen sind Snobs. Aber sag: Was für eine Magie ist in dir erwacht?«

Das war es also, was ihr Gesicht so zum Funkeln brachte. Neugierde. Ich musste lächeln. »Als ich die Kette berührt habe, habe ich eine Vision bekommen. Von Artus und Morgana.«

»Wirklich?« Sie sah mich ungläubig an. »Wie ungewöhnlich. Wie war der König? Und die Hexe, war sie so gruselig, wie man sie sich vorstellt?«

Ich musste an Morganas unheimliches Lachen denken, ihre schwarzen Augen und wie rücksichtslos sie Artus mit ihrer Magie getötet hatte. Ein Schauder ging durch meinen Körper. »Ich hatte noch nie wirklich viel von ihr gehört, aber sie war … wie aus einem Horrorfilm.«

Ada bog ab und kaute gespannt auf ihrer Unterlippe herum. »Das kann ich mir lebhaft vorstellen.«

Wir schwiegen ein paar angespannte Sekunden, und plötzlich war wieder dieses seltsame Gefühl in meiner Magengegend zurück. Das seltsame Gefühl, verfolgt zu werden. Beobachtet zu werden. Während ich die Menschen betrachtete, an denen wir vorbeifuhren, musste ich an Wades Kommentar denken, dass mit Excalibur auch das Böse zurückkehren würde.

»Das Schwert.« Ich presste die Lippen zusammen, als ich nach den richtigen Worten suchte. »Excalibur. Das Schwert hat Morgana damals getötet, oder?«

»O ja. Es wurde geschmiedet aus der Magie der Seen und der von Merlin, einzig um Morgana zu töten.« Ihre Stimme klang seltsam hoch und flötend, als würde sie aus einem alten Buch zitieren und sich gleichzeitig darüber lustig machen. Sie zuckte grinsend mit den Schultern. »Zumindest wenn man den alten Geschichten glauben kann.«

Es erleichterte mich ein wenig, dass sie die Sache nicht ganz so ernst nahm wie Archer. Und ich war merkwürdigerweise auch froh, Morganas Tod bestätigt zu bekommen. Auch wenn die Hexe vor Tausenden Jahren gelebt hatte, war sie aufgrund meiner Vision noch ein lebendiges Bild in meinem Kopf. Eine unheimliche Bedrohung, die ich einfach nicht abschütteln konnte. Auch jetzt kribbelte es unangenehm hinter meinen Lidern, als würde die Vision sich wieder anschleichen wollen. Als wollte sie, dass ich sie bloß nicht vergaß.

Ich atmete tief durch, versuchte, sie von mir wegzuschieben. Es war merkwürdig schwer, die Bilder zu verscheuchen, bis Ada neben mir sagte: »Wir sind da.«

Ich hob den Kopf und sah mich um. Wir hatten vor einem kleinen Café gehalten, über dem groß der Name »Cinnamon Cup« thronte.

»Mein Lieblingscafé«, erklärte Ada lächelnd.

Es war eingequetscht zwischen zwei Bekleidungsgeschäften und hatte doch eine Ausstrahlung, dass man es sofort bemerken musste, wenn man daran vorbeilief. Die Front bestand fast gänzlich aus Glas, durch das man die hochwertige Inneneinrichtung sehen konnte. Ein schmaler Tisch lief direkt parallel zur Straße entlang, er bestand aus dunklem Holz, und jemand hatte Vasen mit einzelnen Lilien darauf platziert. Ich konnte nicht viele Menschen dahinter erkennen, aber das war aufgrund der Uhrzeit und der Tatsache, dass es unter der Woche war, auch nicht verwunderlich. Von hier aus war nur ein Typ zu sehen, der in Straßenrichtung an seinem Laptop saß und gedankenversunken auf einem Daumennagel herumkaute.

»Alles in Ordnung?« Meine Cousine sah mich mit schief gelegtem Kopf von der Seite an.

Das Kribbeln hinter meinen Lidern hatte sich etwas gelöst, genau wie die Übelkeit, die gerade noch in mir aufgestiegen war. Es gab also keinen Grund, ihr unnötig Sorgen zu bereiten.

»Ja, alles gut.« Ich lächelte. »Lass uns gehen.«

KAPITEL 14

Als Ada die Glastür aufzog, strömten mir eine angenehme Kühle, der Duft nach Kuchen und leise Klassikmusik entgegen, die mich sofort einhüllten. Die Einrichtung war stilvoll, alles war in dunklen Erdtönen gehalten, und der große Raum wurde von einem Vorhang aus Blättern in zwei Bereiche geteilt. Im hinteren Bereich, in dem es etwas dunkler war, konnte ich Sofas erkennen und eine zweite Bar, an der niemand stand. Im Gegensatz zu der vorderen Bar gab es dort keine Kuchen und gestapelten Donuts auf der Theke, sondern Glasflaschen mit Alkohol. Wahrscheinlich der Abendbereich.

»Setz dich.« Ada deutete grinsend auf die Sessel in Barnähe, und nachdem wir uns in den weichen Stoff hatten fallen lassen, hob sie sofort die Arme, als würde sie mir die Kaffeebar vorstellen wollen. »Willkommen in der Wächterbar.«

Überrascht zog ich die Stirn kraus. »Wächterbar?«

»Ja. Inoffiziell allerdings.« Sie lachte. »Sie gehört der Percival-Familie beziehungsweise ihren Erben und ist in den letzten Jahren ein kleiner Treffpunkt für die … jungen Mitglieder der Wächterfamilien geworden. Angeblich stammen ein paar der Möbel hier sogar aus dem alten Anwesen von König Artus' Familie. Aber das sind natürlich nur Gerüchte. Was willst du trinken?«

»Einen schwarzen Kaffee«, antwortete ich, den Blick schon auf den Tisch gerichtet. Ehrfürchtig strich ich über das dunkle, alte Holz. Es war wenig glaubwürdig, dass er wirklich so alt war, aber ich wollte den Moment auch nicht kaputt machen.

Ada schien mein Unbehagen nicht zu bemerken, denn sie rief dem Kellner unsere Bestellung zu und beugte sich dann über den Tisch zu mir hin. Mit einem verschwörerischen Zwinkern deutete sie auf den jungen Mann, den ich bereits von draußen hatte sehen können. »Das ist Harry Edgerton, der jüngste Sohn der Gawains. Auch einer der Ritter. Er hängt eigentlich die meiste Zeit hier ab, wenn er nicht in Vorlesungen ist. Normalerweise zusammen mit seiner Schwester Stella, aber die wird wohl eine Weile nicht mehr hier auftauchen.« Adas Gesicht wechselte von aufgeregt zu besorgt, eine tiefe Falte bildete sich auf ihrer Stirn. Bei ihren nächsten Worten senkte sie die Stimme. »Heute Nacht ist das Haupthaus der Edgertons abgebrannt bis auf den letzten Grundstein. Schreckliche Geschichte.«

Ich sah sie erschrocken an. »Was? Wie ist das denn passiert?«

Ada zuckte mit den Schultern. »Keine Ahnung. Angeblich ein Gasleck. Aber das muss echt heftig gewesen sein, wenn von dem Haus nicht mehr übrig ist als ein Haufen Asche.«

Bei dem Gedanken wurde mir ganz mulmig. Ein Feuer, das über Nacht das Haus einer ganzen Familie zerstört hatte. Genau wie in der *Lions Bar* vor zwei Tagen. Unter meiner Hand pumpte es unangenehm. »Ist jemandem etwas passiert?«

»Stella war als Einzige noch im Haus, alle anderen waren wohl ausgeflogen. Und sie ist mit einigen Verbrennungen, aber sonst eher leicht verletzt davongekommen.« Ada schüttelte sich.

Mein Blick glitt zu dem Jungen, der am Fenster saß. Erst jetzt fiel mir auf, dass er seit meinem Eintreten nur finster auf seinen Laptop starrte. Der Bildschirm war schwarz, und er schien in Gedanken versunken.

»Wie schrecklich«, murmelte ich. Aus irgendeinem Grund blitzten vor meinem inneren Auge Flammen auf, und mir wurde plötzlich unerträglich heiß. Es war, als würde mein Körper selbst von Feuer erfasst werden, und das Kribbeln unter meiner Hand, die auf dem Tisch lag, wurde stärker.

Ada brummte zustimmend, schüttelte dann aber den Kopf, als wollte sie die Gedanken loswerden. Ihre Stimme klang plötzlich weit weg, als sie zu jemandem sagte: »Oh, danke, Lark, das sieht großartig aus.«

Der Kellner stand neben uns. Ich sah nur kurz auf, merkte am Rande, dass ich ihn irgendwoher kannte, und starrte dann wieder meine kribbelnde Hand an. Was passierte hier?

»Ich kann dir hier übrigens den Zimtcappuccino echt empfehlen, das ist die Spezialität des Hauses«, sagte Ada, und wieder klang es wie aus einem anderen Raum. »Den bestell ich hier auch immer mit extra Karamell. Wenn du magst, kannst du meinen mal probieren.« Vorsichtig schob sie ihre schwarze Tasse über den Tisch zu mir, und jetzt sah ich doch auf, dankbar, eine Ablenkung von den plötzlichen Hitzewallungen und dem seltsamen Kribbeln zu haben, das langsam meinen Arm hinaufzuwandern schien.

Aber als der Duft des Kaffees mir in die Nase stieg, wallte erneut Übelkeit in mir auf. Karamell. Obwohl sicher nicht viel davon in Adas Cappuccino war, wurde der Geruch sofort so übermächtig, dass ich nichts anderes mehr wahrnehmen konnte. Ich schmeckte verbrannten Zucker auf meiner Zunge, und das Prickeln breitete sich auf meinen ganzen Körper aus.

»Ist alles in Ordnung?« Ada musterte mich besorgt von der anderen Seite des Tisches. »Du bist so blass, Harper.«

Was war plötzlich los? Mir war schlecht, und mein Herz klopfte heftig in meiner Brust. Ich hörte, wie Ada sagte: »Lark, bring uns ein Glas Wasser, ich glaube meiner Cousine geht es nicht so gut«, aber es klang seltsam weit entfernt. Reflexartig griff ich nach dem Tisch, wollte mich an irgendetwas festhalten, während die Bilder vom Tod meines Vaters zurückkehrten. Und dann die Bilder von Artus und Morgana. Meine Visionen, die sich wieder nach oben drängten wie schreckliche Erinnerungen.

Nur am Rande bekam ich mit, dass ich aufstand. Dass ich irgendwo dagegen stieß. Etwas klirrte.

Und dann war es plötzlich vorbei.

Ich rang so tief nach Luft, dass ich husten musste.

»Langsam, langsam«, sagte jemand über mir. Und dann: »Ada, halt sie fest, bevor sie sich an den Scherben verletzt.«

Das Gesicht meiner Cousine tauchte über mir auf; sie wirkte vollkommen erschüttert. Nur langsam wurde die Umgebung wieder klarer. Die dunkle Decke der Kaffeebar, von der moderne Glühbirnen ohne Lampen hingen. Der Duft nach Kaffee und Kuchen, und da war etwas Nasses unter meinem Kopf. Blutete ich? Hatte ich mich bei meinem Sturz verletzt? Wann war ich überhaupt zu Boden gegangen? Denn ich lag definitiv auf dem Boden des *Cinnamon Cup*, und die wenigen Gäste starrten mich alle an.

Abwesend griff ich mir an den Kopf, um nach einer Wunde zu tasten, doch da schlossen sich warme Finger um mich.

»Lass das, verdammt.«

Ich drehte den Kopf weg von Ada und hin zu dem Typen, der ebenfalls neben mir auf dem Boden hockte. Er trug ein dunkles

T-Shirt mit dem Logo des *Cinnamon Cup*, also arbeitete er wohl hier. Als sich unsere Blicke kreuzten, zog er die Brauen über seinen beeindruckend blauen Augen zusammen. Vielleicht war ich immer noch zu benommen von der Beinahe-Vision, aber ich konnte nicht aufhören, ihn anzustarren. Die Linien seines Gesichtes wirkten scharf und kantig. Schön, auf eine ungewöhnliche Art und Weise, als hätte ihn ein sehr begabter, sehr wütender Maler gezeichnet. Erst mit etwas Verspätung merkte ich, dass ich sein Gesicht kannte. Wir waren uns am Haus von Archers Familie begegnet. Und er war der Kellner, der uns vorhin den Kaffee gebracht hatte.

»Willst du dir die Hand aufschneiden?«, fragte der Typ, Lark, eindringlich und drückte meinen Arm weg.

Mein Blick fiel auf ein Tablett, das neben mir stand, und dann auf die großen Glasscherben, die darum herum verteilt waren. Ich lag nicht in meinem Blut, sondern in der Wasserpfütze eines zerbrochenen Glases. Erleichtert seufzte ich auf. Bis der rasende, pochende Kopfschmerz sich in den Vordergrund drängte genau wie die magenumdrehende Übelkeit.

»Harper, kannst du aufstehen?« Ada schob sich wieder in mein Sichtfeld.

Ich nickte langsam, einfach nur, weil ich nicht mehr hier auf dem kalten Boden liegen wollte. Mir war so elend, und unter den Blicken der anderen Gäste wurde es nicht besser.

Ich spürte, wie mir die Hitze in die Wangen schoss.

Der Kellner neben mir sammelte die größten Scherben auf sein Tablett, dann stand er auf und knurrte die anderen an: »Wenn ihr nicht helfen wollt, dann hört wenigstens auf zu glotzen.«

Sofort wandten sich alle peinlich berührt ab, und eine Welle der Dankbarkeit wogte durch meinen Körper.

Ada hielt meinen Arm fest, als sie mir wieder in den Sessel half und ein paar Glasscherben aus meinem Haar fischte. »Himmel, du hast mich gerade echt erschreckt.« Sie musterte prüfend mein Gesicht. »Bist du in Ordnung? Was war das gerade?«

»Keine Ahnung. Aber es hat sich angefühlt wie meine Visionen.« Ich rieb mir den Kopf.

Lark kam mit einem Feger in der Hand zurück und wischte die restlichen Scherben zusammen. Dann richtete er sich auf und musterte mich mit hochgezogenen Augenbrauen. »Wenn du es mir nicht wieder aus der Hand schlägst, bringe ich dir ein zweites Glas Wasser. Du siehst aus, als bräuchtest du's.«

Mein Mund war tatsächlich staubtrocken, und auch mein pochender Kopf schrie nach Abkühlung, nach Hydrierung. »Tut mir leid«, krächzte ich, und es klang sogar in meinen Ohren mitleiderregend. »Bitte noch ein Wasser. Ich benehme mich diesmal.«

Sein Mundwinkel zuckte nach oben, dann verschwand er wieder in Richtung Bar.

Ada wies zu der Stelle, an der ich eben noch gelegen hatte. »Das war echt gefährlich. Hätte Lark nicht sein Tablett fallen lassen, um dich aufzufangen, hätten wir jetzt in die Notaufnahme fahren müssen, um dich flicken zu lassen.«

Ich griff nach meinen nassen Haaren. Erst als Lark mit einem großen Wasserglas in der Hand zu unserem Tisch kam und es vor mir abstellte, hob ich den Blick wieder.

»Voilà. Und wie ich sehe, hat deine Cousine wieder etwas Farbe im Gesicht.« Er verschränkte die Arme vor der Brust, und ich konnte nicht anders, als mit großen Augen zu ihm aufzusehen.

Cousine. Nicht mehr *Mitbringsel.* Auch jetzt, da die Benommenheit sich legte, fand ich Lark immer noch auf eine raue, interessante Art gut aussehend. Er war groß, schlank und blass, hatte aber trotzdem eine seltsam Respekt einflößende Ausstrahlung. Seine Haare waren braun und fielen von einer Seite auf die andere rüber wie eine Meereswelle. Aber das Beeindruckendste an ihm waren seine Augen. Das Blau stand in einem krassen Gegensatz zu seinen dunklen Brauen, die wieder streng zusammengezogen waren, als er sich an Ada wandte.

»Ich wusste gar nicht, dass du eine Cousine hast.«

»Ich bis gestern auch nicht.« Ada grinste, als sie auf mich deutete. »Lark, das ist Harper, die Tochter meines Onkels Eli. Harper, Larkin Hale, der Erbe von Sir Kay.«

Noch ein Wächtererbe.

Lark brummte abwehrend. »Hör auf, mich damit vorzustellen, als würde es irgendetwas über mich aussagen.« Er drehte sich wieder zu mir. »Das tut es nicht. Ich habe noch jede Menge andere schlechte Eigenschaften, aufgrund derer man mich verurteilen kann.«

Ich spürte, wie sich ein albernes Kichern in meinem Hals nach oben kämpfen wollte, und räusperte mich. »Okay. Über mich sagt es auch nichts aus, dass ich die Lancelot-Erbin bin.«

Seine Augen weiteten sich, nur kurz, dann schien Lark sich schnell gefangen zu haben. Er sah zur Bar, und sein Gesicht wurde wieder ernst. »Ich muss weiterarbeiten.« Er bedachte mich mit einem strengen Blick. »Keine Glasscherben mehr, klar?«

»Versprochen.« Ich sah ihm kurz nach, bevor ich mich wieder Ada zuwandte. Wie mein Sturz wohl auf die anderen gewirkt hatte? Hatte es nach einem Anfall ausgesehen? Hatte ich gesprochen, geschrien wie beim letzten Mal? Ich seufzte tief. »War es sehr schlimm?«

Ada runzelte die Stirn. »Was meinst du?«

»Mein … Zusammenbruch.« Ich senkte die Stimme, damit niemand etwas hörte, aber die wenigen Gespräche um uns herum waren zum Glück sowieso wieder angeschwollen, und keiner achtete mehr auf uns.

»Ach so. Nein.« Ada winkte ab. »Sah einfach aus, als wärst du umgekippt. In Ohnmacht gefallen. Im Sommer ist das, glaube ich, kein allzu großes Ding.« Sie beugte sich wieder über den Tisch. »Es war also wieder eine Vision?«

»Nicht ganz. Eher ein Zusammenschnitt meiner letzten. Als bräuchte ich unbedingt eine Erinnerung daran.« Ich wischte mir übers Gesicht. »Ich glaube, es war die Atmosphäre hier. Die Rittererben. Diese alten Möbel. Vielleicht auch ein bisschen der Karamellgeruch von deinem Kaffee.«

»Wie ungewöhnlich.« Ada zog schnell ihre Tasse wieder etwas näher zu sich. »Tut mir leid.«

»Du kannst doch nichts dafür«, entgegnete ich lachend, und langsam verblassten die Bilder wieder. »Und was ist ungewöhnlich?«, wollte ich neugierig wissen.

Meine Cousine lehnte sich wieder in ihrem Sessel zurück. »Ich hatte mir deine Magie einfach anders vorgestellt. Wie gut kennst du die Sage und die Ritter der Tafelrunde?«

Etwas peinlich berührt klemmte ich mir eine Haarsträhne hinters Ohr. »Na ja. Fast gar nicht, um ehrlich zu sein. Ich hab gestern zwar ein wenig gegoogelt, aber na ja.«

Ada lachte. »Wer außerhalb dieser ganzen Wächtergesellschaft braucht dieses Wissen schon? Aber da du jetzt irgendwie ein Teil davon bist ... Ursprünglich gab es zwölf Ritter, bevor einige von ihnen im Kampf gefallen sind. In den Legenden wird jedem von ihnen eine Tugend zugeschrieben. Bei Sir Galahad, der Rittervorfahre von Archers Familie, war es zum Beispiel die Freundlichkeit. Deshalb ist seine Magie, dass niemand ihn angreifen kann – denn wer hätte schon einen Grund, einen freundlichen Menschen anzugreifen?« Sie zuckte mit den Schultern. »So ist es auch bei den anderen Rittern, deshalb dachte ich, dass deine Magie sich ähnlich verhält. Aber ich kann auch nicht behaupten, dass ich die Gabe jedes Erben verstehe.«

»Welche Tugend wurde denn Sir Lancelot zugeschrieben?«

»Tapferkeit.«

Ich gab ein bitteres Lachen von mir. »Die braucht man wohl, um diese schrecklichen Visionen zu ertragen.«

Ada blickte mich bedauernd an, aber die Neugier war ihr immer noch ins Gesicht geschrieben. »Wie fühlen sie sich an?«

Ich suchte nach den richtigen Worten. »Es ist, als würde man in ein Meer gezogen werden«, sagte ich dann langsam. »Es ist dunkel und kalt, und plötzlich steht man an einem anderen Ort, an dem schreckliche Dinge passieren, und man weiß nicht, wieso oder was gerade geschehen ist. Ich hatte jedes Mal wahnsinnige Angst. Und als es vorbei war, fühlte ich mich, als hätte ich eine schlimme Grippe hinter mir. Schwindel, Kopfschmerzen, rasende Übelkeit, wie ich sie noch nie in meinem Leben hatte.« *Der Geruch von Karamellpopcorn.* Allein beim Gedanken daran wurde mir wieder schlecht.

Ada schüttelte den Kopf und klopfte mir dann freundschaftlich auf die Schulter. »Nimm es mir nicht übel, aber das ist noch ein Grund, warum ich ganz dankbar bin, dass es nicht mich erwischt hat. Entschuldige, aber ich bin ein Angsthase mit einem sehr schwachen Magen.« Grinsend führte sie ihre Tasse an den Mund.

Aus irgendeinem Grund wanderte mein Blick wieder zu Lark, der hinter der Bar Gläser polierte und der hübschen Frau vor sich zuhörte. Sie drehte sich gerade kurz um, und ich bemerkte die unglaublichsten smaragdgrünen Augen, die ich je gesehen hatte. Selbst auf die Entfernung funkelten sie vergnügt. Sie lächelte mich freundlich an und wandte sich dann wieder zu ihm um. Im Gegensatz zu ihr wirkte Lark unnatürlich ernst, die ganze Zeit schon. Kurz unter seinem Shirtärmel zuckte plötzlich auch ein Muskel, und ich presste die Lippen zusammen.

»Wo starrst du denn hin?« Ada folgte meinem Blick, bevor ich mich peinlich berührt wegdrehen konnte, und auf ihren Lippen breitete sich ein Lächeln aus. »Soso, du starrst Lark an.«

»Ich starre ihn nicht an.«

»Natürlich nicht.« Sie wackelte mit den Augenbrauen, und ich fühlte mich sofort an Willow erinnert, die gerade genauso reagiert hätte.

Missmutig nahm ich einen weiteren Schluck von meinem Wasser und bemühte mich, nicht mehr in Richtung Bar zu schauen. »Ich habe momentan wirklich andere Probleme als irgendwelche Typen.« Und auch als die verdammten Visionen, die mich ständig heimsuchten. Der Grund, weswegen ich überhaupt erst nach London gekommen war, zum Beispiel. Der unerklärliche Tod meines Vaters. Ich nahm einen Schluck von meinem Kaffee und setzte mich gerade auf, fest entschlossen, den Ritterquatsch so weit wie möglich von mir wegzuschieben. »Ich habe … eine Menge Fragen, Ada. Ganz besonders über meinen Vater.«

»Über Eli?« Sie presste die Lippen zusammen, und zu meiner Enttäuschung schüttelte sie den Kopf. »Meine Eltern reden nicht gern darüber, weil mein Vater sehr darunter leidet. Ich glaube, dass er immer noch um ihn trauert.«

Ja, das Gefühl hatte ich auch gehabt. Aber konnte ich wirklich Rücksicht auf sie nehmen, wenn ich herausfinden wollte, was damals geschehen war? Oder gab es jemand anders, der mir mehr darüber erzählen konnte? Wo er gestorben war, zum Beispiel?

»Tut mir leid.« Ada schien wirklich zerknirscht zu sein, und ich zwang mich zu einem Lächeln.

»Schon gut. Wie es aussieht, ist nicht einmal das momentan mein größtes Problem.« Ich tippte mir an den Kopf, und sie verstand sofort.

»Die Visionen.« Sie nickte. »Aber wenn du Glück hast, wird das nicht mehr lange dein Problem sein.«

»Was meinst du damit?«

»Soweit ich weiß, ist die Kette von Lancelot das letzte Puzzlestück. Der Prophezeiung nach müssen alle Schmuckstücke zusammengebracht werden, und dann wird Excalibur wieder erscheinen. Und sobald das mächtige Schwert zurück ist, brauchen die Wächter ihre Magie nicht mehr, um ihre Schlüssel zu beschützen. Dad vermutet, dass sie dann einfach verschwindet. Zu Excalibur zurückkehrt oder so.« Sie zuckte mit den Schultern. »Wenn das alles wirklich stimmt, dann bist du die Visionen vielleicht nach dem Wächterfest wieder los.«

»Wächterfest?«, wollte ich verwirrt wissen. »Und ich dachte, ihr wisst nicht, wann dieser Tag der Zusammenführung ist?«

»Wissen wir auch nicht sicher«, sagte Ada. »Aber jetzt wo das letzte Schmuckstück da ist, ist vielleicht der Tag gekommen. Immerhin ist ja auch die Magie der wahren Erben erwacht. Deswegen haben die Harrisons für morgen ein Fest geplant und alle Wächterfamilien eingeladen. Wenn die Kette dann bei den Harrisons ist …« Sie hob die Hände. »Wer weiß, was dann passiert. Spannend wird es auf jeden Fall. Du kommst doch, oder?«

Ich wiegte den Kopf, stoppte mich aber selbst und verzog das Gesicht. »Wenn ich einen Schlafplatz finde, gern.«

»Haben meine Eltern dich etwa schon wieder rausgeworfen?!«

»Nein, aber … ich möchte ihre Gastfreundschaft auch nicht überstrapazieren.« Ich rieb mir etwas unwohl den Nacken und bemerkte, dass Ada schmunzelte.

»Du fühlst dich auch nicht wohl im Herrenhaus, oder?«

Etwas betroffen, dass sie mich so schnell durchschaut hatte, presste ich die Lippen zusammen. »Ich bin es nicht gewohnt«, gestand ich und leerte meinen mittlerweile kalt gewordenen Kaffee.

»Das verstehe ich, glaub mir. Seit ich ausgezogen bin, bin ich auch nicht mehr so gern in all diesem Prunk. Das ist vielleicht heuchlerisch von mir, weil meine Wohnung auch der Familie gehört, aber …« Sie zuckte mit den Schultern, doch plötzlich leuchtete ihr Gesicht wieder. »Wie wär's, du ziehst einfach bei mir ein? Meine Wohnung ist klein, aber für zwei Personen reicht sie locker.«

»Das kann ich nicht annehmen«, gab ich erschrocken zurück.

Aber Ada winkte sofort ab. »Doch, kannst du. Ich ziehe daraus schließlich auch meine Vorteile: Ich lerne meine Cousine etwas besser kennen und habe außerdem morgen jemanden, der mit mir das Fest besucht und der nicht so versnobt ist wie der Rest der Wächter. Also? Bitte sag ja.« Sie griff über den Tisch nach meinen Händen und drückte sie fest. »Bitte, Harper!«

Ihr Blick war so herzzerreißend flehend, dass ich lachen musste. Wie konnte ich so ein Angebot da noch ablehnen? »Wenn es dich wirklich nicht stört?«

»Auf keinen Fall!« Sie sprang sofort auf. »Lass uns deine Sachen holen, dann bringe ich dich noch vor der Uni in meine Wohnung. Lark, schreib die Bestellung auf meinen Zettel, ich zahle sie nächstes Mal!«

Überrascht von ihrem plötzlichen Tatendrang stand ich ebenfalls auf und drehte mich noch einmal zur Bar um. Lark hatte die Brauen hochgezogen und sah erst Ada hinterher, die schon zur Tür eilte, und dann zu mir.

Was soll das denn?, schien er zu fragen, und ich zuckte grinsend mit den Schultern, bevor ich meiner Cousine folgte.

Wir waren schon auf der Straße vor dem Café, als Ada anhielt und mich anstarrte. Irgendetwas Schuldbewusstes lag in ihrem Blick, als sie eine Hand auf ihrem Auto ablegte. »Vielleicht sollte ich dir vorher etwas sagen. Es ist wahrscheinlich nicht von Bedeutung, aber du musst es trotzdem wissen.«

»Was denn?«, fragte ich alarmiert nach.

Ada biss sich auf die Unterlippe. »Die Wohnung, in der ich lebe … war früher die deines Vaters, Eli.«

KAPITEL 15

Adas Wohnung lag nur zwei Straßen vom Herrenhaus ihrer Eltern entfernt. Nachdem wir meine Tasche von dort geholt hatten, fuhren wir direkt zu ihr, auch wenn ich das ungute Gefühl in meinem Magen nicht so recht abschütteln konnte.

Die Wohnung meines Vaters. Ada hatte mir zwar erzählt, dass er nur dort gelebt hatte, bis er mit meiner Mutter nach Liverpool gegangen war – aber Ada war erst vor zwei Jahren hier eingezogen, und bis dahin hatte die Wohnung leer gestanden. Mein Vater war vor ihr der Letzte gewesen, dem dieser Ort gehört hatte.

Das Haus war weiß gestrichen und nur vier Stockwerke hoch. Ich vermutete also, dass die Wohnungen darin relativ exklusiv sein würden, aber etwas anderes hätte ich bei der Familie Grayson auch nicht erwartet. Das Treppenhaus allein sprach schon Bände: Es war geräumig und unglaublich sauber, der Flur mit glänzenden Holzdielen ausgelegt.

Wir fuhren mit dem Aufzug ins oberste Stockwerk, und bevor Ada die Tür öffnete, lächelte sie mich an. »Willkommen in meinem richtigen Zuhause.« Sie schloss auf und deutete einen Knicks an, den ich mit einem Grinsen und einer Verbeugung beantwortete.

Adas Wohnung war wirklich schön. Sie war groß und hell und freundlich eingerichtet. Wohnzimmer und Küche waren durch einen breiten Durchgang verbunden. Die braune Couch sah gemütlich aus, nicht wie die Möbel in ihrem Elternhaus, und ihr gegenüber war ein Regal in die Wand eingelassen, das mit Büchern vollgestopft war. Romane und Bücher über Anatomie von Pferden und Hunden wechselten sich hier ab. Studienbücher.

»Archer hat mir schon erzählt, dass du Tiermedizin studierst«, murmelte ich abwesend. Mein Kopf versuchte schon seit dem Eintreten, Adas Möbel mit Möbeln meines Vaters zu ersetzen. Wie hatte er hier wohl gelebt?

»Ja. Meine Eltern waren nicht so begeistert, dass ich nicht auch Politik studiere wie sie. Aber zum Glück kann ich als Erwachsene machen, was ich will.« Ada deutete den Gang hinunter. »Mein Arbeitszimmer mit der Schlafcouch ist eine Tür weiter. Da kannst du es dir gern gemütlich machen.« Sie stockte ein wenig, bevor sie eine Hand an meinen Arm legte. »Entschuldige, dass ich so wenig Zeit habe, aber meine Schicht beim Praktikum fängt gleich an. Kommst du zurecht?«

Ich wusste, warum sie das fragte. Sie konnte sich wahrscheinlich vorstellen, wie schräg es für mich war, in der ehemaligen Wohnung meines getürmten und dann verstorbenen Vaters zu sein. Ich nickte schnell und lächelte. »Ich komme klar. Danke, dass ich hier schlafen darf.«

»Kein Thema. Wir reden, wenn ich wieder zurück bin, okay?« Sie hatte schon die Hand an der Klinke, blickte aber noch einmal über ihre Schulter zurück. »Bedien dich ruhig am Kühlschrank und auch an allem anderen, was dich interessiert. Bis später!«

»Bis später.« Ich sah ihr noch nach, bis sie die Tür hinter sich zugeworfen hatte, dann erst drehte ich mich wieder zum Gang zurück.

Ein seltsames Gefühl legte sich über mich. Ich konnte es nicht ganz erklären, aber es war wie eine Vorahnung. Eine Warnung, die in der Luft lag. Ein Drängen, ein Flehen. Aber vielleicht sah ich aufgrund der Magiegeschichten jetzt auch einfach nur Geister.

Ich brachte meine Tasche in das schmale Arbeitszimmer von Ada und stellte sie dort auf der Couch ab, bevor ich mich weiter umsah. Es war tatsächlich eine ziemlich normale, unpompöse Wohnung, wie ich sie auch meinem Vater zugetraut hätte. Zumindest dem Eli, den ich damals zu kennen geglaubt hatte. Nichts daran war ungewöhnlich. Außer diesem Gefühl, das mich die ganze Zeit nicht losließ. Ähnlich wie vorhin im *Cinnamon Cup*.

Ganz besonders stark wurde es, wenn ich mich dem Zimmer näherte, das wohl Adas Schlafzimmer sein musste.

War es auch das meines Vaters gewesen?

Als ich die metallene Klinke berührte, zuckte etwas durch mich durch. Es war nur kurz, wie ein elektrischer Schlag, aber ich stolperte trotzdem sofort zurück.

Was war das denn? Ich presste die Lippen zusammen und betrachtete meine Hand.

Ich konnte nichts Verdächtiges erkennen, aber sie kribbelte immer noch leicht. Wie nach einer Vision …

Unwillkürlich fragte ich mich, was genau meine Visionen eigentlich auslöste. Es konnten nicht nur die Schmuckstücke sein. Denn vorhin im Café hatte ich nur den Tisch berührt. Beziehungsweise die Schraube am Tisch. Aber obwohl es sich angefühlt hatte wie eine Vision, hatte ich nur verschwommene Bilder gesehen. Weil eine Zutat, ein wichtiger Teil, fehlte.

Ich hob den Blick wieder zu der Klinke. Dachte nach. Bei allen richtigen Visionen hatte ich mich davor verletzt. War es möglich, dass …

Es gab eigentlich nur eine Möglichkeit, das herauszufinden. Obwohl ich Angst hatte, hob ich die Hand zum Mund. Die kleine Wunde war kaum verheilt, und es war leicht, sie aufzubeißen. Ich kam mir albern dabei vor, aber ich führte trotzdem die blutige Hand zu der Klinke.

Da konnte ich es plötzlich riechen. Mein Magen wurde flau, auch wenn es nur schwach war, nur ein Hauch, nicht so wie bei den letzten Malen. Karamellpopcorn. Gott, wegen dieser ganzen Visionsgeschichte würde ich das Zeug wahrscheinlich nie wieder anrühren können.

Ich nahm meinen ganzen Mut zusammen und tippte die Klinke an. Nur eine Sekunde, dann zog ich die Hand sofort zurück. Blut klebte an dem Metall. Und die Bilder kamen trotz meiner flüchtigen Berührung. Wenn auch nur verschwommen, als wären sie weit entfernt. Ich sah meinen Vater, der ein Handy am Ohr hielt, das ich nicht kannte. Hörte, wie er eindringlich sagte: »Sie hat gesehen, was passieren wird.«

Dann kehrte ich in die Realität zurück. Mir war schlecht, und meine Hand zitterte, aber ich hob sie trotzdem sofort wieder, um die Klinke erneut zu berühren. Ein paar mehr Informationen. Ein genaueres Bild, dann würde ich vielleicht weiterkommen. Aber als ich das kühle Metall erneut umschloss, passierte nichts. Ich holte tief Luft, packte die Klinke fester und rüttelte daran, aber nichts. Der Geruch war verflogen, als hätte ein Geist in der Tür gewohnt, der von meiner Berührung befreit worden war.

»Verdammter …«, fluchte ich leise. Frustriert darüber, dass ich diese Gelegenheit hatte verstreichen lassen. Danach versuchte ich mein Glück noch an den anderen Klinken und anderen Metallgegenständen in der Wohnung, aber es passierte nichts mehr. Die Wohnung fühlte sich plötzlich leer an.

Die Übelkeit in meinem Magen schwoll wieder an und mit ihr das Gefühl, vollkommen allein zu sein. Was hatte ich mir nur bei dieser dämlichen Aktion gedacht? Wie war ich auf die absurde Idee gekommen, allein nach London zu kommen, um … ja, um was zu tun? Einen Mord aufzuklären? Mit Visionen, die ich nicht kontrollieren konnte, die ich nicht einmal richtig verstand?

Diese ganze Rittergeschichte war mir immer noch fremd. Sie war mir immer noch ein komplettes Rätsel. Aber … ich kannte jemanden, dem das nicht so ging. Jemanden, der sich mit dieser verdammten Magie auskannte, und außerdem mit meiner Familiengeschichte. Und auch wenn Archer mich quasi zu den Graysons abgeschoben hatte, so hatte er mir doch seine Hilfe angeboten.

Bevor ich ins Zögern kam, holte ich mein Handy aus der Sporttasche, verließ Adas Wohnung wieder und machte mich auf den Weg zu Archers Elternhaus. Unterwegs schrieb ich ihm eine Nachricht und hoffte, dass er sie noch las, bevor ich ihn überfiel. Das Metalltor der Familie war offen, weshalb ich direkt auf den großen Hof der Harrisons schlüpfte und hoch zur Eingangstür ging, um zu klingeln.

Bereits nach ein paar Sekunden war hinter dem milchigen Glas der Eingangstür eine Bewegung zu erkennen. Das Schloss klickte, dann wurde die Tür geöffnet, und mir stand ein junger Mann gegenüber, den ich noch nie gesehen hatte. Er überragte mich fast um einen ganzen Kopf, und schon auf den ersten Blick konnte ich die Ähnlichkeiten zu Archer erkennen: kaffeeschwarze Augen und Haare. Der Typ hier war aber etwas blasser und offensichtlich auch etwas älter. Um seinen Mund hatte er ordentlich gestutzte Bartstoppeln, zwischen seinen Augen eine steile Falte.

Er musterte mich kurz, dann steckte er die Hände in seine Hosentaschen, lehnte sich an den Türrahmen und lächelte mich an. »Na hallo, wen haben wir denn hier?«

Okay, er war definitiv ganz anders als Archer, auch wenn er ihm ähnlich sah. Keine steifen Schultern, keine Vorsicht in der Stimme und eine selbstbewusste Ausstrahlung, die man beinahe in der Luft sehen konnte.

»Äh«, machte ich intelligent, bevor ich mich einigermaßen wieder gefangen hatte. »Hey. Ich bin Harper.«

»Ah, die verlorene Tochter von Eli Grayson. Ich habe schon von dir gehört.« Der Kerl lächelte noch breiter, dann wanderte sein Scannerblick einmal über meinen gesamten Körper. »Ich hab nur noch nicht gehört, wie hübsch du bist.«

War das sein Ernst? Ich verschränkte die Arme vor der Brust, damit er nicht weiter so ungehemmt daraufstarren konnte, und funkelte ihn an. »Ein äußerst wichtiges Detail. Wie konnte man das bei meiner Beschreibung nur vergessen?«

Er zog die Brauen nach oben. »Das war ein Kompliment. Du darfst dich gern darüber freuen.«

Ich könnte ihm aber auch einfach vor die Füße kotzen.

»Ich bin Carter Harrison. Von mir hast du sicher schon gehört.«

Hatte ich – er war der große Bruder von Archer. Trotzdem zuckte ich mit den Schultern. »Ich fürchte nicht, nein. Was mir da nur entgangen ist.« Immerhin konnte ich diesem Ekelpaket innerlich einen Dank aussprechen: Meine Nervosität war dahingeschmolzen und hatte einer brennenden Wut Platz gemacht.

»Carter.« Diese warme dunkle Stimme allerdings kannte ich. Im nächsten Moment schob sich Archer in den Türrahmen und warf seinem Bruder einen frostigen Blick zu.

Dieser hob sofort abwehrend die Hände und grinste mich noch einmal an. »Bis hoffentlich bald, Harper.« Dann verdrückte er sich glücklicherweise wieder nach drinnen.

Meine Schultern entspannten sich, als ich einmal tief durchatmete. »Ein absolutes Liebchen, dein Bruder«, meinte ich. »Langsam habe ich das Gefühl, zu wissen, warum der Ring ihn nicht ausgewählt hat. Vielleicht ist es eine Erbenvoraussetzung, kein chauvinistisches Arschloch zu sein.«

Kurz dachte ich, dass ich es übertrieben hatte. Ich sprach hier schließlich über seine Familie. Aber Archers überraschter Gesichtsausdruck verwandelte sich innerhalb einer Sekunde in ein Lächeln.

»Ich kenne die anderen Erben und muss dir leider sagen: Ist es nicht.« Er trat zur Seite und öffnete die Tür ein Stück mehr. »Komm rein.«

Als ich die riesige Eingangshalle betrat, musste ich die Zähne zusammenbeißen, damit mir nicht einfach der Unterkiefer runterklappte. Solche Häuser hatte ich bisher nur in Serien über millionenschwere Adlige gesehen. Der Boden glänzte in einem hellen Braunton, wahrscheinlich Marmor oder etwas ähnlich Teures, und durch die riesigen Fenster links und rechts von der Tür war der Raum tagsüber sicher hell beleuchtet. In der Mitte lag ein großer beiger Teppich, bei dem ich mir sicher war, dass ihn noch nie ein Fuß berührt hatte, auf der rechten Seite führte eine breite weiße Treppe in das nächste Stockwerk. Überall in der Eingangshalle waren kleine Beistelltische verteilt, auf denen antik aussehende Vasen und gerade zurechtgestutzte Pflanzen zur Schau gestellt wurden wie in einem exklusiven Privatmuseum.

Archer schmunzelte mich von der Seite an, und ich merkte, dass mir entgegen meiner Bemühungen doch der Mund aufgeklappt war. Ich schloss ihn und räusperte mich. »Schönes Haus.«

»Danke.« Archer steckte eine Hand in seine linke Hosentasche und lächelte. Er wirkte etwas entspannter als gestern, und ich fragte mich, warum. »Ich habe gehört, dass du zum Fest morgen kommst.«

»Wirklich? Woher?«, wollte ich überrascht wissen.

»Ada hat mir geschrieben.«

Himmel, meine Cousine war wirklich schnell im Verbreiten von Informationen. Oder hatte sie das etwa schon beschlossen, bevor ich zugesagt hatte? Zuzutrauen wäre es ihr.

»Wenn es okay ist, komme ich gern«, sagte ich deshalb.

Archer nickte sofort. »Ist es. Es ist tatsächlich auch das erste Mal, dass ich ein solches Fest ausrichten kann, weil mein Vater sich aktuell um andere Dinge kümmert und er eh der Meinung ist, dass ich langsam alles übernehmen soll. Als der wahre Erbe, du weißt schon. Deshalb kann dich auch niemand wieder rauswerfen, außer mir.« Er zwinkerte, und ich musste lachen.

»Da bin ich ja beruhigt.« Unser Blickkontakt hielt einen Moment, bevor ich mich verlegen räusperte. »Ich hoffe, ich störe dich gerade nicht. Aber … ich hatte gehofft, dass du mir ein wenig mehr über diese ganze Erbengeschichte erzählen könntest.«

Archer stockte, doch kurz darauf breitete sich wieder ein Lächeln auf seinen Lippen auf. »Du bist überfordert von den Visionen?«

»Merkt man das?«

»Nein, aber ich weiß, wie ich mich damals gefühlt habe, als die Magie in mir erwacht ist.« Er stupste mich sanft an und deutete auf eine Tür im hinteren Teil des Eingangsbereiches. »Komm, ich zeige dir etwas.«

KAPITEL 16

Als die Tür hinter uns zufiel, fragte Archer: »Hattest du denn noch weitere Visionen?«

Ich überlegte, wie viel ich ihm sagen konnte, entschied mich aber für etwas, das nah an der Wahrheit war: »Ich wohne jetzt bei Ada, wie du vielleicht weißt. Und ich hatte ein paar verschwommene Bilder, als ich eine Klinke dort angefasst habe. Anfangs dachte ich, dass es nur die Schmuckstücke sind, die das auslösen, aber mittlerweile …«

»Das wäre auch zu eingeschränkt. Es muss etwas anderes sein.«

»Ich glaube es ist Metall. Und … mein Blut.«

Archer starrte mich mit hochgezogenen Brauen an, nickte aber nach einer Sekunde. »Das ist … sehr ungewöhnlich. Aber ja, das kann sein. Die Magie der Wächter ist immer unterschiedlich, und ich maße mir nicht an, das alles gänzlich zu verstehen.«

Ich seufzte. »Hast du eine Idee, wie ich sie in den Griff kriege?«

»Jede Gabe ist anders«, meinte Archer entschuldigend. Das war wohl ein Nein. Aber immerhin lächelte er mich aufmunternd an. »Deswegen ist es auch schwierig, zu erklären, wie jeder sie gemeistert hat. Der Erbe von Sir Percival zum Beispiel kann Gefühle lesen, der Erbe von Sir Bedivere Sehnsüchte erkennen. Ich kann nicht angegriffen werden, da gab es nie viel zu meistern. Irgendwann hatten es alle im Griff, soweit ich weiß. Das wird dir auch noch gelingen. Ich glaube, dass du aber vielleicht noch andere Probleme bekommen wirst.«

»Andere Probleme?«, hakte ich nach, während Archer eine große dunkle Holztür im hinteren Bereich des Hauses öffnete.

Vor mir lag eine alte Steintreppe, die nach unten führte. Alles hinter dieser Tür wirkte wie aus einer anderen Zeit und damit so dermaßen unpassend zu dem modernen Marmor und der geschmackvollen Einrichtung des restlichen Hauses. Die Wände des schmalen Treppenhauses bestanden aus grauem Stein, und knapp unter uns hingen altmodisch aussehende Kerzenleuchter daran. Wie auf dem Weg in ein Verlies.

Ich schluckte und sah zu ihm auf. »Probleme, die sich damit lösen lassen, dass du mich in euren gruseligen Familienkeller sperrst?«

Archer lachte auf. »Nein. Ich möchte dir nur etwas zeigen, worauf meine Familie sehr stolz ist. Aber wenn du dich dann wohler fühlst, gehe ich vor.« Er betätigte einen Schalter direkt hinter der Tür, und die Kerzen flammten auf.

Ah, okay, es waren doch elektrische Lichter. Alles Fake. Das Bild war trotzdem nicht weniger gruselig.

»Also«, fragte ich neugierig, während wir uns an den Abstieg machten. »Was für Probleme werde ich noch bekommen?«

»Es hat sich unter den Wächtern bereits rumgesprochen, dass du hier bist. Die meisten sind nicht so glücklich darüber.«

Überrascht starrte ich Archers Rücken an. »Sie kennen mich doch gar nicht.«

»Nein.« Er blickte kurz über seine Schulter, bevor er sich wieder nach vorn drehte. »Aber wie viele Menschen es nun einmal tun, haben sie sich schon ein Urteil gebildet. Und manche von ihnen denken, dass du möglicherweise … hinter etwas her bist.«

Ich runzelte die Stirn. »Und was soll das sein?«

»Geld vielleicht. Oder ein Stück vom Kuchen, wie du es so schön ausgedrückt hast.«

Ich schluckte heftig. Erst spürte ich Wut in meinem Bauch, dann verstand ich, dass es wahrscheinlich kein gutes Bild abgab, dass ich hier so plötzlich aufgetaucht war. Aber musste man mich deshalb direkt in eine Schublade stecken?

»Du wirst ihnen beweisen, dass es nicht so ist.« Archer war am unteren Treppenabsatz angekommen und lächelte zu mir hoch.

Unwillkürlich fragte ich mich, ob er das vielleicht auch erst über mich gedacht hatte. Und was ihn schließlich umgestimmt hatte.

»Ich wollte dich nur vorwarnen, damit du vorbereitet bist.«

»Danke, Archer.«

Er zuckte kurz die Schultern, dann deutete er um sich. »Das Haus meiner Familie ist uralt. Angeblich Hunderte von Jahren«, erklärte er, während er weiterging. »Natürlich wurde es immer wieder modernisiert. Teile davon mitunter vollkommen neu gebaut. Aber dieser Bereich hier, der ausgebaute Keller, wurde kaum angerührt. Höchstens etwas stabiler gemacht.« Er drehte sich kurz zu mir um, und im Licht der elektrischen Kerzen funkelten seine Augen stolz. »Es ist einer der ältesten Räumlichkeiten in ganz London.«

Die Treppe mündete kurz darauf in einen riesigen Raum. Starke Holzbalken stützten die steinernen Mauern, die fast vollständig mit alten Wandteppichen behangen waren. Darauf waren sieben goldene Wappen gestickt, die wahrscheinlich den sieben Rittern gehörten. Ich sah eines mit einem Löwen, eines mit Rosen, eine Krone, einen Schlüssel, einen Kelch, einen Raben und als Letztes eines mit einem Schwert. Als ich näher trat, konnte ich die Unterschriften lesen: Galahad, Bedivere, Percival, Kay, Gawain, Tristan und … Lancelot. Ich ließ den Blick noch einmal über das Schwert wandern, bevor ich mich abwandte.

Im hinteren Bereich des Raumes war ein Altar aufgebaut worden, auf dem in einer Vitrine ein aufgeklapptes Buch lag, und im Zentrum des Raumes stand ein runder Tisch. Der dunkle Stein war mit unzähligen filigranen Mustern verziert und mit dünnen Linien, die sich von der Mitte aus nach außen zogen, in acht gleichgroße Stücke geteilt, hinter denen jeweils ein ähnlich verzierter Stuhl mit rotem Polster stand. Nur einer der Stühle hatte eine etwas höhere Rückenlehne, deren oberes Ende wie eine dunkle Krone geformt war.

Platz für König Artus und seine sieben Ritter der Tafelrunde.

Archer drehte sich zu mir um, die Hände in seinen Hosentaschen versunken, und wartete auf meine Reaktion. Ich spürte, wie meine Stirn sich unwillkürlich kräuselte. »Du willst mir aber nicht sagen, dass hier ernsthaft damals die Ritter und Artus saßen, oder?«

Archer schmunzelte. »Nein, nicht hier. Die Ritter waren damals in Cornwall. Da, wo dieses wunderschöne Stück herkommt.« Er ging zu dem Tisch rüber und klopfte leicht mit dem Knöchel gegen den Stein. »Der Ort ist zwar nicht der richtige – aber die Tafelrunde ist es. Mein Urgroßvater hat den Tisch damals aus Artus' angeblicher Burg in Tintagel hierher bringen lassen. Hat ihn für verdammt viel Geld erstanden und dann jahrzehntelang niemanden auch nur in die Nähe kommen lassen. Er war ein wenig besessen davon.«

Ich wollte schon sagen, dass es absurd war, von einem alten Tisch besessen zu sein, aber die Worte kamen mir nicht über die Lippen. Selbst ich, die mit der Wächtergesellschaft nicht viel zu tun hatte, konnte die Schwere in der Atmosphäre hier drin spüren – und ich war mir sicher, dass sie von der Tafelrunde ausging. Sie war echt. Wirklich echt.

Die Hände hinter dem Rücken verschränkt ging ich um die Tafelrunde herum, um einen Blick auf das Buch in der Vitrine zu werfen. Die aufgeschlagenen Seiten waren vergilbt, aber man konnte die Worte darauf trotzdem noch sehr gut lesen.

»Das ist die Prophezeiung von Merlin«, erklärte Archer, als er neben mich trat. Sein Geruch nach teurem, aber angenehm holzigem Parfüm stieg mir wieder in die Nase. Wie damals in der Goldschmiede, als ich ihm das erste Mal begegnet war. »Es ist nicht das Original, sondern eine neuere Übersetzung.«

Ich legte die Hand an das Glas und sah im Augenwinkel, wie er etwas zusammenzuckte. Aber er hielt mich trotzdem nicht davon ab. Also beugte ich mich über das Buch und las vor: »Die Zeit wird kommen, da erwacht die Macht der wahren Erben, und die Schmuckstücke können wiedervereint werden. Excalibur wird zu den Rittern und dem wahren Erben des Königs zurückkehren, wenn sie es am meisten brauchen. Dem wahren König wird große Macht zuteilwerden, derer er sich als würdig erweisen muss.« Ich runzelte die Stirn und wandte mich wieder an Archer. »Wenn sie es am meisten brauchen? Was ist damit gemeint?«

Er zuckte mit den Schultern. »Es gibt verschiedene Übersetzungen. Manche sprechen von einer dunklen Macht, von dem Bösen, das zurückkommt.«

Das hatte auch Wade schon erwähnt. Und Ada. »Aber die Hexe Morgana ist tot. Und sie hatte keine Erben, oder?«

»Schon, aber eine einzige Hexe ist ja nicht das Böse der Welt. Es gibt immer Schatten, wo es Licht gibt, auch wenn sich das Gesicht des Dunklen verändert. Allerdings glaube ich eh, dass diese Übersetzungen nur Gerüchte sind, entstanden aus Angst vor dunkler

Magie.« Seine Mundwinkel wanderten nach oben. »Wie viel man der Prophezeiung glaubt und wie viel man in sie hineininterpretiert, ist jedem selbst überlassen. Die Wächter glauben an Excalibur, weil sie die Schmuckstücke besitzen. Sie glauben, dass die Zeit gekommen ist, weil die Erben es gespürt haben und vor etwa einem Jahr Magie in ihnen erwacht ist. Man kann also sagen, dass sie nur das glauben, was sie auch mit eigenen Augen sehen. Wofür sie Beweise haben.«

Nachdenklich betrachtete ich das alte Buch, bevor ich die Hand von der Glasvitrine nahm. »Und was glaubst du?«

Archer hob überrascht die Brauen. »Ich? Ich glaube an Excalibur und die Wächter. Schließlich habe ich es am eigenen Leib erfahren.«

Sofort tauchte wieder das Bild vor meinem inneren Auge auf, als ich die Box nach ihm geworfen hatte und das Ding einfach an der Decke unseres Ladens abgeprallt war. »Ja, das hast du. Haben wir.« Ich griff an die Stelle auf meiner Brust, an der noch gestern die Kette gelegen hatte. Meine Haut dort fühlte sich seltsam kalt an. »Auch wenn ich mich nicht freiwillig dazu entschieden hätte, wenn man mir eine Wahl gelassen hätte.«

Archer schüttelte sanft den Kopf. »Ich weiß, die Visionen sind sicher hart. Trotz allem ist es eine große Ehre, Harper. Dass die Schmuckstücke uns ausgewählt haben und wir Teil von etwas so Großem sein werden.«

»Die Rückkehr von Excalibur.« Meine Zunge kribbelte, als ich das Wort darüberrollen ließ.

Das Schwert. Würde ich es morgen tatsächlich zu Gesicht bekommen? Das legendäre Schwert von König Artus? Diese ganze Wächtergesellschaft und ihre Suche nach Excalibur ging mich absolut nichts an, und ich wollte auch nichts damit zu tun haben. Die gewaltige Anziehung, die ich zu den Schmuckstücken spürte, war der darin innewohnenden Magie geschuldet, die mich an die Kette binden wollte, damit ich sie beschützte. Sobald die Schmuckstücke vereint waren und die Ritter mit ihrer Hilfe das Schwert fanden, würde dieses Gefühl verschwinden, und ich würde wieder frei sein. Wie vorher. Ich war nur hier, um den Tod meines Vaters zu verstehen.

Archer ließ den Blick über den Steintisch schweifen. »Morgen wird mein Vater die Schmuckstücke hier platzieren. Alle zusammen. Und dann werden wir wohl sehen, was passiert.«

Es war seltsam, darüber nachzudenken, deshalb wendete ich mich wieder ab. »Ja, wir werden sehen«, murmelte ich leise, ehe ich zögernd nachschob: »Sag mal, kann ich dich etwas fragen?«

Meine Frage schien Archer aus seiner Traumwelt zu reißen. Er blinzelte und nickte etwas zeitverzögert. »Natürlich. Wenn ich dir eine Antwort geben kann.«

Mir entfuhr wieder ein Seufzen. »Mein Vater und ich, wir standen uns wirklich nicht mehr nah. Man kann sogar sagen, dass ich ihn in den letzten Jahren leidenschaftlich gehasst habe, weil er uns einfach verlassen hat.« Ich wollte ihm nicht erzählen, was genau ich befürchtete, was ich in meiner Vision gesehen hatte, aber möglicherweise war er der Einzige, der mir helfen konnte. »Ich will ihn besser verstehen. Seine Hintergründe. Was damals passiert ist.«

Archer presste nachdenklich die Lippen zusammen. »Ich kannte Eli nicht näher. Aber die anderen taten es. Manche waren sogar mit ihm befreundet.«

Ich spannte meine Schultern an. »Du meinst …?«

»Das Fest ist vielleicht die beste Möglichkeit, etwas über deinen Vater zu erfahren. Mit den Leuten über ihn zu reden. Vielleicht bringt das etwas Licht ins Dunkel.« Er lächelte aufmunternd, und ich konnte nicht anders, als es zu erwidern.

»Du hast recht. Dann sollte ich wohl darauf achten, dass ich morgen ein einigermaßen ordentliches Bild abgebe, damit die tolle Gesellschaft überhaupt mit mir spricht.«

»Oh, das werden sie. Elis verlorene Tochter, die Erbin von Lancelot. Sie werden sich darum reißen, ein paar Worte mit dir zu reden. Sie sagen immer, dass sie Skandale verabscheuen, aber wenn einer passiert, dann will jeder in der ersten Reihe stehen.« Seine Miene wurde etwas weicher. »Außerdem gibst du die meiste Zeit über ein ordentliches Bild ab.«

Meine Wangen wurden warm. »Dann muss ich mir ja keine Gedanken mehr über morgen machen.«

»Nein. Musst du nicht.« Einen Moment lächelte Archer mich noch an, dann wurde er wieder nachdenklich, sah weg, zu den Regalen, zum Tisch, zu den Wandbehängen. Schließlich räusperte er sich umständlich, als hätte er etwas entdeckt, das mir verborgen blieb. »Ich sollte dich wieder nach oben bringen.«

»Klar«, gab ich zurück, überrascht über seinen plötzlichen Stimmungswechsel. Ich wollte nachfragen, ob alles in Ordnung war, aber er ging schon mit durchgedrücktem Rücken zur Treppe. Und als ich ihm folgte, hatte ich das Gefühl, dass er gar nicht mehr wirklich da war.

KAPITEL 17

»Ein Ritterfest klingt irgendwie nach Mittelalter. Musst du dich da auch auf ein Pferd setzen und mit Lanzen die anderen Ritter ausstechen?« Willow kicherte am anderen Ende der Leitung vor sich hin, und ich verdrehte schmunzelnd die Augen.

Ich saß seit meinem Besuch bei Archer angelehnt vor Adas Wohnungstür, weil ich vergessen hatte, mir einen Schlüssel von ihr geben zu lassen. Es war schön kühl im Treppenhaus, und die Stimme meiner besten Freundin beruhigte mich nach dem seltsamen Vormittag bei Archer. Ich hatte ihr nicht alles erzählt, wohl aber, dass die Menschen hier behaupteten, von den echten Rittern von damals abzustammen, auch wenn sie sich mittlerweile Wächter nannten.

»Ich glaube, dass ich das mittlerweile beinahe begrüßen würde.« Seufzend lehnte ich den Kopf an das kühle Holz der Tür. »Die Gerüchte, die sie jetzt schon über mich verbreiten, reichen als Tatmotiv definitiv aus.«

»Was haben sie denn nach zwei Tagen schon über dich zu sagen?«

»Dass ich nur hier bin, weil ich auf das Geld meiner Familie scharf bin.« *Oder auf die Macht des Schwertes,* aber das konnte ich Willow nicht auch noch sagen. Sie hielt die Leute hier schon für seltsam genug, das würde es nicht besser machen. Vielleicht würde sie sie für einen Kult halten und sofort nach London kommen, um mich abzuholen. Dabei war ich bei der Aufklärung des Todes meines Vaters noch nicht sonderlich weitergekommen.

»Unglaublich.« Willow lachte auf. »Du solltest auf dem Fest morgen auf jeden Fall einen angemessenen Auftritt hinlegen, damit sie richtig was haben, worüber sie sich das Maul zerreißen können. Hast du was Gutes?«

Darüber hatte ich auch schon nachgedacht. Mir entfuhr unwillkürlich ein Schnauben. »Meine Sporttasche gibt nicht unbedingt etwas her, das für so einen Abend angemessen ist. Außer ich will die Wächter wirklich provozieren und tauche dort in Jeansshorts und zerrissenem Top auf.«

»Das klingt großartig. Mach das.« Willow kicherte wieder, und ich spürte, wie das Geräusch meine Mundwinkel ebenfalls nach oben zog. »Allerdings will ich auch nicht mehr auffallen, als ich es eh schon werde.«

Meine beste Freundin brummte zustimmend. »Das verstehe ich. Und kannst du nicht deine tolle Cousine fragen, ob sie dir etwas leiht?«

»Das kann ich nicht machen.« Ich kaute schuldbewusst auf meiner Unterlippe herum. »Sie lässt mich schon bei sich wohnen, da kann ich sie nicht um noch mehr bitten.«

»Um was willst du mich denn bitten?«

Ich schreckte zusammen, als plötzlich Adas Stimme unter mir im Treppenhaus erklang. Nur eine Sekunde später tauchte ihr Gesicht am untersten Absatz auf, leicht durchgeschwitzt und mit roten Wangen, aber strahlend wie immer. Als sie mich vor der Tür sitzen sah, verzog sie den Mund. »Mist, ich habe dir keinen Schlüssel gegeben.«

»Nicht so schlimm«, gab ich lächelnd zurück, während Willow in mein Ohr hauchte: »Ist sie das? Stell mich auf Lautsprecher!«

»Ruhe«, brummte ich belustigt. Ich erhob mich aus meiner unbequemen Sitzposition, während Ada die letzten Stufen nach oben eilte, um mir die Wohnungstür aufzuschließen.

Sie trat vor mir in den Flur, drehte sich aber sofort wieder zu mir herum. »Also? Um was bittest du mich?«

Ich presste die Lippen zusammen, weil ich wirklich nicht noch mehr verlangen konnte. Willow wiederholte in meinem Ohr immer wieder, dass ich sie auf Lautsprecher stellen solle, also gab ich mit einem entschuldigenden Blick ihrer Bitte nach.

»Hey, Ada!«, rief sie sofort laut in den Raum. »Danke, dass du meiner besten Freundin auf Familienmission ein Dach über dem Kopf bietest!«

Meine Cousine kicherte und legte ihre Unitasche auf der Kommode im Flur ab. »Es ist mir eine Freude. Harper ist außerdem sehr genügsam.«

Ich lächelte sie an, aber Willow machte sofort weiter: »Nicht wahr? So genügsam, dass sie dich nicht einmal bitten will, ihr ein heißes Outfit für eure Party morgen auszuleihen. Sie würde lieber in zerrissenen Klam…«

»Willow!«, unterbrach ich sie laut und rieb mir stöhnend übers Gesicht. »Tut mir leid.«

Ada zog überrascht die Brauen nach oben. »Oh, darum geht es nur? Wir haben nachher schon einen Termin in der Boutique meiner Mutter dafür. Du bekommst natürlich ein Kleid.«

»Was?« Ich starrte sie vollkommen perplex an. »Einfach so? Das kann ich doch ni…«

»Wenn du jetzt sagst, dass du das nicht annehmen kannst, komme ich persönlich nach London und trete dir in den Hintern!«, unterbrach mich Willow unwirsch. »Danke, Ada, Harper nimmt dieses großzügige Geschenk sehr gern an!«

Meine Cousine lachte. »Es ist eigentlich ein Geschenk meiner Familie, um dich willkommen zu heißen«, sagte sie warm. Dann beugte sie sich über das Handy und meinte: »Keine Sorge, Willow, ich werde dafür sorgen, dass sie es annimmt.«

»Großartig, ich danke dir.« Meine beste Freundin klang wirklich zufrieden, und ich schüttelte etwas verlegen den Kopf.

Ada schien das aber überhaupt nicht schlimm zu finden. »Ich wollte nur meine Sachen ablegen und dich abholen. Wir können direkt los.«

»Klingt nach einem Cousinennachmittag, den ich nicht stören will!«, meinte Willow fröhlich. Und dann sagte sie, etwas leiser: »Ada klingt echt süß. Ist sie vergeben?«

»Du bist noch auf Lautsprecher, Will.«

»Oh. Ja, stimmt. Also, Ada, bist ...?«

»Das reicht.« Ich stellte lachend den Lautsprecher aus und hielt mir das Handy ans Ohr. Kurz dachte ich, dass meine Cousine tatsächlich etwas rot wurde, aber dann drehte sie sich schmunzelnd weg, um ihre Tasche ins Arbeitszimmer zu bringen.

»Spielverderber.« Willow war anzuhören, dass sie immer noch grinste. »Dann hab einen schönen Tag. Und meld dich unbedingt, wie es lief, okay?«

»Mache ich, versprochen.«

»Oh, und was ich fast vergessen habe: Ich soll dich von deiner Schwester auf keinen Fall fragen, ob es dir gut geht und ob du bald zurückkommst, damit du nicht den Eindruck bekommst, sie würde dich vermissen. Aber falls du es von dir aus erzählen willst ...«

Ich lachte auf. »Sag ihr, dass es mir gut geht und ich sicher bald nach Hause komme.«

Typisch Danica. Aber ich musste zugeben, dass sie mir tatsächlich fehlte. Ich war erst seit zwei Tagen in London, aber die letzten Monate war ich nie länger weg gewesen. Ich hatte sie jeden Tag gesehen, genau wie meine Mutter. Doch auch mit ihr hatte ich nicht mehr geredet, seit sie zu unserer Familie nach Ibworth gefahren war. Plötzlich überkam mich ein schlechtes Gewissen, dass die beiden nichts von London wussten. Nichts vom Tod unseres Vaters.

»Ungefähre Zeitangabe?«, hakte Willow nach.

»Höchstens noch zwei, drei Tage.« Ich wollte dem Tod meines Vaters darüber hinaus nicht mehr allzu viel Raum geben. Wahrscheinlich verliefen meine Spuren eh im Sand, schließlich war die Geschichte mittlerweile acht Jahre her. Vielleicht war es doch nur ein Unfall gewesen, entgegen meinem miesen Gefühl. Ich hatte meinen Vater in der Vision zwar nicht in einem Auto sterben sehen, aber wer wusste, was damals passiert war. Vielleicht konnte ich danach unbeschwert zu meiner Familie zurückkehren. Lancelot-Erbin hin oder her.

»Bereit?« Ada stand wieder vor mir und lächelte mich an.

Ich nickte schnell. »Ich muss los, Will. Bis bald.«

»Bis dann.«

Ich steckte das Handy weg und folgte Ada ins Treppenhaus. Schon auf den oberen Stufen fummelte sie an ihrem Schlüsselbund herum, und als wir unten aus dem Haus traten, hielt sie mir einen Schlüssel hin. »Damit du kommen und gehen kannst, wie du willst«, kommentierte sie schmunzelnd.

»Danke, Ada.« Ich steckte ihn in meine Tasche. »Für alles übrigens. Ich nehme das nicht als selbstverständlich an.«

Einen Moment musterte sie mich nachdenklich, dann deutete

sie in Richtung U-Bahn. Während wir darauf zuliefen, fragte sie leise: »Also sind die Gerüchte über dich auch schon bei dir angekommen?«

Ich zuckte etwas zusammen, bevor ich mir unangenehm berührt den Nacken rieb. »Schon. Archer hat mir davon erzählt.«

»Mach dir nichts draus. Die meisten Wächter sind verdammt altmodisch und verklemmt. Das ist der Grund, warum ich nicht so gern mit ihnen zu tun habe.« Sie wirkte ehrlich verärgert, und ich rieb ihr den Arm.

»Schon gut, es trifft mich gar nicht so sehr. Aber wenn du sie nicht leiden kannst, warum gehst du dann trotzdem zu ihrem Fest?«

»Meinen Eltern ist es wichtig.« Sie seufzte. Als wir uns durch die Menschenmenge zum Gleis quetschten, zögerte sie. Ohne mich anzusehen, fügte sie dann hinzu: »Ein paar Menschen sehe ich dort auch ganz gern.« Sie blickte nicht in meine Richtung, aber das Stück Gesicht, was ich von schräg hinter ihr sehen konnte, wurde ein wenig rot.

Ich grinste. »Es gibt also jemanden?«

Noch ein kurzes Zögern, dann sah sie mich wieder ernst an. »Schon. Irgendwie. Es ist kompliziert.«

Ich stellte mich am Gleis dicht neben sie. »Das heißt?«

Adas Schultern sanken ein. »Sie ist eine der Töchter von der Bedivere-Familie«, sagte sie leise und hielt dann kurz inne, als wollte sie meine Reaktion abschätzen, aber ich nickte ihr nur auffordernd zu.

Ada seufzte erneut. »Ihr Name ist Maisie. Wir treffen uns schon fast ein Jahr, aber …« Sie presste die Lippen zusammen. »Sie will immer noch nicht, dass unsere Eltern davon wissen.«

»Was?« Ich biss mir auf die Lippe, weil schon wieder Wut in mir aufsteigen wollte. Das war eigentlich sehr untypisch für mich. »Warum? Denkst du, sie hätten etwas dagegen?«

Ada schien kurz zu überlegen, dann schüttelte sie leicht den Kopf. »Meine Eltern wissen, dass ich auf Frauen stehe. Ihre wären sicher nicht über alle Maßen begeistert, weil sie ganz schön konservativ sind. Aber wir sind beide über achtzehn, was sollen sie denn machen? Sie enterben? So ein Quatsch. Und selbst wenn ...« Sie wirkte ein wenig verzweifelt, als sie die Worte aussprach: »... selbst wenn, wäre das nicht immer noch besser, als sich ewig zu verstecken? Ich habe keine Lust mehr darauf.«

»Hast du ihr das gesagt?«

»Ja. Es ist ein schwieriges Thema.« Sie winkte ab, und ich stupste sie mit der Schulter an, bevor wir zusammen in die Bahn stiegen. »Hey, falls du etwas Unkomplizierteres willst: Willow klang ziemlich interessiert.«

Ada lachte wieder, und ich war froh, dass sich die Ernsthaftigkeit in ihrem Gesicht sofort auflöste. Sie hielt sich an der Haltestange fest und schmunzelte mich an. »Egal. Das ist kein Problem für heute. Heute suchen wir uns ein paar heiße Kleider aus und haben einen schönen Nachmittag, okay?«

»Klingt großartig.«

Wir fuhren nur ein paar Stationen, bis wir mitten in der Londoner Innenstadt herauskamen. Ich bemerkte bereits, als wir die U-Bahn verließen, dass das hier keine normale Gegend war. An den meisten Läden konnte ich Namen lesen, die ich nur aus Modemagazinen kannte: Louis Vuitton, Gucci, Namen, die ich gar nicht aussprechen konnte. Die Straßen hier waren sauber, die Häuser hochwertig renoviert. Und die Boutique von meiner Tante Cassandra, vor der wir nach einigen Metern hielten, passte perfekt in dieses Bild. Die großen Fenster waren abgeklebt, sodass man nicht in den Innenraum sehen konnte, aber am oberen Rand konnte man einen pompösen Kronleuchter sehen. Als wir eintraten, bimmelte ein kleines Glöckchen über unserem Kopf.

Wow, dachte ich. Es gab Kleider in allen Formen und Farben, und jedes Einzelne sah aus, als könnte ich mir Liverpool davon kaufen. Es gab aufwendige Stickereien, hochwertigen Glitzer, meterlange Schleppen, die den Oscars würdig wären. Ich hatte noch keine Zeit, alles in mich aufzunehmen, als schon Cassandra durch einen weißen Vorhang hindurch auf uns zutrat.

»Da sind ja unsere VIP-Gäste für heute!«, rief sie fröhlich und klatschte in die Hände.

Mein Blick blieb an ihrem mintfarbenen Designerkostüm hängen und wanderte dann weiter – zu der jungen Frau hinter ihr. Ich wusste nicht, was genau es war, was mich sofort an ihr faszinierte, aber ihre Ausstrahlung war wirklich nicht von dieser Welt. Sie hatte lange blonde Haare, die ihr wie Seide über die Schultern fielen, ein perfektes, wunderschön geschminktes Gesicht und braune Augen. Ich war mir sicher, dass sie ein Model sein musste.

Die junge Frau musterte mich mit ähnlich unverhohlener Neugierde, doch plötzlich verengte sie die Augen zu Schlitzen.

»Harper.« Cassandra trat in mein Sichtfeld und legte die Hände auf meinen Schultern ab. Sie wirkte voller Tatendrang. »Ich freue mich, dass du hier bist. Ich habe schon ein paar Kleider ausgesucht, die gut zu dir passen könnten – Isabelle wird dir helfen, sie anzuprobieren.« Sie deutete auf die junge Frau hinter sich, die jetzt wieder völlig unschuldig dreinsah.

»Sehr erfreut«, sagte sie.

Hörte ich da Sarkasmus in ihrer Stimme?

Als wir den Frauen in den hinteren Teil des Raumes folgten, warf ich Ada einen kurzen Blick zu. Sie starrte auf Isabelles Rücken, blinzelte dann zu mir und verdrehte die Augen. Da hatte mich meine Intuition wohl nicht getäuscht.

Die Umkleiden hatten nichts mit denen gemein, die ich aus normalen Klamottenläden kannte. Feine Tücher verdeckten große Bereiche, in denen man sich mit viel Platz umziehen konnte. Isabelle zeigte mir meinen Bereich und hängte mir das erste Kleid an den Haken.

Bevor sie wieder durch den Vorhang nach draußen schlüpfte, musterte sie mich abschätzend. »Harper, also«, sagte sie leise. »Carter hat mir schon von dir erzählt.«

Gerade als ich sie fragen wollte, was verdammt noch mal er erzählt hatte, war sie auch schon weg und ließ mich mit einem seltsamen Gefühl zurück. Was sie wohl für ein Verhältnis zu den Wächtern hatte? War sie vielleicht selbst eine Erbin? Oder eine Angehörige? Vielleicht war sie aber auch eine von denen, die mich für eine Schnorrerin hielten. Ich würde Ada später danach fragen.

Als ich in dem ersten Kleid, einem Monster aus silbernem und dunkelblauem Tüll, in den Präsentationsraum kam, saß meine Cousine in Bademantel und mit einem Glas Sekt auf einem Hocker.

»Du ziehst dich nicht um?«, hakte ich nach, und sie winkte ab. »Am Ende. Ich hab mein Kleid schon. Was hältst du denn von deinem?«

Ich sah an mir herunter und dann wieder sie an. »Es ist viel zu viel.«

»Zu viel gibt es auf einem Wächterfest nicht«, konterte Cassandra.

Ich presste die Lippen zusammen. »Darin würde ich mich nicht wohlfühlen. Das Nächste vielleicht?«

Meine Tante schien glücklicherweise nicht beleidigt zu sein. Sie nickte nur und wies Isabelle an, ein anderes Kleid zu holen.

Das war schon besser: eine einfache A-Linie, nur eine Schicht durchsichtigen Tülls, unter dem man das dunkle Unterkleid sehen konnte. Der Stoff schimmerte leicht, wenn ich mich darin vor dem Spiegel drehte.

Als ich aus der Kabine trat, strahlten Ada und Cassandra.

Etwas zerknirscht sah ich zu ihnen auf, nachdem ich mich vor dem Spiegel gedreht hatte. »Es ist schön. Das sind sie alle. Und wahrscheinlich sind sie auch alle total angemessen für ein Wächterfest.« *Aber sie passen nicht zu mir.* Nicht einmal zu meinem Abschlussball hatte ich so etwas Pompöses getragen, sondern nur ein simples Etuikleid für siebzig Pfund, das auch so ausgesehen hatte.

»Ich habe noch ein anderes.« Cassandra schielte zu ihrer Tochter rüber, die sich sofort gerader aufsetzte. »Aber das ist dir vielleicht zu gewagt. Auch wenn ich mir sicher bin, dass es perfekt zu deinen tollen roten Haaren passen würde.«

Gewagt. Nicht unbedingt das, was ich mir für dieses Fest vorstellte. Sie schickte Isabelle, die schon wieder etwas verärgert wirkte, weg, während ich mich noch vor dem Spiegel hin und her drehte und versuchte, mich mit dem Kleid anzufreunden. Ich gab den Versuch allerdings sofort auf, als ich in der Spiegelung den Stoff sah, den Isabelle mir nun hinhielt.

Das Kleid war aus dunkelgrünem Satin. Es schien ganz leicht zu sein, im Gegensatz zu den anderen, und auch um einiges freizügiger.

Nachdenklich knabberte ich auf meiner Unterlippe, weil das wirklich gar nicht zu meinem Plan passte, zwischen den Wächtern unauffällig zu bleiben. Trotzdem hörte ich mich selbst sagen: »Na ja, es kann nicht schaden, es mal zu probieren, oder?«

Der Satz hatte noch nicht mal richtig meinen Mund verlassen, da war Ada schon jauchzend aufgesprungen. »Weg damit!«, befahl sie und zog den Reißverschluss des Kleides runter, das ich gerade noch trug.

Lachend ging ich zurück zur Umkleide und zog mich um.

Dieses Kleid fühlte sich ganz anders auf meiner Haut an. Es war leicht und kühl, ich konnte mich einfach hineingleiten lassen. Es rutschte sogar einigermaßen problemlos über meinen Po und meine Hüfte. Ich zuppelte an dem wunderschönen Wasserfallausschnitt, als Isabelle den Reißverschluss nach oben zog, und warf ihr durch den Spiegel einen kurzen Blick zu. »Ist es wirklich schon ganz zu?«

»Es hat einen gewagten Ausschnitt«, gab sie zu.

Ada steckte den Kopf zwischen den Vorhängen durch. »Aber holla, du kannst ihn definitiv tragen.«

Damit hatte sie allerdings recht. Es war zwar nicht ganz auf meinen Körper zugeschnitten, aber es saß einfach fantastisch. Das Kleid hatte dünne Träger, ab der Hüfte floss der Stoff gerade zu Boden und umschmeichelte einfach überall gekonnt meine Figur. An der linken Seite gab es einen gewagten Schlitz, den man im Stehen aber kaum bemerkte. Es war wunderschön.

»Also, falls du doch Lust hast, so richtig in die Wächtergesellschaft einzuheiraten – ich glaube, dass da ein paar Söhne und Töchter dabei sein werden, die sich definitiv interessiert zeigen werden.« Ada konnte gar nicht mehr aufhören, zu grinsen, als ich mich vorsichtig vor dem Spiegel hin und her drehte und mich von allen Seiten betrachtete.

In der Spiegelung konnte ich sehen, wie Isabelles Gesicht sich bei Adas Satz verdunkelte, und sie verschwand wieder in einen anderen Bereich der Boutique. Ich blickte ihr nach, bevor ich mich zu Ada umdrehte.

»Was ist mit ihr?«

»Ignorier sie.« Sie zuckte mit den Schultern. »Isabelle ist etwas schwierig. Sie ist seit ein paar Monaten mit Archers älterem Bruder Carter zusammen. Da kann man nur schlecht gelaunt sein, also sieh es ihr nach. Vielleicht hat sie Angst, dass du so hot aussiehst, dass du ihn ihr ausspannst.«

O heilige … Jetzt tat sie mir irgendwie leid. Ich kannte Carter nicht gut, aber was ich von ihm kannte, hatte mir gar nicht gefallen.

»Ich habe sicher kein Interesse an Carter.«

»Sondern?« Ada wippte mit den Augenbrauen.

»An niemandem«, gab ich zurück, auch wenn mir aus irgendeinem Grund sofort erst das zurückhaltende Lächeln von Archer und dann die blauen Augen von Lark in den Sinn kamen. Okay, unter den Erben waren definitiv ein paar hübsche Menschen. Aber deswegen war ich nicht hier.

Ich strich über den Stoff des Kleides, dann hob ich wieder den Kopf. »Ich nehme das hier, denke ich. Es ist gewagt, aber ich fühle mich selbstbewusst darin.« Und das würde ich schließlich brauchen, wenn ich die Ritter ausfragen wollte.

»Eine großartige Wahl.« Cassandra kam mit einem Kleid über dem Arm wieder in den Raum. »Du wirst alle dort umhauen. Und jetzt du, mein Schatz.« Sie reichte Ada ihr Kleid, und meine Cousine sprang sofort damit in eine der Kabinen.

Als sie nur eine Minute später in einem Meerjungfrauenkleid zurückkam, blieb mir tatsächlich der Mund offen stehen. Der Stoff war von einem sehr hellen Rosa, aber er glitzerte unter dem Licht wie eine Schneekugel.

»Du siehst großartig aus, Ada«, sagte ich mit voller Inbrunst.

Cassandra wirkte, als würde sie jeden Moment in Tränen ausbrechen. »Das tut ihr beide. Ich bin mir sicher, Eli hätte es wunderschön gefunden, euch zwei hier so zusammen zu sehen.«

Ich spürte einen scharfen Stich in meinem Herzen, und auch Ada schien kurz etwas verlegen zu sein. Doch sie hatte sich schnell wieder gefangen. Sie stellte sich neben mich vor den Spiegel und legte einen Arm um meine Schulter. Wir sahen wirklich toll aus nebeneinander.

»Hauen wir die Wächter aus den Socken«, sagte Ada schmunzelnd, und obwohl ich eigentlich vorgehabt hatte, nicht unnötig aufzufallen, musste ich mir eingestehen, dass es gar nicht so schlecht sein würde, morgen so beeindruckend auszusehen.

Für wen auch immer.

KAPITEL 18

Am nächsten Abend ließ meine Tante Cassandra tatsächlich Leute kommen, die Ada und mich in ihrer Wohnung schminkten und uns die Haare machten. Es war ein seltsames Gefühl, wie sich ein Typ mit Föhnfrisur an meinen Haaren und eine junge Frau gleichzeitig an meinem Gesicht zu schaffen machten. Ich bestand auf ein leichtes Make-up und ließ nur den roten Lippenstift, ein wenig Wimperntusche und Rouge zu. Die Frau schaffte es trotzdem, dass mein Gesicht danach völlig verändert aussah – frisch und leuchtend, wie das Nachherbild einer teuren Maske. Meine Haare wurden leicht eingedreht und mit Haarspray über meine Schultern drapiert, um den gewagten Ausschnitt zu betonen. Als ich schließlich das Kleid anzog und mich das erste Mal komplett vor dem Spiegel sah, musste ich mich ein paarmal ungläubig drehen, bevor mir ein Grinsen ins Gesicht rutschte. Ich sah verdammt heiß aus. Der Schmuck, den meine Cousine mir geliehen hatte, betonte alles perfekt.

»Wir sehen großartig aus«, bemerkte Ada und legte mir grinsend einen Arm um die Hüfte. »Oder was denkst du?« Sie hatte ein aufwendiges Make-up bekommen, das ihre Augen strahlen ließ, und zwinkerte sich selbst in der Spiegelung zu.

»Ich würde sagen, die anderen Wächter können einpacken«, stimmte ich ihr zu und versuchte, das flaue Gefühl in meinem Magen dabei zu ignorieren. Sie würden mich alle anstarren. Sie wussten, wer ich war und wahrscheinlich auch, was mein Vater getan hatte. Erst jetzt, als wir kurz vor dem Aufbruch waren, stürmten diese Gedanken wieder auf mich ein.

»Gut.« Ada warf einen Blick auf ihr Handy. »Dann sollten wir uns langsam nach unten bewegen. Der Wagen ist bestimmt schon da und wartet auf uns.«

Ich folgte ihr zur Treppe und hob eine Braue. »Der Wagen. Ich habe aber nicht mit einer Limousine zu rechnen, oder?«

Ada lachte. »Nein, heute nicht, aber die Bedenken sind angemessen. Die Wächterfamilien lieben es, sich zu profilieren. Und wenn wir den Harrisons glauben können, dann wird das heute etwas wirklich Besonderes.«

Ja, das Gefühl hatte ich auch.

Der Wagen, der vor dem Haus stand, war zwar wirklich keine Limousine, aber dafür ein großer schwarzer Mercedes, der in der Sonne glänzte. »Hätten sie nicht einfach ein normales Taxi schicken können?«, fragte ich seufzend, während Ada schon auf den Wagen zutänzelte.

Sie warf mir ein Lächeln über ihre Schulter zu. »Wenn du das wirklich in Betracht ziehst, dann kennst du meine Eltern noch nicht wirklich gut.«

Wir stiegen ein, und ich bewunderte den geräumigen Innenraum. Der Fahrer saß hinter einer schwarzen Trennscheibe. Ich blickte zu Ada rüber, die während der nicht einmal zehnminütigen Fahrt nervös an ihrem Ausschnitt herumzuppelte.

Als wir vor dem riesigen Anwesen der Harrisons stehen blieben, wäre ich am liebsten einfach im Auto sitzen geblieben und hätte mich versteckt. Jemand hatte tatsächlich einen Teppich ausgerollt, der zwar nicht rot, sondern schwarz war, der in meinen Augen aber trotzdem total lächerlich wirkte. Ansonsten war die Deko des Hauses wirklich gelungen: Auf dem Zaun waren Kerzenständer angebracht, auf denen dicke rote Kerzen brannten, und zwischen ihnen prangten bunte Wappen aus Stoff. Die Wappen der Ritter.

Wade und Cassandra warteten schon am Bordstein auf uns. Er trug einen schwarzen Smoking mit einer blauen Krawatte, sie ein blaues Kleid im gleichen Ton. Sie hielten sich an der Hand, als wir ausstiegen, und mich trafen sofort ihre warmen Blicke. Zumindest etwas, das meine Nerven beruhigte.

»Wir sind doch genau richtig unpünktlich, oder?«, fragte Ada grinsend.

Ich sah sie verwundert an, und Wade ließ ein kurzes Auflachen hören. »Perfekt unpünktlich. Wir sind die Letzten, ohne zu spät zu sein.«

»Die Letzten?« Ich spürte, wie es mir heiß durch die Brust schwappte. Natürlich. Meine Familie hatte es perfektioniert, alle Aufmerksamkeit auf sich zu lenken, was hatte ich auch anderes erwartet?

Wade funkelte mich amüsiert an, dann schwenkte er die Hand in Richtung Eingangstür. »Sollen wir?«

Nein, ich will nicht. Aber das spielte jetzt auch keine Rolle mehr. Ich drehte noch einmal aus Nervosität die goldenen Ringe an meinen Fingern, bevor ich mich bei Ada unterhakte, und wir die drei Stufen zum Eingangsbereich nach oben gingen.

Die Eingangshalle des Harrison-Anwesens war festlich beleuchtet, und ich konnte auf jedem der kleinen Beistelltischchen Kerzen sehen, die ein warmes Licht ausstrahlten. Inmitten all dieser Pracht stand ein Mann mit gestrafften Schultern, die Arme hinter dem Rücken verschränkt. Er hatte etwas Erhabenes, Selbstsicheres an sich, vor dem man einfach Respekt haben musste, und das lag nicht nur an dem offensichtlich maßgeschneiderten marineblauen Anzug.

Ein etwas eisiges Lächeln schlich sich auf seine Lippen, als er uns durch die Eingangstür kommen sah. »Familie Grayson«, sagte er, und es sollte wahrscheinlich einladend klingen, aber seine Stimme klang merkwürdig herrisch. Sein Lächeln verblasste ein wenig, aber offensichtlich wollte er sich nichts anmerken lassen. »Und Miss Bell, nehme ich an. Ich habe schon von Ihnen gehört.« Er schüttelte mir die Hand und presste meine Finger dabei fest zusammen. »Frederik Harrison.«

Ah, das war also Archers Vater. »Freut mich sehr«, gab ich zurück und war froh, als er meine Hand endlich freiließ.

Wade lächelte breit. »Schön, hier zu sein«, sagte er und ergriff Fredericks Hand. Es sah ein wenig nach einem Kräftemessen aus, und ich fragte mich, was diese seltsame Konkurrenz zwischen ihnen zu bedeuten hatte. Ein Ding aus der Ritterzeit? Oder war es etwas Neues, das nur die beiden betraf?

Frederick begrüßte auch Cassandra und Ada mit einem festen Händedruck, dann bedeutete er uns, ihm zu folgen.

Wir verließen die Eingangshalle und gingen in den hinteren Bereich des Hauses. Erst glaubte ich, dass er uns direkt in das Kellergewölbe führen würde, das Archer mir am Tag zuvor gezeigt hatte, aber Frederick Harrison bog kurz vorher nach rechts ab. Der Gang öffnete sich zu einem riesigen Festsaal mit Glasdach, den ich mitten in einem Stadthaus in London gar nicht erwartet hätte. Mir klappte der Mund auf, als ich an den Wänden nach oben blickte und die Sonne am Horizont sah wie eine exklusive Lampe. Auf der rechten

Seite war ein Büfett aufgebaut, an dem es kleine Häppchen gab, die wahrscheinlich allesamt unglaublich teuer waren. Außerdem eine große, geschwungene Glaskaraffe, in der ich Wein oder etwas Ähnliches vermutete.

Auf der linken Seite standen mehrere Stehtische, die mit einem weißen Stoff bezogen waren, der mich an eine Hochzeitslocation denken ließ. Dahinter befanden sich ein paar Sofas, die zwar schön waren mit ihrem smaragdgrünen Stoff und den verzierten Rückenlehnen, aber auch unbequem wirkten.

Die Menschen, die sich hier bereits versammelt hatten, waren überall im Raum verteilt und standen in kleinen Grüppchen zusammen. Einer sah feiner herausgeputzt aus als der Nächste. Von Ballkleidern mit ellenlangen Schleppen über mit Federn geschmückte Hüte und diamantenbesetzte Handtaschen war einfach alles dabei, was nach einer Menge Geld aussah. Ich fühlte mich, als wäre ich in eine Hollywoodfeier geplatzt.

Als wir mit Frederick Harrison eintraten, drehten sich alle zu uns um und verstummten. Sogar die klassische Orchestermusik, die leise im Hintergrund spielte, konnte nicht über die plötzliche Stille hinwegtäuschen. Ich spürte ein Kribbeln in meinem Nacken, weil ich so viele Augenpaare auf mich gerichtet einfach nicht gewöhnt war.

»Dein Sohn hat sich mit seinem ersten Fest wirklich selbst übertroffen«, meinte Cassandra lächelnd an Frederik gewandt. Ich folgte ihrem Blick zu Archer, der inmitten einer Menschentraube stand und einen perfekt sitzenden schwarzen Anzug trug, der seine Muskeln betonte. Er war auf die Gespräche konzentriert, die langsam wieder einsetzten, warf mir aber trotzdem kurz ein zurückhaltendes Lächeln zu. Es ging mir aus irgendeinem Grund durch Mark und Bein.

Neben ihm entdeckte ich auch Carter, der mir zuzwinkerte, bevor er sich zu Isabelle beugte und ihr einen Kuss auf die Wange drückte. Sie bedachte mich mit einem eisigen Blick, der nicht zu ihrem Lächeln passte. Himmel, diese beiden waren wirklich ein Horror für sich.

»Trinken wir etwas«, meinte Frederik Harrison und riss mich damit aus meinen Gedanken. »Der spannende Teil kommt erst gegen Mitternacht.«

Seine Worte vibrierten in meinem Inneren. Mir wurde erneut bewusst, dass irgendwo in diesem Haus jetzt wahrscheinlich alle Schmuckstücke vereint waren. Meine Tante drückte sich ihre Clutch an die Brust, als sie Wade und Frederik zu den Drinks folgte. War die Kette darin? Und wo waren die anderen Teile? Unwillkürlich fragte ich mich, was wohl passieren würde, wenn ich sie alle berührte. Welche Visionen mich heimsuchen würden. Ein Schauer ging durch meinen Körper.

Ada hakte sich bei mir unter und brachte mich damit zurück in die Realität. »Soll ich dir ein paar der Leute vorstellen?«

»Ich weiß nicht«, antwortete ich wahrheitsgemäß. Ich hatte immer noch das Gefühl, dass die Leute mich anstarrten, auch wenn sie es mittlerweile etwas unauffälliger taten.

Meine Cousine brummte. »Verständlich. Aber … Na ja, wie es aussieht, bleibt dir keine andere Wahl.«

Als ich aufblickte, um zu sehen, was sie meinte, kamen ein älteres Paar und ein junger Mann mit blonden Locken auf uns zu. Der Kerl kam mir seltsam bekannt vor.

»Ada, wie schön, dich zu sehen«, sagte die Frau mit den kurzen grauen Haaren. Sie lächelte, aber in ihrem Gesicht tat sich trotzdem nichts. Ich vermutete, dass sie eine ordentliche Portion Botox unter der Haut hatte. »Und das muss deine neu gefundene Cousine sein!«

»Das ist sie, Mrs Edgerton. Harper Bell.« Ada deutete auf mich und lächelte. »Harper, das sind Mrs und Mr Edgerton und ihr Sohn Harry. Sie gehören zur Gawain-Familie.«

Oh. Die, deren Haus abgebrannt war und deren Tochter seitdem im Krankenhaus lag. Jetzt erkannte ich auch den jungen Mann wieder – es war der, der im *Cinnamon Cup* an seinem Laptop gesessen hatte.

Der andere Mann, ein hochgewachsener, dünner Kerl mit Schnauzer, nickte nur kurz, während sein Sohn einfach wortlos in die Luft irgendwo neben meinem Gesicht starrte. Er war etwas jünger als ich, ein oder zwei Jahre vielleicht, und schien sich beinahe noch unwohler zu fühlen.

Mrs Edgerton lächelte mich an, und es sah beinahe freundlich aus. »Schön, dass die Kette ihren Weg zurück zu den wahren Besitzern gefunden hat. Wir alle haben geglaubt, dass sie für immer verloren ist.«

Harry hob endlich den Blick zu meinem Gesicht. Seine wässrig blauen Augen wirkten müde. Jetzt aber bogen sich seine Mundwinkel nach oben. Ich wusste nicht genau, ob es solidarisch war oder entschuldigend, weil seine Eltern meinen Vater gerade indirekt als einen Dieb beschimpft hatten.

Die Edgertons wechselten noch ein paar bedeutungslose Worte mit Ada, bevor ihre Neugier anscheinend gestillt war und sie wieder abzogen, um der nächsten Familie auf den Zahn zu fühlen. Ada beugte sich sofort zu mir rüber und raunte: »Das ist die Familie von Stella. Du weißt schon, die, deren Haus abgebrannt ist vorgestern Nacht.«

»Ja, ich habe den Namen erkannt.« Ich sah ihnen nach. »Sie wirkten nicht sehr belastet.«

»Vielleicht liegt es daran, dass es ihrer Tochter soweit gut geht.

Oder daran, dass sie hier in Knightsbridge noch drei andere Häuser haben.« Sie verdrehte die Augen, bevor sie sich umwandte und in Richtung der Tische deutete. »Pass auf, ich gebe dir einen kleinen Überblick.« Ihr Fingernagel funkelte silbern, als sie auf eine große Frau mit zusammengedrehten schwarzen Haaren deutete, die neben einem jungen Mann stand, der etwas älter wirkte als wir. Mindestens fünfundzwanzig. Er war groß und muskulös, und trotzdem strich die Frau ihm gerade den Pony gerade wie eine Glucke, was er einfach über sich ergehen ließ. »Deborah Morrison und ihr Sohn Philipp. Sie stammen von Sir Percival ab, er ist der Erbe. Deborah ist Witwe, Philipp ist ihr einziger Sohn. Die beiden sind ein wenig seltsam, aber im Großen und Ganzen in Ordnung. Die anderen, die um sie herum stehen, gehören zu ihrer erweiterten Familie. Cousinen, Tanten, Onkel, so was eben. Die meisten Wächter bringen sie mit, um ihnen etwas vom Glanz der Welt zu zeigen.«

Ich nickte.

»Die Gawains hast du ja gerade schon kennengelernt. Harry hab ich ein paarmal im *Cinnamon Cup* getroffen, aber es ist wirklich schwer, sich mit ihm zu unterhalten. Er wirkt die ganze Zeit, als wäre er ganz weit weg oder würde sich nicht für seine Mitmenschen interessieren.« Ada runzelte die Stirn, und ich musste grinsen. Dann blieb ihr Blick an jemandem hängen, und ihr Gesichtsausdruck änderte sich schlagartig. Plötzlich war fast so etwas wie Sehnsucht darauf zu erkennen.

Ich folgte ihrem Blick zu einer jungen Frau, die an einem der Tische stand und ebenfalls zu uns rübersah. Sie hatte langes dunkelblondes Haar, das ihr auf den Rücken fiel, und ein ebenmäßiges, schönes Gesicht, an dem einfach alle Proportionen stimmten. Kleine Nase, volle Lippen, große Augen. Sie trug ein hochgeschlossenes rotes Kleid, das ein wenig altbacken wirkte, aber ihre Haltung war elegant.

»Und das ist …?«, wollte ich wissen, auch wenn ich mir schon denken konnte, was die Antwort war.

»Maisie Carlton, die jüngste Tochter der Bedivere-Familie«, sagte Ada mit einem Seufzen.

»Deine Freundin?«

Sie zuckte mit den Schultern, blickte sich im selben Moment aber um, ob das auch niemand gehört hatte, bevor sie leise weitersprach: »Ihr älterer Bruder John ist der Erbe, er steht da hinten bei Archer. Der Rothaarige mit den vielen Sommersprossen.« Ich musterte den blassen Typen, als er lachte und dann mit einer Hand am Kragen seines Hemdes herumspielte.

Ada räusperte sich und schien peinlich darauf bedacht, nicht mehr in Maisies Richtung zu sehen, die sie von der anderen Seite des Raumes aus mit Blicken durchbohrte. »Wen du hier sonst noch so siehst, gehört zur erweiterten Familie von den Harrisons oder zu unserer Familie. Ein paar Großtanten und -onkel, mit denen ich selbst auch nicht viel zu tun habe. Die Kernfamilie von Sir Tristan ist vor ein paar Jahren aus London weggezogen, sie wollten nichts mehr mit den Rittern zu tun haben. Dort hinten stehen ein paar von ihnen, aber der Erbe ist nicht mehr hier. Angeblich haben sie sich mit Frederick Harrison gestritten, aber ich habe keine Ahnung, worum es da ging. Die Nachfahren von Sir Kay leben schon seit ein paar Generationen außerhalb von London. Abgesehen von Lark natürlich. Archer ist der Erbe von Galahad, aber das wusstest du ja schon. Und das waren so ziemlich alle. Der Rest ist Anhang.«

Ich legte den Kopf etwas schief, als sie nervös mit dem Stoff ihres Kleides zu spielen begann. »Willst du rübergehen und mit Maisie sprechen?«

Ada wand sich ein wenig. »Ich kann dich doch hier nicht allein lassen zwischen den ganzen Wölfen.«

»Ich bin ein großes Mädchen, ich komme schon klar.« Ich deutete auf das Büfett, an dem glücklicherweise nur wenige Menschen standen. Offensichtlich wollte niemand mit einem Häppchen in der Hand erwischt werden. »Ich schaue einfach mal, was es Leckeres zu essen gibt.«

Eigentlich wollte ich mir einfach nur ein großes Glas Wein einschenken, um meine Anspannung ein wenig zu lösen, aber meine Cousine sollte sich keine Sorgen um mich machen. Zumal es für sie offensichtlich ein paar Dinge zu klären gab.

Ada wirkte nicht gerade überzeugt, deswegen stupste ich sie lachend an. »Geh schon. Wir finden uns.« Dann wandte ich mich ab, um es ihr leichter zu machen, und als ich mich nach ein paar Schritten noch mal zu ihr umdrehte, war sie schon auf dem Weg zu Maisie.

KAPITEL 19

Die Musik wechselte, als ich an das Büfett herantrat, und neben mir begannen einige der Paare, miteinander zu tanzen. Die Tanzfläche war riesig, und es war beeindruckend, wie einige der älteren Herrschaften ihre Frauen herumwirbeln konnten.

Ich griff nach einem der geschwungenen Kristallgläser und nach der Karaffe. Wahrscheinlich würde es keinen guten Eindruck machen, aber ich füllte es trotzdem fast bis zum Rand. Diese Veranstaltung würde ich ohne einen im Tee definitiv nicht überleben.

»Falls du versuchst, dein Unwohlsein in Alkohol zu ertränken, muss ich dich enttäuschen: Da ist keiner drin.«

Erschrocken fuhr ich herum und ließ dabei beinahe mein Glas überschwappen. Der Typ, der mir gegenüberstand, zog eine Braue nach oben. Ich erkannte den griesgrämigen Gesichtsausdruck und die unglaublich blauen Augen sofort. »Lark!«

»Harper.« Er deutete mit dem Kinn in Richtung meines Glases. »Das ist Saft. Ein sehr teurer, irgendetwas Selbstgepresstes, aber leider mit null Promille.«

Bedauernd blickte ich auf das Glas hinunter. »Ist es überhaupt erlaubt, auf so einer Veranstaltung etwas zu servieren, was keinen Alkohol hat?«

Seine Mundwinkel zuckten nach oben, und ich spürte ein seltsames Kribbeln in meinem Magen. Ich hatte das Gefühl, dass er nicht besonders oft lächelte und dass diese kurze Bewegung in seinem Gesicht tatsächlich etwas Besonderes war. Ganz kurz huschte sein Blick nach unten, wanderte über mein gewagtes Kleid, dann drehte er sich halb und suchte den Raum ab. Er hob die Hand, und sofort kam ein Mann im Frack auf uns zu, ein Tablett mit mehreren Gläsern Sekt auf der Hand. Lark nahm ihm zwei ab und reichte mir eins. »Auf die Wächter«, sagte er sarkastisch und kippte sein Glas in einem Zug runter.

Ich prustete in meinen Sekt. »Du scheinst auch nicht unbedingt glücklich über die unglaubliche Ehre zu sein, hier eingeladen zu werden.«

»Was hat mich verraten?«, wollte er wissen und nahm einem anderen Mann im Frack, der an uns vorbeigehen wollte, direkt das nächste Sektglas vom Tablett.

Ich zuckte grinsend mit den Schultern. »Nur so ein Gefühl.« Im Kopf ging ich durch, was ich über ihn wusste, was nicht besonders viel war. Er war der Erbe von Sir Kay, und er arbeitete in der Kaffeebar. Also offensichtlich war er niemand, der vom Geld seiner reichen Verwandten lebte.

Er trank auch das zweite Glas leer und stellte es auf dem Büfett ab. Dann seufzte er tief.

»Herrje.« Mir entfuhr ein Lachen, als ich einen Schluck genommen hatte. »Deine Laune unterbietet tatsächlich noch meine. Vielleicht musst du ein wenig tanzen, um dich locker zu machen?« Ich deutete auf die Tanzfläche, die sich allmählich füllte. »Bei den anderen scheint das zu helfen.«

»Keine zehn Pferde bringen mich da hin.«

»Vielleicht, wenn du noch ein paar Gläser kippst?«

Da war es wieder, das Zucken seiner Mundwinkel. Auch wenn der Blick, den er mir zuwarf, düster war. »Ganz sicher nicht.«

Ich lächelte und spürte, wie sich der Knoten in meiner Brust ein wenig löste. Es war gut, zu wissen, dass ich mit meiner Abneigung nicht ganz allein war. Ich wollte gerade noch etwas sagen, als wir unterbrochen wurden.

»Harper«, brummte jemand hinter mir.

Ich hätte nicht gedacht, dass das möglich war, aber Larks Gesicht wurde tatsächlich noch eine Spur finsterer, als Archer zu uns trat. Die beiden funkelten sich regelrecht an.

»Larkin Hale«, sagte Archer schließlich. »Wie ich sehe, bist du schon wieder gut dabei mit dem Sekt.«

»Keine Sorge, ich halte was aus, Harrison.« Lark grinste, aber es wirkte eisig.

Archer wandte sich wieder mir zu, und ein einigermaßen ehrliches Lächeln erschien auf seinen Lippen. »Entschuldige, dass ich dich nicht ordentlich begrüßt habe, aber ich war gerade in einem wichtigen Gespräch vertieft.«

»Schon gut«, gab ich zurück. Die plötzlich eisige Atmosphäre irritierte mich mehr als das Starren der anderen Leute. Und weil ich diese unangenehme Situation so schnell wie möglich beenden wollte, sagte ich etwas wirklich Unüberlegtes: »Vielleicht kannst du es mit einem Tanz wiedergutmachen.«

Archer riss die Brauen hoch, und Lark blubberte neben mir in das dritte Glas Sekt, von dem ich gar nicht bemerkt hatte, dass er es sich genommen hatte.

Ich ignorierte es, und weil ich nicht so einfach einen Rückzieher machen konnte, sagte ich zu Archer: »Ich bin nicht unbedingt die beste Tänzerin, aber Willow und ich haben für unseren Abschlussball ein paar Tanzstunden genommen. Ich hab zwar nur mit ihr getanzt, aber ein wenig kriege ich es sicher hin, wenn du gut führen kannst.«

Er erwiderte meinen Blick mit leicht geöffnetem Mund, als wüsste er nicht, was er sagen sollte. Etwas unbehaglich sah er sich um, weil uns die anderen immer noch neugierig musterten.

Lark schnaubte, es klang eigenartig gereizt. Seine Stimme war aber ruhig, als er sagte: »O doch, er ist ein begnadeter Tänzer. Auf den Wächterbällen schwingt er gern ab und zu das Tanzbein.«

Archer starrte ihn verärgert an, und erst jetzt wurde mir klar, dass ihm die Blicke der Umstehenden unangenehm waren. Sie musterten zwar *mich*, die verheimlichte Tochter von Eli, das Skandalkind mit der geklauten Kette. Aber Archer hatte es ja schon angedeutet: Die Ritterfamilien liebten das Drama, aber sie wollten nicht darin verwickelt werden. Nicht mit mir. Und dasselbe galt wohl auch für Archer.

»Schon gut.« Ich gab ein wirklich falsch klingendes Lachen von mir, obwohl die Enttäuschung über Archers Reaktion schwer an mir nagte.

Lark musterte ihn beinah angeekelt, und Archer straffte die Schultern.

Sein Lächeln war unsicher, aber echt. »Nein«, sagte er, »ich tanze gern mit dir. Für ein Lied habe ich sicher Zeit.« Er reichte mir auffordernd die Hand, und ich spürte Widerwillen in mir.

»Du musst dich nicht dazu zwingen«, gab ich zurück. Er hatte meinen Stolz verletzt, und das ließ ich nicht so einfach mit mir machen.

Seine kaffeeschwarzen Augen funkelten ein wenig entschuldigend. »Ich wollte dir nicht den Eindruck geben, dass ich das muss. Ich würde gern mit dir tanzen, Harper.«

Er ließ seine Hand nicht sinken, obwohl ich ihn zappeln ließ, und schließlich griff ich doch danach und folgte ihm auf die Tanzfläche. Als ich einen letzten Blick über meine Schulter warf, lehnte Lark an dem Büfett und schaute uns unergründlich nach. Mit den Lippen formte er ein »Viel Spaß«, bevor er sein Sektglas wieder ansetzte.

Archer zog mich an sich, hielt aber immer noch gebührenden Abstand. Die eine Hand legte er etwas oberhalb meiner Hüfte, mit der anderen umschloss er meine Finger. Die Gäste starrten uns immer noch an, aber Archer schien sich dazu entschlossen zu haben, es zu ignorieren. »Folge einfach meinen Schritten«, sagte er, und ich tat es.

Nach ein paar kleineren Stolperern hatte ich den Takt der Musik gefunden und fühlte mich ein wenig sicherer.

»Siehst du? Gar nicht schlecht.« Archer lächelte, bevor er kurz zur Seite blickte. »Was hast du denn ausgerechnet mit Larkin Hale zu schaffen?«

Ich versuchte, die anfängliche Enttäuschung runterzuschlucken und mich auf das Hier und Jetzt zu konzentrieren. Wie sanft er meine Hand hielt und mich über die Tanzfläche führte. Es war offensichtlich, dass er diese Feste öfter fürs Tanzen nutzte.

»Gar nichts. Ich habe ihn gestern im *Cinnamon Cup* kennengelernt. Er war nett. Wir haben uns unterhalten«, gab ich zurück und versuchte, in seinem Gesicht zu lesen, warum er das fragte. »Was ist das zwischen euch?«

»Was meinst du?«

»Diese … eisige Stimmung.«

Er verschloss sofort seine Miene. Die Hand, mit der er meine hielt, verkrampfte sich etwas. »Nichts Besonderes. Als er nach London gekommen ist, ist er auf einem Fest einmal ziemlich heftig mit meinem Bruder aneinandergeraten, und als mein Vater dazwischengegangen ist, war er ihm gegenüber auch nicht sonderlich respektvoll. Wir verstehen uns seitdem einfach nicht besonders.«

Ich konnte nicht behaupten, dass diese Info mir Lark unsympathischer machte. Bei unserem ersten und einzigen Treffen hätte ich Carter am liebsten auch mein Knie zwischen die Beine gerammt. Dem Frieden zwischen Archer und mir zuliebe verbiss ich mir einen Kommentar aber und sah über seine Schulter hinweg zu Lark, der immer noch am Büfett stand und sich gelangweilt Häppchen in den Mund schob.

Archer verstärkte auch den Griff um meine Hüfte und drehte mich etwas von sich weg. Das Lächeln, das er dabei auf den Lippen hatte, wirkte angespannt. »Du siehst übrigens toll aus. Dein Kleid ist …«

»Provozierend?«, half ich ihm auf die Sprünge.

Er konzentrierte sich auf einen Punkt neben meinem Ohr, als müsste er sich zwingen, nicht nach unten zu blicken. »Es sieht gut aus. Und … Wie gefällt dir das Wächterfest?«

Der Themenwechsel irritierte mich etwas, aber ich ließ mir nichts anmerken. »Es ist … pompös, kann man sagen. Nicht unbedingt meine Art von Party. Du hast das toll organisiert, es ist beeindruckend, aber …« Als er mich wieder etwas näher zog, schweifte mein Blick über die Tanzfläche. »Ich fühle mich ein wenig wie ein Tier im Zoo, das von allen Seiten angegafft wird.«

Archer gab ein Brummen von sich, das ich nicht recht deuten konnte. »So sind die Familien, wenn sie auf etwas Neues treffen. Erst mal neugierig von der Außenlinie betrachten.«

»Verstehe.« An einem der Tische entdeckte ich Archers Vater. Er hatte ein Sektglas in der Hand und starrte noch ungenierter zu uns rüber, als es die anderen taten. Seine Hand lag auf der Lehne eines Stuhles, auf dem eine Frau in seinem Alter saß. Sie wirkte blass, ihr Gesicht beinahe eingefallen. Irgendetwas in ihrem Blick jagte mir einen Schauer den Rücken runter.

Sie sagte etwas, und als Frederik Harrison darauf antwortete, riss sie die Augen auf … und stand dann von ihrem Stuhl auf, um über die Tanzfläche zu uns zu kommen.

»Ähm, Archer?« Ich sah zu ihm auf. »Ist das … deine Mutter?«

»Hm?« Er drehte sich kurz um und ließ dann fast augenblicklich meine Hände los.

Die Frau lächelte, aber das Eis in ihren Augen blieb. »Archer.«

»Mutter, du sollst dich doch ausruhen«, sagte er besorgt und griff nach ihrem Arm. Ich hatte mich also nicht getäuscht … Sie wirkte krank.

Sie bedachte mich weiterhin finster. »Ich musste mir doch einen Überblick verschaffen, mit wem du hier so fröhlich tanzt.«

Archer warf mir einen kurzen Blick zu, dann lächelte er seine Mutter an. »Das ist Harper Bell, die Tochter von Eli. Harper, das ist meine Mutter Bonnie.«

Bevor ich etwas erwidern konnte, schnaubte seine Mutter. »Ja, das dachte ich mir.« Sie lächelte kalt. »Muss schwer sein für dich, Harper.«

»Was genau?«, wollte ich alarmiert wissen.

Ihr Lächeln wurde tiefer. »Zu erfahren, dass dein Vater ein gemeiner Dieb war.«

Ihre Worte liefen wie Eiswasser über meinen Rücken. So war das also. Sie hatte mich bereits verurteilt, und im Gegensatz zu den anderen hatte sie auch keine Angst, das offen zu zeigen. Eine Kriegserklärung also?

»Mutter.« Archer klang absolut entsetzt.

»Entschuldige, Harper«, ruderte sie sofort zurück. »Ich wollte dir nicht zu nahetreten.«

Natürlich nicht. Wütend ballte ich die Hände zu Fäusten.

»Oh, Archer«, sagte sie plötzlich und hielt sich an ihrem Sohn fest, »du hattest recht. Ich habe mich wohl doch etwas überanstrengt. Kannst du mich zu meinem Platz zurückbringen und mir etwas zu trinken holen?«

Ich unterdrückte ein Schnauben. Es war so offensichtlich, dass sie mich von ihrem geliebten Sohn trennen wollte. Und so sehr, wie sie sich jetzt gegen ihn lehnte, konnte er nicht anders, als ihr zu helfen.

Archer warf mir einen entschuldigenden Blick zu, und ich bemühte mich um ein verkniffenes Lächeln.

»Schon gut«, sagte ich leise, damit er das Wutbeben in meiner Stimme nicht hörte.

Und dann zog er, mit seiner Mutter am Arm, von dannen, und ließ mich allein zurück auf der Tanzfläche.

KAPITEL 20

Da stand ich nun – völlig allein auf der Tanzfläche. Ada war nirgends zu sehen, und meine restlichen Verwandten unterhielten sich gerade wieder mit Frederik Harrison.

Ich drehte mich zurück zum Büfett, und fast erwartete ich, dass Lark mir einen schadenfrohen Blick zuwarf. Aber er sah ebenfalls Archer nach, die Brauen zusammengezogen und das Glas in seiner Hand fest umklammert. Als er sich wieder in meine Richtung umwandte und mich da so verloren zwischen den Tanzenden entdeckte, legte er den Kopf schief, als wollte er fragen: *Was machst du da? Komm von der Tanzfläche runter!*

Aber der Ärger in meinem Bauch hatte mich erstarren lassen, und ich war kurz davor, wie eine Bombe hochzugehen. Sie alle hier verurteilten mich, weil ich nicht mit einem Silberlöffel im Mund zur Welt gekommen war wie sie. Sie verurteilten mich für meinen Vater, für meine Herkunft, und ich wollte meinen Ärger darüber am liebsten rausschreien. Leider schossen mir in diesem Moment Tränen in die Augen, ohne dass ich es verhindern konnte. Immer dann, wenn man sie nicht gebrauchen konnte.

Diese ganze Feier war eine beschissene Idee gewesen. Die Reise hierher, zu meiner sogenannten Familie, war eine beschissene Idee gewesen. Wieso nur hatte ich mich darauf eingelassen? Wieso hatte ich gedacht, dass es mir nichts ausmachen würde, wenn fremde Menschen mich hassten?

Als sich die erste Träne aus meinem Augenwinkel lösen wollte, senkte ich den Kopf, und dann war plötzlich Lark direkt bei mir.

»Nicht«, sagte er kühl, legte den Arm um meine Hüfte und zog mich so eng zu sich heran, dass mein Gesicht an seiner Schulter lag, wo niemand meine Tränen sehen konnte. »Lass die Idioten bloß nicht sehen, dass du weinst. Die freuen sich doch darüber, wenn sie mal wieder jemanden gebrochen haben.«

Ich atmete tief durch und lehnte mich an ihn. Versuchte, mich zu beruhigen und meine Gedanken von der Scham abzulenken, die mir noch in den Knochen steckte, weil Archer mich einfach hatte stehen lassen. Schniefend fragte ich an Larks Schulter: »Ich dachte, dass dich keine zehn Pferde auf die Tanzfläche bringen?«

»Jetzt wirst du auch noch frech, wo ich dich schon rette?«

Ich musste kurz erstickt lachen, und Lark legte die Hand beruhigend auf meinen unteren Rücken.

»Schon gut«, meinte er. »Ich finde die Alkoholauswahl hier auch zum Heulen. Soll ich dir sagen, was ich denke? Ich denke, dass das ein Sekt aus dem untersten Supermarktregal war. Der schmeckt nach etwas, was sogar ich mir leisten kann.«

Mir entfuhr wieder ein Lachen, und endlich versiegten die Tränen. Vorsichtig löste ich mich von ihm, nur so weit, dass ich ihm ins Gesicht schauen konnte. Und direkt in seine beeindruckend blauen Augen.

»Ist mein Make-up verwischt?«

»Kaum«, gab er zurück, hob die Hand und wischte mir unter

dem linken Auge etwas weg. Seine überraschend sanfte Berührung schickte ein Kribbeln durch meinen ganzen Körper. Er lehnte sich etwas nach vorn, sodass seine Lippen direkt an meinem Ohr waren. »Außerdem musst du dir bei diesem Kleid sicher keine Sorgen machen, dass die Leute dein Make-up bemerken.«

»Zu gewagt?«, fragte ich und lachte verlegen.

Lark brummte belustigt. »Gewagt, ja. Aber nicht zu gewagt. Du siehst fantastisch aus. Aber ich muss dir sagen, dass die Leute uns jetzt noch mehr anstarren. Und weil ich leider überhaupt nicht tanzen kann, schlage ich vor, dass wir die Tanzfläche so schnell wie möglich verlassen.«

»Gute Idee. Hast du eine Ahnung, wie lang dieses Lied noch geht?«

»Soll das ein Witz sein? Klassische Musik klingt doch immer gleich. Ich dachte, dass sie immer noch beim ersten Lied sind.«

Es fühlte sich gut an, zu lachen, und eine Welle der Dankbarkeit und der Sympathie für diesen Typen durchlief mich. Er war echt mein Retter. »Dann würde ich sagen, wir gehen einfach jetzt?«

»In Ordnung«, gab er zurück, und ich bildete mir ein, ein Lächeln in seiner Stimme zu hören. »Aber denk daran, glücklich und überhaupt nicht gebrochen auszusehen, verstanden? Sonst denken die Leute noch, es liegt an meinem Tanzstil.«

»Ich gebe mir Mühe.«

Er löste sich von mir, und ich musste zugeben, dass ich mich noch eine Weile ungeschickt mit ihm auf der Tanzfläche hätte drehen können. Seine Nähe hatte sich überraschend gut angefühlt. Lark blickte sich kurz um, dann sah er mich wieder an und lächelte das erste Mal richtig. Zwar nur mit einem Mundwinkel, aber es erhellte sein gesamtes Gesicht. »Wollen wir?« Er bot mir den Arm an, und ich hakte mich bei ihm unter.

Wir verließen grinsend die Tanzfläche, und ich hatte überhaupt kein Problem mehr damit, einen gelösten Eindruck zu machen. Was die anderen Gäste von uns denken könnten, war mir mit einem Schlag völlig egal.

»Danke«, sagte ich, als wir wieder beim Büfett angekommen waren.

Lark winkte ab und lehnte sich gegen den Tisch. »Kein Ding. Diesen Leuten gönne ich keinen Sieg.«

»Was hast du gegen die Wächter?« Ich setzte mich neben ihn auf die Tischkante und betrachtete seine scharfen Gesichtszüge von der Seite.

Lark rümpfte die Nase. »Abgesehen vom Offensichtlichen?« Er zuckte mit den Schultern. »Sie benehmen sich, als würde ihnen die Welt gehören, nur weil sie Geld haben. Ganz besonders die sogenannten Erben, die noch nie in ihrem Leben einen Finger krumm machen mussten, weil ihnen alles in den Hintern geschoben wurde, was sie wollten.«

»Dann ist deine Familie nicht so?«, wollte ich überrascht wissen. Bisher hatte ich gedacht, dass alle Wächterfamilien irgendwie adlig und reich waren, aber seine Worte klangen nicht danach. Und dann erinnerte ich mich daran, dass Ada gesagt hatte, dass seine Familie nicht in London lebte. Nur er war hier.

Lark schwieg ein paar Sekunden, dann schüttelte er leicht den Kopf, ohne mich anzusehen. Sein Blick war noch immer stur auf die Tanzfläche gerichtet, und seine blauen Augen funkelten bedrohlich. »Nein, meine Familie hat kein Geld. Nur die Familien der Ritter, die hier in London leben, sind die wirklich Einflussreichen. Die mit der Kohle und den Häusern und der Nase im Himmel.«

Das zumindest hatte ich bereits festgestellt. »Woher kommst du?«

Er zögerte, als wüsste er nicht, ob er mir so persönliche Informationen geben wollte. »Ich komme aus Harlow«, sagte er schließlich.

»Noch nie gehört.«

Lark schnaubte belustigt. »Wie beleidigend. Harlow ist eine der größten Vorstädte Londons. Und außerdem hatten wir die erste Fußgängerzone des Landes.« Er grinste, bevor er abwinkte. »Ich bin erst vor einem Jahr hergekommen, weil die Harrisons die Schmuckstücke gesucht und meine Familie kontaktiert haben. Ich habe die Armkette hergebracht und bin geblieben, um in London Geschichte zu studieren.« Ihm war anzusehen, dass er diese Entscheidung ähnlich hinterfragte wie ich meine Reise hierher. Das machte ihn mir noch sympathischer.

»Es ist irgendwie schön, zu sehen, dass ich nicht die Einzige bin, die nicht hierher passt.«

»Das kann man wohl sagen.«

Ich folgte seinem Blick zur Tanzfläche. Inzwischen tanzten wieder mehr Gäste, andere standen weiterhin an den Tischen herum, doch immer wieder drehte sich jemand zu mir um. Ada hatte recht, die Wächterfamilien waren neugierig auf mich. Wenn ich es geschickt anstellte, konnte ich das vielleicht für mich nutzen. Möglicherweise konnte mir einer von ihnen was über meinen Vater sagen. Lark wusste vermutlich nichts, wenn er erst vor einem Jahr hergekommen war.

»Ich glaube, ich werde mal ein wenig mit den Leuten sprechen. Je nachdem, wie redselig sie sind, bin ich vielleicht bald zurück.«

Lark nickte. »Du findest mich genau hier – beim Büfett«, meinte er gelangweilt. Ihn schien es nicht zu kümmern, was ich mit den Wächtern zu besprechen hatte oder dass ich ihn nach seiner Rettungsaktion einfach stehen ließ, aber somit ersparte ich mir immerhin die Ausreden.

Ich schenkte ihm ein letztes Lächeln und stürzte mich ins Getümmel. Es brauchte etwas Überwindung, die erste Gruppe anzusprechen, aber die meisten nahmen mich bereitwillig in ihre kleinen Grüppchen auf, immer auf der Suche nach mehr Details zu dem Skandal. Ich erzählte ihnen brav, was sie hören wollten – davon, dass ich nicht gewusst hatte, dass mein Vater gestorben war und dass er eine Familie in London hatte. Sobald ich allerdings nach meinem Vater fragte, nach seinem Unfall, seinem Tod, erntete ich nur Mitleid. »Schlimm, was da passiert ist«, sagten mir alle, und wendeten sich dann wieder anderen Themen zu.

Der Einzige, der nicht denselben Satz runterleierte, war Harry Edgerton. Er hatte sich von seiner Familie abgespalten, um sich am Büfett Häppchen in den Mund zu stopfen, und sein Blick war auch eher düster als neugierig gewesen, als ich mich ihm genähert hatte.

»Ich weiß nichts über den Tod deines Vaters«, sagte er, bevor ich ihn überhaupt hatte fragen können. Und als ich ihn überrumpelt ansah, zuckte er mit den Schultern. »Habe deine Runde bemerkt.«

»Verstehe.« Ich musterte ihn, während er sich abwandte. Er wirkte, als würde er genauso ungern hier sein wie ich. »Das mit eurem Haus und deiner Schwester tut mir leid.«

Kurz zuckte etwas in seinem Gesicht, die Spur einer Gefühlsregung. »Scheiß auf das Haus«, murmelte er und schob sich erneut ein Sandwich in den Mund.

Mitgefühl stieg in mir auf. Er machte sich Sorgen um seine Schwester. Natürlich, das würde ich auch. Weil ich nicht wusste, was ich noch sagen sollte, wandte ich mich mit einem Lächeln ab. Aber nur, bis er hinter mir leise fragte: »Glaubst du, dass es kein Unfall war?«

Meine Nackenhaare stellten sich auf. Ich sah ihn über meine

Schulter an, und er starrte zurück, wieder mit diesem unheimlichen, leeren Blick. »Wieso fragst du?«

Eine Sekunde noch musterte er mich abschätzend, dann zuckte er wieder mit den Schultern. »Mich würde nichts mehr wundern hier.«

»Was willst du damit sagen?«

»Ich will gar nichts sagen.« Harrys Gesicht verschloss sich wieder. Er nickte mir zu. »Viel Glück bei deiner Suche. Ich hoffe, dass du dich irrst.« Und dann ging er – ohne ein weiteres Wort – zu seinen Eltern zurück.

Mein Puls raste, aber mir war auch klar, dass das wohl meine letzte Chance gewesen war. Hier würde mir heute niemand mehr eine Auskunft geben, also gab ich auf und trottete zu Lark zurück, der sich einen Platz auf einem der teuer aber unbequem aussehenden Sofas gesichert hatte.

»Na, haben sie dich in ihre Reihen aufgenommen?«, fragte er, weniger spöttisch als der Ausdruck auf seinem Gesicht.

»Darauf lege ich keinen Wert.« Ich seufzte ergeben, da deutete er mit dem Kinn hinter mich.

»Sieht so aus, als wäre das Warten eh vorbei.«

Fragend drehte ich mich um und sah, dass Ada vom Eingang der Halle auf uns zugelaufen kam. Ihre Wangen waren ein bisschen gerötet, und ihre Augen glänzten. Unwillkürlich fragte ich mich, was sie da draußen gemacht hatte. Sie war noch einen Meter von mir entfernt, als sie schon aufgeregt sagte: »Archer will, dass alle Erben, die hier sind, sich bei ihm im Keller versammeln.«

»Im Keller?« Lark legte die Stirn in Falten. »Ich glaube, ich brauche noch ein Glas Sekt.«

Mir war sofort klar, welcher Tagespunkt der Feier jetzt kommen würde, und ein heißes Kribbeln setzte in meinem Magen ein. Über uns war der Himmel in einem seltsam intensiven, dunklen Orange gefärbt. »Er will die Schmuckstücke zusammenbringen. Jetzt.«

Lark warf mir einen kurzen Blick zu, dann sah er zu Ada, nickte knapp und trank den Rest seines Sektglases aus. »Dann bringen wir die Sache mal hinter uns.«

KAPITEL 21

Die Erben und ihre Familien versammelten sich im Gang vor der Treppe, die hinunter in das Gewölbe führte. Es war ein Wirrwarr an Körpern und Stimmen, die sich in Richtung der Tür drängten, und ich war froh, in der Menge zwischen Ada und Lark zu stehen. Meine Cousine wirkte aufgeregt, ihre Augen hatten einen beinahe fiebrigen Glanz, und sie knetete unentwegt die Hände. Lark hingegen wirkte beinahe schon gelangweilt und tippte irgendetwas auf seinem Handy, auch wenn ich mir sicher war, dass das nur eine Fassade war. Er musste die Anziehungskraft der Schmuckstücke spüren, genau wie ich, die Hitze, die von unter der Erde zu uns aufstieg wie vom Inneren eines Vulkanes.

Archer, der in erhabener Haltung direkt neben der Tür stand, hob beschwichtigend die Hände. »Das Kellergewölbe ist nicht für uns alle ausgelegt. Deshalb möchte ich, dass nur die Erben, die heute hier sind, mit mir nach unten gehen.«

Ein entrüstetes Raunen ging durch die Menge.

»Beruhigt euch«, sagte er, bevor die Stimmen lauter wurden. »Wenn die Schlüssel endlich alle vereint sind, werden sie uns den

Weg zu Excalibur weisen, und ihr werdet sofort alle davon erfahren. Ihr müsst einfach ein wenig Geduld haben.« Er wies mit einer eleganten Handbewegung auf die Tür. »Wenn ich die Erben also bitten dürfte.« Er machte den ersten Schritt, blickte aber noch einmal zurück zu seinem Vater, der mit angespanntem Gesicht an der Wand stand. Die beiden nickten sich zu, dann ging Archer die Treppe nach unten.

Nach und nach lösten sich andere aus der Menge – ich sah Harry Edgerton und Philipp Morrison, den ich vorhin kennengelernt hatte. Beide bemühten sich offensichtlich, eine gerade Haltung einzunehmen, auch wenn ihr Körper Nervosität aus jeder Pore ausstrahlte. Hinter ihnen folgte auch John Carlton, der Bruder von Maisie, der an seinen roten Haaren nestelte. Ich war froh, dass Ada mir vorhin einen Überblick über die Erben gegeben hatte und ich nicht vollkommen unwissend dastand. Auch wenn das dem Kribbeln in meinem Magen keinen Abbruch tat.

Meine Cousine griff in diesem Moment nach meiner Hand und ließ einen Stoffbeutel hineinfallen. Die Hitze, die er verströmte, verteilte sich sofort in meinem Körper. »Soll ich dir von meiner Mutter geben«, raunte sie, und ich schluckte, während ich die Finger um den Beutel schloss. Um Lancelots Kette.

Ich warf Lark einen Blick zu, und er rümpfte die Nase. »Dann wollen wir mal.«

Dankbar über seine Initiative nickte ich, schenkte Ada ein Lächeln und folgte ihm dann an den anderen vorbei zur Tür und die dunklen Steinstufen nach unten. Unsere Schritte hallten an den Wänden wider, und ich schloss meine Arme um den Oberkörper, obwohl mir unglaublich heiß war.

Lark hingegen betrachtete interessiert die Steinwände und die daran hängenden Lampen. »Ganz schön exzentrisch«, meinte er leise und bestätigte damit den Gedanken, den ich bei meinem ersten Abstieg hier gehabt hatte.

»Warte ab«, flüsterte ich zurück. »Es wird noch besser.«

Als wir in den riesigen Raum am Fuße der Treppe traten, saßen die anderen Erben bereits an den ihnen zugewiesenen Plätzen und sahen uns ungeduldig entgegen. Archer hatte die Lippen zusammengepresst, als er erst mich und dann Lark musterte, aber dann überraschte er mich mit einem warmen Lächeln.

»Hier«, sagte er leise und deutete auf den Platz rechts von dem großen Stuhl, dem Thron, auf dem wahrscheinlich König Artus gesessen hatte.

Unter den bohrenden Blicken der anderen folgte ich seinem Fingerzeig. Archer sprach auch kurz mit Lark, aber das merkte ich kaum, weil ich wieder den Samtbeutel in meiner Hand überdeutlich spürte.

Ein sanftes Pulsieren schien davon auszugehen, als würde die Kette nach den anderen Stücken rufen. Die Kette der Graysons. Die Kette, die mein Vater gestohlen und die ich Wade zurückgegeben hatte. Plötzlich fühlte sich mein Hals trocken an.

Langsam ließ ich mich auf den Stuhl sinken und hob den Kopf. Die Kette der Graysons war die Einzige, die noch nicht auf dem Tisch lag. Es war das erste Mal, dass ich auch die anderen Schmuckstücke der Ritter sah. Vor Harry lag ein wunderschönes, schmales Diadem auf dem Tisch, vor Philipp eine Brosche. Den Ring von Archer kannte ich bereits, aber die Armkette vor Lark war mir neu. Genau wie die Schmuckstücke, die vor John und auf den leeren Stellen der Ritter lagen.

»Harper.« Archer sah mich ernst an, aber irgendwo in seinen schwarzen Augen blitzte etwas auf. Wieder eine Spur Wärme. Eine Spur Aufmunterung. Aber gleichzeitig auch die Erinnerung daran, wie er mich auf der Tanzfläche stehen gelassen hatte. »Legst du die Kette so hin wie die anderen?«

Ich sah kurz zu Lark, der nur die Augenbrauen hochzog. Dann öffnete ich den Stoffbeutel in meiner Hand und schloss zögernd die Finger um die Kette darin.

Die Ungeduld der anderen war deutlich zu spüren, also überwand ich das mulmige Gefühl in meinem Magen, dass irgendetwas nicht stimmte, dass irgendetwas falsch war. Wieder fielen mir die feinen Kuhlen auf der Tafelrunde auf, die vor jedem Ritter in den Stein gemeißelt worden waren, dünne Einkerbungen, die sich wie feine Muster zur Mitte des Tisches schlängelten. Alle schienen die Luft anzuhalten, als ich die Kette vorsichtig vor mich in die Vertiefung legte, wie auch die anderen es getan hatten, und die Hand zurückzog.

Archer lehnte sich nach vorn. »Die Schmuckstücke sind alle versammelt. Die Prophezeiung kann sich nun erfüllen.« Seine Augen waren geweitet, und ich könnte schwören, neben der aufgeregten Erwartung auch so etwas wie Angst darin zu sehen.

Ich wartete angespannt darauf, dass irgendetwas passierte, genau wie die anderen im Kreis. Aber das Einzige, was ich spürte, war die pumpende Hitze, die von den Schmuckstücken ausging, und ein seltsames Unwohlsein, das sich immer mehr in mir ausbreitete. Ich sog Luft ein, weil ich das Gefühl hatte, schwerer atmen zu können, und versuchte, ruhig zu bleiben. Abzuwarten, so wie alle anderen auch.

Doch es passierte nichts.

Ich wusste nicht wirklich, was ich erwartet hatte – eine Explosion, einen Lichtstrahl, einen Engelschor oder etwas Ähnliches vielleicht. Aber es blieben nur Stille und eine langsam aufkeimende Unruhe von den anderen am Tisch.

Harry begann, auf seinem Stuhl hin und her zu rutschen.

Auch Lark verschränkte die Arme vor der Brust. »Und jetzt?«, fragte er in die Runde.

Archer starrte die Schmuckstücke an und presste die Lippen zusammen. Verzweiflung? War es das, was aus seinem Gesicht schrie? Was hatte er erwartet? Warum war es ihm so wichtig?

Das mulmige Gefühl wurde nicht weniger, und mein Blick wanderte wie von selbst über die Tafelrunde. Ich betrachtete jedes Schmuckstück, spürte ihre Wärme, ihre Energie, die sie ausstrahlten. Doch als ich bei den goldenen Ohrringen angekommen war, die mir schräg gegenüber auf einem einsamen Platz lagen, stockte ich. Die kleinen Steine, die darauf glänzten, fühlten sich in meinem Inneren merkwürdig kalt an. Ganz anders als die anderen. Und je länger ich sie betrachtete, desto stumpfer wirkte das Glänzen unter dem Licht. Falsch, irgendwie.

Und plötzlich wusste ich, was das mulmige Gefühl in meinem Inneren gewesen war: die Gewissheit, dass ein Stück in diesem gigantischen Puzzle fehlte. Eins der Schmuckstücke war nicht hier, auch wenn der Anschein etwas anderes sagte.

Ich wollte gerade den Mund aufmachen und die Aufmerksamkeit darauf lenken, als über uns etwas knackte. Überrascht hob ich wie die anderen den Kopf und konnte gerade noch sehen, wie der plötzlich schwankende Kronleuchter sich von seiner Halterung löste. Ich schrie, irgendwer neben mir tat es mir nach, und als wir alle von der Tafelrunde zurückstoben, krachte das schwere Stück direkt auf den Tisch und zerbarst in tausend Teile.

Mein Stuhl kippte durch meine heftige Bewegung nach hinten, und ich stürzte zu Boden. Als ich mich aufrichtete, um von dem Tisch wegzurobben, merkte ich, dass der Kronleuchter nicht einfach nur abgestürzt war. Es schien eher, als wäre er auf der Tafelrunde explodiert. Weiße Flammen schossen daraus hervor, züngelten meterhoch in die Luft und füllten den ganzen Raum aus. Neben mir waren Schreie zu hören, Philipp Morrison kroch fluchend vom Tisch weg.

Ich konnte den Blick nicht von den weißen Flammen abwenden. Entsetzen, Panik und Unverständnis über das, was hier passierte, kämpften in meinem Inneren. Und plötzlich war in dem gleißend hellen Feuer etwas zu sehen – ein eigenartiger Schatten, der zu einem Schemen wurde. Ein Körper, der mitten in den Flammen zu stehen schien, schwarz und zuckend. Ich konnte einen Kopf erkennen, der von einer fliehenden Haarkrone umschlossen war, schmale Schultern und erhobene Arme. Und dann war da, zwischen dem Knistern und Krachen des Feuers, eine Stimme zu hören. Ein unverständliches Flüstern, das keinem Geschlecht zuzuordnen war. Einen Moment nur, dann erstarb es, und mit ihm auch die Flammen auf dem Tisch.

In meinen Ohren klingelte es, und ich hatte das Gefühl, dass sich alles um mich herum in Zeitlupe bewegte. Ich wollte schreien. Ich wollte mich übergeben.

Wie aus dem Nichts war Ada neben mir. Sie sah mich mit aufgerissenen Augen an und schrie irgendetwas, was nur langsam an meine Ohren drang: »Harper?! Harper, bist du in Ordnung? Bist du verletzt? Sag irgendetwas!«

Ich räusperte mich, weil mein Hals kratzte. »Nichts passiert«, krächzte ich dann. Ich sah sie nur kurz an, bevor ich den Blick wieder auf den Tisch richtete. Von dem seltsamen weißen Feuer war nichts mehr zu sehen, aber der Kronleuchter war in Tausende Teile zersprungen, überall auf dem Boden lagen Glasstücke, und auf dem dunklen Stein des Tisches war eine grauschwarze Rußschicht zu erkennen.

»Was ist passiert, um Himmels willen?« Die Stimme von Frederik Harrison klang beinahe hysterisch. Er half gerade seinem Sohn auf die Füße, dem der Schreck ins Gesicht geschrieben war. Eine Sekunde später stand er bereits wieder am Tisch und untersuchte den zerschellten Kronleuchter.

Zum Glück schienen auch die anderen Erben unverletzt davongekommen zu sein. Erst jetzt bemerkte ich, dass sich ganz viele von den Familien in dem Raum versammelt hatten, weil sie wohl das Krachen und unsere Schreie gehört hatten. Alle sahen blass und erschrocken aus. Ein aufgeregtes Murmeln hatte sich über die Atmosphäre gelegt, und ich konnte nicht anders, als immer wieder zur Tafelrunde zu starren. Hatte ich mir diese Schatten nur eingebildet? Den Körper, den ich zwischen den weißen Flammen gesehen hatte?

»Anscheinend hat sich die Halterung des Kronleuchters gelöst«, sagte Archer, während er seinen Anzug von der Staubschicht befreite. Offensichtlich hatte er sich schneller wieder gefangen als die restlichen Erben, denn der Schreck war ihm schon gar nicht mehr anzusehen.

Sein Vater richtete seine Krawatte, dann nickte er seiner Frau beruhigend zu. »Sie war schon sehr alt, das geht also auf meine Kappe. Ich hätte sie vorher noch einmal überprüfen lassen müssen.«

War das sein Ernst? Ich stand, immer noch zittrig und an Adas Arm gestützt, vom Boden auf und blickte Archer ungläubig an. Das war doch nicht alles! Es war doch nicht nur ein herabstürzender Kronleuchter gewesen! Woher waren die Flammen gekommen, dieses seltsame weiße Feuer? Ich konnte doch nicht die Einzige gewesen sein, die es gesehen hatte. Oder hatte ich etwa wieder eine Vision bekommen? Nein, das war unmöglich. Ich hatte diesmal nicht den Geruch von Karamellpopcorn in der Nase gehabt wie die letzten Male, und dieses seltsame Gefühl, dieses Flirren der Magie.

»Was für ein Zufall, dass das gerade jetzt passiert«, brummte Lark von der anderen Seite des Tisches und verschränkte die Arme vor der Brust. Er hatte seinen Stuhl etwas vom Tisch weggezogen und sich wieder darauf gesetzt, seine Haltung war angespannt, und seine blauen Augen schienen beinahe vor Zorn zu leuchten.

Ermutigt von seinem Einwand räusperte ich mich wieder. »Hat … niemand sonst von euch etwas gesehen?«

Alle Augenpaare richteten sich auf mich.

Frederick Harrison legte die Stirn in Falten, als würde es ihn wütend machen, dass ich überhaupt die Frechheit besaß, etwas zu sagen. »Was gesehen?«

»Dieses … Feuer.«

»Das waren die Glühbirnen, die beim Sturz durchgebrannt sind«, erklärte Archer, aber er schien selbst nicht mehr so ganz sicher zu sein.

Ich spürte, wie mir der Mund etwas aufklappte. DAS war seine Erklärung dafür? Auch die anderen Erben wirkten skeptisch, aber niemand widersprach ihm. Vor allem die Familien nickten bei dieser Erklärung, aber sie waren auch nicht hier gewesen. Sie hatten es nicht gesehen.

»Und dieser Schemen?«

»Welcher Schemen?«, wollte Archer irritiert wissen.

Okay, er hatte ihn nicht gesehen. Oder wollte es nicht zugeben, warum auch immer. Statt mich zu erklären, zuckte ich mit den Schultern. »Meine Augen haben mir wohl einen Streich gespielt.«

Frederik schnaubte und wandte sich an die Runde. »Ist jemand verletzt? Müssen wir einen Arzt rufen?«

Während ein paar ihre winzigen Schnitte und Prellungen vorzeigten, packte Ada mich am Arm und sah mich ernst an. »Was hast du gesehen?«

»Nichts, anscheinend«, gab ich leise zurück. Tatsächlich war ich mir gar nicht mehr so sicher, was davon Einbildung und vielleicht der Schock und was wirklich da gewesen war.

Die anderen Erben schienen auf jeden Fall nicht so beunruhigt zu sein wie ich. Ich wollte sehen, was Lark von all dem hielt, aber er hatte mir den Rücken zugewandt und unterhielt sich mit Harry Edgerton.

Mir schwirrte der Kopf, aber Ada hielt mich fest und sie hielt auch meinem Blick stand. Also seufzte ich, vergewisserte mich, dass uns niemand zuhörte, und sagte dann leise: »Das sah alles nicht aus wie richtiges Feuer. Die Flammen waren weiß.« Ich schüttelte den Kopf. »Und ich habe mir eingebildet, mitten im Feuer jemanden gesehen zu haben. Aber das muss ich mir eingebildet haben, oder?«

»Weißes Feuer?« Ada schien ein bisschen blass um die Nase zu werden. Sie musterte den abgestürzten Kronleuchter, dann sah sie wieder zu mir. »So etwas Ähnliches hat Stella Edgerton nach dem Hausbrand ihrer Familie auch gesagt. Aber das wurde dem Schock zugeschrieben.«

Ein nervöses Kribbeln in meinem Nacken ließ mich schaudern. »Vielleicht war es auch bei mir nur der Schock«, gab ich zurück, obwohl mein Innerstes nach einer anderen Erklärung schrie. Eine andere, ferne Erinnerung in meinem Kopf klingelte. Und auch Ada wirkte nicht überzeugt.

»Archer.« Einer der älteren Herren, der einen Frack trug und eine winzige goldgerahmte Brille, hob den Finger, um auf sich aufmerksam zu machen. »Was ist mit der Zusammenführung der Schmuckstücke? Hat es geklappt, haben wir einen Hinweis auf den Aufenthaltsort von Excalibur bekommen?«

Sofort verstummten die Gespräche, und alle wandten sich wieder Archer zu. Der verschränkte die Arme hinter dem Rücken, um Haltung zu bewahren, aber die Anspannung war ihm deutlich anzusehen. »Kein Hinweis, nein. Vielleicht war es nicht der richtige Zeitpunkt – die Prophezeiung war da nicht sonderlich deutlich.« Sein Blick zuckte zu seinem Vater, der über alle Maßen enttäuscht und verärgert aussah.

»Wir lassen die Schmuckstücke hier und warten ab«, sagte Frederick herrisch.

Erneutes Gemurmel setzte ein. Die meisten schienen nicht sonderlich glücklich darüber, ihre Schmuckstücke hierzulassen. Nicht nach diesem Vorfall. Harry hatte die Lippen fest zusammengepresst und starrte auf das Diadem. Das erste Mal, seit ich ihn kennengelernt hatte, konnte ich nachvollziehen, was er dachte. Der Gedanke, die Kette einfach hierzulassen, fühlte sich alles andere als gut an. In diesem Moment fiel mir aber auch wieder ein, welcher Gedanke mir gekommen war, kurz bevor der Kronleuchter auf die Tafelrunde gestürzt war.

Die Ohrringe.

Mit angehaltenem Atem trat ich an den Tisch heran.

Ein paar der Schmuckstücke lagen etwas verschoben, waren ansonsten aber unversehrt. Ich griff nach den Ohrringen, die etwas über den Rand des Tisches hingen. Das feine Metall fühlte sich kühl an, aber etwas anderes spürte ich bei der Berührung nicht. Bereits in diesem Moment war mir klar, dass es genau so war, wie ich gedacht hatte. Das bestätigte sich auch noch, als ich die Ohrringe in meiner Hand drehte und die vielen falschen Dinge bemerkte. Den stumpfen Stein. Die gröbere Verzierung des Metalles.

»Das hier ist nicht das Original«, sagte ich laut, um die anderen Stimmen zu übertönen.

»Was?«, fragte Frederik Harrison scharf. »Woher weißt du das?«

Ich wollte den Ritterfamilien nicht mit einem unbestimmten Gefühl kommen, dafür waren die anderen anscheinend nicht sehr empfänglich, deswegen konzentrierte ich mich auf die offensichtlichen Dinge: »Ich kenne mich mit altem Schmuck aus, und der hier ist alles andere als alt. Es ist eine gute Fälschung, es sieht den richtigen Stücken wirklich zum Verwechseln ähnlich, aber der Stein ist unterschiedlich. Ich glaube, es ist ein Opal – nicht das, was auch immer das bei den anderen Schmuckstücken ist. Außerdem sind die Verzierungen um den Stein gröber.«

Ich hielt ihnen die Ohrringe hin, wie um es ihnen zu zeigen, aber es war Frederick Harrison, der mit einer harten Bewegung danach griff und sie an sich nahm. Er starrte den Stein an, sekundenlang, dann presste er die Kiefer zusammen. Ich konnte den exakten Moment sehen, in dem er es auch wahrnahm. In dem er erkannte, dass ich keinen Grund hatte, zu lügen, und das erklärte, warum gerade nichts passiert war. Sein ganzes Gesicht schien unter der heißen Wut zu schmelzen, und er drehte sich wie ein Feuersturm zu Archer um. »Du hast dir von der Tristan-Familie eine Fälschung geben lassen?!«

Archer zuckte leicht zusammen, dann richtete er die Schultern wieder wie ein Soldat vor seinem Kommandanten. »Ich wusste nicht, dass es eine Fälschung ist. Der Erbe hat sie mir gegeben, und sie sahen echt aus. Ich hatte keinen Grund, es anzuzweifeln.«

»Die Ohrringe sind auch wirklich gut gemacht. Ich habe es erst bei ganz genauem Hinsehen gesehen, weil ich mich gut mit Schmuck auskenne«, sagte ich, um Archer zu Hilfe zu kommen. Aber das wollte Frederick Harrison offensichtlich nicht hören. Er starrte seinen Sohn noch immer finster an.

Archer ließ sich davon allerdings nicht einschüchtern. »Ich werde das Original besorgen«, versprach er mit fester, angespannter Stimme. »Sobald wie möglich fahre ich wieder zur Tristan-Familie und hole es.«

Frederick Harrison schnaubte. Ich wäre unter seinem Blick schon längst zusammengebrochen, aber Archer war es anscheinend gewöhnt. Der Mann hob herrisch die Hand. »Ich glaube, wir sollten diese Feier für beendet erklären.« Seine Stimme bebte.

Archer presste die Lippen zusammen und nickte hart, bevor er sich an seine Gäste wandte: »Es ist viel passiert, und wir brauchen wahrscheinlich alle etwas Ruhe. Ich würde euch gern noch zur Tür begleiten.«

Ich wollte ihm einen aufmunternden oder bedauernden Blick zuwerfen, aber er sah gar nicht zu mir, sondern ging mit gesenktem Kopf zur Treppe.

Also ließ ich mich von Ada hinter ihm herschieben, nach oben, wo schon Wade und Cassandra auf uns warteten. Sie wirkten über alle Maßen besorgt und erkundigten sich auf dem Weg nach draußen mehrfach, ob ich mir sicher war, dass es mir gut ging, und ob wir nicht lieber bei ihnen schlafen wollten. Ada musste mit Engelszungen auf sie einreden, um sie davon abzubringen.

Ich fröstelte, und das lag nicht nur daran, dass ich die Kette unten auf der Tafelrunde zurücklassen musste. Es waren auch die Gedanken an den heruntergekrachten Kronleuchter, an das weiße Feuer, das auch Stella Edgerton gesehen hatte, und an den Schatten der Person in den Flammen. Was zur Hölle war hier los? Was passierte hier?

Nur eine Sache war mir klar, und die hinterließ einen bitteren Geschmack auf meiner Zunge: Ich hatte mich in diese Rittergeschichte reinziehen lassen, obwohl ich es von Anfang an nicht gewollt hatte. Und jetzt war ich langsam sicher, dass ich das noch wirklich bereuen würde.

Am Gartentor nahm Cassandra mich und Ada kurz in den Arm. »Meldet euch, wenn was ist«, sagte sie, und ihre Stimme klang müde.

Ada nickte nur. Offensichtlich beschäftigte sie die Sache, die ich ihr erzählt hatte, auch noch sehr.

Als wir losfuhren, zurück zu Adas Wohnung, warf ich noch einen Blick durch das Fenster zu den Menschen, die sich am Eingang des Harrison-Hauses versammelten. Ich hoffte, Lark noch einmal zu sehen, und spürte eine seltsam bittere Enttäuschung, als ich ihn nirgendwo entdecken konnte. Ich hatte mich nicht einmal richtig bei ihm bedankt, dass er mich gerettet hatte. Dass er diese Feier um einiges besser gemacht und mich zum Lachen gebracht hatte, als ich mich gar nicht danach gefühlt hatte.

Ich hatte ihn nicht einmal gefragt, ob es ihm gut ging, ob er sich verletzt hatte, weil meine Gedanken so mit dem Feuer und dem Schemen in den Flammen beschäftigt gewesen waren. Plötzlich hatte ich das Gefühl, dass das Verschwinden der Wärme in mir vielleicht auch ein wenig mit ihm zu tun hatte.

Seufzend lehnte ich mich im Sitz zurück und ließ mich von der Erschöpfung des Tages umfangen.

KAPITEL 22

Meine Träume in dieser Nacht waren so wild wie lange nicht.

Erst stieg ein Schemen auf, tintenschwarz von Kopf bis Fuß, ohne Gesicht und sonstige Züge, aus weißen Flammen. Mit einem lauten, unheimlichen Lachen, stürzte er sich auf Harry, der im nachfolgenden Kampf seltsamerweise die ganze Zeit versuchte, sein Diadem auf dem Kopf zu behalten.

Dann stand ich plötzlich mitten im leeren Ballsaal der Harrisons, aber das wunderschöne smaragdgrüne Kleid hing mir in Fetzen vom Körper, und die Haut darunter war verbrannt. Und als ich an mir hinabblickte, tat sich der wunderschöne Marmorboden auf, und weiße Flammen züngelten daraus hervor. Sie schossen an meinem Körper hoch, und als ich schreiend nach hinten stolperte, folgten sie mir.

Kühle Hände schlossen sich um mich, hielten mich fest, und als ich herumwirbelte, stand Lark da und sah mich mit seinen blauen Augen ernst an.

»Du darfst nicht davor davonlaufen, Harper. Lass dich von den Flammen nicht einschüchtern.« Und wie er mich so im Arm hielt, fest und bestimmt, spürte ich ein Gefühl von Sicherheit in mir aufsteigen.

Im nächsten Moment verschwanden die Flammen wieder im Marmorboden und mit ihnen auch Lark, und ich war wieder allein. Der Festsaal wurde dunkel.

Die Sonne weckte mich, denn sie schien mir direkt in die Augen. Stöhnend drückte ich mein Gesicht ins Kissen und versuchte, einigermaßen zu mir zu kommen. Ich war so müde, als hätte ich überhaupt nicht geschlafen. Aber weil ich nicht weiter im Bett liegen und in den nächsten seltsamen Traum sinken wollte, schlug ich die Decke zurück und erhob mich schwerfällig von dem Schlafsofa in Adas Arbeitszimmer.

Als ich auf den Flur trat, hörte ich bereits die Kaffeemaschine brummen. Meine Cousine stand in der Küche und lächelte mir entgegen. »Du bist aber früh wach. Kaffee?«

»Unbedingt.« Ich lehnte mich an den Schrank neben sie. »Du bist auch früh wach.«

»Praktikum.«

»Am Samstag?«

Sie zuckte gequält mit den Schultern, bevor sie noch mal auf die Maschine drückte, um mir einen Kaffee zu machen. Einen Moment musterte sie mich besorgt. »Alles gut bei dir?«

»Schlecht geschlafen, aber ansonsten ja.«

Sie seufzte. »Geht mir ähnlich. Was für ein verrücktes Fest«, murmelte sie in ihre Kaffeetasse.

Ich brummte zustimmend und griff nach dem Becher, den sie für mich gemacht hatte. »Ich dachte schon, dass das Angestarre von den anderen Wächterfamilien das Schlimmste war. Oder die Tatsache, dass Archer mich auf der Tanzfläche hat stehen lassen. Bis zu dem Moment, in dem uns ein Kronleuchter beinahe erschlagen hat.«

Ada stockte. »Immerhin ist niemandem etwas passiert.« Ein kleines Lächeln leuchtete in ihrem Gesicht auf. »Und immerhin hat Lark dich auf der Tanzfläche gerettet.«

Sie hatte es also gesehen. Mein Gesicht fühlte sich warm an, und ich starrte in meinen Kaffee, als wäre er ganz besonders interessant. »Ja. Das war nett von ihm.«

»Sehr *nett.*« Ada grinste. »Lark ist ein guter Kerl, aber nett sein, ist eigentlich nicht seine Stärke. Also wollte er vielleicht nicht nur nett sein? Aber was weiß ich schon.« Sie schraubte einen Deckel auf ihren Kaffeebecher und klopfte mir auf die Schulter. »Ich muss los. Meld dich, wenn irgendetwas ist.«

»Mach ich«, gab ich murmelnd zurück, den Blick immer noch auf meine Tasse gerichtet. Warum zupfte da ein Lächeln an meinen Lippen?

»Oh.« Ada steckte den Kopf noch mal in die Küche rein. »Du hast dein Handy im Flur liegen lassen. Es hat die ganze Zeit vibriert.«

»Danke!«, rief ich ihr nach. Kaum war die Tür hinter ihr zugefallen, stellte ich meinen Kaffee ab und schlurfte in den Flur. Tatsächlich, mein Handy lag auf der Kommode und gerade leuchtete es auch schon wieder auf. Als ich es in die Hand nahm, stand Archers Name auf dem Display.

Was er wohl wollte? Unwillkürlich fragte ich mich, wie es im Kellergewölbe seiner Familie jetzt aussah und wie es ihm ergangen war, nachdem die Gäste die Feier verlassen hatten.

Ich hielt mir das Handy ans Ohr. »Archer?«

»Harper. Guten Morgen. Entschuldige, dass ich so früh störe.« Er klang müde und abgekämpft, aber zumindest hatte sich ein kleines Lächeln in seine Worte geschlichen.

»Alles gut.« Ich lehnte mich an die Kommode. »Wie geht es dir? Und deiner Familie?«

»Den Umständen entsprechend gut. Es war alles ein großer Schock gestern, aber zumindest sind wir damit davongekommen.«

Ich fragte mich, was für seinen Vater der größere Schock gewesen war: der heruntergestürzte Kronleuchter, der uns fast erschlagen hatte, oder die Tatsache, dass eins seiner gesammelten Schmuckstücke nur eine Fälschung war. So wütend, wie er am Ende der Feier gewesen war, wahrscheinlich Letzteres.

»Ich wollte dich um etwas bitten«, sagte Archer, und bei den Worten klang er ein wenig zerknirscht. Beinahe als hätte er lange mit sich gerungen, sie überhaupt auszusprechen.

Ich spürte, wie mir die Schultern etwas einsanken. »Worum geht's?«

»Ich fahre zu dem Tristan-Erben, um meinen Fehler wiedergutzumachen und das echte Schmuckstück zu holen. Ich wollte gerade los und hatte gehofft, dass du mich vielleicht begleitest. Du hast ein gutes Auge für Details, ganz besonders, was Schmuck angeht.«

Die echten Ohrringe von Tristan. Ich konnte nichts dagegen tun, dass sich ein wohliges und aufgeregtes Kribbeln in mir nach oben kämpfte, obwohl ich mit dieser ganzen Rittergeschichte nichts zu tun haben wollte. Meine Kette lag immer noch bei den Harrisons, und eigentlich hatte ich gehofft, dass mich das von meiner Pflicht befreite. Allerdings konnte ich mir auch nur zu gut vorstellen, wie schwer es ihm gefallen war, mich um Hilfe zu bitten, Archer schien nicht wirklich der Typ dafür zu sein.

Außerdem, was war die Alternative? Hierbleiben und darauf warten, ob zuerst Ada zurückkam oder mich meine Gedanken irremachen würden? Und wenn Archer in meiner Schuld stand, würde er mir vielleicht irgendwann auch helfen wollen – das könnte sich in Bezug auf meinen Vater noch als nützlich erweisen. Abgesehen davon, dass er mir auch irgendwie leidtat. Die Sache schien ihm wirklich wichtig zu sein.

»In Ordnung, ich komme mit«, gab ich zurück, und Archer atmete erleichtert auf.

»Danke, Harper. Warte einfach vor der Tür, ich komme dich gleich abholen.«

»Alles klar.« Ich legte auf und schlüpfte in meine Schuhe. Den Schlüssel für die Wohnung fand ich in meiner Hose von gestern und verstaute ihn in der Tasche meiner Shorts, bevor ich nach draußen ging.

Als ich an die Straße trat, kam Archers schwarzer Sportwagen schon angerollt. Ich riss die Beifahrertür auf und ließ mich auf den Sitz fallen. »Hey.«

Archer sah mich über die Sonnenbrille hinweg warm an, und seine Mundwinkel verzogen sich zu einem Lächeln. »Hallo, Harper.« Er trug ein ordentliches Hemd, wie auch in Liverpool, und trotz des Lächelns waren seine Gesichtszüge angespannt. Ich hoffte wirklich inständig, dass die Harrisons ihre eigenen Physiotherapeuten hatten.

»Wie geht's dir wirklich? Dein Vater hat gestern … sehr wütend gewirkt.«

Archer zuckte mit den Schultern und konzentrierte sich auf die Straße, als er anfuhr. »Er war nicht gerade sehr amüsiert darüber, dass mir ein solcher Fehler unterlaufen ist, sagen wir es mal so.«

»Das sagst du jetzt schon zum zweiten Mal. Als wäre es deine Schuld, dass das passiert ist. Das denkst du nicht wirklich, oder?« Ich lehnte mich ein wenig nach vorn. »Wenn, dann ist es doch die Tristan-Familie, auf die ihr wütend sein solltet. Sie haben dir schließlich eine Fälschung gegeben.«

»Und ich hätte es erkennen müssen, habe ich aber nicht.« Er hielt an einer Ampel und schob sich die Sonnenbrille in die dichten dunklen Locken. »Aber du schon. Wie hast du das gemacht?« Er sah mich nicht an, aber ich spürte den Druck hinter seiner Frage.

Etwas unruhig rutschte ich im Sitz herum und zuckte mit den Schultern. »Wie gesagt – ich kenne mich mit Schmuck aus. Das weißt du doch. Als ich mir die Ohrringe genauer angeschaut habe, habe ich die feinen Unterschiede zu den anderen Schmuckstücken sofort gesehen.«

»Nur das?« Er musterte mich von der Seite, bevor er sich wieder auf die Fahrbahn konzentrierte.

»Nur das«, gab ich, vielleicht eine Spur zu kühl, zurück. Wahrscheinlich hätte ich ihm einfach von meinem Gefühl, dieser Verbindung zu den Schmuckstücken, erzählen sollen. Er war wie ich ein Erbe, er musste das also kennen. Aber aus irgendeinem Grund fühlte ich mich nicht wohl dabei. Archer war ein sachlicher Mensch, und ich wusste nicht, was er von bloßen, nichtssagenden Gefühlen hielt. Also beschloss ich, das Thema zu wechseln.

»Was ist mit deiner Mutter? War *sie* wütend auf dich?« Mist, mein Kopf musste offensichtlich noch ein paar anderen Dingen Luft machen. Meine Stimme war gereizter, als ich es beabsichtigt hatte.

Archer zog die Augenbrauen zusammen. »Meine Mutter? Sie ist in diese ganze Wächtergeschichte nicht so involviert, sie unterstützt nur meinen Vater.«

»Ich meinte auch nicht wegen der Fälschung, sondern weil du mit mir getanzt hast.«

»Oh.« Er räusperte sich umständlich. »Das meinst du.«

Einen Moment schwiegen wir beide, und weil ich es nicht aushielt, starrte ich aus dem Fenster an meiner Seite und nestelte an dem Gurt herum. In der Ferne zogen die Hochhäuser Londons vorbei, die wir immer weiter hinter uns ließen.

»Hör zu, meine Mutter hat es nicht böse gemeint. Es ist nicht so, dass sie dich nicht mag – sie macht sich nur manchmal zu viele Gedanken«, sagte Archer nach einer halben Ewigkeit.

»Weil ich möglicherweise nur auf das Geld meiner Familie aus bin?« Ich wollte wütend klingen, aber meine Stimme war eher erschöpft. Enttäuscht.

Im Augenwinkel bemerkte ich, wie Archer kurz zu mir rüberblickte. Dann entfuhr ihm ein Seufzen. »Es tut mir leid. Ich hätte dich nicht da stehen lassen sollen. Aber …« Er zögerte, bevor er anfügte: »Meine Mutter ist krank. Sehr krank.«

Das hatte ich ihr tatsächlich angesehen, und sofort tat mir mein harscher Ton leid. »Du musst mir nicht davon erzählen, wenn du dich damit nicht wohlfühlst«, sagte ich leise, aber er winkte ab.

»Ich versuche, mich irgendwie damit zu arrangieren, aber es ist nicht so leicht. Meinem Vater fällt es noch schwerer.« Er presste die Lippen zusammen. »Er ist kein schlechter Mensch, Harper. Er macht sich nur Sorgen.«

Ich runzelte die Stirn. Das hatte gestern aber anders ausgesehen. Ich konnte mich noch sehr gut an die unbändige Wut in seinem Gesicht erinnern. Excalibur zu finden, schien ihm wirklich wichtig zu sein. Und ich vermutete, dass er damit irgendwie hoffte, seine Frau retten zu können. Aber nach allem, was ich bisher darüber gehört hatte, war das eine wirklich mächtige Waffe – in den falschen Händen vielleicht sogar zu mächtig. »Was denkst du, was man mit der Macht des Schwertes anfangen kann?«

Archer zuckte mit den Schultern, aber seine angespannte Haltung sprach Bände. »Wir wissen nicht, was es kann. Aber wir kennen die Legenden. Von Excalibur … und vom Heiligen Gral, der oft mit ihm in Verbindung steht.«

Das bestätigte meine Vermutung. »Der, der angeblich unsterblich macht.«

»Oder Menschen heilt.« Archers Stimme war so leise, dass ich ihn kaum verstehen konnte. Aber ich tat es, und mir rann es kalt den Rücken runter. Das war also wirklich sein Grund. Der Grund seines Vaters. Excalibur finden, den Gral finden und seine Frau retten. Aber wie realistisch war das? Ich bezweifelte immer noch, dass alles an der Legende wahr war. Aber Archer wirkte überzeugt, deshalb sprach ich meine Zweifel nicht aus.

Ich betätigte den Fensterknopf und ließ mir kühle Fahrtluft um die Nase wehen, die meine Gedanken etwas beruhigte. Weil das Gespräch so schwer auf uns lag, beschloss ich, erneut das Thema zu wechseln: »Wie weit ist es denn bis zur Tristan-Familie?«

Archer schien erleichtert darüber, denn er ging auf meine Ablenkung direkt ein. »Sie leben in Richmond. Noch fünfzehn, zwanzig Minuten von hier also.«

»Wenn sie so nah an Knightsbridge wohnen, warum waren sie nicht auf dem Wächterfest?«

»Sie gehören zu den wenigen noch existierenden Familien, die nicht an die Prophezeiung glauben und auch nichts damit zu tun haben wollen.«

Meine Stirn kräuselte sich. Das war mehr als merkwürdig. Wenn sie nicht an die Prophezeiung glaubten, wieso hatten sie Archer dann eine Fälschung gegeben? Warum nicht einfach das Schmuckstück abtreten und damit jeglichen Kontakt zu den Wächtern kappen? Andererseits, der Erbe der Tristan-Familie hatte vermutlich eine ähnliche Verbindung zu seinem Schmuckstück, wie ich sie zu meiner Kette verspürte. Vielleicht wollte er sie deshalb nicht abgeben?

Wir verbrachten den Rest der Fahrt in angespanntem Schweigen, und ich bemühte mich, einfach mal eine Weile über gar nichts nachzudenken und nur die Bäume an der Seite der Straße zu zählen, um meinem Kopf etwas Ruhe zu geben. Die letzten Tage waren mehr als aufwühlend gewesen, das gestrige Fest nur die Spitze des Eisberges. Vielleicht wäre es das Vernünftigste, nach unserem Ausflug endlich meine Tasche zu packen und London zu verlassen. Zurück nach Liverpool, zurück in mein altes, langweiliges Leben ohne Wächter und vor allem ohne Visionen vom Tod meines Vaters.

Ich sank tiefer in den Sitz und versuchte, die Stille zu genießen.

KAPITEL 23

Als wir Richmond erreichten, wurden die Bäume wieder etwas dichter. Ich konnte kaum glauben, dass dieses Fleckchen tatsächlich noch zu London gehörte, denn um uns herum breitete sich das Stadtviertel beinahe wie ein großes Dorf aus. Es war grün, um einiges grüner als Londons Innenstadt, und wirkte damit beinahe idyllisch. Ganz anders als der Rest der Hauptstadt.

Archer fuhr von der Straße ab, in eine von Bäumen umsäumte Allee, die fleckige Schatten auf den Beton warfen. Ich betrachtete sie nachdenklich, bis Archer neben mir die Stille durchbrach.

»Ich war vor etwa einem Jahr hier, nachdem mein Vater die Nachfahren von Tristan ausfindig gemacht hatte«, sagte er. »Das Oberhaupt der Familie ist eine ältere Frau, Patrice Clarke, die die Ohrringe in einer abgesperrten Vitrine auf dem Dachboden aufbewahrt hat. War schon voller Staub, das Ding.« Er schüttelte verständnislos den Kopf.

Ich konnte seine Gedanken leicht erraten. »Das ist ganz schön viel Aufwand, um eine Fälschung zu verstecken.«

»Ja.« Archer seufzte. »Vielleicht wurde der Familie schon eine

Fälschung vererbt. Vielleicht sind die Ohrringe irgendwann in der Erbfolge verloren gegangen.«

»Dann ist es kaum mehr nachvollziehbar, oder? Ist es dann überhaupt noch möglich, sie zu finden?«

Sein ganzer Körper spannte sich bei meinen Worten an. »Das muss es«, sagte er mit harter Stimme, und meine Nackenhaare stellten sich auf. *Aber was passiert, wenn nicht?*

Vor meinem inneren Auge tauchte wieder der Schatten inmitten der weißen Flammen auf, und ich schob ihn hastig weg. Stattdessen konzentrierte ich mich auf die Straße vor uns. Nach ein paar Minuten bog Archer in eine Auffahrt ab, und wir rollten auf einen riesigen Hof, an dessen Rand drei große, jeweils dreistöckige Häuser standen. Ich sah mehrere Klingelschilder, also war wohl auch die Tristan-Familie nicht so wohlhabend wie die anderen Ritter. So wie Larks Familie. So wie meine.

Ich fühlte direkt eine Verbindung zu ihnen.

Archer parkte auf einer gekennzeichneten Fläche, und nachdem wir ausgestiegen waren, folgte ich ihm über den Hof. Auf dem Weg zur Tür huschte eine schwarze Katze zwischen meinen Beinen hindurch. Ich wollte sie streicheln, aber sie war schon aus meiner Reichweite verschwunden und versteckte sich unter einem Holzhaufen.

Als ich mich wieder umdrehte, drückte Archer gerade auf die Klingel. Er stand da wie ein in Marmor gemeißelter Soldat mit geradem Rücken. Sein Gesicht passte dazu, denn er wirkte irgendwie blasser als sonst. Trotzdem gab er ein Respekt einflößendes Bild ab, das dem Typ, der uns öffnete, allerdings keine Angst zu machen schien. Er war um die dreißig und etwas kleiner als Archer, hatte dunkelbraune Haut und große Kopfhörer um den Hals. In seinem Ohr glänzte ein goldener Ring.

»Ja?«, fragte er lässig und lehnte sich in den Türrahmen.

»Hallo«, gab Archer zurück, ein höfliches Lächeln auf den Lippen. »Ich bin auf der Suche nach Patrice Clarke.«

Der Typ kaute ein paar Sekunden auf seinem Kaugummi herum, während er Archer musterte. »Und was wollt ihr von meiner Tante?«, fragte er dann. Seine Stimme hatte einen markanten Akzent, den ich nicht ganz zuordnen konnte. Rollend und etwas schwerfällig.

Archer legte leicht den Kopf schief. »Du bist Raymond, richtig? Ich glaube, wir haben uns gesehen, als ich das letzte Mal hier war.«

Raymond schien kurz nachzudenken, dann machte es offenbar klick. Er schnipste lachend und zeigte auf Archer. »Einfach Ray. Und ja, hey, du bist doch der Typ, der vor einem Jahr den Schrott vom Dachboden mitgenommen hat, richtig?«

Schrott. Ungläubig sah ich ihn an. Wusste er etwa nichts von dem Rittererbe?

Er verschränkte amüsiert die Arme vor der Brust. »Was denn, willst du noch mehr von dem Zeug da oben haben?«

»Nein«, gab Archer langsam zurück. »Ich würde gern mit deiner Tante sprechen, wenn das möglich ist.«

»Ist es nicht.« Ray zuckte mit den Schultern. »Sie ist im Krankenhaus, liegt auf der Intensivstation. Lungenentzündung.«

Archers Rücken versteifte sich noch mehr. »Das … das tut mir leid, Ray. Ich hoffe, sie ist auf dem Weg der Besserung?«

Der Typ seufzte tief. »Das hoffen wir alle.« Sein Blick wanderte an Archer vorbei und zu mir. Seine schwarzen Augenbrauen zuckten nach oben, aber er wandte sich fast sofort wieder ab. »Soll ich ihr vielleicht irgendetwas ausrichten, wenn sie wieder einigermaßen ansprechbar ist?«

Archer ballte seine Hände mehrfach zu Fäusten. Dann presste er zwischen den Lippen hervor: »Am besten, dass sie mich so bald wie möglich kontaktieren soll. Es ist sehr wichtig. Hast du vielleicht einen Zettel, damit ich meine Nummer aufschreiben kann?«

Rays Braue zuckte wieder, aber er wandte sich nur um und holte etwas zum Schreiben aus dem Flur. Während Archer seine Nummer auf den Zettel kritzelte, trat ich näher an die Tür heran. Etwas zog an meinem Inneren, an dem kleinen Teil in mir, den die Berührung von Galahads Ring aktiviert hatte. Ich konnte etwas spüren. Das Schmuckstück vielleicht? Aber dazu war es eigentlich zu schwach. Es war beinahe nur noch wie ein Echo, ein Schatten, als wären die Ohrringe einmal hier gewesen.

Ich sah Ray an und bemerkte in diesem Moment erst, dass auch er mich nachdenklich musterte. »Du warst letztes Mal nicht dabei.«

»Nein, ich bin nur eine Freundin von Archer. Harper.« Ich lächelte ihn an, bevor ich fragte: »Weißt du zufällig etwas über die Ohrringe, die Archer vor einem Jahr mitgenommen hat? Hat deine Tante irgendetwas darüber erzählt?«

Er zuckte mit den Schultern. »Nur dass es ein uraltes Erbstück war. Aber so etwas Wertvolles lässt man doch nicht auf dem Dachboden vergammeln, oder? Wenn ihr mich fragt, hat sie wahrscheinlich irgendjemand übers Ohr gehauen. Sie hatte die letzten Jahre schon ein wenig Probleme, Realität und Einbildung auseinanderzuhalten.«

Ich legte den Kopf schief. »Und hat sie noch anderen Schmuck, der vielleicht ähnlich aussieht?«

Ray runzelte misstrauisch die Stirn. »Nein. Meine Tante hat nicht viel von Schmuck gehalten«, sagte er.

»Deine Tante soll mich bitte kontaktieren, sobald es ihr besser geht«, sagte Archer höflich und gab ihm den Zettel mit seiner

Handynummer. »Oder wenn du etwas von ähnlichem Schmuck hörst. Wie gesagt: Es wäre sehr wichtig.«

»Mach ich.« Ray steckte den Zettel in seine Jeanstasche und winkte uns zum Abschied, bevor er die Tür vor unserer Nase schloss.

Ich holte tief Luft und drehte mich zu Archer um, doch der stapfte direkt zum Auto zurück. Ich folgte ihm überrascht. Er war gerade am Wagen angekommen, als er ein lautes Knurren hören ließ und dann mit voller Kraft gegen den Reifen trat.

»Verdammter Mist!«, fluchte er. »Das kann doch nicht wahr sein. Wir waren kurz davor! So kurz davor, endlich alle Schmuckstücke zusammenzubringen. Und jetzt DAS! Der ganze Weg zum zweiten Mal – und wieder umsonst!«

Er war völlig außer sich, und ich hatte keine Ahnung, wie ich ihn beruhigen sollte. Also klopfte ich nur sanft auf das Autodach. »Lass uns fahren, Archer.« Als wir eingestiegen waren, lehnte ich mich etwas zu ihm. »Mach dir keine Sorgen. Er wird dich kontaktieren, und sicher weiß seine Tante irgendetwas. Und wenn nicht, dann musst du eben die anderen Verwandten suchen. Da wird es doch sicher welche geben.«

Durch die Verärgerung in seinem Gesicht blitzte die Müdigkeit. Die Angst um seine Mutter, und ich legte ihm sanft eine Hand auf den Arm.

Er atmete noch einmal tief durch, dann schüttelte er meine Hand ab und startete den Motor. Schweigend fuhren wir zurück nach London.

Ich sah aus dem Fenster und versank in meinen Gedanken darüber, was wohl passieren würde, wenn die Prophezeiung nicht in Erfüllung ging. Nicht nur, was Archers Mutter, sondern auch, was Excalibur und die dunkle Magie anging. Die weißen Flammen ließen mich nicht los, genauso wenig wie dieses Gefühl, dass sie etwas Unheilvolles versprachen.

Als Archer am Bordstein hielt, blickte ich überrascht auf. Wir standen vor Adas Wohnung. »Danke«, sagte ich leise, weil die Stimmung zwischen uns irgendwie gekippt war.

Er nickte knapp, den Blick weiterhin nach vorn auf die Straße gerichtet. Der Motor lief noch, als könnte Archer es gar nicht erwarten, davonzufahren. Aber als ich nach der Tür griff, seufzte er plötzlich. »Danke, dass du mich begleitet hast, auch wenn es nichts gebracht hat«, murmelte er.

Ich drehte mich zu ihm um. »Keine Ursache.«

Er lächelte, aber es wirkte nicht echt. »Bis bald, Harper.«

»Bis bald«, sagte ich, dann stieg ich aus und warf die Tür zu. Sobald Archer davongefahren war, drehte ich mich zu dem Haus um, in dem Adas Wohnung lag. Doch sofort stieg ein mulmiges Gefühl in mir auf, als ich nur daran dachte, die Schwelle zu übertreten. Unmöglich. Nicht jetzt. Also zog ich das Handy aus meiner Tasche und wählte Adas Nummer.

Sie ging nach wenigen Sekunden ran. »Hey.«

»Hey. Hast du vielleicht Lust, mich im *Cinnamon Cup* zu treffen?«, fragte ich.

»In einer halben Stunde ist mein Praktikumstag in der Tierklinik vorbei«, flüsterte sie, und ich hörte deutlich das Grinsen in ihrer Stimme. »Bis gleich.«

»Bis gleich.« Ich legte auf und setzte mich in Bewegung.

KAPITEL 24

Bis auf einen Mann, der in einer Ecke saß und mit dem Kopf am Fenster zu schlafen schien, war mein U-Bahn-Abteil leer. Ich ließ mich auf einen der gemusterten Sitze fallen und seufzte tief, bevor ich mein Handy aus der Tasche nahm und eine Nachricht an Willow schrieb.

> Die Ritter spinnen alle. Sollte ich nach Hause kommen?

Die Frage stellte ich mir schon seit dem Vorfall beim Ritterfest immer wieder. Ich hatte das Gefühl, dass mein ursprüngliches Ziel, den Tod meines Vaters zu verstehen, in weite Ferne gerückt war. Ich kam nicht weiter, weil ich einfach niemanden fand, mit dem ich über ihn sprechen konnte. Himmel, jeder bis auf Harry hatte meine Nachfragen zu Eli sofort im Keim erstickt. Ich war die Aussätzige, die unerwünschte Tochter der Graysons. Dass ich die Kette gebracht hatte, war nett von mir gewesen, aber es war deutlich geworden, dass sie auch nicht mehr von mir wollten.

Also was sollte ich tun? Was waren meine Optionen?

Willows Antwort kam bereits nach wenigen Minuten.

> Ernst gemeinte Frage? Ich finde, du hast genug Zeit zwischen den ganzen Schnöseln verbracht. An deiner Stelle wäre ich schon längst wieder zurück. Also warum bist du noch da?

Ich wusste genau, dass sie mich mit ihrer Frage provozieren wollte. Ihr war klar, dass etwas im Busch war und dass ich nicht nur wegen meiner Familie hier war. Aber wie viel konnte ich ihr erzählen, ohne sie in den ganzen Mist mit reinzuziehen? Wie viel würde sie mir glauben? Ich hob den Kopf und starrte zu dem Mann rüber, dessen Kopf auf seine Schulter gesunken war. Dann tippte ich in mein Handy.

> Es gibt da etwas, was mich beschäftigt. Ich erzähle es dir in einer ruhigen Minute, okay?

Ich musste erst darüber nachdenken, wie ich ihr berichten sollte, dass ich vielleicht einem Mord auf der Spur war. Und wie ich überhaupt darauf kam. Seufzend steckte ich das Handy wieder weg, und als ich aufsah, schrak ich fürchterlich zusammen. Einen Moment war ich mir sicher gewesen, dass mir von der gegenüberliegenden Seite der schwarze Schemen eines Menschen entgegenblickte. Aber als ich blinzelte, war es nur mein eigenes, erschrockenes Gesicht, das mich durch die dunkle Spiegelung der Fenster ansah. Mein Herz pumpte hart gegen meine Rippen.

Meine Haltestelle wurde angesagt, und ich sprang vom Sitz, allerdings nicht, ohne mich noch einmal der Scheibe zuzuwenden. Nichts. Ich schüttelte den Kopf über mich selbst und stieg aus, um zur nächsten Bahn zu eilen. Aber da war so ein Gefühl in meinem Nacken, so ein seltsames Kribbeln, das mich immer wieder zurückblicken ließ. Als würde mich jemand verfolgen.

Ich griff an meine Brust, aber die Kette, die mich gewärmt hatte, lag nicht mehr dort. Also ballte ich die Finger zu Fäusten und steckte sie in die Taschen meiner Jeans. Plötzlich fröstelte ich trotz der warmen Temperaturen.

Gerade noch rechtzeitig erwischte ich die nächste Bahn. Ich sprang durch die sich schließenden Türen und musste mich an die Stange in der Mitte klammern, um nicht zu Boden zu gehen. Die Leute hoben überrascht den Kopf, wendeten sich dann aber wieder ab. Ich drehte mich um, leicht außer Atem von dem kleinen Sprint, und lächelte triumphierend. Bis mein Blick zu der von Graffiti beschmutzten Scheibe ging und zu der Person, die dahinter am Bahnsteig stand. Eine Person, die von oben bis unten in Schwarz gekleidet war. Ich hielt die Luft an, aber als die Bahn losfuhr und ich einen erneuten Blick riskierte, war es nur eine Dame um die fünfzig in einem bodenlangen schwarzen Mantel.

Ich lehnte mich mit dem Rücken gegen die Haltestange und atmete tief durch. Was auch immer mein Kopf mir da die ganze Zeit vorgaukelte – ich brauchte dringend einen Kaffee. Oder etwas Stärkeres.

Obwohl ich den Weg zum *Cinnamon Cup* erst einmal gegangen war, fühlte er sich schon vertraut an. Die Nachmittagssonne glitzerte in den Fenstern der Stadt, von überallher schien es zu leuchten. Ein sanfter Wind raschelte durch die umstehenden Bäume, und mir kam es vor, als würde jeder Mensch, der mir entgegenkam, lächeln. Ich konnte sogar das seltsame Kribbeln in meinem Nacken abschütteln, als ich die hohen Fenster des Wächtercafés sah. Ob Lark heute arbeitete? Bei dem Gedanken machte mein Herz einen verräterischen Satz. Aber als ich die Tür öffnete und begleitet von einem Bimmeln die Bar betrat, konnte ich ihn nirgends entdecken. Hinter der Bartheke stand jemand anders, und auch die zwei Kellner, die gerade zwischen den Tischen herumgingen, waren nicht Lark.

Ich konnte nichts gegen die Enttäuschung tun, die in mir aufstieg, auch wenn ich sie nicht ganz verstand. Etwas missmutig ließ ich mich auf denselben Platz fallen, an dem ich schon vor ein paar Tagen gesessen hatte. Willow hatte mir geantwortet, aber nur ein »Wie du meinst«, das nicht gerade sehr verständnisvoll klang. Klar, sie wollte, dass ich wieder nach Liverpool kam, und sie konnte ja auch gar nicht verstehen, was ich hier machte. Nicht solange ich es ihr nicht erklärte. Gerade fühlte ich mich wieder so einsam, dass sich mein Magen zusammenzog.

»Hey, kann ich dir was bringen?« Ein Mädchen mit blondem Pferdeschwanz und einer schwarzen Schürze blieb am Tisch stehen und lächelte mich an.

Ich blinzelte zum Fenster und dann auf meine Handyuhr. Adas Arbeitstag war erst in etwa zehn Minuten vorbei, und dann würde sie sicher noch etwas brauchen, um hierherzukommen. Also schüttelte ich nur leicht den Kopf. »Ich warte noch auf meine Begleitung, danke.«

Die Kellnerin schenkte mir ein Lächeln und wollte sich gerade abwenden, als ich mir doch ein Herz fasste und ein Warte! ausstieß.

Sie sah mich überrascht an, und ich knetete etwas nervös meine Hände ineinander.

»Äh …«, begann ich. »Lark ist heute nicht zufällig hier, oder?«

Ihr Blick wurde beinahe eine Spur ungläubig, aber dann nickte sie langsam. »Doch. Er macht gerade oben Pause.« Sie deutete mit dem Kuli, den sie wohl für meine Bestellung gezückt hatte, auf eine schmale Treppe. »Erste Etage, Dachterrasse. Ist gerade für Gäste geschlossen, aber da findest du ihn bestimmt.«

»Oh. Danke.«

Sie zog schulterzuckend ab, und ich schielte zur Treppe. Eigentlich hatte ich es nur wissen wollen, aber jetzt zog es mich doch nach oben. Zumal die Kellnerin sich wahrscheinlich noch mehr wundern würde, wenn ich jetzt nicht ihren Anweisungen folgte. Also stand ich auf und ging zur Treppe rüber. Mein Puls beschleunigte sich mit jeder Stufe etwas mehr. Ich hatte diesen Typen dreimal getroffen, einmal davon nur kurz, also was gingen mir da für Gedanken durch den Kopf? Ich musste mich beruhigen. Eigentlich, so redete ich mir ein, wollte ich mich nur noch einmal dafür bedanken, dass er mich auf der Tanzfläche gerettet hatte. Und ihn fragen, ob es ihm gut ging.

Aber als ich in der ersten Etage in den schmalen Gang trat und durch die Fensterfront nach draußen blickte, verließ mich der Mut. Die Sonne stand hell auf dem strahlend blauen Himmel über dem Café. Die Dachterrasse des *Cinnamon Cup* war nicht sehr groß, aber sie war schön: Der dunkle Holzboden glänzte wie neu, und die Stühle, die links und rechts gestapelt standen, hatten denselben satten Braunton. Das Geländer, das die Dachterrasse abgrenzte, war aus dünnen Metallstreben mit geschwungenen Enden.

Und davor, auf einem der Stühle, saß Lark. Er hatte die Beine lässig über das Geländer geschwungen und war in seinen Sitz reingerutscht. Es wirkte, als würde er sich etwas auf dem Handy ansehen, aber Genaueres konnte ich von meiner Position aus nicht erkennen.

Ich wusste nicht, ob ich ihn wirklich in seiner Pause stören sollte. Er wirkte entspannt, und sosehr ich auch mit ihm sprechen wollte – ich wusste eigentlich nicht, über was. Und ob er überhaupt mit mir reden wollte.

Wieder nach unten zu gehen und der Kellnerin zu begegnen, die ich gerade nach ihm gefragt hatte, war allerdings auch kein besonders angenehmer Gedanke. Ich hob zwar die Hand nach der Klinke, konnte mich aber einfach nicht dazu überwinden, sie nach unten zu drücken. Und keine Ahnung, ob ich bei dieser Bewegung ein Geräusch gemacht hatte, aber plötzlich drehte Lark sich um und sah mich über die Schulter hinweg an. Seine Augenbrauen waren zusammengezogen, aber als er mich erkannte, lockerten sie sich und wanderten langsam zu seinem Haaransatz hoch.

Jetzt hatte ich keine andere Wahl mehr. Etwas peinlich berührt öffnete ich die Tür und trat nach draußen.

KAPITEL 25

»Unglaublich, dass die Kaffeebar bei so einem Wetter ihre Dachterrasse nicht öffnet. Es ist herrlich hier draußen.«

Lark verfolgte stumm meine Bewegungen, bis ich neben ihm am Geländer stand, was nicht gerade zu meiner Beruhigung beitrug.

Verlegen verschränkte ich die Hände hinter dem Rücken. »Entschuldige, störe ich dich?«

Er musterte mich, als würde er in meiner Miene irgendetwas lesen wollen. Dann zuckten seine Mundwinkel eine Millisekunde nach oben. Der Ansatz eines Lächelns, der meinem Herzen einen weiteren Hüpfer abrang. »Nein, ich war nur überrascht, dich zu sehen.« Er ließ mich nicht aus den Augen, als er hinzufügte: »Hallo, Harper.«

Die Gänsehaut kehrte auf meinen Nacken zurück. »Hallo, Lark.«

Er ließ sich wieder in seinen Stuhl zurücksinken, und dabei fiel mir das große weiße Pflaster auf seinem Unterarm auf.

Ich deutete darauf. »Vom Kronleuchter?«

»Ja, anscheinend hat mich einer der Glassplitter getroffen. Hab es erst gemerkt, als ich drauf angesprochen wurde.« Er wischte mit einer Hand darüber, dann sah er wieder zu mir auf. »Und du? Alles in Ordnung?«

»Mir ist nichts passiert. Abgesehen von dem halben Herzinfarkt.«

Lark nickte langsam, während ich mich auf das Geländer lehnte und auf die Straße hinunterblickte. Ich wusste nicht, was ich sagen sollte und spürte zu allem Überfluss auch noch, wie mein Gesicht wieder heiß wurde.

»Gehst du in deiner Pause immer hier rauf?«, fragte ich, einfach weil mir nichts Besseres einfiel und ich unbedingt die Stille zwischen uns füllen wollte.

Er ließ den Blick über die Hausdächer wandern, dann sagte er: »Hier oben wird man in der Regel in Ruhe gelassen.«

Als ich zu ihm herumfuhr, lachte Lark über meinen Gesichtsausdruck. »Entspann dich, ich habe doch gesagt, du störst nicht. Ich habe mir nur etwas angesehen.« Er hob schmunzelnd das Handy. »Meine kleine Schwester hat mir ein Video geschickt, das ich mir unbedingt anschauen sollte. Ich bin froh, dass du mich dabei unterbrochen hast. Wer zur Hölle schaut sich zwanzig Minuten lang Katzen an, die auf Eis ausrutschen?«

Ich starrte ihn einen Moment an, bevor mir ein lautes Lachen rausrutschte. Als er mich fragend musterte, winkte ich ab. »Tut mir leid. Aber *ich*, ich schaue mir solche Videos an. Stundenlang.«

»Natürlich.« Er verdrehte die Augen, aber das leichte Schmunzeln in seinen Mundwinkeln blieb. Es verlieh seinem Gesicht mit den scharfen Zügen etwas Weiches. Sanftes. Etwas, was mich seltsam berührte.

Ich verschränkte die Arme auf dem Geländer und beugte mich darüber. Der Wind wehte mir angenehm durch die Haare und kühlte meinen Kopf. »Wie alt ist deine Schwester?«

»Zehn. Und bevor du fragst: Nein, sie hat natürlich kein eigenes Handy.« Sein grimmiger Gesichtsausdruck löste sich etwas, als hätte er erst da begriffen, was er gesagt hatte. Wie gestern auf dem Fest – er hatte mir etwas Persönliches erzählt und direkt darauf so geschaut, als wüsste er nicht, ob er mir trauen konnte. Ich konnte es ihm nicht verdenken, wenn ich daran dachte, was er im letzten Jahr mit den ganzen Wächtern wahrscheinlich mitgemacht hatte. Keiner von denen war besonders vertrauensselig, Ada vielleicht mal ausgenommen.

»Ich habe auch eine kleine Schwester«, sagte ich deshalb lächelnd. Vielleicht fiel es ihm leichter, wenn ich auch etwas Persönliches erzählte. »Ihr Name ist Danica. Unsere Mutter hat ihr erst mit vierzehn ein Handy erlaubt, und das hat sie auch überlebt. Irgendwie interessiert sie sich gar nicht wirklich dafür – sie ist lieber draußen unterwegs, überall, wo sie mit ihrem Rollstuhl eben hinkommt.« Okay, das war jetzt vielleicht doch zu viel gewesen. Ich biss mir auf die Unterlippe, aber Larks Gesicht hatte sich bei meinen Worten wieder entspannt.

Er musterte mich aufmerksam. »Deine Schwester sitzt im Rollstuhl?«, fragte er, und da war sie wieder, diese Sanftheit, die man ihm gar nicht zugetraut hätte.

»Sie hatte letztes Jahr einen Unfall, war ein ziemlicher Schock damals. Aber es geht ihr mittlerweile gut, trotz allem.«

Lark senkte den Kopf wieder zu dem Handy in seiner Hand, und er schien kurz zu überlegen. Dann erhob er sich plötzlich aus seinem Stuhl und trat neben mich an das Geländer. Als er sich dagegenlehnte, kroch mir der Geruch von Zucker und Kaffee in die Nase. »Hier.« Er hielt mir sein Handy hin, von dessen Bildschirm zwei Kinder grinsten. Ein Mädchen und ein Junge, beide mit den gleichen braunen Haaren, die auch Lark hatte, und funkelnden grünen

Augen. Er hatte einen Arm um sie gelegt, und die beiden lachten strahlend. »Mona und ihr Zwillingsbruder Theo«, erklärte Lark.

Ich betrachtete das Bild der beiden, bevor ich wieder den Kopf hob. »Sie sind hinreißend niedlich.«

»Sie sind Quälgeister, aber ja.« Er sah selbst noch kurz auf sein Handy, bevor er es in die hintere Tasche seiner Hose steckte. »Ich versuche, so oft wie möglich nach Hause zu fahren, nach Harlow, aber sie vermissen mich trotzdem, seit ich in London bin und nicht mehr jeden Tag komme. Manchmal ist es etwas schwierig. Da kann ich ihnen auch nicht abschlagen, mir zwanzigminütige Katzenvideos anzuschauen.«

Ich lachte. »Es ist sozusagen deine brüderliche Pflicht.«

»So ist es.« Er schmunzelte, während sein Blick wieder über die Stadt schweifte. Von der Seite fand ich sein Gesicht sogar noch schöner.

Ich stützte mein Kinn auf die Hand und versuchte, nicht allzu auffällig die scharfen Linien seiner Wangenknochen und seines Kiefers anzustarren. »Deine Mutter hat sicher eine ganze Menge zu tun, seit du weg bist. Ich weiß noch, wie Danica mit zehn war.«

Das Lächeln in seinen Mundwinkeln erstarb. »Sie leben nicht bei unseren Eltern.«

»Nein? Wo dann?« Ich zog die Augenbrauen hoch und hätte mich im nächsten Moment am liebsten selbst gekniffen. Wieso fragte ich so etwas Persönliches, wenn es doch offensichtlich war, dass das kein angenehmes Thema für ihn war?

Zu meiner Überraschung antwortete Lark trotzdem, wenn auch nur knapp: »Bei Freunden der Familie. Da sind sie besser aufgehoben.« Er zuckte mit den Schultern, bevor er sich zu mir umdrehte. Der Blick aus seinen beeindruckend blauen Augen war merkwürdig intensiv, und er war mir beinah schon beängstigend nah. Aber bevor ich einen Schritt zurücktreten konnte aus Angst vor meinen eigenen Gefühlen, sagte Lark: »Ich habe gestern gehört, was du gesagt hast. Über die Person, die du in den Flammen gesehen hast.«

Ich schnappte nach Luft. »Hast du sie auch gesehen?«

Zu meiner Enttäuschung schüttelte er den Kopf. »Nein. Aber irgendetwas an dieser ganzen Sache war komisch.« Er presste eine Sekunde die Lippen zusammen und fixierte die Dachspitze am Haus gegenüber. »Ich meine, warum sollte dieser verdammte Kronleuchter sich genau dann lösen, wenn wir alle daruntersitzen? Und dieses Feuer … Es sah merkwürdig aus. Nicht richtig, irgendwie.«

Am liebsten wäre ich ihm vor Erleichterung um den Hals gefallen. »Ich dachte, dass ich die Einzige war, die das bemerkt hat.«

»Nein. Ich bin mir sicher, dass sie es alle gemerkt haben.«

Überrascht wandte ich mich ihm zu. »Aber wieso hat dann niemand etwas gesagt?«

»Aus Angst vielleicht?« Lark schnaubte leise. »Die Wächter haben es nicht gern, wenn sie etwas nicht kontrollieren können, so viel habe ich im letzten Jahr schon gelernt. Und ich glaube, sie hören es auch nicht gern, dass etwas Dunkles zurückkehren könnte.« Er gab ein Seufzen von sich. »Aber was soll's, sie sind ja eh kurz davor, Excalibur zu bekommen. Also gibt es wohl nichts, worüber man sich Sorgen machen sollte, oder?«

Ich presste die Lippen zusammen, und zwischen Larks dunklen Augenbrauen bildete sich eine steile Falte.

»Was?«, fragte er alarmiert.

»Na ja, so kurz davor vielleicht auch nicht.« Ich schüttelte leicht den Kopf. Und dann erzählte ich ihm von dem wenig erfolgreichen Treffen mit Ray und den weiterhin verschollenen Ohrringen von Tristan.

Als ich fertig war, stöhnte Lark auf. »Und ich hatte gehofft, dass

Frederick Harrison dann endlich damit aufhört, die Leute um sich herum zu terrorisieren, wenn er hat, was er will.«

Ich musste an Archer denken, an die Reaktion seines Vaters auf die gefälschten Ohrringe. Und daran, dass Lark an meinem ersten Tag in London aus dem Haus der Harrisons gekommen war. Fragend musterte ich ihn. »Terrorisiert er dich auch?«

»Das lasse ich nicht zu. Aber er kann schon ganz schön nervig sein.« Lark zuckte mit den Schultern, bevor er meinen Blick wieder erwiderte. »Ich habe Archer anfangs geholfen, die Schmuckstücke der anderen Familien zu sammeln, als noch nicht alle hier versammelt waren. Nicht aus reiner Herzensgüte natürlich, Frederik Harrison hat mich ganz gut dafür bezahlt. Er hat mir außerdem den Job im *Cinnamon Cup* besorgt, als Gegenleistung, damit ich mir mein Studium hier finanzieren kann. Aber manchmal kommt er immer noch mit kleinen Aufträgen, will, dass ich den Botenjungen spiele, weil ich durch den Job hier so viel Kontakt zu den anderen Ritternachfahren habe. Oder dass ich ihm erzähle, was ich so in der Kaffeebar aufschnappe, weil er es nicht ertragen kann, keine Kontrolle über die Wächterfamilien zu haben. Manchmal habe ich das Gefühl, dass ich einen Pakt mit dem Teufel geschlossen habe, als ich nach London gekommen bin.«

Ich wusste ziemlich genau, was er damit meinte. Abwesend blickte ich über das Geländer auf die Straße runter. »Ich will damit eigentlich auch nichts zu tun haben«, entfuhr es mir. »Das alles hier, das ist nicht meine Welt. Wirklich nicht.«

Lark musterte mich von der Seite. Ich konnte seinen Blick auf mir spüren, und er jagte eine Gänsehaut über meinen Rücken. »Das ist wahrscheinlich besser«, sagte er nach einer Weile. »Ich bezweifle, dass die Wächter gute Menschen sind. Sie nehmen sich, was sie wollen, weil sie es nicht anders gewohnt sind. Ohne Rücksicht auf

Verluste.« Als ich zu ihm aufsah, seufzte er. »Glaub meinen Erfahrungen der letzten Monate, Harper: Du bist zu gut für sie alle.« Er betrachtete mich ernst, durchdringend, und das gab meinem Inneren fast den Rest.

Wieder stieg in mir der Wunsch auf, mich wie gestern auf der Tanzfläche einfach an ihn zu lehnen. Obwohl er mich nicht berührte, konnte ich seine Nähe wie eine Hitzewelle spüren, und meine Knie fühlten sich unangenehm weich an. Schließlich wandte er sich wieder ab, dem Trubel unter uns zu, und mir fiel auf, dass ich in den letzten Sekunden vergessen hatte, zu atmen. So unauffällig wie möglich holte ich tief Luft und füllte meine Lunge.

Eine Weile standen wir einfach da, dicht nebeneinander, das Brummen der Autos unter uns. Ich war ganz durcheinander, aber eine Sache kam mir doch noch in den Sinn. »Archer hat mir erzählt, dass du mit Carter Streit hattest. Das ist nicht zufällig einer der Gründe, die dich das sagen lassen?«

Seine Miene wurde düster. Richtig unheimlich düster.

»Carter.« Er spuckte es aus wie ein Schimpfwort. »Carter Harrison steht seinem Vater in absolut nichts nach. Sie sind beide grausame Arschlöcher, die dringend mal eine Abreibung gebrauchen könnten.« Ein beinahe böses Lächeln schlich sich auf seine Lippen. »Manchmal ärgere ich mich darüber, dass ich ihm damals nicht einfach eine verpasst hab. Verdient hätte er es allemal.«

»Was hat er gemacht?«

»Eins der Mädchen auf einem Fest belästigt. Sie ist wohl nicht auf seine Flirtversuche eingegangen, und als sie den Saal verlassen hat, ist er ihr einfach hinterhergestiegen und hat sie bedrängt. Draußen auf dem Gang, wo es niemand sonst mitgekriegt hat. Ich will ihm ja nichts unterstellen, aber sagen wir – ich bin froh, dass ich es gesehen hab und den beiden gefolgt bin, um ihm die Hölle heißzumachen.« Er presste die Lippen zusammen und brummte zornig.

Ich hätte nachfragen können, was Lark damals genau beobachtet hatte, aber allein bei dem Gedanken wurde mir schlecht. Wie Carter mich vor ein paar Tagen am Harrison-Anwesen begrüßt hatte, wie sein Blick vollkommen unverhohlen über meinen Körper gewandert war – ich wollte gar nicht daran denken, was er dem armen Mädchen angetan hatte. Angetan *hätte.*

Mein Handy vibrierte, bevor ich noch etwas dazu sagen konnte. Es war eine Nachricht von Ada. Ich räusperte mich umständlich. »Ada ist da. Sie wartet unten.«

Lark nickte langsam, als müsste er erst einmal aus seinen Gedanken zurückkommen. »Meine Pause ist auch schon längst vorbei. Ich komme mit nach unten.«

Er löste sich vom Geländer, und ich bildete mir ein, dass er so unwillig wirkte, wie ich mich fühlte. Als wir über die Dachterrasse liefen, warf er mir noch einen Blick von der Seite zu. »Pass auf dich auf, Harper, in Ordnung? Die Harrisons sind keine guten Menschen. Lass dich nicht von ihnen in etwas reinziehen, was du nicht kontrollieren kannst.«

Ich wollte ihm widersprechen. Wollte ihm sagen, dass Archer ein guter Kerl war, der nur unter wahnsinnigem Druck stand. Wegen der Krankheit seiner Mutter. Aber als ich aufsah und Larks ernsten Gesichtsausdruck bemerkte, gab ich nach. »Ich bin schon groß. Ich kann auf mich aufpassen.«

Wieder dieses Schmunzeln. Konnte man nach so einer kleinen Bewegung der Mundwinkel süchtig werden? Ich hatte das Gefühl, dass es etwas Seltenes war, und ich wollte es wieder provozieren. Ich mochte, wie ich mich dabei fühlte.

Als wir die Treppe runterkamen, blickte Ada überrascht von ihrem Handy auf.

Lark deutete zur Bar. »Ich arbeite dann mal weiter.« Er hielt kurz inne, dann wurde sein Ausdruck weich. »Es war schön, dich zu sehen, Harper.«

Ich holte tief Luft, um etwas zu sagen, schaffte aber nur ein verlegenes Nicken. Als ich mich auf den Stuhl gegenüber von Ada fallen ließ, reichten ihre Mundwinkel beinahe von einem Ohr zum anderen.

Sie schob mir einen der zwei Cocktails zu, die sie bereits bestellt hatte. »So, so. War unsere Verabredung hier etwa nur eine Ausrede?« Sie beobachtete Lark über meine Schulter hinweg und wippte aufgeregt mit den Brauen.

Ich musste lachen. »Nein. Auch wenn ich wünschte, dass der Grund so einfach wäre.«

Mein Seufzen ließ ihr Lächeln in sich zusammenfallen. »Was ist los?«

»Ganz ehrlich? Langsam setzen mir die ganzen Wächtersachen zu.« Ich zuckte mit den Schultern, und plötzlich spürte ich wieder die Last auf ihnen. Die Last, die ich immer noch mit niemandem geteilt hatte. Der Cocktail, den meine Cousine mir bestellt hatte, schmeckte nach jeder Menge Alkohol, aber gerade tat das ganz gut. Und so mitleidig, wie Ada mich ansah, schaffte ich es endlich, mir ein Herz zu fassen. »Sag mal … hast du eine Ahnung, wo ich noch alte Sachen meines Vaters finden könnte?«

»Sachen von Eli?« Sie nippte nachdenklich an ihrem Cocktail.

Ich nickte. »Ich … will etwas rausfinden.«

»Also im Haus meiner Eltern gibt es wahrscheinlich nichts mehr. Und meine Wohnung war auch leer geräumt, als ich eingezogen bin.«

»Weißt du, wo seine Sachen hingeräumt wurden?«, fragte ich hoffnungsvoll.

»Ich glaube, das meiste wurde weggeworfen, weil meine Eltern es nicht ertragen haben«, gab Ada bedauernd zurück. Dann aber schien ihr etwas einzufallen. »Außer …«

»Außer?«

»Ich hab vielleicht eine Idee.« Sie zog erneut an ihrem Strohhalm. »Aber das könnte ziemlich schmutzig werden.«

KAPITEL 26

Als wir wieder bei Ada zu Hause waren, neigte sich die Sonne bereits ein wenig. Ich wusste nicht, ob es an dem Cocktail lag oder an dem Lächeln, das Lark mir beim Abschied zugeworfen hatte, aber das Herz schlug mir bis zum Hals. Möglicherweise war es auch das, was Ada gesagt hatte, kurz bevor wir das *Cinnamon Cup* verlassen hatten. Dieser kleine Ausblick auf etwas, was mein Vater vielleicht noch hinterlassen hatte. Auf eine Spur, die mich irgendwie zu ihm führen konnte.

»Viel ist es wahrscheinlich nicht«, sagte Ada, während wir die schmale Treppe nach unten stiegen, die uns in die Kellerabteile des Wohnkomplexes führte. Sie tastete nach dem Lichtschalter, und die Glühbirne, die daraufhin auf uns herableuchtete, war nackt und von Spinnweben halb verdeckt. »Ich kann mich nicht mehr genau erinnern, was hier alles noch steht, aber ich hab damals ziemlich viel Zeug von mir verstaut bekommen. Es kann also nicht die Welt gewesen sein.« Bedauern lag in ihrer Stimme, und ich winkte sofort ab.

»Das macht gar nichts. Alles hilft, denke ich.«

Ada nickte und führte mich in den hinteren Teil des Kellers. Die Abteile der verschiedenen Bewohner waren mit Metallgittern von dem engen Gang getrennt, und je weiter wir nach hinten liefen, desto stärker wurde das Gefühl in meinem Magen, das mir sagte, dass hier irgendetwas war. Dass ich irgendetwas finden würde. Der hinterste Kellerraum war der, der zu Adas Wohnung gehörte. Während sie ihn aufschloss, sah ich über ihre Schulter hinweg in das dunkle Quadrat. Auf den ersten Blick waren vor allem leere Umzugskartons, ein paar Stühle, ein paar Kisten voller Weihnachts- und Halloweendeko und alte Küchengeräte zu sehen.

»Warte.« Meine Cousine machte einen großen Schritt über eine der Kisten und griff in den hinteren Bereich des Quadrates. »Hier hinten müsste was sein. Was willst du denn eigentlich über deinen Vater rausfinden?«

Ich hatte schon vermutet, dass diese Frage noch kommen würde. Aber ich wollte ihr nicht direkt sagen, dass ich nicht an einen Unfalltod glaubte. Langsam richtete ich mich auf. »Ich weiß, für euch war es wahrscheinlich verständlich, dass Eli zu euch nach Hause gekommen ist. Zurück nach London. Aber auf uns hat er … glücklich gewirkt, in Liverpool. Bei uns.« Ich schüttelte den Kopf und lehnte mich an die metallenen Gitterstäbe. »Ich möchte es verstehen. Wenn es irgendetwas daran zu verstehen gibt.« Wie so oft in den letzten Tagen vermischten sich die verdammten, komplizierten Gefühle, die ich für meinen Vater hatte, zu einem chaotischen Knäuel in meinem Inneren. Ich war immer noch wütend auf ihn. Diese alte Wut, die ich seit acht Jahren mit mir herumtrug und die jetzt irgendwie vermischt war mit der Trauer darüber, dass er tatsächlich gestorben war. Mit dem Unverständnis, warum er gegangen war. Und dem Wunsch, herauszufinden, wie er wirklich gestorben war.

Ada ließ die Schultern hängen. »Tut mir leid, natürlich möchtest du das. Ich weiß nur nicht, ob es dir irgendetwas hilft, seine alten Sachen zu durchsuchen. Viel ist es nämlich wirklich nicht mehr.«

Sie gab mir einen kleinen Karton, auf dem *Eli* stand, und meine Finger kribbelten, als ich ihn auf dem Boden vor dem Kellerabteil abstellte. Trotz der Hoffnung überrollte mich Enttäuschung, denn in dem Karton war nichts weiter als ein paar Bücher, ein wenig Deko und ein alter Pullover, der schon von Motten zerfressen war und schrecklich nach Staub stank. Ich war mir nicht einmal sicher, ob es überhaupt ein Pullover von meinem Vater war.

»Und dann noch das.« Ada reichte mir einen kleinen Beistelltisch über ihre Sachen hinweg, den ich ebenfalls auf den Gang stellte. Aber auch in der kleinen Schublade, die ich sofort aufriss, war nichts. Gähnende Leere.

Meine Cousine stieg wieder über ihre Kisten, um mir dabei zu helfen, die Bücher durchzublättern und den Pulli auszuschütteln. Wir wurden nicht fündig. Die letzten Sachen von meinem Vater, die noch hier waren, brachten mich kein Stück weiter.

»Tut mir leid, Harper«, sagte Ada leise, als sie wieder aufstand. »Ich hatte wirklich gehofft, wir finden noch etwas Persönliches, was du an dich nehmen könntest.«

Ich presste die Lippen zusammen und ließ den Blick über die Sachen wandern. Nein, es musste etwas hier sein. Das wusste ich einfach. Die Alternative war auch viel zu schrecklich, denn sie hieß, dass ich in einer Sackgasse steckte. Endgültig. Also – was zum Teufel entging mir hier? Was hatte ich übersehen?

Und dann hatte ich plötzlich wieder sein altes Boot vor Augen, in dem ich jahrelang mit Willow abgehangen und trotzdem erst Jahre später Lancelots Kette gefunden hatte. Im doppelten Boden seiner Truhe.

Ich schnappte nach Luft und sprang auf. »Ein zweiter Boden. Ich habe nicht nach einem zweiten Boden gesucht.«

Ada sah mich verwirrt an. »Ein zweiter Boden? Du meinst, er hat hier irgendetwas versteckt, was niemand finden sollte?«

Ich antwortete ihr gar nicht mehr, weil ich bereits den Beistelltisch ein zweites Mal untersuchte. Ich riss die Schublade auf, versuchte, mit den Fingernägeln unter den Holzboden zu kommen.

Und weil Ada keine Antwort bekam, seufzte sie nur und trat zu mir. »Weißt du, vielleicht verrennst du dich da in eine Sache«, meinte sie leise. »Ich weiß nicht, ob er ein guter Mensch oder ein guter Vater war, ich kannte ihn schließlich kaum, aber wenn er euch damals ohne ein Wort verlassen hat, dann ist er vielleicht einfach …« Ada machte einen überraschten Laut. Sie starrte auf meine Finger, mit denen ich genau in diesem Moment Halt unter dem Holz gefunden und die kleine, eingelegte Platte in der Schublade nach oben gezogen hatte.

Das Herz sprang mir beinahe aus der Brust, so schnell schlug es auf einmal.

»Das gibt es doch nicht«, flüsterte Ada ungläubig. »Der Beistelltisch hatte echt einen zweiten Boden. Woher wusstest du das, Harper?«

Ich hob die Platte aus der Schublade. »Weil er die Kette von Lancelot unter einem doppelten Boden versteckt hatte«, gab ich leise zurück. Das Fach, das ich freigelegt hatte, war nur sehr schmal, sodass kaum etwas da reingepasst hat. Aber uns blickte trotzdem etwas entgegen: ein uraltes, verstaubtes Handy.

Ada schnappte nach Luft und musste von dem aufgewirbelten Staub husten. »Heiliger Mist!«, keuchte sie.

Aufgeregt betätigte ich den An-Knopf, aber natürlich leuchtete nichts auf. Immerhin lag es mittlerweile seit sicher acht Jahren hier.

Ich hob den Kopf und sah meine Cousine an. »Denkst du, du hast ein Ladekabel dafür?«

Sie wiegte den Kopf. »Ich hab in meinem Arbeitszimmer eine Kiste mit Hunderten alten Kabeln, die ich einfach nicht wegschmeißen kann. Vielleicht ist da eins dabei.« Sie schlang die Arme um ihren Oberkörper, als würde sie frösteln, während sie den doppelten Boden des Beistelltisches betrachtete. »Ein verstecktes Handy. Ich habe keine Ahnung, was ich davon halten soll.« Sie klang immer noch völlig aus dem Häuschen, aber auch eine Spur verängstigt. »Ich habe irgendwie das Gefühl, dass meine Familie nichts von dem hier weiß.«

Ich schluckte. Das hatte ich tatsächlich auch gerade gedacht. Und auch, dass es vielleicht so bleiben sollte. Mein Vater hatte offensichtlich Geheimnisse gehabt, und sie befanden sich vermutlich auf diesem versteckten Handy.

Auf dem Weg nach oben hielt ich die ganze Zeit das alte Handy meines Vaters umklammert und starrte auf das schwarze Display. Ich wusste nicht, womit ich gerechnet hatte, aber ein altes Handy fühlte sich an wie der Jackpot. Wenn das wirklich Eli gehört hatte, fand ich darauf vielleicht ein paar Antworten auf meine Fragen. Ein paar Hinweise auf die Lösung des Rätsels um den Mann, der mir in den letzten Jahren so fremd geworden war.

Ada sprach währenddessen auch kein einziges Wort. Sie hatte nur die Hände vor ihrer Brust verschränkt und warf ab und zu einen nervösen Blick auf das Handy, als würde ich eine Bombe halten. Erst als wir schon beinahe bei ihrer Wohnung waren, drehte sie sich zu mir um. Sie wirkte besorgt. »Sag mal – hast du keine Angst vor dem, was du darauf finden könntest?«

Überrascht hob ich den Kopf. »Was meinst du?« Sie konnte

nichts von meinen Befürchtungen wissen, oder? Meiner Vermutung, dass mit dem Tod meines Vaters etwas nicht stimmte?

Ada kaute auf ihrer Unterlippe herum, bevor sie antwortete: »Was ist, wenn du herausfindest, dass er nur wegen dem Geld zurückgekommen ist?« Der Gedanke schien schwer auf ihr zu lasten, und irgendwie brachte mich das tatsächlich zum Lächeln.

»Glaub mir, das würde nichts verkomplizieren. Ich war mir die letzten acht Jahre sicher, dass er uns einfach grundlos verlassen hat. Wenn er es wegen dem Geld getan hat, dann ist es so. Dann habe ich meinen Abschluss.«

Sie nickte zögerlich. Und vielleicht hatte sie recht mit ihrer Skepsis. Vielleicht hoffte ich mittlerweile darauf, dass mehr hinter der Sache steckte. Aber wenn ich jetzt herausfand, dass so ein simpler Grund dahinterlag, dann würde ich es vielleicht wirklich endlich ruhen lassen können.

Ich umschloss das Handy fest mit den Fingern. Es hatte in einem Versteck im Beistelltisch gelegen, wo niemand es gefunden hatte. Wo niemand es hatte finden sollen. Auch wenn ich ein wenig auf eine einfache Lösung des Rätsels hoffte, wusste ich tief in meinem Inneren, dass es nicht so sein würde.

»Ich brauche erst mal einen beruhigenden Tee, glaube ich«, brummte Ada, während sie die Tür der Wohnung aufschloss. »Für dich auch?«

»Ja, gern. Danke.« Ich räusperte mich, als wir auf den Gang traten.

Ada wusste sofort, was ich wollte, und deutete mit dem Kinn in Richtung Arbeitszimmer. »Die Kiste mit den Ladekabeln steht unter meinem Schreibtisch. Wenn du ein passendes findest, kannst du es dort gleich anhängen.«

Ich nickte aufgeregt. Aber bevor ich am Ende des Ganges angekommen war, ging plötzlich eine Tür vor mir auf, und ich hätte beinahe vor Schreck aufgeschrien. Heißer Dampf drang mir entgegen, und kurz darauf trat jemand in einem flauschig aussehenden Bademantel aus dem Nebel heraus. Wir starrten uns an. Sekundenlang.

»Du?«, fragte Maisie dann unfreundlich.

Ich hatte sie natürlich sofort erkannt. Maisie, die Tochter des Percival-Erben. Adas Freundin. Ich versuchte es ihr zuliebe mit einem Lächeln. »Hey. Ja, ich. Harper.«

Hinter mir hörte ich Ada in den Flur kommen. Sie wirkte nicht weniger überrascht als ich. »Was machst du denn hier?«

Maisie schnaubte. »Wir waren verabredet, schon vergessen? Vor über einer Stunde.« Sie warf mir einen giftigen Blick zu. »Und was macht *sie* bitte hier?«

»Sei etwas netter. Harper ist meine Cousine.«

»Hast du ihr etwa …? Hast du ihr etwa erzählt, dass …?« Maisie schnappte nach Luft wie ein Karpfen, der an Land gespült worden war.

Ada verzog verärgert das Gesicht, und ich hob sofort entschuldigend das Handy. »Ich … äh … geh mal da rein und lass euch in Ruhe reden.« Mit einem weiteren Schritt war ich an der Tür zu Adas Arbeitszimmer. Ich konnte noch hören, wie Maisie zischte, ob ich etwa hier übernachten wollte, dann lehnte ich mich von innen gegen die Tür.

Ich seufzte leise, ehe ich mich bückte, um die Kiste mit den Ladekabeln unter dem Schreibtisch hervorzuholen. Nach einigem Wühlen und Ausprobieren fand ich tatsächlich ein passendes und steckte das Handy an die Mehrfachsteckdose an, an der auch Adas rosafarbener Laptop hing. Dann hockte ich mich daneben auf den Boden und wartete.

Es dauerte ein paar Minuten, in denen ich Ada und Maisie draußen mit gedämpften Stimmen streiten hörte. Irgendwann war das laute Geräusch des Wasserkochers zu hören, und die beiden hatten wohl die Location gewechselt, denn ich konnte sie nur noch entfernt zischen hören.

Ich lehnte mich an die kühle Wand, starrte ungeduldig auf das Handy und wartete, dass sich darauf etwas tat. Nach einer gefühlten Ewigkeit leuchtete endlich das Display auf, und mein Herz machte einen Satz. Es dauerte wieder ein paar Sekunden, bis die Kennwortabfrage kam. Drei Versuche für den richtigen Pin, aber das war wahrscheinlich keine große Schwierigkeit. Mein Vater hatte immer dieselben Passwörter benutzt, zumindest solange ich ihn kannte. Meine Mutter hatte ihn immer damit aufgezogen, und er hatte nur darüber gelacht. Ich versuchte es daher zuerst mit dem Geburtsdatum meiner Mutter, dann mit dem von Danica. Beides falsch. Meine Finger zitterten, als ich es schließlich mit meinem versuchte.

Es lud. Und dann war das Handy entsperrt.

Mir wurde flau im Magen. Das Handy war offenbar wirklich aus seiner Zeit in Liverpool oder kurz danach, wenn er noch das Geburtsdatum seiner Tochter benutzte, die er verlassen hatte. Oder aber …

Ich räusperte mich, um den Kloß aus meinem Hals zu bekommen, und öffnete zuerst die Fotos. Nichts. Auch keine Musik, keine Videos oder sonstige Medien. Als ich es unter den Nachrichten probierte, waren da nur zwei offene Chats, beide von nicht gespeicherten Nummern.

Ich öffnete den ersten Chatverlauf, und er enthielt nur ein paar Nachrichten, die ich schnell überflog.

Die Bedrohung steht unmittelbar bevor. Sie lässt sich vermutlich nicht mehr abwenden.

Ich werde tun, was ich kann, aber ich kann für nichts garantieren. Das Ganze ist ein Spiel mit dem Feuer.

Und dann ganz oft:

Es tut mir leid. Es tut mir so unendlich leid.

Ich bekam wieder Gänsehaut auf meinem Nacken.

Ich öffnete den zweiten Chat, und der war um einiges aufschlussreicher. Es ging um die Schmuckstücke. Die Schmuckstücke der Wächter. Das Gespräch war abgehackt, als wären die Nachrichten davor vorsorglich gelöscht worden. Bei dem, was ich noch lesen konnte, drehte sich mir der Magen um.

Das Ziel ist, die Schmuckstücke wieder zusammenzubringen. Für Excalibur. Du kennst den Teil der Prophezeiung. Du weißt, was sie sagt: Das Böse wird zurückkommen. Und ich weiß es jetzt auch. Es ist alles wahr. Wir haben nicht daran geglaubt, aber es ist wahr.

Woher willst du das wissen?

Sie hat es gesehen. Die dunklen Schatten. Das weiße Feuer. Das pure Böse, das uns allen das Leben kosten kann, wenn die Prophezeiung in Erfüllung geht.

Wer hat es gesehen?

Meine Tochter.

KAPITEL 27

Ich hatte das Gefühl, mich übergeben zu müssen. Wie ein kurzer Blitz zuckte die Vision durch meinen Kopf, die ich bei der Berührung der Klinke gehabt hatte. Mein Dad, wie er telefonierte – mit einem Handy, das ich nicht kannte. Das ich nicht gekannt hatte, denn jetzt hatte ich es offensichtlich in meiner Hand liegen. *Sie hat gesehen, was passieren wird,* hatte er gesagt.

Meinte er damit das Böse, von dem er auch hier in den Nachrichten sprach? Und welche Tochter? Meinte er mich oder Danica? Ich konnte mich nicht entsinnen, dass sie je etwas erwähnt hatte, und ich selbst würde mich doch daran erinnern können, oder? Aber gleichzeitig war ich auch diejenige, die die Visionen hatte. Ich war die Erbin von Lancelot.

Schnell schaute ich nach, wann die Nachrichten verschickt worden waren. Tatsächlich, vor acht Jahren. Kurz nachdem mein Vater gegangen war. Aber damals hatte ich noch keine Visionen gehabt. Ich hatte die Kette von Lancelot noch nicht berührt, war noch nicht in diese ganze Rittergeschichte gerutscht. Ich dachte zurück an das, was Archer mir erzählt hatte. Die Erben hätten etwas gespürt, vor einem Jahr. Sie hatten die Magie gespürt, noch bevor sie die Schlüssel anfassten. Erst als sie sie dann berührten, war ihre eigentliche Gabe erwacht. Konnte es sein, dass meine Gabe so viel früher erwacht war? Oder hatten die anderen Erben auch schon vor Jahren etwas gespürt, es aber nicht ernst genommen?

Ich holte zitternd Luft und scrollte weiter.

Die Prophezeiung kann nicht in Erfüllung gehen, Eli. Du weißt, warum. Es ist unmöglich. Also haben wir nichts zu befürchten.

Doch, ich glaube, wir haben sogar ziemlich viel zu befürchten. Uns steht ein Krieg bevor, wie die Prophezeiung sagte. Ich weiß es. Und wir müssen etwas tun. Ich muss meine Familie beschützen. Lilian und die Mädchen, ich muss sie schützen.

Und was können wir tun?

Das erkläre ich dir, wenn ich bei dir bin. In zwei Stunden.

Danach wechselte der Tag und es kamen nur noch zwei Nachrichten.

Du darfst mit niemandem darüber sprechen.

Ich verspreche es, Eli.

Dann war das Gespräch zu Ende.

Was zur Hölle hatte mein Vater getan? In was war er da reingeraten? Der Kloß, der sich in meinem Hals gebildet hatte, ließ sich nicht runterschlucken. Noch einmal hob ich das Handy. Dann wählte ich die erste unbekannte Nummer und hielt mir das Telefon ans Ohr.

»Kein Anschluss unter dieser Nummer.«

Ich ließ es sinken und probierte es bei der anderen Nummer. Es klingelte. Mein Atem ging schwer, während ich wartete, aber es nahm niemand ab. Irgendwann legte ich auf und tat das Handy zitternd auf meinen Nachttisch, wo das Display schwarz wurde.

Ich lehnte mich wieder gegen die Wand hinter mir und versuchte, Ordnung in mein Gedankenchaos zu bringen. Aber die einzigen Dinge, die ich greifen konnte, waren zum einen, dass mein Vater in irgendeine gefährliche Sache reingerutscht war. Und es hatte mit den Rittern, den Schmuckstücken und der Prophezeiung zu tun. Er hatte das Gefühl gehabt, dass es einen Grund zur Besorgnis gab, dass das Böse zurückkommen würde. Nur wenig später war er gestorben.

Und die zweite Sache, die mir den Hals beinahe zuschnürte, war die Erkenntnis, dass er uns nicht verlassen hatte, um zu seiner Familie zurückzukehren. Er hatte uns verlassen, um uns zu beschützen, vor was auch immer. Und dann hatte er es nicht mehr zurückgeschafft.

Auf dem Flur wurde eine Tür zugeschlagen. Kurz darauf klopfte es sanft, und Ada trat ein. Ihr Gesicht war im besten Fall als zerknirscht zu beschreiben.

»Bitte entschuldige das gerade. Ich hatte vergessen, dass ich Maisie heute Abend eingeladen habe. Sie ist weg.« Ada seufzte tief, und es war deutlich, dass sie nicht darüber sprechen wollte. Stattdessen runzelte sie die Stirn »Du bist so blass. Hast du irgendetwas gefunden?«

Langsam bewegte ich meinen Kopf zu einem Nicken. »Ja«, antwortete ich krächzend. »Und es ist noch viel schlimmer, als ich gedacht habe.«

Wir redeten die halbe Nacht. Wobei ich definitiv den größeren Redeanteil hatte, denn ich erzählte Ada alles, was ich ihr bisher verschwiegen hatte. Von der Vision vom Tod meines Vaters, der nicht wie ein Unfall gewirkt hatte. Von der, die ich an der Klinke ihres Schlafzimmers bekommen hatte, in der mein Vater eindringlich sagte: »Sie hat gesehen, was passieren wird.« Von den Vermutungen, die ich seitdem hatte, und von den Nachrichten auf seinem Handy, die ich zwar nicht vollkommen verstand, die aber mein Bild der letzten Tage bestätigte: Mein Dad hatte irgendetwas vorgehabt, deswegen war er nach London gegangen. Ob er da die Halskette gestohlen hatte? War das vielleicht sogar der Grund für seinen Tod gewesen? Nein, Wade und Cassandra traute ich keinen Mord zu, und die Kette war auch in Liverpool gewesen. Er musste sie also schon viel früher gestohlen haben. Aber warum? Wollte er selbst Excalibur finden, um das Böse zu bekämpfen?

Meine Cousine hörte sich alles ruhig an, auch wenn ihr Gesicht mit jeder Sekunde blasser zu werden schien. Als ich fertig war, schwiegen wir beide. Ich wartete darauf, dass sie mich fragte, warum ich nicht schon viel früher darüber geredet hatte, darauf, dass sie mir vielleicht Vorwürfe machte. Aber als sie nach minutenlanger Stille den Mund wieder aufmachte, sagte sie: »Es muss schrecklich für dich gewesen sein, mit diesen Vermutungen und Gedanken vollkommen allein dazustehen.«

Ich presste die Lippen zusammen, weil mir ihr Satz unerwarteterweise Tränen in die Augen treiben wollte. »Ich wusste nicht, wem ich vertrauen konnte. Wer mir glauben würde. Und ich hatte auch nicht das Gefühl, dass irgendwer mit mir darüber reden wollte.« Ich rang mich zu einem kleinen Lächeln durch. »Außer dir natürlich.«

Ada winkte ab. »Meine Eltern reden nie über Elis Tod, und dein Auftauchen hat alte Wunden wieder aufgerissen, die sie noch schweigsamer gemacht haben. Du hattest quasi keine Chance, Antworten zu bekommen.«

»Ja.« Ich ließ mein Kinn auf meine angewinkelten Knie sinken und gab ein Seufzen von mir. »Trotzdem bin ich froh, dass ich endlich mit jemandem darüber reden konnte. Und dass du mir glaubst, bedeutet mir wahnsinnig viel, Ada.«

»Wenn ich ehrlich bin, bestätigt das nur mein schlechtes Gefühl, das ich schon seit dem Fest habe. Seit dieser Kronleuchter euch fast unter sich begraben hat.« Ada schüttelte leicht den Kopf und fuhr sich mit einer Hand durch ihre wirren blonden Haare. »Erst dieser seltsame Brand im Haus der Edgertons und dann das. Ich will es mir eigentlich nicht vorstellen, aber was ist, wenn dein Vater recht hatte und da wirklich irgendetwas ist? Etwas … Böses? Wie Morgana damals?« Sie schüttelte sich, als hätte jemand eine kalte Hand in ihren Nacken gelegt.

Mein Blick wanderte zu dem Handy, das auf der Kante von Adas Schreibtisch lag. »Ich fühle mich so unheimlich machtlos, Ada. Da sind so viele grausame Dinge in meinem Kopf, die ich gesehen und gespürt habe. So ein schlechtes Gefühl, was diese ganze Sache betrifft. Aber ich habe nur das. Nur Vermutungen, keine echten Beweise, dass wirklich etwas Bedrohliches abgeht. Und selbst wenn da etwas ist – wie dieser Schemen im Feuer, den keiner außer mir gesehen hat, und diesem Gefühl beobachtet zu werden –, dann weiß ich immer noch nicht, was das genau ist. Die anderen Wächter würden mir nichts von dem glauben, was ich ihnen sage.«

Ada verschränkte die Arme vor der Brust, und eine steile Falte erschien auf ihrer Stirn. Nach kurzem Zögern schüttelte sie schließlich den Kopf. »Du solltest auf dein Gefühl vertrauen. Die Magie ist nicht ohne Grund zu dir gekommen, und nach allem, was du mir erzählt hast, bin ich mir sicher, dass sie dir irgendwie noch deinen Weg weisen wird.« Sie legte die Hand auf meine Schulter. »Aber momentan kannst du vielleicht einfach nichts machen, Harper. Momentan kannst du vielleicht nur abwarten. Du stehst seit Tagen vollkommen unter Strom, und ich verstehe auch, warum. Jetzt solltest du möglicherweise einfach mal abschalten. Dir etwas Ruhe gönnen. Immerhin trägst du diese Last jetzt nicht mehr vollkommen allein.« Ada lächelte, und ich konnte nicht anders, als es zu erwidern.

»Ich bräuchte wirklich mal wieder eine gute Mütze Schlaf.«

»Dann leg dich hin, Harper. Schlaf. Und wenn der Zeitpunkt kommt, an dem wir etwas tun können, dann treten wir dem Bösen einfach gemeinsam in den Hintern.«

Ihr breites Grinsen brachte mich zum Lachen. »Weißt du was? Du erinnerst mich unglaublich an Willow. Ihr würdet euch sicher gut verstehen.«

»Das glaube ich ehrlich gesagt auch.« Ada grinste, und ich prustete los.

»Wenn ich die Gelegenheit bekomme, stelle ich euch einander richtig vor.«

»Super.« Ada erhob sich stöhnend wie eine alte Frau aus dem Schneidersitz und reichte mir die Hand. Ich ließ mich von ihr auf die Füße ziehen. »Dann, liebe Cousine, wünsche ich dir jetzt eine gute Nacht. Versuche, nicht von bösen Hexen zu träumen. Träum lieber von …« Sie tat, als müsste sie eine Sekunde überlegen, aber ich wusste bereits, was sie sagen würde und spürte ein eigenartiges Kribbeln in meiner Magengegend. »… von hübschen Typen mit grimmigen blauen Augen, vielleicht?«, beendete sie ihren Satz. »Nur so eine vollkommen vage Idee.«

Ich boxte sie in die Seite und ließ mich dann dramatisch seufzend auf die Schlafcouch fallen. »Tut mir leid, aber ich habe keine Ahnung, wovon du redest und habe jetzt leider auch keine Zeit, darüber nachzudenken, weil mich plötzlich eine wahnsinnige Müdigkeit überfällt.« Plakativ hängte ich einen übertriebenen Gähner an, bevor ich die dicke Decke um mich wickelte.

Ada schüttelte amüsiert den Kopf. »Darüber reden wir noch. Aber … morgen.« Sie zwinkerte, bevor sie das Zimmer verließ und die Tür hinter sich sanft schloss.

Seufzend drehte ich mich auf die Seite und drückte meinen Kopf in das nach Lavendel duftende Kissen. Ada hatte recht – ich befand mich gedanklich in einer Sackgasse und konnte momentan nicht mehr aus ihr heraus. Mir fehlten Informationen, mir fehlten Hinweise, und ich hatte keine Ahnung, wie ich sie beschaffen sollte. Ich hatte keine Ahnung, was hier wirklich abging, und ich würde es so schnell wahrscheinlich auch nicht rauskriegen. Also konnte ich mir tatsächlich einen Moment Ruhe gönnen. Entspannung.

Ich schloss die Augen und sank in einen tiefen Schlaf.

KAPITEL 28

Ein sanftes Klopfen an der Tür weckte mich. In der ersten Sekunde war ich vollkommen orientierungslos, weil ich mich immer noch nicht an die Umgebung gewöhnt hatte. Dann fuhr ich mir durch die Haare, die sich wie ein verfilzter Mob anfühlten, und stöhnte. »Ja?«

Ada öffnete die Tür und steckte den Kopf rein. Sie war bereits geschminkt, angezogen und hatte ihre Haare in leichten Wellen eingedreht. Unter ihren Augen konnte ich Schatten einer kurzen Nacht sehen, aber sie überspielte es mit einem Lächeln. »Guten Morgen, du Schlafmütze. Ich hätte dich ja noch länger schlafen lassen, aber ich hatte Angst, dass du verhungerst.« Etwas verlegen drehte sie sich eine Strähne ihrer Haare um einen Finger. »Allerdings glaube ich nicht, dass du mich zu dem Mittagessen bei meinen Eltern begleiten willst, oder?«

Ich verzog das Gesicht. »Nicht unbedingt, nein. Ich fühle mich überhaupt nicht danach. Sei mir bitte nicht böse.«

Ada winkte ab. »Schon in Ordnung, ich kann das verstehen. Es wird sicher nicht ewig dauern, du kannst gern den Kühlschrank plündern oder den Lieferservice rufen. Die Nummer hängt am

Kühlschrank, ich benutze sie sehr häufig. Und na ja, falls du dich langweilst und einen Spaziergang machen möchtest …« Sie zögerte kurz, bevor sie auf mein Handy zeigte, das neben mir auf dem Schlafsofa lag. »Ich habe dir etwas geschickt.«

Überrascht hob ich es hoch und blickte auf die Adresse, die in meinen Nachrichten aufblinkte. »Was ist das?«

Ada presste die Lippen zusammen, bevor sie die Mundwinkel etwas unsicher nach oben zog. »Dort ist der Familienfriedhof der Harrisons, der mittlerweile eigentlich der Wächterfriedhof ist. Sie lassen dort auch alle Angehörigen von Freunden der Familie beerdigen.« Als ich sie nur verständnislos anstarrte, ließ sie die Schultern hängen. »Ich weiß, dass du die letzten acht Jahre gedacht hast, dass dein Vater ein schlechter Mensch war, der euch einfach verlassen hat. Und ich kann mir vorstellen, wie es sich jetzt anfühlt, dass es vielleicht nicht so war. Wir wissen es nicht, aber … Falls du deinen Frieden mit ihm schließen willst, keine Ahnung …« Sie deutete auf mein Handy. »Er ist dort begraben.«

Ein seltsam stechender Schmerz fuhr mir durch die Brust. Ich senkte den Blick auf die Nachricht und versuchte, mich zu sammeln. Bisher hatte ich die Gedanken, die ihn betrafen, einfach von mir weggeschoben. Hatte versucht, nicht über seine Beweggründe und was sie änderten, nachzudenken. Aber jetzt begannen sie langsam durch mein Bewusstsein zu rieseln, und das fühlte sich tatsächlich alles andere als gut an.

»Es ist nicht sehr weit von hier«, fügte Ada hinzu. »Wenn du möchtest, können wir auch zusammen hingehen, wenn ich wiederkomme. Länger als zwei Stunden wird das Mittagessen bestimmt nicht dauern.«

Ich lächelte sie an. »Schon gut. Vielleicht mache ich doch einen kleinen Spaziergang.«

Sie nickte sofort. »Schreib oder ruf an, wenn du was brauchst, okay? Ich bin bald zurück.«

»Danke, Ada. Wirklich, für alles. Ich habe keine Ahnung, was ich ohne dich tun würde.«

»Ich bin eben ein Jackpot.« Sie grinste und hob zum Abschied die Hand und schloss die Tür von außen. Ich konnte hören, wie sie sich im Flur ihre Schuhe anzog und dann, wie die Eingangstür hinter ihr zufiel. Kaum hatte sie die Wohnung verlassen, sanken meine Schultern nach unten. Ich starrte immer noch auf mein Handy und öffnete wie automatisch meine Karten-App. Wenn ich zu Fuß dorthin ging, war der Friedhof tatsächlich gerade einmal eine halbe Stunde entfernt. Ein Blick auf das alte Handy meines Vaters verriet mir, dass die Nummer nicht zurückgerufen hatte, ich hatte momentan also nichts anderes zu tun. Und bevor ich überhaupt darüber nachdenken konnte, ob ich sein Grab wirklich sehen wollte und ob sich meine Sicht über ihn tatsächlich geändert hatte mit den neuen Infos, hatte ich die Beine schon aus dem Bett geschwungen.

Gut, dachte ich, als ich in meine zerrissene Jeans schlüpfte. *Ein kurzer Besuch kann nicht schaden.*

Genau wie das Haus der Harrisons war auch ihr Friedhof von einem hohen eisernen Zaun umgeben. Aber was sich dahinter auftat, war alles andere als kahl und ungemütlich. Bereits von der Straße aus konnte ich Reihen von alten Apfelbäumen sehen, hinter deren vollen Blätterkronen man kaum mehr den Himmel erkennen konnte. Der Rasen war um den Weg herum ordentlich geschnitten, aber zwischen den Gräbern wuchsen überall bunte Blumen. Alles war sehr gepflegt und wunderschön.

Ich spürte den Knoten in meiner Brust bereits, als ich zu dem hohen Tor ging, und rieb mit einer Hand vorsichtig über die Haut darüber. *Beruhige dich,* sagte ich meinem Herzen. Nahe des Eingangs stand ein Mann in einer dunkelgrünen Latzhose, der gerade ein wenig Erde zusammenfegte.

»Entschuldigung?«, rief ich ihm zu, und er drehte sich sofort überrascht um.

Der dichte graue Schnauzer machte einen Hüpfer, als sich seine Lippen zu einem Lächeln teilten. »Oh, hallo. Kann ich Ihnen helfen?«

»Ich hoffe es.« Ich blieb direkt am Tor stehen, obwohl eine Seite geöffnet war. Das hier sah alles so … exklusiv aus, dass ich mich keinen Schritt weitertraute. »Darf man … hier einfach rein?«

Der Mann schnipste seine grüne Cap etwas nach oben, vielleicht, um mich gegen die Sonne besser sehen zu können. »Natürlich. Suchen Sie nach jemand Bestimmtem?«

Langsam nickte ich. »Nach meinem Vater. Eli Grayson.«

Er schien einen Moment zu überlegen, dann erhellte sich sein Gesicht. »Oh, ja, Eli. Tragisch, so ein junger Mann. Aber irgendetwas hat er in seinem Leben wohl richtig gemacht, wenn er so häufig Damenbesuch bekommt.« Er zwinkerte mir zu, dann deutete er den sandigen Weg entlang. »Hinterer Bereich, hinter den gelben Rosen. Der Stein ist weiß.«

»Danke«, sagte ich mit trockenem Mund und lief in die Richtung los, die er mir gezeigt hatte.

Was er wohl mit Damenbesuch gemeint hatte? Ich konnte mir gut vorstellen, dass meine Tante Cassandra hierherkam, sich vielleicht um das Grab meines Vaters kümmerte. Meine Familie machte den Eindruck, als würde sie so etwas tun. Oder war Ada hier gewesen, bevor sie mir die Adresse gegeben hatte? Um zu überprüfen, ob alles hübsch aussah, bevor sie mich herschickte?

Je näher ich dem Grab kam, desto aufgeregter wurde ich. Vielleicht hatte ich Angst, dass ich am Grab meines Vaters einfach zusammenbrechen würde, obwohl ich mir die letzten Jahre eingeredet hatte, dass ich darüber hinweg war. Dass er mir nicht mehr fehlte, dass er es überhaupt nicht verdient hatte, dass ich ihm nachweinte.

Aber diese ganzen Nachrichten, die ganzen Erkenntnisse der letzten Tage hatten dazu geführt, dass ich nun völlig durcheinander war. Rückblickend musste ich erkennen, dass ich gar nichts wusste. Nicht, was passiert war, und nicht, was ich jetzt von ihm hielt. Er war gegangen, um uns zu schützen, zumindest wenn man den Nachrichten glauben konnte, und aktuell hatte ich keinen Grund, das nicht zu tun. Aber dennoch hatte er offensichtlich weder meiner Mutter noch mir oder Danica etwas davon erzählt. Er war trotzdem einfach gegangen und nie wieder zurückgekehrt.

Die gelben Rosen, die der Friedhofsgärtner erwähnt hatte, waren in einer ordentlichen Reihe zwischen zwei Gruppen von Gräbern gepflanzt, wie um sie voneinander abzugrenzen. Dahinter sah ich bereits von Weitem den geraden weißen Stein, auf dem teilweise schon Moos wuchs. Ich blieb auf dem Weg stehen. Meine Hände krampften sich in meinen Taschen zu Fäusten, als ich zu ihm rüberblickte. Meinem Vater, Eli Grayson. Ich musste mich zwingen, weiterzugehen, denn mein Innerstes sträubte sich dagegen.

Als ich schließlich vor seinem Grab stand und die Inschrift lesen konnte, wollte sich mein Magen nach außen stülpen. *Eli Grayson, geliebter Sohn und Bruder.* Ja, und Ehemann. Und Vater. Aber das hatten die Graysons nicht gewusst, und selbst wenn, wer wusste schon, ob sie das interessiert hätte.

Ich trat einen Stein vor meinem Schuh weg, bevor ich wieder aufblickte und seinen Namen anstarrte. »Okay«, sagte ich dann leise, als würde ich mit ihm sprechen. »Ich bin hier. Ada meinte, dass mir das vielleicht hilft, aber ich habe keine Ahnung, wie es das tun sollte. Du bist schließlich nicht mehr hier, um mir den ganzen Mist zu erklären.« Etwas frustriert zuckte ich mit den Schultern. »Vielleicht hättest du es damals erklären sollen, bevor du gegangen bist. Zumindest Mum, damit sie weiß, was hier verdammt noch mal los ist. Und dass du vielleicht nicht wiederkommst.« Zu meiner Verärgerung schossen mir Tränen in die Augen. Ich presste die Lippen zusammen. »Was hattest du vor, Dad? Was war dein Plan? Und war das Ganze wirklich wichtiger als wir?«

Ich holte tief Luft und sah über meine Schulter, ob der Gärtner in der Nähe war und mich mit mir selbst reden hörte. Aber er war noch ein paar Reihen entfernt, also drehte ich mich wieder zum Grab um und seufzte.

»Du hast wahrscheinlich deine Gründe gehabt, aber denk nicht, dass es das leichter macht. Sollte ich es nämlich nicht rausfinden, werde ich weiter wütend auf dich sein, klar?« Ich blinzelte die Tränen unwirsch weg, spürte aber gleichzeitig, dass sich irgendetwas in meiner Brust löste. Ein schwarzer, unheimlich schwerer Knoten, der mir seit beinahe acht Jahren die Lunge abschnürte. Er löste sich nicht ganz auf, aber ich hatte das Gefühl, dass er lockerer wurde und ein wenig Luft durchließ.

Ada hatte recht gehabt. Nach allem, was ich in den letzten Tagen erfahren hatte, hasste ich meinen Vater zumindest nicht mehr. Vielleicht hatte ich das auch nie, aber das war gerade unwichtig.

Ich schniefte und atmete tief durch. »Wir sprechen uns noch.« Ich wollte es drohend klingen lassen, aber die Worte kamen mir eher sanft über die Lippen. Dann drehte ich mich um und ging zurück zum Weg.

Ich machte eine große Runde durch den wunderschönen Friedhof mit den hohen Bäumen und großen Blumen, bevor ich mich vom Friedhofsgärtner verabschiedete. Er lupfte lächelnd seine Mütze und wandte sich wieder seiner Arbeit zu, während ich zurück zur Straße lief.

Ich entschied mich, doch noch einen längeren Spaziergang zu machen und die Luft und das Alleinsein zu genießen, bevor ich zurück zu Adas Wohnung lief. Mein Kopf fühlte sich tatsächlich besser an, als ich im Aufzug nach oben fuhr, und ein wenig von dem Gewicht war von meiner Brust verschwunden.

Ada war bereits wieder zu Hause, als ich ankam. Die Couch war voll mit rosafarbenem Geschenkband, und auf dem Glastisch davor standen mehrere Kartons mit Klamotten.

Ich zog die Augenbrauen zusammen. »Ist hier ein Geschenkladen explodiert?«

Aus dem Schlafzimmer drang ein Lachen, dann kam Ada heraus und drehte sich. Sie trug ein kurzes schwarzes Kleid, das von oben bis unten funkelte. »Na, wie sehe ich aus?«

»Großartig. Warst du nach dem Essen mit deinen Eltern frustshoppen?«

»Nein, das sind Geschenke von ihnen.« Sie knüllte das Seidenpapier zusammen und grinste mich an. »Ich habe seit Monaten immer wieder fallen lassen, wie sehr ich mir dieses Kleid wünsche. Und diese Schuhe. Und diese Tasche.« Ada deutete auf die verschiedenen Kartons und strahlte wie ein Weihnachtsbaum. »Sie haben den Wink verstanden.«

Mein Blick wanderte über die Kartons. »Das sieht teuer aus. Ist das einfach so?«

Ada zuckte mit den Schultern. »Nein.« Sie schlang die Arme um ihren Oberkörper. »Selbst meine Eltern schenken mir nicht einfach so teure Sachen.«

»Bis auf die Wohnung. Und wahrscheinlich das Taschengeld zum Studium.«

Sie grinste. »Alles nötige Dinge, damit ich die Zeit, die ich zum Lernen nutze, nicht zum Arbeiten nutzen muss. Ist also was anderes.«

»Verstehe.« Ich lachte. »Aber warum ...?« Mir blieben die Worte im Hals stecken. »Halt. Du willst mir aber nicht gerade ernsthaft sagen, dass du heute Geburtstag hast, oder?«

Ada sah ein bisschen verlegen aus, als sie nickte. »Doch.«

»O Gott, Ada! Das wusste ich nicht! Alles Gute!« Ich schlang sofort fest die Arme um sie, woraufhin sie in meine Haare lachte.

»Danke, Harper.«

»Warum hast du nichts gesagt?« Ich hielt sie eine Armlänge von mir weg und zog die Brauen zusammen. »Hattest du Angst, dass ich mir deine Wünsche nicht leisten kann?«

Ada lachte wieder und winkte ab. »Ich wünsche mir nichts von dir. Es ist schon wunderbar, dass du hier bist und dass ich dich kennenlernen darf. Du hattest ein paar schwierige Tage, und ich wollte auch nicht, dass du dich nach gestern dazu verpflichtet fühlst, mich zum Geburtstagsessen zu meinen Eltern zu begleiten.«

Sie hatte mir zuliebe geschwiegen. Das schlechte Gewissen nagte an mir. Klar, die letzten Tage waren sehr viel gewesen, aber Geburtstag hatte man nur einmal im Jahr. Und nach dem Streit mit Maisie, den ich gestern mit angehört, und den Sachen, die sie mir über ihre Eltern und das Studium erzählt hatte, hatte ich das Gefühl, dass Ada öfter mal zurückstecken musste.

Ich schenkte ihr ein Lächeln. »Was hast du denn für heute noch so geplant?«

Ein Schulterzucken. »Eigentlich wollte ich mit Maisie essen gehen. Heimlich, in einem Londoner Viertel weiter weg.« Sie verdrehte die Augen. »Aber ich denke, wir werden uns erst mal nicht mehr sehen. Vielleicht … auch gar nicht mehr.« Da zuckte etwas Schmerz in ihrem Gesicht auf, der aber direkt von Entschlossenheit abgelöst wurde. »Und wenn ich ehrlich bin, hatte ich auch keine große Lust auf dieses Undercoverdinner. Ich hatte keine Lust mehr auf irgendein Versteckspiel.«

»Und auf was hättest du Lust?«, hakte ich sanft nach.

Ada blickte an sich herunter, an dem perfekt sitzenden, schwarz glitzernden Kleid, bevor sie mich wieder angrinste. »Um ehrlich zu sein, hätte ich wahnsinnige Lust auf etwas, bei dem ich dieses gute Stück einweihen könnte. Also, gehst du mit mir tanzen?«

Ich verzog automatisch das Gesicht, und sie lachte darüber. »Ich war seit Ewigkeiten nicht mehr in einem Club, also bin ich vielleicht etwas eingerostet, was meine Tanzfähigkeiten angeht«, gab ich zu. »Aber wenn das dein Wunsch ist, bin ich dabei.«

Aus irgendeinem Grund kam mir direkt wieder mein Tanzflächendesaster mit Archer in den Kopf – und wie ich danach vollkommen eingefroren zwischen den Wächtern gestanden hatte. Ich schob das Bild schnell weg.

»Das macht nichts, ich war dank der Uni und Maisie auch schon seit Ewigkeiten nicht mehr aus. Das könnte uns beiden doch ganz gut tun. Außerdem habe ich vielleicht noch ein anderes Argument für dich.« Ihr Grinsen war besorgniserregend, und ich zog wieder die Augenbrauen zusammen. »Und das wäre?«

»Ich kenne einen tollen Club in Elephant and Castle, einem Viertel hier in London, das für seine tollen Nächte bekannt ist. Gute Musik, großartige Cocktails. Und ich weiß, dass Lark und seine Freunde dort sehr oft hingehen.«

Mein Magen fühlte sich augenblicklich an wie ein blubbernder Wasserkocher. »Lark geht in Clubs?« Ich dachte an seine etwas steifen Bewegungen auf dem Fest und seinen Unwillen und musste mir auf die Unterlippe beißen, um nicht zu lachen.

»Ich bin ihm schon mehrfach dort begegnet. Ehrlich gesagt glaube ich, dass seine zwei besten Freunde ihn immer dort hinschleppen, denn den grimmigen Ausdruck legt er auch bei guter Musik nicht ab. Aber ja, er ist öfter dort.« Sie zwinkerte. »Und da ich gesehen habe, dass ihr euch mit euren Blicken gestern beinahe gegenseitig ausgezogen habt, dachte ich, dass das dir vielleicht entgegenspielen könnte.«

Etwas empört sah ich sie an, wollte widersprechen, aber die Worte kamen mir einfach nicht über die Lippen.

Ada grinste mittlerweile noch breiter und hatte die Arme hinter dem Rücken verschränkt. »Schon gut. Ich kann es verstehen – Lark ist ein gut aussehender Typ, und er hat das Herz am rechten Fleck. Wir können trotzdem so tun, als hätte ich dich mit meinem Geburtstag erpresst, wenn du möchtest?«

Ich spürte, wie meine Mundwinkel sich nach oben bogen. Wahrscheinlich sollte ich mich gerade auf andere Dinge konzentrieren, aber Ada hatte Geburtstag, und ich hatte mir vor nicht einmal vierundzwanzig Stunden noch selbst gesagt, dass ich eine Pause von dem ganzen Wächterquatsch brauchte. Außerdem war der Gedanke, Lark so schnell wiederzusehen, gar nicht so unangenehm. Also gab ich nach. »Weil es dein Geburtstag ist, begleite ich dich natürlich sehr gern.«

Ada gab einen Quietschlaut von sich und klatschte aufgeregt in die Hände. »Wunderbar. Mein ganzer Kleiderschrank ist voll mit hübschen Klamotten. Wenn wir diese Wohnung verlassen, wird jeder, der uns sieht, einfach in Ohnmacht fallen.«

»Na, hoffentlich nicht«, gab ich zurück und hoffte nur ein kleines bisschen, dass es zumindest Lark erwischen würde.

KAPITEL 29

Die Straßen von London waren hell erleuchtet, als wir die Underground an der Haltestelle *Elephant and Castle* verließen. Ich blickte an dem beeindruckend großen Gebäude hoch, aus dem wir gekommen waren und das an einer Seite bis zum Dach von Pflanzen überrankt war. Als wir die Straße überquerten, streifte mein Blick die seltsam anmutende Statue eines roten Elefanten, der einen Turm auf dem Rücken trug. London war manchmal wirklich seltsam. Meine Lippen verzogen sich zu einem Lächeln.

Obwohl es spät war, war hier auf den Straßen noch jede Menge los. Ada hatte mir erzählt, dass der Club, in den wir gingen, bei Studenten sehr beliebt war und deshalb immer bis weit in die Nacht hinein geöffnet hatte.

»Für die Leute, die am Morgen keine Vorlesungen haben. Und sind wir mal ehrlich … wenn man es sich aussuchen kann, dann legt man sich seine Unizeit doch lieber auf den Nachmittag.« Sie zuckte mit den Schultern und sprang in ihren hohen Schuhen beeindruckend leichtfüßig über den Bordstein.

Ich musste etwas langsamer machen, denn obwohl ich mit Willow früher in Liverpool auch oft feiern gegangen war, waren wir bisher eher die Turnschuhfraktion gewesen. Zu dem Outfit, das ich mir aus Adas Schrank ausgesucht hatte, passten die dunklen Pumps aber doch um einiges besser. Ich trug einen Jumpsuit, der vorn ähnlich schwarz glitzerte wie Adas Kleid, und hinten einen sehr tiefen Rückenausschnitt hatte. Vor dem Spiegel hatte ich mich mehrfach umgedreht, meinen Rücken angestarrt und mich gefragt, ob es vielleicht zu viel war. Aber dann hatte ich mich selbst daran erinnert, dass der heutige Abend mich von den ganzen dunklen Gedanken der letzten Tage, von den Wächtern und meinem Vater ablenken sollte. Ich wollte Spaß haben, und wenn ich ehrlich zu mir war: Ich sah heiß aus in dem Teil. Die kurzen, weiten Hosenbeine setzten direkt an der Hüfte an und betonten meine Kurven gekonnt.

Ada wartete an einer Hausecke, und als ich zu ihr aufgeschlossen hatte, nahm sie meine Haare und legte sie nach vorn über meine linke Schulter. »Du willst doch, dass man den schönen Ausschnitt hinten sieht.« Sie zwinkerte, und ich konnte nicht anders, als zu grinsen.

Wir bogen in eine belebte Straße ein, die rechts und links von Bars und Cafés gesäumt war, die Stühle und Tische nach draußen gestellt hatten. Überall saßen Menschen und lachten und tranken, und ich spürte die Blicke einiger von ihnen auf mir, als wir vorbeiliefen. Meine Blutbahnen füllten sich das erste Mal seit Tagen mit einer positiven Art von Adrenalin.

Ich hakte mich bei Ada unter. »Sag mal, wie gut kennst du Lark eigentlich?«

»Es geht. Wir haben uns ab und zu auf den Wächterfesten oder im *Cinnamon Cup* unterhalten, ein paar Sätze gewechselt. Er ist erst vor einem Jahr nach London gekommen, um das Schmuckstück seiner Familie abzugeben, als Frederick Harrison die Familien, die nicht hier leben, kontaktiert hat. Er ist ein wenig knurrig – die meiste Zeit über – und scheint sich bei den wenigsten Dingen wirklich zu amüsieren, aber ich glaube, dass das nur Fassade ist.« Ihre Augen funkelten, und sie verstärkte den Druck an meinem Arm. »Dass er dich ganz interessant findet, ist ihm aber anzusehen.«

Ich erwiderte ihr Lächeln, aber von den Dingen, die sie gesagt hatte, war etwas anderes hängen geblieben. Obwohl ich das Thema am heutigen Abend eigentlich nicht hatte anschneiden wollen, konnte ich nicht anders. »Kennst du die Familie von Lark und die des Tristan-Erbens?«

»Nein. Ich habe auch nur Geschichten von ihnen gehört.«

»Hast du auch gehört, warum sie ihre Schmuckstücke abgegeben haben? Ich meine … Die Anziehung, die sie auf die Erben haben, habe ich am eigenen Leib erfahren. Irgendwie finde ich es schwer vorstellbar, dass man das einfach abgibt.«

Ada zuckte mit den Schultern. »Einige der Familien glauben einfach nicht mehr an die Prophezeiung. Für sie sind es nur Schmuckstücke, die im schlimmsten Fall Pech bringen. Sie wollen nichts damit zu tun haben.«

Das allerdings konnte ich sehr gut nachvollziehen. Ein wenig wünschte ich mir, dass ich dieselbe Wahl gehabt hätte. Dann musste ich aber daran denken, dass es tatsächlich meine eigene Entscheidung gewesen war, nach London zu kommen. Und sie hatte ja auch nicht nur negative Auswirkungen auf mein Leben gehabt.

Wir durchquerten eine weitere Gasse, bevor sich der Club vor uns auftat. Von außen war es kein besonders ansehnliches Haus, es wirkte eher wie ein Industriegebäude. Ein grauer, hoher Kasten ohne Fenster, über dem ein leuchtendes Schild mit der Aufschrift »Neon Castle« in die Nacht blinkte. Wie ein Schloss wirkte es aber überhaupt nicht.

An der Tür stand ein bulliger Mann im schwarzen T-Shirt, der die Ausweise der Menschen in der Schlange kontrollierte, die bis zur nächsten Hausecke ging.

»Das geht schneller, als es aussieht«, sagte Ada grinsend und zog mich hinter die letzte Gruppe in der Reihe – ein paar junge Frauen in kurzen Röcken, die zusammen sehr schief ein Lied sangen. Offensichtlich hatten sie schon ein wenig vorgetrunken.

»Danke, dass du das mit mir machst«, sagte Ada unvermittelt und lächelte strahlend. »Die letzten Wochen waren wirklich anstrengend. Die Uni, meine Familie und dann die ganze Geschichte mit Maisie.« Sie schüttelte den Kopf. »Das ging mir ziemlich an die Nieren. Ich habe mich auch ewig nicht mehr mit meinen Freunden aus der Uni getroffen, für meinen Geburtstag hatte ich ihnen wegen Maisie abgesagt. Das heute brauche ich wirklich. Und ich glaube, dass du es auch brauchst, ein wenig die Gliedmaßen auszuschütteln.«

»Vielleicht.« Ich blickte an der Schlange vorbei und dann noch mal zu Ada. »Und zwar mehr, als du denkst. Nicht nur wegen London und allen Geschehnissen der letzten Monate.« Als ich seufzte, legte sie fragend den Kopf schief. Also biss ich mir auf die Unterlippe und sagte: »Ich habe mein Studium abgebrochen, weil meine Schwester vor knapp einem Jahr einen Unfall hatte.«

»Deine Schwester …?« Ada sah gleichermaßen verwirrt und erschrocken aus, und mir fiel ein, dass ich ihr gegenüber Danica bisher gar nicht erwähnt hatte.

Ich nickte langsam. »Danica, ja. Sie ist drei Jahre jünger als ich. Ich habe sie bisher nicht erwähnt, weil ich auch ihr nichts von euch erzählt habe. Ich wollte erst mal schauen, wie ihr so drauf seid. Na ja, du weißt schon …«

Tatsächlich wirkte sie verständnisvoll. »Wir hätten dich ja direkt wieder vor die Tür setzen können. Du wolltest das deiner Schwester ersparen, das verstehe ich.«

Ich seufzte. »Danica ist damals mit der Familie ihrer besten Freundin nach Margate in den Urlaub gefahren. Dort ist sie beim Klettern an einem der Kreidefelsen an der Küste ausgerutscht und in die Tiefe gestürzt. Seitdem benutzt sie einen Rollstuhl.«

Ada gab einen überraschten Laut von sich, und in diesem Moment beschloss ich, dass ich meiner Schwester, egal, was passierte, diese wunderbare Person definitiv vorstellen würde.

Ich lächelte sie beruhigend an. »Ich wollte danach nicht wieder an die Uni gehen und meine Familie in so einer Zeit allein lassen. Auf keinen Fall. Also habe ich irgendwie alles aufgegeben und bin in Liverpool geblieben.«

Adas Augen waren geweitet. »Das kann ich nur zu gut verstehen, Harper. Aber … du hast dein Studium hingeschmissen?«

Sie war nicht die Einzige, die sich in meine Geschichte hineinfühlte, denn die Frauen, die vor uns in der Schlange standen, waren bei meinen Worten auch still geworden. Eine von ihnen machte einen stolpernden Schritt in meine Richtung. »Girl, du hast die richtige Entscheidung getroffen.«

Als ich überrascht den Kopf hob, meinte ihre Freundin: »Wirklich, Schwester. Aber du musst jetzt auch an dich denken! Wieder weitermachen mit deinem Leben!« Sie deutete auf den Türsteher, der gerade begonnen hatte, die Ausweise der Gruppe zu kontrollieren, und sagte laut: »Die beiden gehören zu uns!«

»Ja!« Die Erste nickte heftig und packte mich an der Schulter. »Und eure ersten Drinks gehen auf uns. Kommt.«

Ich warf Ada einen Blick zu, die sich neben mir bereits vor Lachen kringelte. »Du hast die Ladys gehört.«

Sie hakte sich wieder bei mir unter, und wir betraten nach der

Kontrolle endlich den Club. Das Erste, was ich im Inneren sah, war eine riesige Tanzfläche, die nur so voll war, dass man noch locker einen Platz dazwischen fand – um die Glieder zu schütteln, wie Ada so schön gesagt hatte. Dahinter gab es zwei Bars, eine auf der linken und eine auf der rechten Seite, letztere auf einer leichten Erhöhung, neben der ich dunkle Sitzecken und ein paar kleine Glastische erkennen konnte. Einen Moment ließ ich mich von der Musik einlullen, deren schwerer Bass aus den Boxen über unseren Köpfen drang, und von den rhythmischen Bewegungen der Körper auf der Tanzfläche. Blitzende Lichter hüpften durch das Dunkel des Clubs, und ich fragte mich, wann ich das letzte Mal an so einem Ort war.

Ada strahlte. »Sieht besser aus, als man von außen vermutet, oder? Für die meisten Wächter trotzdem ein zu schäbiger Ort, deshalb trifft man auch selten einen von ihnen hier. Noch ein Argument, hier zu feiern.« Sie deutete zu der linken Bar, an der schon die Frauen vom Eingang standen, und ich folgte ihr an der Tanzfläche entlang durch das beeindruckend hohe Gebäude.

Langsam verstand ich, warum der Club »Neon Castle« hieß. Über uns tanzten Lichter in allen Farben und beleuchteten die Steinwände, die an eine alte Burg erinnerten.

Die Frauen vom Eingang hatten bereits Shots bestellt, die in einer sauberen Reihe auf der Bar standen, und winkten uns zu. Ich wusste nicht, was sie da für uns geordert hatten, aber als ich das kleine Glas hinunterkippte, traf mich ein beeriger Geschmack, gefolgt von einem Brennen, das sich wie Lava in Richtung meines Magens aufmachte.

»O Gott.« Ich hustete, und die Blonde, die uns zuerst angesprochen hatte, nickte begeistert.

»Oder? Noch eine Runde für unsere neuen Freundinnen!«

Der Barkeeper, ein großer Mann mit dichtem Vollbart, schmunzelte und füllte die kleinen Gläser noch einmal auf.

Ich musste zugeben, dass das Zeug beim zweiten Versuch gar nicht mehr so schlecht schmeckte. Ada schien das ähnlich zu sehen, denn ihre Wangen glühten, und sie grinste von einem Ohr zum anderen.

»Lass uns tanzen gehen, Harper!«, brüllte sie mir über die Musik hinweg zu. Vielleicht war es der Alkohol, der mein Innerstes aufgeheizt hatte, aber ich schloss mich ihr sofort an.

»Na los.«

Wir bahnten uns einen Weg zwischen den tanzenden Menschen hindurch, und als Ada mitten in der Menge stehen blieb, die Arme in die Luft warf und mit geschlossenen Augen zu tanzen begann, war ich froh, dass ich sie begleitet hatte. Sie sah viel entspannter und besser gelaunt aus als am Morgen und erst recht als letzte Nacht, als sie sich mit Maisie gestritten hatte. Ich passte mich ihrem Rhythmus an und spürte, wie die Musik mir durch Arme und Beine floss. Seit Archer in unserer Goldschmiede aufgetaucht war, hatte ich mich nicht mehr so entspannt und gut gefühlt.

Nach ein paar Sekunden öffnete Ada die Augen wieder, und als sie mich neben sich tanzen sah, wurde ihr Blick weich. Sie griff nach meiner Hand und verschränkte ihre Finger mit meinen. »Es ist toll, dass du hier bist, Harper«, rief sie gegen die Musik an. »Also, dass du hier nach London gekommen bist und dich nicht hast von meiner Familie abschrecken lassen. Es ist ein bisschen, als hätte ich eine Schwester gewonnen.«

Ihre Worte rührten mich, und ich erwiderte den Druck ihrer Hand. »Du bist definitiv eins der Dinge, für die sich der Londontrip trotz allem gelohnt hat«, gab ich zurück. »Und soll ich dir was sagen? Du hast was Besseres verdient als diese Maisie. Du hast jemanden verdient, der dich ansieht, wie die kleine Brünette, die uns die erste Runde geschmissen hat.« Ich deutete mit dem Kinn zu der jungen Frau, die hinter uns tanzte und strahlend lächelte, als Ada sich umdrehte.

Meine Cousine sah mich wieder an und winkte ab. »Vielleicht brauche ich erst mal eine Pause von dem Ganzen. Vielleicht tanze ich heute einfach mal nur mit meiner Cousine.« Sie wirbelte mich herum, und wir lachten beide laut auf.

KAPITEL 30

Die nächste Stunde tanzten wir uns die Seele aus dem Leib, und ich spürte, wie ich die Anspannung der letzten Tage Schritt für Schritt von mir abschüttelte und wieder ich selbst wurde. Wieder die Harper aus Liverpool, sogar noch die vor dem Unfall meiner Schwester. Die, die einfach glücklich und unbeschwert war.

Irgendwann war ich so durchgeschwitzt und fertig, dass ich eine Pause brauchte. »Willst du auch was trinken?«, fragte ich Ada, doch sie schüttelte nur den Kopf, während sie weiter zum Rhythmus der Musik hin und her wippte.

Was für eine Ausdauer!

Ich zeigte auf die Bar, und sie reckte den Daumen in die Höhe, als Zeichen, dass sie verstanden hatte. Dann drehte sie sich zu der Brünetten um und tanzte mit ihr weiter.

Ich grinste, bevor ich durch die Menschenmenge zurück zur Bar ging. Der Andrang war ein bisschen mehr geworden, aber irgendwann hatte ich mich durchgezwängt und einen der Barhocker erobert.

»Ein großes Wasser bitte!«, brüllte ich dem Barkeeper entgegen.

Als er sich daranmachte, ließ ich meinen Blick über die Tanzenden gleiten und versuchte, in der Dunkelheit etwas zu erkennen. Ada tanzte immer noch ganz in meiner Nähe, aber sonst kannte ich kein einziges von den Gesichtern, die ich sah. Enttäuschung machte sich in meinem Magen breit, die mich selbst ärgerte. Ich war schließlich hier, um mir einen schönen Abend mit meiner Cousine zu machen – und nicht für einen Typen. Nicht komplett, zumindest.

»Was denn, suchst du nach jemanden, der dich einlädt? Das kann ich gern übernehmen«, erklang eine amüsierte Stimme neben mir.

Ich fuhr herum und starrte in die smaragdgrünen Augen einer jungen Frau, die direkt neben mir Platz genommen hatte. Sie war atemberaubend schön, und das hautenge weiße Kleid, das sie trug, betonte ihre braun gebrannte Haut besonders. Sie wischte sich eine verirrte Locke aus dem Gesicht und lächelte mich an.

»Ich … äh … also ich bin nicht …«, gab ich stotternd zurück.

Die junge Frau lachte, dann zeigte sie an mir vorbei. »Siehst du den schönen blonden Kerl da hinten?«

Ich folgte ihrem Fingerzeig zu einem Typen, der ein paar Meter weit entfernt von der Bar stand und gerade laut über den Witz eines anderen lachte. Er hatte kurze Haare, und die Lederjacke spannte sich an seinen muskulösen Armen. Wie ein Wikinger, fuhr es mir durch den Kopf. Ein wirklich beeindruckender Wikinger.

»Das ist Cain«, sagte sie schmunzelnd. »Mein Freund.«

»Oh.« Etwas peinlich berührt drehte ich mich wieder zu ihr um. »Sorry, ich dachte …«

»Dass ich dich angraben will. Schon klar.« Sie zeigte auf das Wasser, das der Barkeeper mir rübergeschoben hatte. »Keinen Cocktail? Die sind wirklich ausgezeichnet hier.« Ohne auf meine Antwort zu warten, winkte sie dem Typen hinter der Bar. »Zwei

Dancing Joy, bitte.« Dann musterte sie mich und entblößte bei dem Grinsen zwei Reihen perfekter weißer Zähne.

»Danke«, sagte ich, weil mir nichts Besseres einfiel.

Sie durchbohrte mich einfach weiter mit diesem durchdringenden, amüsierten Blick, und irgendwie kam sie mir bekannt vor. Diese smaragdgrünen Augen hatte ich schon mal irgendwo gesehen. Aber erst nach ein paar Sekunden fiel es mir endlich wieder ein.

Ich riss die Augen auf. »Du …«

»Ah, hat es Klick gemacht?« Sie kicherte.

Natürlich. Sie war die schöne junge Frau gewesen, die ich im *Cinnamon Cup* gesehen hatte, kurz nachdem ich von meiner Fast-Vision zusammengebrochen war. Die sich mit Lark unterhalten hatte. Diese smaragdgrünen Augen waren mir damals schon aufgefallen.

»Melody«, sagte sie und reichte mir ihre schlanke Hand. »Aber Mel reicht auch. So dürfen mich meine Freunde nennen. Oder die Freunde von Freunden.« Sie zwinkerte, und ich nahm ihre Hand.

»Harper.«

»Ja, Süße, ich weiß.« Ihr Grinsen wurde noch eine Spur breiter. »Du wurdest in letzter Zeit ab und zu erwähnt.«

Bei ihren Worten wurde mein Gesicht heiß. Hieß das, dass er über mich gesprochen hatte? Mit ihr? Am liebsten hätte ich sie sofort danach gefragt, aber ich wollte es auch nicht zu offensichtlich machen.

»Tatsächlich?«, hakte ich nach, so beiläufig wie möglich, und nahm einen Schluck von dem Cocktail, den der Barkeeper mir rübergeschoben hatte. Er schmeckte fruchtig – nach Erdbeeren vielleicht.

Melody musterte mich durchdringend und rührte ihren Cocktail mit dem Strohhalm um. »Ja. Und ich muss dir sagen, dass das nicht so häufig vorkommt.« Sie legte den Kopf schief. »Dass Lark über ein Mädchen redet, meine ich. Und ich kenne ihn schon sehr, sehr lange.«

Ich widerstand dem starken Drang, mich nach ihm umzusehen, denn dass sie hier war, hieß nicht unbedingt, dass er auch hier irgendwo sein musste. Auch wenn Ada meinte, seine Freunde schleppten ihn immer in diesen Club. Stattdessen erwiderte ich Melodys Lächeln. »Ihr seid Freunde?«

»Seit vielen Jahren. Er und Cain sind zusammen zur Schule gegangen.« Sie deutete mit dem Kinn wieder in die Richtung ihres blonden Freundes. »Und ich bin wiederum mit Cain zusammen in den Kindergarten gegangen. Unsere Freundschaft hat also schon über ein Jahrzehnt auf dem Buckel.« Ein weicher Ausdruck erschien auf ihrem Gesicht, als sie an ihrem Drink nippte.

»Ihr kommt auch aus Harlow?«, fragte ich, begierig darauf, mehr über Lark zu erfahren. Mehr über sein Leben, das er vor London und den Rittern geführt hatte.

Melody nickte, während sie an ihrem Strohhalm spielte und mich nicht aus den Augen ließ. »Als er vor einem Jahr verkündet hat, dass er nach London zieht, sind wir natürlich mit ihm gegangen. Irgendwer muss ja auf ihn aufpassen, auf unseren kleinen Grummelbär.« Sie grinste breit, und ich konnte nicht anders, als es ihr gleichzutun.

In meiner Brust kribbelte es angenehm. Lark hatte also über mich gesprochen. Mit seinen Freunden. Der Gedanke fühlte sich wahnsinnig gut an und ließ mich für eine Weile auch nicht mehr los. Schließlich hielt ich es nicht länger aus und fragte: »Und dürfte ich erfahren, was er über mich gesagt hat?«

Sie legte geheimnisvoll lächelnd den Kopf schief. Dann wurde ihr Blick von etwas hinter mir abgelenkt, und der Ausdruck auf ihrem Gesicht wurde beinahe trotzig. »Schade, ich hätte dich noch gern ein bisschen länger in die Mangel genommen. Aber ich fürchte, dass unser Gespräch gleich vorbei ist.«

Ich runzelte die Stirn, als ich auch schon eine Stimme hinter mir hörte: »Will ich wissen, was das hier wird, Melody?«

Eine kribbelnde Gänsehaut wanderte über meinen freien Rücken, und ich drehte mich ganz langsam um. Lark stand keine zwanzig Zentimeter entfernt hinter mir und hatte eine seiner dunklen Brauen hochgezogen.

Melody lachte glockenhell auf. »Ach, Lark, du gönnst mir auch gar keinen Spaß.« Sie sprang von ihrem Hocker, tippte mir an die Nase und sagte fröhlich: »War schön, dich endlich mal kennenzulernen, Harper.« Dann ging sie an uns vorbei und warf sich ihrem hünenhaften Freund an den Hals. Die beiden grinsten breit und küssten sich dann innig.

Ich wendete mich von ihnen ab und bemerkte, dass Lark mich durchdringend ansah. Aus irgendeinem Grund ließ das direkt wieder meine Knie weich werden, und ich griff schnell nach dem Cocktail, um irgendetwas in der Hand zu haben.

Lark zog auch seine zweite Braue nach oben. »Verfolgst du mich jetzt?« Sein Gesicht blieb ernst, aber ich glaubte, einen leicht neckenden Unterton in seiner Stimme zu hören.

Ich zuckte mit den Schultern. »Ada und ich feiern ihren Geburtstag.« Ich deutete zur Tanzfläche, wo meine Cousine gerade zu einem Popsong herumwirbelte und die Zeit ihres Lebens zu haben schien. »Also bild dir nichts ein, Larkin Hale.«

Sein Mundwinkel zuckte. »Nur der Geburtstag deiner Cousine?«

»Ja.«

Er schien kurz zu zögern, bevor er sich langsam auf den Barhocker sinken ließ, auf dem gerade noch Mel gesessen hatte. Er spähte über meine Schulter, wahrscheinlich zu seinen Freunden, bevor er fragte: »Und was hattest du mit Melody zu besprechen?«

»Nichts. Sie hat mich auf einen Drink eingeladen.« Mein Herz flatterte verräterisch in meiner Brust, aber ich versuchte, mir nicht anmerken zu lassen, wie nervös mich seine Nähe machte. Seine heldenhafte Rettung auf dem Fest und unser Gespräch auf der Dachterrasse des *Cinnamon Cup* hatten definitiv irgendetwas mit mir gemacht. »Ich habe mich gewundert, dass sie weiß, wer ich bin.«

Lark hielt kurz in seiner Bewegung inne, dann schob er den Cocktail seiner Freundin ein paar Zentimeter von sich weg. »Melody ist neugierig. Sehr neugierig. Sie stellt viel zu viele Fragen, die sie nichts angehen.«

Das war wahrscheinlich ein halbherziger Seitenhieb, aber ich konnte mir ein Schmunzeln trotzdem nicht verkneifen. »Und warum hat sie Fragen über mich gestellt?«

Er hielt meinem Blick stand. Dem ernsten Ausdruck in seinen Augen, der mir durch Mark und Bein ging, konnte ich allerdings kaum etwas entgegensetzen. Deshalb senkte ich den Kopf und starrte lieber das Glas vor mir auf der Bar an. »Schon gut, ich höre auf zu fragen.«

Lark gab ein leises Schnauben von sich. Dann fragte er: »Wie gefällt es dir eigentlich bei den Graysons?«

»Na ja«, gab ich zurück. »Ich war nur eine Nacht dort, danach bin ich zu Ada umgezogen. Ist angenehmer als dieses riesige Herrenhaus.«

Darauf entgegnete er nichts. Als ich den Kopf hob, sah er zu Melody und Cain, die neben der Tanzfläche ein wenig peinlich miteinander knutschten, und gab ein Seufzen von sich. »Dann bleibst du also noch in London?«

Ich umklammerte das Glas ein wenig fester. »Mal sehen. Ich habe keinen genauen Plan gemacht, wie lange ich bleibe. Ursprünglich wollte ich …« Beinahe wäre es mir tatsächlich rausgerutscht. Die Sache mit meinem Vater. Ich presste die Lippen zusammen und schob dann doch das Glas von mir weg, das anscheinend meine Zunge lockerte. »Ursprünglich wollte ich nur meine Familie kennenlernen.«

Lark nickte langsam. »Verstehe. Dann bist du also doch nicht das verlorene Schäfchen der Graysons, das es auf ein Stück vom Kuchen abgesehen hat?« Seine Schultern zuckten, und ich wusste nicht, ob es ein verstecktes Lachen oder wieder ein Schnauben war. »Was für ein Glück.«

Ich musterte ihn irritiert. Er war mir ein Rätsel, auch wenn ich die Anziehung, die er auf mich hatte, definitiv nicht leugnen konnte. Aus irgendeinem Grund wirkte er heute etwas distanzierter als bei unserem letzten Treffen. Ob es daran lag, dass seine Freunde in der Nähe waren? Oder interpretierte ich einfach zu viel in sein grimmiges Gesicht hinein? In die Art und Weise, wie er mit mir gesprochen, wie er mich angesehen hatte? Vielleicht war er ja doch gar nicht interessiert an mir. Aber das konnte ich ja vielleicht rausfinden.

So elegant wie möglich rutschte ich von meinem Hocker. »Tanzt du auch, wenn es nicht zu klassischer Musik ist?«, fragte ich mutiger, als ich mich eigentlich fühlte.

Auf Larks Stirn erschien eine tiefe Falte. »Falls du dich erinnerst, tanze ich auch zu klassischer Musik nicht.«

»Normalerweise. Aber für mich hast du es getan.«

Das brachte ihn wieder kurz ins Stocken. Dann gab er ein leises, abwehrendes Stöhnen von sich. »Das war nur eine Rettungsmission. Bitte mach nicht, dass ich sie bereue.«

Autsch. Das war dann wohl ein Korb gewesen, den ich unangenehm in meinem Magen spürte.

»Entschuldige.« Mein Lächeln fühlte sich steif an. »Natürlich war es das. Dafür bin ich dir sehr dankbar.« Ich hob die Hand und deutete auf Ada, die immer noch herumhüpfte, ohne auch nur müde zu wirken. »Vielleicht sollte ich wieder zu Ada gehen. Wir sehen uns bestimmt die Tage im *Cinnamon Cup*. Oder … wo auch immer.«

Ich drehte mich um und flüchtete zur Tanzfläche.

KAPITEL 31

Shit. Da hatte ich mir endlich mal wieder ein Herz gefasst und einen Schritt auf jemanden zugemacht, und dann kassierte ich sofort eine Abfuhr. Typisch.

Ich presste die Lippen zusammen und ging weiter, nur schnell weg von der Bar, da schloss sich plötzlich eine Hand um meine. Überrascht fuhr ich herum, nur um zu sehen, dass Lark den Abstand zwischen uns auf ein Minimum hatte zusammenschrumpfen lassen. Er stand nur wenige Zentimeter von mir entfernt, ich konnte sein erdig-frisches Parfüm riechen und seine Hand … Himmel, ich spürte seine Berührung überdeutlich. Wie er mich festhielt, wie sein Daumen wie zufällig über meine Handfläche strich.

Er wirkte immer noch angespannt, als würde in seinem Kopf ein Boxkampf stattfinden. Langsam presste er die Lippen zusammen, richtete seinen Blick erst auf seine knutschenden Freunde und dann auf Ada, die noch in einigem Abstand zu uns tanzte. Schließlich sah er wieder auf mich herab, und der kühle Ausdruck in seinem Gesicht löste sich etwas auf.

»Okay«, sagte er und irgendwie klang es, als würde er sich

wirklich überwinden müssen, »ich bin kein guter Tänzer. Schon gar nicht in Gesellschaft.« Sein unerwartetes Geständnis wurde direkt von dem nächsten begleitet, das er zähneknirschend hervorbrachte: »Melody hat gewusst, wer du bist, weil ich von dir gesprochen habe.« Diesmal fühlte sich das Streichen seiner Finger über meine überhaupt nicht zufällig an, und es bescherte mir eine Gänsehaut. »Weil ich ihr erzählt habe, dass du mich zum Tanzen gebracht hast. Auf dem Fest. Das fand sie ziemlich unglaublich.«

Meine Lippen kräuselten sich, und mein Herz schlug im Takt des lauten, schnellen Basses über uns. »Ada hat erzählt, dass du und deine Freunde hier öfter herkommen.« Hitze stieg mir in die Wangen, und sein prüfender Blick machte es nicht unbedingt besser.

»Ist das so?«

Am liebsten hätte ich mich einfach umgedreht, aber ich zwang mich zu einem knappen Nicken. »Aber bild dir nichts darauf ein«, schob ich unnötigerweise hinterher.

Und da war es wieder, dieses Schmunzeln, das ihn selbst zu überraschen schien. »Klar«, sagte er, und seine Stimme klang gleichzeitig belustigt und samtweich. »Du dir auch nicht.«

»Klar«, gab ich zurück und musste grinsen. Das Hochgefühl in meinem Inneren war zurückgekehrt, und es brachte mich sogar dazu, noch einen Schritt weiterzugehen. Ich drückte vorsichtig seine Hand. »Also tanzt du jetzt mit mir? So ganz ohne dass sich irgendwer von uns was darauf einbildet oder etwas erwartet.«

Er brummte, aber das Schmunzeln blieb. »Wenn du darauf stehst, dass dir jemand auf die Füße tritt, bin ich definitiv dein Mann.«

»So habe ich es am liebsten.« Ich lachte, und er ließ sich tatsächlich mit einem tiefen, nicht ganz ernst klingenden Seufzen von mir auf die Tanzfläche ziehen.

Ada empfing uns mit einem strahlenden Grinsen und begrüßte Lark mit einem High Five, das er lächelnd erwiderte.

»Herzlichen Glückwunsch zum Geburtstag«, sagte er zu ihr, und Ada bedankte sich, bevor sie mir heimlich zuzwinkerte.

So schlecht, wie Lark angekündigt hatte, stellte er sich auf der Tanzfläche gar nicht an. Er machte nicht die größten Bewegungen, aber er hatte zumindest Rhythmusgefühl. Es dauerte ein paar Minuten, bis er locker wurde, aber dann schien auch er sich zu amüsieren. Einmal wirbelte er sogar Ada herum, die danach nicht mehr aufhören konnte, zu kichern. Ich liebte es, sie so fröhlich zu sehen. Und ich liebte es, wie ich mich in seiner Nähe fühlte.

Als der nächste Partyhit vorbei war und wieder etwas sinnlicherer R & B lief, nahm ich meinen Mut zusammen und überbrückte den Abstand zwischen Lark und mir mit einem Schritt.

Er musterte mich überrascht, aber bevor ich meine Bewegung erklären konnte, hatte er schon die Hände auf meine Hüften gelegt. Seine Augen funkelten, als er mich zu sich zog. »Was schaust du denn jetzt so überrumpelt?«, fragte er direkt in mein Ohr. »Gerade noch wirkte es so, als würdest du mit mir tanzen wollen.«

»Ich hatte nicht unbedingt damit gerechnet, dass du … mitmachst.« Ich lachte leise und erschauderte, als seine Hand an meinem Rücken nach oben wanderte und auf der nackten Haut über dem tiefen Ausschnitt zum Liegen kam. Sanft streichelte er darüber, und ein irres Kribbeln flutete meinen gesamten Körper. Als ich zu ihm aufsah, bekam ich das unbändige Verlangen, ihn einfach zu küssen – hier mitten auf der neonbeleuchteten Tanzfläche.

Lark lächelte. So richtig, und es brachte sein ganzes, düsteres Gesicht zum Strahlen. Dann beugte er leicht den Kopf nach vorn, sodass seine Stirn beinahe meine berührte. »Das, was du da anhast, sieht toll aus«, raunte er. »Du siehst fantastisch aus, Harper.«

Mein Herz raste.

Ich bräuchte den Kopf nur noch etwas zu neigen und die wenigen Zentimeter zwischen uns zu überwinden, dann würden unsere Lippen aufeinanderliegen. Und Himmel, wie ich das wollte! In meinem Kopf drehte sich alles.

Aber dann brach neben der Tanzfläche auf einmal ein Tumult aus. Ich hörte wütendes Gebrüll über die Musik hinweg, und Lark wahrscheinlich auch, denn er hob alarmiert den Kopf. Wegen der vielen Menschen konnte ich nicht erkennen, was los war, aber in der nächsten Sekunde stand Mel neben uns.

Sie lächelte zuckersüß. »Lark? Hättest du kurz?«

»Was ist denn jetzt schon wieder los?« Lark drehte sich in Richtung der lauten Stimmen, aber seine Hand blieb auf meinem Rücken liegen.

Verdammt, jetzt wollte ich auch wissen, was da passierte, was diesen Moment der Nähe zwischen uns zerstörte.

Mel deutete zur Bar. »So ein paar Typen haben sich mit Cain angelegt, und na ja …« Sie lächelte mich entschuldigend an. »Drei große Kerle und ich dazwischen.«

Larks Kiefer spannten sich an. Er schien mit sich zu hadern, in seinen Augen funkelte so etwas wie Sorge oder Wut, ich konnte es nicht ganz erkennen. Dann seufzte er und drehte sich zu mir um. »Tut mir leid. So ist er, wenn er getrunken hat. Er kann nichts auf sich sitzen lassen.« Seine Stimme klang wieder angespannt. »Ich sollte ihn wahrscheinlich nach Hause schleifen.«

Ich nickte, enttäuscht darüber, dass unsere gemeinsame Zeit schon wieder vorbei war, während der Tumult von der Seite noch mehr anschwoll. Das klang wirklich besorgniserregend. »Pass auf dich auf.«

»Klar.« Seine Mundwinkel zuckten etwas spöttisch nach oben,

dann löste er seine Hand von meinem Rücken und ließ eine unangenehme Kälte zurück. »Wir sehen uns, Harper.«

»Hoffentlich«, rutschte es mir raus.

Er scannte mich durchdringend, als würde er mit sich kämpfen. Dann hob er eilig die Hand. »Handy.«

Ich brauchte eine Sekunde, bevor ich begriff, was er wollte. Mit klopfendem Herzen reichte ich ihm mein Handy, und er tippte seine Nummer ein. Sein Lächeln war weich, als er es mir zurückgab, und fror sofort wieder ein, als er sich Melody zuwandte. Dicht nebeneinander liefen sie in Richtung des Tumultes. Sie schienen in eine hitzige Diskussion zu geraten, bis die Menge sie verschluckte.

»Geht Lark schon?«, fragte Ada und schlang von hinten die Arme um mich. Sie hatte offensichtlich nichts von den Streitereien an der Bar mitbekommen, denn auf ihrem Gesicht lag ein müder, seliger Ausdruck.

»Ich denke, ja«, gab ich etwas traurig zurück. Der Moment mit ihm hatte sich so schön angefühlt, und dann war er plötzlich vorbei gewesen. Ich konnte sogar noch seine Hand auf meinem Rücken spüren. Aber zumindest hatte ich jetzt seine Nummer. Als ich auf mein Handy blickte, wanderte ein Lächeln auf meine Lippen, das ich gar nicht mehr loswurde. So viel zum Thema *bloß nichts drauf einbilden.*

Ada lehnte ihren Kopf gegen meine Schulter. »Also, ich bin ehrlich gesagt auch fertig mit Glieder ausschütteln«, sagte sie müde, aber zufrieden.

»Das wundert mich gar nicht, du hast über zwei Stunden ununterbrochen getanzt«, gab ich lachend zurück.

Sie grinste. »Lass uns nach Hause gehen.«

KAPITEL 32

Als ich erwachte, wusste ich zuerst nicht, was mich geweckt hatte. Ich blinzelte in die Sonne, die durch das Fenster in Adas Arbeitszimmer schien, und gab ein Stöhnen von mir. Mein Kopf dröhnte, offensichtlich vertrug ich nicht mehr sonderlich viel. Während ich noch grübelte, ob es die Shots gewesen waren oder der Cocktail von Mel, vibrierte mein Handy neben dem Kissen.

Ich rollte mich zur Seite und blickte mit halb zusammengekniffenen Augen auf das Display. *Willow.* Mein schlechtes Gewissen durchzuckte mich, weil ich mich seit fast zwei Tagen nicht bei ihr gemeldet hatte – und das, obwohl ich ihr beim letzten Mal versprochen hatte, ihr zu erklären, was zum Teufel ich hier eigentlich machte. Als ich sah, dass sie bereits viermal versucht hatte, mich anzurufen, wurde das eklige Gefühl in meinem Inneren noch schlimmer. Ich nahm ab und brummelte ein: »Njah-allo?«

Willow gab ein Lachen von sich, also war sie wohl nicht sauer auf mich.

Erleichtert setzte ich mich auf und lehnte den Rücken an die kühle Wand hinter mir. »Bitte lach nicht über mein Leid. Ich habe einen wahnsinnigen Kater.«

»Dann lache ich erst recht, liebste Harper. Denn dein Leid klingt definitiv selbst verschuldet«, gab Willow gut gelaunt zurück. »Was gab es denn zu feiern?«

Ich brummte nur, weil ich das Gefühl hatte, dass mein Magen es gerade nicht aushielt, wenn ich über Lark redete. Oder nur über ihn nachdachte. Schnell wischte ich die Gedanken beiseite. »Adas Geburtstag. Gibt es einen Grund, dass du anrufst? Abgesehen davon, dass ich eine furchtbare Freundin bin und mich seit Ewigkeiten nicht gemeldet habe …«

Willow schnaubte belustigt. »Ich kann nicht sagen, dass ich mir keine Sorgen gemacht habe. Aber das machst du einfach mit einem doppelten Latte mit Sahne und Kakaopulver wieder gut, verstanden?«

»Das ist ein kleines Opfer.«

»Super, passt dir in einer Dreiviertelstunde?«

Ein Ruck ging durch meinen Körper, und ich wäre beinahe vom Schlafsofa gefallen. »Was meinst du damit? Bist du etwa in London?«

Willow lachte wieder. »Noch nicht, aber bald. Zu meiner Verteidigung: Ich habe nicht viel von dir gehört, nur dass es irgendetwas gibt, was dir Kopfzerbrechen bereitet. Und die Semesterferien in Liverpool sind wirklich langweilig, wenn du nicht da bist. Auch wenn ich aus deinem Kater schließe, dass ich schon eine richtig gute Party verpasst habe.«

Willow ist auf dem Weg nach London. Trotz meines Katers wanderte ein Grinsen auf meine Lippen. Auch wenn ich noch keine Ahnung hatte, wie ich ihr die ganze Geschichte erklären sollte, tat es gut, dass sie hier sein würde. Eine Verbündete mehr würde definitiv helfen. »In einer Dreivierteletunde passt mir super«, gab ich lächelnd zurück und suchte den Raum schon nach meinen achtlos abgeworfenen Klamotten ab.

»Wunderbar. Dann musst du mir nur noch sagen, wo ich hinmuss. Schick mir am besten einen Standort aufs Handy, den ich ins Navi eingeben kann.«

Ich stockte kurz. Ob es für Ada in Ordnung war, wenn ich Willow einfach hierher einlud? Ich wohnte selbst erst seit Kurzem bei meiner Cousine, und irgendwie kam es mir nicht richtig vor. Die Erwähnung von Kaffee brachte mich allerdings auf eine andere Idee. »Ich schicke dir den Standort von einer tollen Kaffeebar. Da kannst du in der Nähe parken und bekommst gleich deinen Latte. Und dann reden wir.«

»Klingt super. Bis dann!«

»Bis gleich.« Ich legte auf, sprang von der Couch und schlüpfte in meine Jeans und mein Tanktop. Den Jumpsuit von Ada legte ich vorsichtig zusammen und hängte ihn ordentlich über den Stuhl, bevor ich das Zimmer verließ.

Ada lag noch im Bett, sie hatte die Arme und Beine um ihre zu einer Wurst geknüllten Decke geschlungen und gab ein für eine so schmale Person beeindruckendes Schnarchen von sich.

Ich musste grinsen, als ich mich zu ihr beugte. »Hey, Cousinchen?«

Sie brummte, öffnete die Augen aber nicht.

»Ich treffe mich mit meiner besten Freundin im *Cinnamon Cup*. Wenn du nachkommen willst oder wenn ich nachher etwas mitbringen soll, schreib mir einfach, okay?«

Noch ein Brummen, aber ich beschloss, dass mir das reichte. Also zog ich leise ihre Tür hinter mir zu, damit sie weiterschlafen konnte, und verließ die Wohnung. Noch im Aufzug zückte ich wieder mein Handy, schickte Willow den Standort des *Cinnamon Cup* und öffnete dann einen neuen Chatverlauf mit Lark. Es kostete mich etwas Überwindung, und ich musste einmal tief durchatmen, bevor ich ihm schrieb.

Du arbeitest nicht zufällig gerade?

Die Antwort kam, als ich bereits fast bei der U-Bahn war: ein Bild vom Inneren der Bar. Gefolgt von einem:

Warum fragst du?

Mein Herz machte einen Hüpfer. Da er gestern mit seinen Freunden im Club gewesen war, hatte ich eigentlich nicht wirklich mit einer positiven Antwort gerechnet. Sie waren zwar nicht allzu spät gegangen, aber ich hatte Lark trotzdem nicht für jemanden gehalten, der vor der Arbeit feiern ging. Ich schrieb zurück:

Bin mit einer Freundin dort verabredet.
Wir sind gleich da.

Aber bild dir nichts drauf ein ;)

Schon klar.

Grinsend steckte ich mein Handy weg und stieg in die Bahn ein. Der Weg zum *Cinnamon Cup* fühlte sich schon so normal an, dass ich gar nicht mehr darüber nachdenken musste, und die ganze Zeit wurde er von einem angenehmen, warmen Kribbeln begleitet. Meine beste Freundin und Lark, ich bekam gleich beide auf einmal.

Der Morgen fing schon mal gut an. Vielleicht lag es daran, dass ich gestern meine ganzen Sorgen weggetanzt hatte, aber ich blickte um einiges zuversichtlicher in die Zukunft.

Und als ich endlich über die Schwelle des *Cinnamon Cup* getreten war und Lark hinter der Theke sah, fühlte sich mein ganzer Körper leicht an. Der große Raum war relativ leer, was wahrscheinlich an der Uhrzeit lag. Abgesehen von Lark waren nur noch die Kellnerin mit dem blonden Pferdeschwanz da, die im hinteren Bereich der Bar gerade Tische abwischte, und zwei Frauen, die in der Nähe der Bar auf den Sofas lümmelten und auf einen Laptop blickten. Sie wirkten, als würden sie sich etwas sehr Spannendes ansehen, so wie sie die Augen aufgerissen hatten.

Ich ging auf die Theke zu. »Wie schaffst du das bitte, nach einer durchgefeierten Nacht direkt wieder hier zu stehen, als wäre nichts passiert?«

Lark blickte auf. Seine Mundwinkel hoben sich zu einem Schmunzeln, aber er wirkte merkwürdig angespannt. »Alles Übung.«

Ich setzte mich auf den Barhocker vor ihm und verschränkte die Arme auf dem kühlen Holz. »Ist alles in Ordnung?« Ich musste wieder daran denken, wie seine Nacht im Club geendet hatte, und fügte vorsichtig an: »Wegen gestern?«

Sein Gesicht verdüsterte sich etwas, aber er zuckte mit den Schultern. »Auch. Ich wünschte, ich könnte sagen, dass unsere Nächte nicht fast immer so enden, aber …« Er zuckte mit den Schultern. »Möchtest du was trinken? Oder Frühstück?«

»Du machst mir Frühstück? Da kann ich gar nicht Nein sagen.« Ich stützte den Kopf in meine Hand. »Ein Croissant und ein Kaffee müssen erst mal reichen, um den Magen zu beruhigen. Mit dem Rest warte ich auf Willow.«

Er nickte, ohne meinen Blick zu erwidern, und machte sich an mein bescheidenes Frühstück.

Ich beobachtete ihn dabei, wie er einen Teller vorbereitete und sich dann an den Kaffee machte. Die Anspannung war ihm immer noch deutlich anzusehen. Der Muskel in seinem Kiefer zuckte. Er war wieder distanziert und kühl. Wie im Club an der Bar. Keine Ahnung, was ich nach gestern Abend, nach den schönen Momenten zwischen uns, erwartet hatte, aber das war es nicht. Ich wollte schon der Enttäuschung in mir nachgeben, dass wir jedes Mal bei unseren Treffen bei null anzufangen schienen, da rief ich mich innerlich zur Ordnung. Ich war doch sonst niemand, der schnell aufgab. Und gestern hatte ich ihn schließlich auch geknackt.

Als er mir die Kaffeetasse rüberschob, nahm ich sie sofort entgegen und hielt dabei seine Hand fest. Endlich hob er den Kopf und musterte mich mit diesen blauen Augen, die manchmal warm und funkelnd und manchmal kühl und abweisend waren. Jetzt gerade wirkten sie eher abwartend. »Was ist das andere?«, fragte ich leise, damit niemand sonst uns hören konnte.

Seine Augenbrauen wanderten etwas zusammen. »Was meinst du?«

»Als ich fragte, ob deine Anspannung daran liegt, wie es gestern ausgegangen ist, hast du ›auch‹ gesagt. Was bedrückt dich noch?« Ich hielt seinem durchdringenden Blick stand, auch wenn es schwer war. Hielt seine Hand fest, auch wenn ich Angst hatte, dass er sie mir gleich entreißen würde, weil ich zu tief in seinen Privatangelegenheiten bohrte. Aber ich mochte ihn. Und ich wollte wirklich wissen, was ihm auf dem Herzen lag.

Lark atmete aus, schwer und langsam, bevor er sagte: »Mona ist krank.« Als ich ihn überrascht ansah, winkte er mit der freien Hand ab. »Nichts Schlimmes, sie hat einfach eine üble Grippe. Aber es ist trotzdem seltsam, nicht zu Hause zu sein. Bevor ich nach London gekommen bin, war ich immer da, wenn es ihr oder Theo nicht gut ging. Hab an ihrem Bett gesessen und ihnen Eis besorgt, wenn sie Halsschmerzen hatten.« Er wischte sich übers Gesicht und seufzte. Als er mich wieder anblickte, wirkte er müde.

Ich verstand ihn nur zu gut. Erinnerungen an Danica im Krankenhaus kamen wieder in mir hoch, und daran, wie ich jeden Tag an ihrem Bett gesessen hatte. Der Gedanke, dass ich nicht für sie hätte da sein können, in einer solchen Situation, war vollkommen ausgeschlossen.

»Kannst du nicht zu ihnen fahren?«, hakte ich nach. Als er nur die Lippen zusammenpresste, schob ich hinterher: »Was denn? Brauchst du jemanden, der hier für dich einspringt? Ich kann versuchen, deinen Job so lange zu übernehmen, aber ich weiß nicht, ob sie jemanden einstellen, der bei seinem ersten Besuch hier direkt Gläser zerbrochen hat.« Das meinte ich natürlich nicht ganz ernst, so spontan würde ich auf keinen Fall für ihn irgendetwas übernehmen können. Aber ich hatte das dringende Bedürfnis, ihn aufzumuntern, und ich wurde tatsächlich mit einem schiefen Schmunzeln belohnt.

»Zerbrochene Gläser werden dir vom Gehalt abgezogen.«

»Das hatte ich befürchtet. Da wird am Ende wohl nicht mehr viel übrig bleiben. Aber ich würde es trotzdem machen.«

Er schnaubte amüsiert, während er mit dem Daumen über meine Hand streichelte. »Danke, Harper«, sagte er ernst. »Aber vielleicht kann ich nach meiner Schicht heute einen kleinen Heimaturlaub einschieben, ohne dass du einspringen musst.«

»Umso besser.« Ich lächelte.

Er erwiderte es zum Glück. Dann zog er sanft seine Hand aus meiner und schob mir mein Croissant über den Tisch zu. Er sah kurz zu seiner Kollegin, die hinter die Theke kam und Cappuccino für die Kundinnen im hinteren Bereich machte, dann stützte er sich auf die Bar und beobachtete mich dabei, wie ich einen Schluck von meinem Kaffee nahm. Unter seinen Blick vergaß ich beinahe, wie man richtig trank.

»Deine Freundin«, sagte Lark. »Willow?« Als ich über meiner dampfenden Tasse nickte, fragte er: »Wie viel weiß sie?«

Ich schluckte hart, bevor ich mit den Schultern zuckte. »Sie weiß von meinem Vater. Eli Grayson. Sie weiß, dass er tot ist. Sie weiß, dass hier viele der Ansicht sind, dass sie von Rittern abstammen. Aber mehr nicht. Keine Geschichten von Prophezeiungen und schon gar nicht von Magie.«

Lark beobachtete mich aufmerksam. Er wartete ab, bis seine Kollegin wieder abzog, bevor er nachhakte: »Und wie viel willst du ihr erzählen, wenn sie hier ist?«

»Keine Ahnung.« Seufzend checkte ich mein Handy. Willow müsste jeden Moment hier im *Cinnamon Cup* auflaufen, aber ich hatte mir kaum Gedanken darüber gemacht, wie ich ihr die ganze Geschichte erklären sollte. Denn ich wusste, dass sie sich nicht mehr so einfach abspeisen lassen würde, dafür war sie nicht der Typ. Irgendetwas musste ich ihr also sagen, und anlügen würde ich sie sicher nicht. Ich sah auf, und unsere Blicke trafen sich wieder. »Wie viel weiß deine Familie über die Wächtergesellschaft?«

»Wir haben von der Prophezeiung gewusst, aber keiner in meiner Familie hat sie besonders ernst genommen, bis ich selbst die Magie gespürt habe«, sagte er etwas nachdenklich. »Wir wussten von den anderen Wächtern, den anderen Erben der Ritter, aber nicht viel mehr. Das meiste habe ich erst hier im Laufe der Zeit erfahren. Von den anderen.« Er verdrehte die Augen, und ich blubberte lachend in meinen Kaffee.

Das Geräusch ließ Lark aufsehen. Plötzlich war da wieder etwas Weiches in seinem Ausdruck.

»Ich mag London«, sagte er leise, »ich mag die Arbeit hier und das Studium. Die Feste waren für mich immer ein Krampf, aber seit dem letzten ist es um einiges erträglicher geworden.«

Bei seinen Worten wanderte mir ein angenehmes Kribbeln über den Rücken. Da war sie wieder, diese Anziehung zwischen uns, diese Nähe, die sich gleichzeitig beruhigend und aufregend anfühlte und meinen Atem stocken ließ.

Und dann war der Moment plötzlich zu Ende, da die Tür des *Cinnamon Cup* heftig aufgeschlagen wurde. Als ich erschrocken auf meinem Hocker herumfuhr, kam Melody mit weit aufgerissenen Augen hereingerannt. »Heilige Scheiße, Lark, wieso gehst du nicht an dein verdammtes Handy?«, rief sie mit vor Panik hoher Stimme aus. Als sie mich entdeckte, stockte sie und strich sich die wirren Locken aus dem Gesicht. »Oh, ich verstehe.«

»Ich arbeite, Melody«, knurrte Lark abwehrend. »Und das wusstest du auch.«

»Ja, aber ich wusste nicht mehr, wann deine Schicht beginnt. Und ich habe mir Sorgen um dich gemacht!« Sie schüttelte unwirsch den Kopf, als sie durch die Tischreihen auf uns zukam. Aus irgendeinem Grund wirkte sie völlig durch den Wind.

Larks Gesicht verdüsterte sich sofort. »Wieso hast du dir Sorgen gemacht?«

Melodys Mund klappte auf. »Jetzt sagt mir bitte nicht, dass ihr nichts mitbekommen habt! Es ist gerade überall in den Nachrichten!« Sie sah erst ihn, dann mich und dann wieder ihn ungläubig an. »Es gab einen Unfall in der Nähe, vor einer halben Stunde. Massenkarambolage, der Verkehr ist komplett lahmgelegt. Auf der Straße ist nur noch Blaulicht zu sehen, das muss echt übel gewesen sein. Ich hatte Angst, dass du auf deinem Arbeitsweg vielleicht da reingeraten bist!« Sie schob mir ihr Handy unter die Nase, auf dem ein Artikel von vor fünf Minuten veröffentlicht war.

Vermutlich mehrere Tote konnte ich in dicken schwarzen Buchstaben lesen.

Lark, der gerade ein Glas abgetrocknet hatte, wurde langsamer. »Was ist passiert?«, fragte er mit scharfer Stimme.

»Keine Ahnung. Da sind wohl zwei Autos zusammengefahren, und dann sind immer mehr und mehr ebenfalls in den Unfallort gerauscht.« Melody zuckte mit den Schultern und wandte sich wieder mir zu, aber ich starrte immer noch auf den Artikel vor mir.

Meine Sicht verschwamm, und meine Finger wurden schweißnass. Ich griff nach meinem eigenen Handy, aber da waren immer noch keine Nachrichten. Keine Anrufe von Willow, obwohl sie schon weit über der Zeit war, die sie mir vorhin am Telefon genannt hatte.

»Willow«, sagte ich fahrig und wählte ihre Nummer. »Ich muss Willow anrufen.«

Melody sah Lark fragend an. »Wer ist Willow?«

»Ihre Freundin«, gab er knapp zurück, ehe er sich über die Theke zu mir lehnte. »Beruhige dich, Harper, ihr ist bestimmt nichts passiert. Sie steht sicher nur im Stau.«

Aber seine Stimme beruhigte mich diesmal nicht. *Wieso hat sie dann nicht angerufen?* Mit jedem Freizeichen am anderen Ende der Leitung breitete sich die Panik weiter in meinem Körper aus, und mir wurde ganz schlecht.

Die Kellnerin mit dem Pferdeschwanz, die die Unterhaltung mitbekommen hatte, machte den kleinen Fernseher über der Bar an. Der Ton war ausgeschaltet, aber ich sah die Luftaufnahmen der großen Straße hier im Viertel, die vielen Autos, die nur noch brennende Schrotthaufen waren, und dachte, ich müsste mich jeden Moment einfach übergeben.

Die Mailbox sprang an, also legte ich auf und versuchte es noch mal. Und dann noch mal. Mittlerweile zitterte ich am ganzen Körper, und Melody und Lark beobachten mich beide gespannt, als würden sie ebenfalls auf die erlösende Nachricht warten. Dass es Willow gut ging, dass sie einfach irgendwo hinter London in dem Stau stand, den der Unfall verursacht hatte, und mal wieder nicht ihr Handy hörte. Ich konnte sie beinahe vor meinem inneren Auge sehen, wie sie genervt stöhnte und sich im Sitz aufrichtete, um herauszufinden, was auf der Straße vor ihr los war.

Beim dritten oder vierten Versuch war in der Leitung plötzlich ein Klicken zu hören. Ich sog rasselnd die Luft ein, als jemand ranging.

»Hallo?«

Das war nicht die Stimme von Willow. Ich spannte mich an. »Wer ist da?«

Die Frau am anderen Ende der Leitung antwortete ruhig, gefasst, aber der Horror in meinem Inneren wurde mit jeder Sekunde stärker, bis ich nur noch meinen eigenen Herzschlag wahrnehmen konnte. Nur noch die sich ausbreitende Schwärze in meinem Kopf.

Als ich das Handy sinken ließ, stand plötzlich Lark neben mir und hielt meinen Arm fest. Ich hatte gar nicht mitbekommen, wie er seinen Platz hinter der Theke verlassen hatte. »Harper? Was ist passiert? Wer ist rangegangen?«

Ich starrte erst den Punkt in der Luft an, den ich während des Telefonates mit der Frau fixiert hatte, und dann ihn. In meinem Inneren herrschte das absolute Chaos, aber ich bekam trotzdem ein paar Worte heraus. »Willow ist in den Unfall verwickelt worden.«

Lark schien sich in Zeitlupe zu bewegen, als er nach meinen Schultern griff. »Wie schlimm ist es?«, fragte er ruhig.

»Ich … ich weiß es nicht. Die Rettungssanitäterin, die ihr Handy hatte, konnte nichts sagen. Nur dass sie ins Krankenhaus gebracht wird, aber nicht … Sie …« So langsam kam die Realisation in meinem Gehirn an, und meine Arme begannen wieder, unkontrolliert zu zittern. Willow. Meine Willow.

»Wo ist sie?«, fragte Lark, der mich immer noch festhielt. »Welches Krankenhaus?«

»Im Royal London Hospital«, wiederholte ich die Antwort der Sanitäterin, und er zögerte keine Sekunde. Er riss sich die Schürze runter und rief seiner Kollegin zu: »Kommst du allein klar?« Bevor sie überhaupt geantwortet hatte, hatte er sich schon an Melody gewendet: »Gib mir deinen Autoschlüssel. Sofort.«

Ich konnte über das ganze Rauschen in meinem Kopf kaum verstehen, was sie sagte, aber es war wohl ein Ja gewesen, denn in seiner Hand klapperte ein Schlüssel, als er mich durch das *Cinnamon Cup* zum Eingang zog.

Und dann begann ich, zu weinen.

KAPITEL 33

Auch wenn ich es mit aller Kraft versuchte, konnte ich selbst im Auto nicht aufhören, zu schluchzen. Meine Schultern erbebten jedes Mal aufs Neue, wenn die Bilder, die Erinnerungen von damals vor meinem inneren Auge aufblitzten. Wie mich der Anruf zu Danicas Unfall erreicht hatte, wie meine Mutter auf dem Krankenhausflur gestanden hatte, kreidebleich und mit diesem entsetzten Gesichtsausdruck. Diese schreckliche Panik, die in mir aufgestiegen war, diese Machtlosigkeit, ich konnte mich noch an alles so genau erinnern. Und nun drohten sie wieder, mich unter Wasser zu drücken.

Lark saß am Steuer von Melodys Wagen, einem winzigen roten Honda, der seine besten Jahre definitiv schon hinter sich hatte. Immer wenn wir an einer Ampel halten mussten, oder wegen des Verkehrs kurz langsamer wurden, schielte Lark zu mir rüber. Seine Kiefer mahlten. Er sagte mir nicht, dass ich mich beruhigen sollte oder dass schon alles gut werden würde, sondern legte nur immer wieder kurz eine Hand auf mein Bein. Ich war ihm dankbar dafür, dass er es nicht mit Versprechungen versuchte wie die Leute damals. *Ist bestimmt alles gar nicht so schlimm. Ein paar Kratzer und nichts weiter.*

Als wir um die nächste Ecke bogen, standen wir plötzlich vor einer Straßenabsperrung. Dahinter konnte ich die Feuerwehr und Krankenwagen und hektisch herumlaufende Menschen in leuchtenden Warnwesten sehen. Lark zog die Augenbrauen zusammen, die Gefühle in seinem Gesicht konnte ich gar nicht alle auf einmal lesen. Dann lenkte er mit einer Hand um, machte auf der Straße kehrt, und schaltete mit der anderen das Autoradio an.

Die Sprecherin berichtete gerade von der Massenkarambolage auf der Straße, die parallel zu der lag, über die wir nun rasten. »Die Ursache für den Unfall ist noch unklar. Die Einsatzkräfte sind vor Ort und versuchen, Herr der Lage zu werden und die Brände zu löschen. Es gibt bisher mehr als fünfzehn Verletzte, sechs davon schwer. Die Insassen von zwei Autos konnten nur noch tot geborgen werden.«

Mir entfuhr ein Laut zwischen Schluchzen und Wimmern. »Entschuldige«, presste ich sofort gequält hervor, während meine Sicht wieder vor Tränen verschwamm. Ich krallte die Hand auf der Suche nach Halt in das Armaturenbrett.

»Du musst dich für überhaupt nichts entschuldigen«, meinte Lark entschieden und machte das Radio wieder aus. »Tut mir leid, ich hätte mir denken können, dass so etwas kommt. Das ist gerade alles andere als hilfreich.«

Ich schüttelte mühevoll den Kopf. »Es ist nur … Es erinnert mich so an damals. Als ich den Anruf von meiner Mutter bekam, dass meine Schwester einen Unfall hatte.« Ich zwang mich, tief durchzuatmen, auch wenn meine Stimme bebte. Die Nerven zu verlieren, brachte gerade weder mir noch Willow etwas.

Er sah kurz zu mir rüber, dann wieder auf die Straße. Die Knöchel an seinen Händen traten schon weiß hervor, so fest hatte er das Lenkrad umklammert. »Harper … gibt es gerade irgendetwas, was ich sagen oder tun kann, was dir helfen würde?«

Ich holte noch einmal tief Luft, dann schüttelte ich den Kopf. »Dass du mich zum Krankenhaus fährst, dass du hier bist, das hilft schon. Danke.«

»Nicht dafür.«

Wir kamen nur noch langsam voran, weil anscheinend der gesamte Verkehr auf dieselbe Straße umgeleitet wurde, auf die wir uns gereiht hatten. Ich kurbelte das Fenster auf meiner Seite runter, um besser Luft zu bekommen, aber das Problem lag wohl an meinem zugeschnürten Hals.

»Es geht gleich schneller voran«, versicherte Lark mit seiner beruhigenden dunklen Stimme. »Wir sind fast am Unfallort vorbei.«

Ich drehte den Kopf in die Richtung, in der die Autos ineinandergekracht waren und in der immer noch schwarze Wolken hinter den Dächern aufstiegen. Und dann sah ich in einer Lücke zwischen zwei Häusern hindurch die Straße, die Autos hinter dem dunklen Rauch, und hatte augenblicklich wieder diesen Geruch in der Nase, von dem mir schlecht wurde. Karamellpopcorn. Er war durch den vorbeiziehenden Fahrtwind so schnell wieder weg, wie er gekommen war, aber der süße Gestank klammerte sich an meine Gedanken.

Ich sog rasselnd die Luft ein. War das nur der Flashback zum Unfall von Danica? Nein, da war noch etwas anderes. Ich spürte eine seltsame, brennende Anziehung, die ich mittlerweile gut kannte. Es war Magie, die in der Luft lag. Magie. Das hier, das war kein Unfall gewesen.

Horror rieselte über meinen Rücken, und mein Herz pumpte wie verrückt. Jemand hatte London mit Magie angegriffen. Aber warum? Wen hatte es treffen sollen? Oder war es nur die Angst, die gerade in mir größer wurde? Interpretierte ich zu viel in diese Sache hinein? Ich presste die Lippen zusammen, damit ich nicht einfach vor Lark damit rausplatzte, ohne es genau zu wissen. Jetzt zählte erst einmal nur Willow.

Auf dem Parkplatz hinter dem Royal London Hospital fand Lark sofort eine Lücke, und kaum war das Auto zum Stehen gekommen, sprangen wir beide heraus und sprinteten über den Asphalt zum Eingang der Notaufnahme. Hinter den automatischen Schiebetüren erwartete uns eine riesige Menschentraube, und am liebsten wäre ich sofort vor Verzweiflung in die Knie gegangen. Ich konnte mich hier nicht hinsetzen und warten, bis ich endlich hörte, was mit Willow passiert war. Wie es ihr ging, ob sie in Ordnung war. Es war unmöglich, dass ich auch nur noch fünf Minuten ausharrte.

Zum Glück schien Lark zu wissen, was in mir vorging, denn er sagte nur ernst: »Lass mich das kurz machen. Warte hier.« Dann quetschte er sich an den Menschen vorbei zum Empfang und redete auf die Krankenschwester hinter der halbhohen Plexiglasscheibe ein.

Ich schlang die Arme um meinen Oberkörper und drehte den Kopf, um die wartenden Leute zu betrachten. Manche hatten leichte Verletzungen, manchen war gar nichts anzusehen, und wieder andere hatten einen Ausdruck des Horrors auf dem Gesicht, den ich nur zu gut kannte. Angehörige der Unfallopfer vielleicht? Eine junge Frau weinte im Arm eines Mannes, und meine Nackenhaare stellten sich unangenehm auf. Ich musste mich anstrengen, nicht wieder in Tränen auszubrechen, einfach weil die Situation, die Unwissenheit, mich so überforderte.

Es dauerte ein paar Minuten, bis Lark zurückkam, aber er nahm direkt meine Hand und zog mich über den zitronengelben Linoleumboden. »Da lang«, forderte er, und ich beeilte mich, mit seiner Geschwindigkeit Schritt zu halten. »Hat die Krankenschwester dir etwa Auskunft gegeben?«, fragte ich ungläubig.

Sein Schmunzeln war grimmig. »Manchmal ist es gar nicht so schlecht, ein bisschen drohen und mit Namen um sich werfen zu können. Wusstest du, dass der Großvater des Bedivere-Erbens hier Chefarzt ist? Ein ziemlich gefürchteter, sogar. Ein cholerischer Idiot, der gern mit Klemmbrettern und Kaffeetassen wirft. Aber es reicht, seinen Namen zu sagen, und alle nehmen die Haltung von Soldaten ein.« Er sah sich um, bevor er mich um eine weitere Ecke führte und dann in einem Gang stehen blieb, von dem links und rechts mehrere große, türlose Zimmer abzweigten. Von hier aus konnte man in die Räume blicken, in denen Betten standen, die nur durch beinahe bodenlange Vorhänge voneinander abgetrennt waren.

Ich wollte gerade fragen, was die Krankenschwester Lark gesagt hatte, als ich von etwas abgelenkt wurde. An einem der Betten auf der linken Seite leuchtete unter dem Vorhang ein Paar gelber Schnürstiefel durch, die ich definitiv erkannte. Das Bett selbst wurde zwar von dem Stoff verdeckt, aber ich rannte trotzdem sofort darauf zu. Mein Herz pochte wie wild, und ich rechnete mit allem.

»Willow?!«

»Harper?«

Meine beste Freundin saß hinter dem Vorhang auf dem Bett. Aufrecht, an ein Kissen gelehnt. Sie hatte einen Tropf am Arm und einen Druckverband am Kopf, direkt neben einem ordentlich blauen Auge. Außerdem wirkte sie sehr erschrocken und verwirrt, als sie mich sah. Aber sie war bei Bewusstsein. Sie lebte.

»Gott sei Dank!«, rief sie, und ich stürzte sofort an ihre Seite und nahm sie fest in den Arm.

Die Tränen flossen mir wieder unkontrolliert über die Wangen, aber diesmal aus der unendlichen Erleichterung, sie so vorgefunden zu haben. »Will, ich habe gedacht … O Gott, Willow.« Ich schluchzte in ihre wirren braunen Locken. »Geht es dir gut? Hast du Schmerzen?«

»Mein Schädel brummt, und auch so ziemlich alles andere an meinem Körper.« Sie drückte mich sanft von sich weg, um mich ansehen zu können. »Außerdem glaube ich, dass mein Auto Schrott ist. Totalschaden. Meine Mutter bringt mich um, und die nächsten Fahrten nach Cambridge kann ich dann wohl mit dem Zug machen.« Sie lächelte. »Aber sonst geht's mir gut. Keine Sorge. Bitte sag mir nur, dass du Mum nicht angerufen hast.«

Ich schüttelte den Kopf und wischte mir die Tränen weg. »Ich wusste ja nicht, wie es dir geht.«

»Gott sei Dank. Sag ihr nichts, ich muss mir noch überlegen, wie ich ihr das erkläre.« Sie deutete auf sich und dann aufs Fenster, wohl als Andeutung auf den Unfallort. Dann sah sie plötzlich auf, und ihre Augen wurden groß. »Oh, hallo?«

Ich folgte ihrem Blick zu Lark, der ans Fußende getreten war. Er hatte die Hände in die Taschen seiner Hose gesteckt und die Mundwinkel etwas nach oben gezogen. »Hallo, Willow, ich bin Lark.«

»Er hat mich hergefahren«, sagte ich schnell und hoffte, dass ich dabei nicht rot wurde. Das war definitiv nicht der richtige Zeitpunkt, um das zu klären.

Offensichtlich sah das meine beste Freundin aber anders. Sie schaute zwischen Lark und mir hin und her, dann setzte sie ihr zuckersüßestes Lächeln auf. »Nett, dich kennenzulernen. Harper hat dich, glaube ich, noch nicht erwähnt. Bist du einer von ihren Ritterfreunden?«

Eine seiner Brauen wanderte nach oben.

Bevor ihm etwas herausrutschte, was nicht für ihre Ohren bestimmt war, mischte ich mich schnell ein. »Ja, er gehört zu einer der Familien, die angeblich von den Rittern abstammen. Aber er ist nicht so ein Arsch wie die meisten von ihnen.« Ich warf ihm einen Blick zu, den er hoffentlich verstand, und Larks Schmunzeln kehrte zurück.

»Einer ohne Silberlöffel im Mund«, sagte er zu Willow. »Ich denke, ich lasse euch mal allein. Ich warte draußen, falls du mich brauchst, Harper.«

»Danke«, gab ich zurück und legte so viel Wärme in das Wort, wie ich konnte. Was er heute für mich getan hatte, konnte ich gar nicht wiedergutmachen, aber sein Lächeln sagte auch deutlich, dass ich das nicht musste. Dass er es gern getan hatte.

Als Lark in Richtung des Flures verschwunden war, setzte ich mich auf die Bettkante und fragte: »Wurdest du schon untersucht? Haben die Ärzte irgendetwas gesagt?«

Willow schüttelte den Kopf. »Ich stehe nicht ganz oben auf der Prioritätenliste, weil es mir verhältnismäßig gut geht. Röntgen steht noch aus, aber weil ich alles bewegen kann, fast ohne Schmerzen, wird wohl nichts gebrochen sein. Die Kopfschmerzen sind übel, und die Ärztin, die mich zuerst kurz untersucht hat, meint, dass ich wohl eine Gehirnerschütterung habe und definitiv ein paar Tage bleiben muss.« Sie stöhnte. »So habe ich mir London nicht unbedingt vorgestellt. Wollen wir nicht lieber über den hübschen Kerl reden, mit dem du hergekommen bist?« Sie lachte kurz auf, und wahrscheinlich hätte das andere Leute überzeugt, die sie nicht so gut kannten wie ich. Es war offensichtlich, dass sie diesen Unfall nicht ganz so gut wegsteckte, wie sie mich glauben machen wollte. Ihre Stimme zitterte, und mit ihrem letzten Satz wollte sie mich davon ablenken.

Ich nahm ihre Hand, die auf der Decke lag, und drückte sie sanft. »Was ist passiert? Was hast du gesehen? Im Radio haben sie gesagt, dass die Unfallursache noch nicht geklärt werden konnte.«

Willow seufzte und zuckte mit den Schultern. Das tat anscheinend weh, denn sie verzog kurz das Gesicht, bevor sie antwortete: »Das hat die Polizei nach meiner ersten Befragung auch schon gesagt. Ich konnte ihnen aber nicht viel sagen, weil alles so schnell ging und ich auch nicht so weit vorn war, als der Unfall passierte. Glücklicherweise anscheinend.« Einen Moment schien sie zu überlegen, kaute nervös auf ihrer Unterlippe, dann sprach sie wieder, sehr langsam: »Es gab einen Ruck vorn an der Straße. Ich dachte erst, dass es nur ein normaler Auffahrunfall war, aber es hat sich angefühlt, als …« Sie legte nachdenklich den Kopf schief. »Als würde eine Welle durch die Autos gehen. Ich kann mich gar nicht daran erinnern, in den Wagen vor mir gekracht zu sein, aber plötzlich wurde ich richtig durchgeschüttelt, und als ich die Augen wieder aufgemacht habe, war mein Auto vorn zerdrückt wie ein Papierschiff. Ich habe erst gar nicht gemerkt, dass ich verletzt bin, ich habe gar nichts gespürt. Ich bin einfach ausgestiegen, um zu sehen, was passiert ist, und dann bin ich an den Fahrbahnrand gelaufen, wo mich die Rettungssanitäter eingesammelt haben. Das Adrenalin, haben sie gesagt. Kaum war ich im Krankenwagen, haben die Kopfschmerzen angefangen.« Willow griff sich an die Schläfe, an den Mullverband, und seufzte. »Es war total verrückt.«

Ich musste an den Geruch von Karamellpopcorn denken, den ich an der Unfallstelle wahrgenommen hatte, und ein Schaudern ging durch meinen Körper. Was auch immer das alles verursacht hatte, es war sicher kein normaler Auffahrunfall gewesen. Das hatte Willow richtig erkannt. Aber die Erklärung, die mir in den Sinn kam, konnte ich ihr nicht mitteilen. »Ist dir irgendetwas aufgefallen? Hast du etwas gesehen, was komisch war?«

Willow runzelte die Stirn. »Komisch?«

»Ja, etwas, was dir seltsam vorkam. Ähnlich wie diese … Welle, die du gespürt hast?«

Sie dachte eine Weile nach, dann legte ihre Stirn sich plötzlich in Falten. »Da war etwas. Als ich aus dem Auto gestiegen bin und geschaut habe, was passiert ist, konnte ich nicht sonderlich viel erkennen. Nur dass vorn, wo der Unfall passiert ist, zwei Autos lichterloh in Flammen standen. Der Ruck war heftig, klar, aber so ein Feuer? Das war absurd. Ich habe es gar nicht richtig verstanden. Und der Anblick … Wir haben doch in der Schule mal verschiedene Arten von Feuer durchgenommen, bei der Brandschutzübung, erinnerst du dich? Dass verschiedene Salze und brennende Stoffe die Farbe des Feuers verändern können, in Rot oder Blauviolett oder was auch immer. Diese Flammen vorn auf den Autos …« Sie stockte, aber ich wusste bereits, was sie sagen würde, bevor sie den Mund wieder aufmachte: »Die waren fast weiß. Weißes Feuer, kannst du dir das vorstellen? Ich frage mich echt, was an diesen Autos war, das so eine Flamme erzeugt hat. Es sah so seltsam aus.«

Übelkeit stieg in mir hoch, und sämtliche Härchen stellten sich auf meinem Körper auf. Weißes Feuer wie bei dem Hausbrand von Stellas Familie. Weiße Flammen wie im Kellergewölbe der Harrisons, als der Kronleuchter auf die Tafelrunde gestürzt war. Und jetzt bei diesem Unfall. Das war kein Zufall, kein seltener Stoff, der an allen drei Orten verbrannt war. Das war etwas anderes, und auch wenn mein Verstand sich dagegen wehrte, das zu glauben – es war etwas Unnatürliches. Magie. Dunkle Magie.

Ich musste mehrfach schlucken, bevor ich die Worte über die Lippen brachte. »Ich bin mir sicher, die Feuerwehr wird rausfinden, was da passiert ist und warum die Flammen so aussahen. Das Wichtigste ist erst mal, dass es dir gut geht und dass du einigermaßen unversehrt bist.«

Willows Schultern sanken etwas ein. »Ja, das ist wohl wahr. Was für ein Schreck.« Sie seufzte und lächelte mich dann an. »Reden wir jetzt über … Wie heißt er? Lark?«

Normalerweise wäre ich sofort auf ihre Ablenkung angesprungen, aber diesmal schaffte ich es nur, ein gezwungenes Grinsen aufzusetzen. »Ein anderes Mal besser. Wenn deine Untersuchungen alle durch sind und wir sicher sein können, dass alles gut ist, okay?« Ich stand von der Bettkante auf, meine Bewegungen fühlten sich steif an. »Ist es in Ordnung, wenn ich mit Lark zu meiner Cousine Ada fahre und ein paar Sachen für dich hole? Wenn du wirklich ein paar Tage bleiben musst, solltest du wahrscheinlich was zum Anziehen haben, und vielleicht was zum Lesen. Ada kann dir sicher was leihen.«

Willow sah zu mir auf und brauchte einen Moment, um zu nicken. »Kein Problem. Ich rufe dich einfach an, wenn sich etwas Neues ergibt, die Rettungssanitäterin hat wohl aus Versehen mein Handy eingesteckt, aber die Schwestern meinen, dass sie es wieder mitbringen wird, wenn sie die nächsten Patienten bringt. Wenn du was hörst zu dem Unfall, melde dich, okay? Ich will es verstehen.«

»Mache ich. Bis später.« Ich drückte sie noch einmal fest an mich, um ganz sicher zu gehen, dass das hier keine Einbildung war. Dass sie wirklich in Ordnung war und ich sie allein lassen konnte. Die Krankenschwestern und Ärzte würden sich sicher gut um sie kümmern, bis ich zurückkam – aber jetzt musste ich auf Nummer sicher gehen. Ich musste es endlich wissen.

Bevor ich den Raum verließ, drehte ich mich noch einmal zu

Willow um, die sich mit geschlossenen Augen in ihr Kissen sinken ließ. Die Unterhaltung hatte sie offensichtlich angestrengt, auch wenn sie nicht so schwer verletzt war, wie ich befürchtet hatte. Trotzdem lag sie in einem Krankenhaus, wahrscheinlich mit einer Gehirnerschütterung, und ich musste wissen, wie es passiert war.

Lark saß auf einem Stuhl im Flur und sah von seinem Handy auf, als ich aus dem Raum kam. Er steckte es eilig weg und stand auf. »Wie sieht es aus?«

Ich holte tief Luft, weil ich nicht wusste, wie ich anfangen sollte, dann gab ich schnell zurück: »Willow geht es soweit gut, aber … Denkst du, du kannst mich zu dem Unfallort fahren?«

»Wieso? Was hast du vor?«

Ich winkte ihm, mir zu folgen, und als wir durch den Flur in Richtung Eingang der Notaufnahme zurückliefen, erklärte ich ihm leise: »Willow konnte auch nicht genau sagen, wie der Unfall passiert ist, aber was sie gesagt hat, klang sehr merkwürdig. Und weißt du, was sie gesehen hat, als sie aus dem Auto gestiegen ist? Weißes Feuer.«

Lark presste die Lippen zusammen. »Wie bei den Harrisons.«

Ich nickte. »Das ist kein Zufall, Lark. Irgendetwas passiert hier, und es ist etwas Gefährliches. Das spüre ich. Als wir an dem Unfallort vorbeigefahren sind, habe ich etwas gerochen. Karamellpopcorn.« Als er die Augenbrauen hochzog, fügte ich an: »Offensichtlich ist dieser Geruch mein Auslöser. Meine Ankündigung für eine Vision. Ich verbinde es eigentlich mit dem Unfall meiner Schwester, aber offensichtlich hat meine Berührung mit Galahads Ring diese beiden Sachen miteinander verknüpft.«

Er verspannte sich wieder, als er endlich zu verstehen schien. »Du denkst, wenn wir zum Unfallort fahren, bekommst du dort eine Vision und siehst, was passiert ist?« Sein Blick verriet, dass er über diesen Plan alles andere als glücklich war. »Hältst du das wirklich für eine gute Idee?«

»Keine Ahnung. Aber ich muss wissen, was hier los ist, Lark. Ich muss. Ich habe das Gefühl, dass das alles zusammenhängt. Diese weißen Flammen, die ganzen Vorfälle in der letzten Zeit und … mein Vater. Er hatte irgendetwas vor, vor seinem Tod. Er wusste irgendetwas.« Ich schüttelte atemlos den Kopf, als wir aus dem Gebäude traten und zum Auto gingen.

Die Verwirrung war Lark deutlich ins Gesicht geschrieben. »Dein Vater …?«

»Ich erkläre dir alles auf dem Weg. Kannst du mir fürs Erste einfach vertrauen?« Nach den ganzen Sachen, die passiert waren, war das viel verlangt. Das wusste ich. Besonders weil wir uns noch nicht sonderlich gut kannten und er offensichtlich genau so wenig in die ganze Rittergeschichte reingezogen werden wollte wie ich. Aber momentan blieb mir keine andere Wahl. Meine beste Freundin war zu Schaden gekommen – und das vielleicht nur, weil ich das Ganze bisher nicht ernst genug genommen hatte.

Er machte ein paarmal den Mund auf und wieder zu, bevor er endlich seufzte. »In Ordnung.« Seine Stimme war mehr als angespannt, und sein Blick war ernst wie noch nie. »Aber können wir fürs Protokoll festhalten, dass ich das für keine gute Idee halte?«

»Können wir«, gab ich erleichtert zurück.

»Gut.« Lark öffnete die Fahrertür. »Dann mal los.«

KAPITEL 34

Ich wollte das nicht tun. Wirklich nicht. Nicht nur, weil die Visionen beängstigend und kräftezehrend waren und mir allein bei dem Gedanken daran schlecht wurde. Da war auch noch die Angst vor dem, was ich sehen würde. Vor dem, was diesen Unfall verursacht hatte, womit wir es zu tun hatten.

Als Lark zwischen zwei Transportern parkte, kamen mir die Nachrichten meines Vaters wieder in den Sinn. Die Prophezeiung, von der er gesprochen hatte, die dunkle Magie, die er erwähnt hatte. Wollte ich es überhaupt wissen? Würde es mich noch tiefer in diese ganze Scheiße ziehen, als ich eh schon drinsteckte? War das überhaupt möglich? Oder steckte ich schon drin, weil ich damals diejenige gewesen war, die was auch immer gesehen hatte?

Lark lehnte sich im Fahrersitz zurück, er hatte die Hände immer noch fest um das Lenkrad geschlungen und starrte durch die Frontscheibe, als er fragte: »Bereit?«

»Nein.« Ich schnallte mich ab und öffnete die Tür. »Gehen wir.«

Er folgte mir mit einem Brummen, und als er um das Auto herum zu mir kam, war sein Gesicht düster. Zu meiner Überraschung schwieg er auch weiterhin und versuchte nicht, mich von der Sache abzubringen.

Ich hatte ihm auf dem Weg hierher in ein paar knappen Sätzen erklärt, dass ich an der Todesursache meines Vaters zweifelte, wegen der Visionen und der Nachrichten auf seinem alten Handy, das Ada und ich in einem falschen Boden seines Beistelltisches gefunden hatten. Lark hatte mich die ganze Zeit nicht angesehen, sondern auf die Straße vor sich gestarrt. Er hatte weder etwas dazu gesagt noch Fragen gestellt, sondern mir einfach nur zugehört und ab und zu knapp genickt.

Als wir nun parallel zu der Unfallstraße entlangliefen und einen Weg näher ans Geschehen suchten, gab er ein Seufzen von sich. »Ich hatte mich ehrlich gesagt schon gewundert, was dich wirklich nach London verschlagen hat.« Er schüttelte den Kopf. »Aber auf die Idee, dass du Detektivin in einem möglichen Mordfall spielst, wäre selbst ich nicht gekommen.«

Ich blickte ihn von der Seite an, während ich versuchte, seine Meinung zu der ganzen Situation einzuschätzen. Aber in seinem Gesicht konnte ich wie so oft nicht lesen, was er dachte.

»Es ist verrückt, ich weiß.«

»Es ist vor allem gefährlich.« Lark atmete tief durch. Es wirkte, als würde er etwas sagen wollen, vielleicht doch etwas, um mich umzustimmen. Stattdessen deutete er auf die Absperrung, hinter der Feuerwehrleute, Polizisten und weitere Menschen in neongelben Warnwesten herumrannten. »Wie willst du an denen vorbeikommen? Die werden dich sicher nicht einfach so an die Unfallstelle lassen.«

Ich folgte seinem Blick und reckte den Kopf, um die vordersten Autos der Karambolage durch die Lücke zwischen zwei Wohnhäusern zu sehen. Den Einsatzkräften war es offensichtlich gelungen, das Feuer zu löschen. Mittlerweile waren Abschleppfahrzeuge vor Ort, die die zerstörten Autos vom Geschehen wegbrachten, eins von ihnen lud gerade einen silbernen Käfer auf, dessen Vorderseite komplett eingedrückt war. Die Fenster waren vom Ruß schwarz eingefärbt oder zerborsten.

»Vielleicht muss ich gar nicht an den Einsatzkräften vorbei«, überlegte ich laut, dann deutete ich auf die einzige nicht abgesperrte Ausfahrt der Straße. »Kannst du mir einen Gefallen tun?« Als Lark mich etwas gequält musterte, ließ ich die Hand sinken. »Ich weiß, ich habe heute viel von dir verlangt. Wir kennen uns kaum, und du hast mich erst ins Krankenhaus und dann hierher gefahren, ohne groß nachzufragen oder mich von meinen Vorhaben abhalten zu wollen. Dafür bin ich dir wahnsinnig dankbar. Und wenn du jetzt fahren willst, dann tu das bitte. Ich werde nicht böse sein.«

Er seufzte, schüttelte den Kopf und verschränkte die Arme vor der Brust. Seine blauen Augen schienen beinahe Funken zu sprühen. »Sag schon, was soll ich machen?«

Am liebsten wäre ich ihm vor Erleichterung und Dankbarkeit um den Hals gefallen und hätte ihn geküsst, auch wenn ich noch nie ein düstereres Gesicht gesehen hatte. Vielleicht lag es aber auch nicht nur daran, dass er mir heute so viel geholfen hatte, dass ich ihn küssen wollte. Bevor mein Gehirn noch einen weiteren Ausflug machen konnte, packte ich ihn am Arm und zog ihn mit mir zur Straßenkreuzung.

»Wahrscheinlich brauche ich gar nicht die Berührung mit einem der Autos aus der ersten Reihe. Von denen ist eh nicht mehr so viel übrig. Eins der Autos, die hier abgeschleppt werden, könnte reichen. Kannst du den Fahrer des Abschleppwagens aufhalten und ablenken, wenn er hier rauskommt? Dann kann ich auf die Ladefläche klettern und den Wagen berühren.«

Larks Kiefer spannten sich an. Sein Blick wanderte die Straße hinab. »Aber beeil dich.«

Mit einem Nicken zog ich mich zu dem Gebäude an der Straße zurück, etwas von Lark entfernt, damit der Fahrer uns nicht zusammen sah und möglicherweise etwas ahnte. Von meiner neuen Position aus konnte ich gut beobachten, wie der Abschleppwagen aus der Unfallstraße bog und direkt auf die Kreuzung zufuhr, an der Lark stand. Es gab keine Ampel, nur einen schmalen Fußgängerüberweg. Das Fahrzeug war keinen Meter mehr davon entfernt, als Lark auf die Straße zulief.

Er bewegt sich zu schnell, um das Auto lang genug aufzuhalten, war mein erster Gedanke. Dann stolperte Lark, täuschte sehr überzeugend einen Fall an und ging mitten auf der Straße zu Boden. Er machte ein schmerzverzerrtes Gesicht und hielt sich das Knie, das Abschleppfahrzeug hatte überhaupt keine andere Möglichkeit mehr, als mit quietschenden Reifen vor dem Fußgängerüberweg anzuhalten.

Das war meine Chance. So unauffällig wie möglich lief ich über den Asphalt, während der Fahrer sich vorn aus dem Fenster lehnte und Lark anschrie, gefälligst aufzustehen und von der Straße zu gehen. Ich sah mich noch einmal nach links und rechts um, aber die wenigen Menschen hier waren entweder auf den Unfallort ein paar Meter weiter vorn konzentriert, oder auf das Schauspiel, das sich gerade an der Kreuzung abspielte.

Vom Bordstein aus kam ich nicht an das demolierte Auto heran, weil es zu weit oben angeschnallt war. Als ich nach der Halterung griff, um mich hochzuziehen, stieg mir der Geruch von Karamellpopcorn übelerregend stark in die Nase. Ich musste mich zusammenreißen, um nicht zu würgen. Das hier war definitiv schlimmer als die Male zuvor, und mich beschlich das eiskalte Gefühl, dass das nichts Gutes verhieß. Deshalb verharrte ich auch kurz ein paar Zentimeter von dem Auto entfernt und versuchte, mich zu sammeln. Zu lange wohl.

»Hey, Mädel, sag mal geht's noch?«, erklang plötzlich die bellende Stimme des Fahrers. »Was machst du da?! Runter vom Wagen!« Der Mann riss die Tür auf, sein Kopf war hochrot angelaufen.

Augen zu und durch, rief mir meine innere Stimme zu. Ich biss mir die Wunde am Daumen auf, berührte das kalte Metall des zerstörten Autos, und die Welt explodierte um mich herum.

Als ich die Augen aufschlug, stand ich direkt an der Straße, die ich eben noch nur von Weitem hinter Absperrungen gesehen hatte. Der Verkehr vor mir floss entspannt vor sich hin, und als ich über meine Schulter blickte, sah ich die Gasse, in der Lark und der Abschleppwagen sein müssten. Sie war leer. Natürlich war sie das.

Meine Hände ballten sich zu Fäusten, und das ungute Gefühl in meinem Hals wurde stärker, als ich mich umwandte und die Unfallstraße erneut ins Auge fasste. Die Luft schien zu vibrieren, als würde sie die schrecklichen Dinge, die gleich geschehen würden, bereits erwarten. Irgendeine Stimme in meinem Kopf schrie, dass ich etwas unternehmen musste, obwohl ich eigentlich wusste, dass ich das nicht konnte. Eine andere rief, dass ich wegschauen sollte, weil ich die Bilder vielleicht nicht verarbeiten konnte, die sich gleich hier abspielen würden.

Aber ich zwang mich, die Straße hinabzublicken, auch wenn die Angst mir die Luft abschnürte, und nur einen Moment später hatte ich etwas in den Ohren, was sich auf seltsame, Gänsehaut erregende Weise von dem Brummen der Motoren abhob. Ein Flüstern, leise, wie unendlich weit entfernt, hell und klirrend kalt. Es jagte mir einen Schauer über den Rücken, weil ich es sofort erkannte. Ich hatte es bereits gehört, vor ein paar Tagen im Kellergewölbe der Harrisons. Dieselbe

Stimme. Dieselbe Person, der ich kein eindeutiges Geschlecht zuordnen konnte.

Vor meinen Augen flimmerte etwas, die Luft begann zu knistern. Ich machte einen Schritt nach vorn auf die Straße zu, um besser zu erkennen, was passierte – da schlugen schon die Flammen aus dem Beton. Weiß, glühend und meterhoch. Obwohl das hier nur eine Vision war, prallte mir die Hitze so überwältigend und überraschend entgegen, dass sie mir die Luft aus der Lunge presste. Die Autos, die genau auf die Feuerwand zurasten, versuchten noch, zu bremsen, aber vergeblich. Das erste wurde nur Millisekunden später von den Flammen verschluckt, und als es auf der anderen Seite aus der Wand kam, überschlugen sich die verkohlten, kaum noch erkennbaren Reste und kamen in Trümmern auf der Straße zum Liegen. Das nächste Auto kam vor dem Feuer zum Stehen, aber die Flammen züngelten sofort danach, wie weiße, glühende Arme, die sich nach ihm ausstreckten.

Mich packte der Horror, aber ich konnte nicht wegsehen, als immer mehr und mehr Autos vor mir ineinanderprallten, im verzweifelten Versuch, nicht von den Flammen verschluckt zu werden.

Und dann war da wieder dieses Flüstern zu hören, das sich wie kalte Hände um meinen Hals legte. Im nächsten Moment tauchte eine schmale Figur, ein dünner Schatten inmitten der Flammen auf. Die Gestalt riss den Mund auf und kreischte, ließ das Feuer höher schießen und immer höher.

Und dann drehte sie den Kopf in meine Richtung.

Tiefschwarze Augen funkelten mich direkt an, als könnten sie mich sehen. Aber das war unmöglich. Ich war nicht hier gewesen.

Überrascht blinzelte ich, und plötzlich waren die dunklen Augen direkt vor meinem Gesicht und blickten bis tief in meine Seele.

Ich stolperte zurück und fiel. Tiefer, als es eigentlich bis zum Boden sein konnte.

Der Aufprall auf den Beton unter dem Abschleppwagen war so hart, dass ich vor Schmerz aufschrie. Mein Herz raste, und heiße Tränen rannen mir über das Gesicht. Die schrecklichen Bilder des Unfalles hatten sich in meinen Kopf gebrannt und erschienen immer wieder, wenn ich die Lider schloss.

»Hey, was ist los? Alles in Ordnung?« Jemand beugte sich über mich, und ich erkannte das puterrote Gesicht des Fahrers, der jetzt eher erschrocken als wütend aussah. »Was kletterst du denn auch da hoch? Bist du von allen guten Geistern verlassen? Was denn, wolltest du ein besonders gutes Bild von dem Wagen haben, damit du es auf Instagram hochladen kannst?«

»Hören Sie auf zu schreien, sie ist offensichtlich verletzt und völlig neben der Spur!«, knurrte Lark, dessen Gesicht ich als Nächstes erkannte. »Hey, alles okay?«

Ich schaffte nicht viel, aber den Kopf zu schütteln, bekam ich noch auf die Reihe. Er sah so besorgt aus, dass ich es mit einem Lächeln probierte, aber meine Lippen bibberten nur unkontrolliert. Glücklicherweise begann die Vision schon zu verblassen wie ein Traum, aus dem ich gerade erwacht war. Mein Atem beruhigte sich langsam.

»Ich bringe sie wohl besser ins Krankenhaus«, sagte Lark, und mir wurde klar, dass er immer noch die Rolle spielte, in der er mich nicht kannte. Alles andere wäre wohl zu offensichtlich gewesen.

Ich ließ mich von ihm hochziehen, und der verwirrte Fahrer stand ebenfalls auf.

»Da hinten sind Rettungskräfte, die können sie sich bestimmt anschauen«, meinte er.

»Die sind gerade mit ganz anderen Problemen beschäftigt. Mein Auto steht da hinten, ich fahre sie«, gab Lark zurück und hielt mich fest. »Sie hat ihre Lektion sicher gelernt, oder? Keine Klettertouren mehr für Instagram!«

Ich nickte artig, und bevor der Fahrer reagieren konnte, zog Lark mich von der Straße weg zurück zu Melodys Wagen.

»Bist du verletzt, Harper?«, flüsterte er, als wir außer Hörweite waren. Seine schneidende, bebende Stimme passte nicht zu dem fast schon ruhigen Gesichtsausdruck.

Ich klammerte mich an ihn. »Nein. Alles okay.«

»Was hast du gesehen?«

Ich deutete zum Auto, er nickte und machte mir die Beifahrertür auf. Als ich mich auf den Sitz fallen ließ, stöhnte ich. Mein Rücken und mein Hintern schmerzten fürchterlich von dem Sturz, aber es fühlte sich wenigstens nichts gebrochen an, höchstens geprellt. Ich wischte mir mit zitternden Fingern die Tränen von den Wangen.

Lark sank neben mir auf den Fahrersitz und schüttelte den Kopf. Er schien ungewöhnlich blass. »Du bist verrückt. Das war verrückt. Bitte sag mir, dass es sich wenigstens gelohnt hat.«

Ich musste an dieses Wesen in den Flammen denken. Wie es geflüstert und gekreischt hatte und das Feuer hatte höher züngeln lassen, als hätte es Freude am Leid der Menschen. Meine Augen brannten wieder, und ich rang um Fassung. »Da war eine Person. Ein Schatten, was auch immer. Dasselbe, was ich auch im Kellergewölbe der Harrisons gesehen habe. Ich bin mir sicher. Und das, was es da gemacht hat … Das war Magie. Sehr dunkle, böse und starke Magie, Lark.« Ich rang nach Luft, um mich nicht übergeben zu müssen. »Womit zum Teufel haben diese verdammten Wächter sich nur angelegt? In was haben sie uns da reingezogen?«

Lark wirkte todernst, aber nicht überrascht. Wir hatten es geahnt, er und ich, dass da mehr war. Etwas bahnte sich schon seit einer Weile an, eine dunkle Magie, so wie Morgana damals. Nur hatte das bisher jeder zu ignorieren versucht. Ich hatte es auch zu ignorieren versucht. Aber jetzt war dieses Dunkle, dieses Böse, verantwortlich dafür, dass meine beste Freundin im Krankenhaus lag. Plötzlich war dieser Kampf auch zu meinem geworden, und wenn ich an das weiße Feuer dachte, dann wusste ich nicht, ob ich dem gewachsen war.

Ich rutschte tiefer in meinen Sitz. Mir tat alles weh, ich war fertig und mir war übel. Ich hatte das alles nicht gewollt. »Kannst du mich zu Ada fahren?«

Lark antwortete nicht mehr. Er startete nur den Wagen und fuhr los.

Der Verkehr hatte sich seit dem Unfall wieder etwas entspannt, deswegen brauchten wir keine fünfzehn Minuten zu Adas Wohnung. Als Lark am Bordstein hielt, atmete ich auf. Er sah zu mir rüber, betrachtete mich ein paar Sekunden ernst. Eigentlich erwartete ich, dass er irgendetwas sagte – zu der Vision, der ganzen Rittergeschichte. Dass er Fragen stellte zu meinem Vater. Aber er schien es sich im letzten Moment anders zu überlegen.

»Deiner Freundin geht es gut«, sagte er. »Geh rein und ruh dich etwas aus, bevor du später zurück ins Krankenhaus fährst. Iss was. Achte auf dich, in Ordnung?«

Ich nickte langsam. Jetzt wo das Adrenalin der letzten Stunden wieder abgesunken war, spürte ich tatsächlich die Erschöpfung, die in meinen Gliedern nach oben kroch. Am liebsten hätte ich mich direkt in mein Bett verkrochen und wäre heute gar nicht mehr aufgestanden, aber ich wusste, dass ich Willow noch Sachen bringen und nach ihr sehen musste. Sie spielte zwar die Toughe, aber so ganz kaufte ich ihr das nicht ab. Allein der Gedanke an sie ließ meine Erschöpfung noch schwerer wiegen.

Ich erwiderte Larks Blick und spürte eine unglaubliche Sehnsucht danach, wieder zu dem Moment zurückzukehren, den wir am Vormittag in der Kaffeebar gehabt hatten. Nur wir zwei, in einer kleinen Blase, in der noch nichts Schlimmes passiert war. Jetzt war plötzlich alles anders. Das leichte Kribbeln in meinem Nacken wurde von Sorge und Angst überlagert.

»Ich weiß nicht, wie ich dir danken soll, Lark.«

»Einigen wir uns darauf: Falls wir uns bei einem Wächterfest noch einmal sehen, rettest einfach du MICH. Entweder, indem du einen Ohnmachtsanfall vortäuschst oder indem du mich mit Alkohol versorgst. Eine Hand wäscht die andere.« Er schmunzelte, aber da war nichts mehr von der Unbeschwertheit, von der Frechheit, die ich sonst immer darin gesehen hatte. Lark war ebenso besorgt wie ich. Die Vision von diesem dunklen Etwas, das den Unfall verursacht hatte, saß uns wohl beiden in den Knochen.

KAPITEL 35

Ada wartete in der Wohnung auf mich und war vollkommen geschockt, als ich ihr von den Geschehnissen des Tages erzählte. Die Vision ließ ich aus, weil ich sie nicht noch mehr beunruhigen wollte, aber der schlimme Auffahrunfall meiner besten Freundin reichte, um sie in Alarmbereitschaft zu versetzen.

»Ich habe im Fernsehen davon gehört!«, sagte sie ungläubig und schüttelte zum sicher zehnten Mal ungläubig den Kopf. »Das war wirklich schrecklich.« Sie starrte einen unsichtbaren Punkt in der Luft an, als würde sie ihren Gedanken nachgehen, dann schüttelte sie zum elften Mal den Kopf. »Ich werde dich nachher zu Willow fahren, wenn du möchtest. Und es ist ja wohl klar, dass sie sich Sachen von mir ausleihen kann!«

»Danke, Ada«, gab ich lächelnd zurück. Sie und Lark waren wirklich ein absoluter Segen hier in London. Den beiden war es zu verdanken, dass ich mich gerade nicht allein und vollkommen überwältigt fühlte. Ich dachte darüber nach, Ada doch in meine Befürchtungen einzuweihen, ihr von dem Schemen zu erzählen, aber da nahm sie meine Hand in ihre.

»Jetzt leg dich erst mal ein Stündchen hin«, sagte sie. »Du siehst völlig fertig aus.«

»Der Kater steckt mir noch in den Knochen«, redete ich mich heraus. *Und die anderen tausend Dinge von heute.*

Ada nickte nur verständnisvoll.

Also stand ich vom Küchentisch auf, um in ihr Arbeitszimmer rüberzugehen. Zumindest eine Stunde wollte ich mich der Müdigkeit hingeben und die Gedanken in meinem Kopf ausschalten, wenn das möglich war. Ich musste es versuchen, wenn ich Willow einigermaßen ruhig entgegentreten wollte.

Aber als ich wieder in mein provisorisches Schlafzimmer trat, fiel mein Blick zuerst auf das Handy meines Vaters, das auf dem Schreibtisch lag. Als ich wie automatisch danach griff, hatte ich definitiv nicht vor, es noch einmal zu versuchen. Nicht jetzt. Aber als das Display aufleuchtete, machte mein Herz einen Satz. Ich hatte drei Anrufe in Abwesenheit. Es war die zweite Nummer, die ich versucht hatte, zu erreichen. Die von der Person, mit der mein Vater vor seinem Tod als Letztes geschrieben hatte.

Ich ließ mich auf die Sofakante sinken, und sofort war meine Müdigkeit wie weggeblasen. Nicht einen Moment dachte ich darüber nach, tippte sofort die Nummer an und hielt mir das alte Gerät ans Ohr. Es läutete nur zweimal, dann ertönte ein Klicken, als jemand abhob, und eine seltsam knisternde Stille breitet sich aus.

»Hallo?«, fragte ich schließlich zögerlich.

Auf der anderen Seite ertönte ein hörbares Ausatmen. »Wer ist da? Woher haben Sie diese Nummer? Und dieses Handy?«

In meinem Kopf überschlugen sich die Gedanken. Die, die sofort tausend Fragen stellen wollten und nicht wussten, mit welcher ich beginnen sollte. Und die, die etwas erkannten. Einen rollenden, schweren Akzent, den ich schon einmal gehört hatte, vor nicht allzu langer Zeit. Als es Klick machte, schnappte ich nach Luft. »Ray?«

»Wer ist da?«, fragte der Mann am anderen Ende der Leitung, jetzt lauter, nervöser. Aber die Stimme war unverkennbar – Raymond, ein Nachfahre von Sir Tristan. Raymond, der so unbeteiligt und unwissend getan hatte, dass ich es ihm tatsächlich abgekauft hatte. Er war so überzeugend gewesen.

»Hier ist Harper. Harper Bell, wir haben uns vorgestern getroffen, als ich mit Archer wegen den Ohrringen da war«, gab ich zurück. Und bevor er erneut fragen musste, schob ich hinterher: »Das hier war das Handy meines Vaters. Du warst sein letzter Kontakt, seine letzten Nachrichten gingen an dich.«

Ray sog rasselnd die Luft ein. »Seine … Tochter …«

Ich presste die Lippen zusammen und warf einen Blick zur geschlossenen Tür, bevor ich sagte: »Ich bin nach London gekommen, um etwas über seinen Tod herauszufinden. Und ich habe die Nachrichten zwischen euch gelesen. Ich … habe Fragen.«

Es verging eine gefühlte Ewigkeit, bevor Ray wieder zu reden begann. Langsam und vorsichtig, als würde er seine Worte genaustens abwägen. »Ich weiß nicht, ob ich dir deine Fragen beantworten kann. Von seinem Tod habe ich erst kurz vor der Beerdigung gehört.«

»Aber du weißt andere Dinge.«

Ray zögerte wieder. Dann atmete er tief durch. »Ja. Vielleicht. Ich weiß nicht.« Etwas klapperte am anderen Ende der Leitung. Ich hörte, wie eine Tür geschlossen wurde. »Können wir uns treffen?«

Ich versuchte, die Angst in meinem Inneren zu unterdrücken, die mir sagte, dass dieser Ray ein schlimmer Mensch sein könnte. Dass er, als letzter Kontakt meines Vaters, auch mit seinem Tod zu tun haben könnte. Aber aus irgendeinem Grund glaubte ich es nicht. Ich hatte ihm in die Augen gesehen, und da war keine Gier gewesen, kein schlechtes Gefühl. Und ich wusste, dass ich ein Risiko eingehen musste, wenn ich endlich die Wahrheit erfahren wollte. »Ich könnte den Wagen meiner Cousine nehmen und zu dir kommen.«

»Nein«, sagte Ray schnell und leise. »Nicht hierher. Das ist nicht sicher. Ich schicke dir eine Adresse auf dieses Handy. Komm dahin, wir treffen uns in einer Stunde. Und komm allein.«

»Oka…« Ich konnte nicht einmal das Wort beenden, da hatte Ray schon aufgelegt. Ungläubig starrte ich auf das dunkel werdende Display. Seine Nachricht mit unserem Treffpunkt kam nur ein paar Sekunden später.

Keine Zeit zum Nachdenken und Zögern.

Entschlossen erhob ich mich von der Couch. Das war es dann wohl mit meinem Schlaf gewesen.

KAPITEL 36

Es wurde bereits dunkel, als ich auf dem Parkplatz der Tankstelle etwas außerhalb Londons hielt. Ich warf einen kurzen Blick auf mein Handy, auf die Nachricht, die Ada mir geschrieben hatte. Sie hatte versprochen, Willow die Sachen zu bringen und ihr zu sagen, dass ich nachkommen wollte. Dann erst sah ich durch die Frontscheibe, und mir wurde bewusst, dass es nicht der verfrühte Einbruch der Nacht war, der alles verdunkelte. Es waren dichte Gewitterwolken, die sich über der Stadt zusammenbrauten wie ein dunkles Omen.

Unwillkürlich zog sich Gänsehaut über meine Arme.

Sonderlich wohl fühlte ich mich in dieser Situation sowieso nicht. Ada hatte nicht nachgefragt, wo ich hinwollte, aber nun wusste absolut niemand, wo ich mich gerade befand. Zwar hatte Ray gewollt, dass ich niemandem von unserem Treffen erzählte, aber jetzt da ich auf dem leeren Parkplatz stand, beschlich mich das dumpfe Gefühl, dass das vielleicht dumm gewesen war. Kurz überlegte ich sogar, einfach wieder den Motor zu starten und zurückzufahren. Diese ganze Geschichte zu vergessen, alles einfach hinter mir zu lassen, und unter »Will ich eigentlich gar nicht genauer wissen« abzuheften.

Aber ich verwarf den Gedanken beinahe sofort wieder. Ich wusste, dass es mich sowieso nicht loslassen würde, egal, wie sehr ich versuchte, es zu vergessen. Mein Vater, die Wächter, die dunkle Gestalt mit den weißen Flammen – ich steckte schon zu tief drin. Ich musste den Weg jetzt bis zum Ende gehen, was auch immer das hieß.

Außerdem hatte Ray nicht wie ein gefährlicher Mensch gewirkt. Freundlich und ein wenig unbedarft, wenn ich genau darüber nachdachte. Allerdings hätte ich bis vor einer Stunde auch nicht vermutet, dass er irgendwie in dieser ganzen Geschichte mit drinsteckte. Also war er offensichtlich doch ein ziemlich guter Schauspieler. Trotzdem.

Ich gab mir einen Ruck und stieg aus dem Auto aus. Hier war absolut nichts außer drei Zapfsäulen, einem kleinen Laden, der hell beleuchtet war, und einem langen Parkplatz, auf dem in einer Reihe fast nur Lkw standen. Niemand zu sehen. Ich holte das alte Handy meines Vaters raus und schrieb Ray eine Nachricht.

Ich bin hier. Wo bist du?

Ich ließ das Display nicht aus den Augen, während ich eine Antwort abwartete, als ich hinter mir plötzlich eine Stimme hörte: »Harper, hier.«

Etwas erschrocken fuhr ich herum und sah Ray zwischen zwei Lkw stehen. Er trug einen leichten, langen Mantel und eine Brille, die er beim letzten Mal nicht aufgehabt hatte. Als unsere Blicke sich kreuzten, winkte er mich zu sich heran, und mein Herz begann zu rasen. Das hier war alles mehr als merkwürdig, und wenn Ray nicht vorhatte, mich hinter einem der riesigen Fahrzeuge mit einer Axt zu erschlagen, dann brauchte er wirklich eine gute Erklärung für diese Geheimniskrämerei.

Langsam ging ich über den zersprungenen Asphalt zu ihm. Als uns nur noch wenige Meter voneinander trennten, rief ich: »Denk nicht, dass ich mich nicht verteidigen kann, wenn ich muss!«

Ray schien völlig verwirrt von meiner Ansage. Stirnrunzelnd sah er sich in alle Richtungen um. »Was?« Er schüttelte ungläubig den Kopf. »Wieso glaubst du, dass ich dir irgendetwas antun will?«

Wie zur Erklärung breitete ich die Arme aus, deutete auf die kahle und menschenleere Umgebung und hob die Brauen. »Vielleicht wegen des Serienkiller-Treffpunktes hier?«

Er seufzte tief. »Entschuldige, ich wollte dir damit keine Angst einjagen. Es ist nur für uns beide gleich weit hierher und außerdem fernab von … neugierigen Blicken.« Er wandte sich von mir ab und deutete auf die Straße, die zwischen den Reihen an geparkten Autos entlangführte. »Ein Spaziergang vielleicht?«

Ich nickte, weil mir eigentlich keine Wahl blieb, und wir gingen nebeneinander, aber mit gebührendem Abstand über den Asphalt. Immer wieder hob ich den Kopf, blickte die dunklen Gewitterwolken über uns an und wartete darauf, dass weiße Blitze darüberzuckten. Dass es anfing, in Strömen zu regnen oder Donner grollte. Aber die schwarzen Wolken thronten nur wie eine dunkle Warnung über uns.

Also sah ich wieder zu Ray. »Okay, ich weiß ehrlich gesagt nicht, mit welcher Frage ich anfangen soll.«

Er lächelte, aber es wirkte eher bitter. Dann schob er die Hände in seine Manteltaschen und antwortete schulterzuckend: »Ich fürchte, dass ich dir nicht alle deine Fragen beantworten kann, aber du kannst es zumindest versuchen. Ich werde so ehrlich sein, wie ich kann.«

»In Ordnung: Was weißt du vom Tod meines Vaters Eli?«

Meine harten Worte ließen ihn zusammenzucken. Seine Miene wirkte traurig. »Nichts. Wie die anderen Wächter habe auch ich nur erfahren, dass er einen Unfall hatte.«

Ich presste die Lippen zusammen. »Ihr beide hattet kurz davor Kontakt. Kanntet ihr euch gut?«

»Wir kannten uns von früher. Meine Familie wollte nie etwas mit dieser ganzen Wächtergesellschaft zu tun haben, abgesehen von meiner Tante. Sie hat diese ganzen Leute, diese Legende verehrt, hat sie uns Kindern ständig erzählt, als wir noch klein waren. Selbst die unbekannten, die geheimen Geschichten, die kaum jemand sonst kannte, hat sie aufbewahrt und immer wieder vorgelesen. Schon als kleine Kinder hat sie uns mit nach London genommen, in den Ferien, um uns heimlich mit zu den Festen der Harrisons zu nehmen. Natürlich ohne die Erlaubnis meiner Eltern. Dort habe ich damals auch Eli kennengelernt, kurz bevor er aus London verschwunden ist. Vor einem Jahr sind dann … meine Kräfte erwacht.« Ray holte tief Luft, und ich starrte ihn von der Seite an.

»Moment«, sagte ich, »das heißt … du bist wirklich der Erbe von Tristan? Was ist deine Magie?«

»Nichts Besonderes. Ich kann sehen, ob mein Gegenüber gute oder schlechte Absichten hat. Es ist ein bisschen, als würde ihnen eine Wolke über dem Kopf hängen, und je dunkler sie ist, desto weiter entfernt von dem, was ich als gut empfinde, ist sie. Es ist völlig subjektiv und deshalb wahrscheinlich nicht sonderlich aussagekräftig. Den anderen Wächtern war meine Familie sowieso völlig egal. Aber das Schmuckstück meiner Tante wollten sie, die Ohrringe von Tristan. Sie musste Frederick Harrison nahezu anflehen, sie behalten zu dürfen, obwohl es ein altes Familienerbstück von *uns* war.« Er schüttelte den Kopf, und ich konnte Wut in seinen dunklen Augen erkennen. »Sie hat ihnen trotzdem versprochen, jederzeit bereitzustehen, wenn es so weit ist und die Prophezeiung eintritt. Wenn die Schmuckstücke vereint werden können. Und als sein Sohn, Archer Harrison, letztes Jahr bei uns auftauchte, hat sie sie ihm bereitwillig überlassen.«

»Nur dass die Ohrringe eine Fälschung waren«, sagte ich leise.

Rays Kiefermuskeln spannten sich an. Er machte ein paarmal den Mund auf und wieder zu, als wollte er etwas sagen, aber dann nickte er nur. »Du weißt es – das heißt, sie wissen es auch, oder?«

»Die Harrisons? Ja. Deswegen waren Archer und ich bei dir. Du kannst dir kaum vorstellen, wie wütend Frederick Harrison war.«

»O doch, das kann ich.« Ray schüttelte wieder den Kopf. »Ich habe ihn damals kennengelernt. Ich habe mich vor ihm gefürchtet, so wie ich die meisten anderen gefürchtet habe, dort in London. Bis auf deinen Vater.« Er sog langsam die Luft ein, bevor er weitersprach. »Er war nett zu mir. Freundlich, zuvorkommend und vor allem ehrlich. Ich habe ihn in guter Erinnerung behalten. Und dann rief er mich vor acht Jahren plötzlich wie aus dem Nichts an. Er war völlig durch den Wind, erzählte mir, dass er vor Kurzem wieder nach London gekommen war und mich um eine dringende Sache bitten musste. Etwas sehr, sehr Wichtiges. Also haben wir uns in London getroffen.«

Ray blieb mitten auf der Straße stehen, die Hände in den Hosentaschen, und drehte sich zu mir um. Sein Blick war unheimlich ernst. »Er sah furchtbar aus. Als hätte er seit Wochen nicht geschlafen. Und was er mir erzählte, erklärte mir das auch ziemlich schnell.«

»Was hat er erzählt?«

»Dass die Prophezeiung in Erfüllung ging, aber nicht so, wie die Ritter sich das wünschten. Dass Morgana, die dunkle Hexe, wiederkehren und uns alle vernichten würde. Und London und die Welt in ein sehr, sehr düsteres Zeitalter stürzen würde.« Er sagte es mit einer Grabesstimme, die mir sofort wieder eine Gänsehaut über den Körper jagte.

»Aber Morgana ist tot, oder? Artus hat sie damals getötet«, wiederholte ich, was ich noch von der alten Geschichte wusste. Was ich in der Vision gesehen hatte. Mich durchlief ein eisiger Schauer, als ich an den Schemen auf der Kreuzung dachte, an die weißen Flammen und das unheimliche Kreischen. Es war unmöglich, dass das Morgana persönlich war, oder?

Ray zuckte nur mit den Schultern. »Ja, wenn man den Geschichten meiner Tante glauben kann, hat Artus sie damals vernichtet. Aber dein Vater war trotzdem davon überzeugt.«

»Aber wieso?«

Er musterte mich durchdringend, als würde er in meinem Gesicht etwas suchen. »Wegen dir«, erklärte er dann vorsichtig. »Du warst damals noch ein Kind, aber du hattest anscheinend einen Traum, eine Vision, die ihm gehörige Angst eingejagt hat.«

Ungläubig schüttelte ich den Kopf. »Das ist unmöglich, daran würde ich mich erinnern.«

»Ach wirklich? Erinnerst du dich an jeden Albtraum, der dich ins Bett deiner Eltern getrieben hat? Also ich nicht.« Ray seufzte. »Ich weiß nicht, welcher Teil der Legende, der Prophezeiung, stimmt. Ich glaube nicht an eine Rückkehr der Hexe. Aber dein Vater hat nachgeforscht und erzählt, dass er einen Teil der Prophezeiung gefunden hat, in der von einer Bedrohung gesprochen wird. Er war verzweifelt, und er hat mich nur um eine Sache gebeten: das Schmuckstück von Tristan gegen eine Kopie zu tauschen. Er hat gesagt, dass Frederick Harrison nach den Schmuckstücken suchen würde und dass ich es ihm auf keinen Fall überlassen darf. Viel mehr hat Eli gar nicht erklärt, er schien es wirklich eilig zu haben und war völlig abgehetzt, aber er hat mir versprochen, zu mir zu kommen und mir alles zu erklären. Und weil Eli ein guter Mensch mit guten Absichten war, habe ich nicht weiter nachgefragt, sondern einfach getan, was er wollte.«

Ich spürte, wie mein Herz hart von innen gegen meine Rippen sprang. Es raubte mir beinahe den Atem. »Warum glaubst du, hat er das von dir verlangt?«

»Nach dem, was er mir von Morgana erzählt hat, vermute ich, dass er sie selbst aufhalten wollte. Und er hat Frederick Harrison, meiner Meinung nach völlig zurecht, nicht vertraut. Wenn er das Schwert bekommen hätte, hätte er es nie wieder aus der Hand gegeben, aus reiner Machtgier. Vermutlich wollte Eli Excalibur selbst finden, um die Hexe zu besiegen. Auch wenn das unmöglich sein sollte, für beide, wenn man den Legenden glaubt.«

Überrascht hob ich den Kopf. »Es ist unmöglich, Excalibur zu finden?«

»Nach dem, was Eli herausgefunden hat, ja. Zumindest nicht ohne Guinevere. Sie war die Frau von Artus und angeblich von der Magie der Seen gesegnet. Sie hat das Schwert damals erschaffen, zusammen mit Merlin, und sie soll auch die Einzige sein, die es wiederbringen oder zerstören kann. Aber sie hatte keine Erben, keine Nachkommen. Und angeblich kann auch nur der wahre Erbe von Artus das Schwert nutzen – und der König starb damals durch die Hand von Morgana.« Er zuckte erneut mit den Schultern. »Ich kann dir nicht sagen, was genau dein Vater vorhatte, weil ich ihn danach nie wiedergesehen habe. Nur Tage nach unserem Treffen hatte er seinen … Unfall.« Er sagte es langsam, bedacht und sah sich dabei wieder auf dem leeren Parkplatz um. Dann ging ein Ruck durch seinen Körper. »Ich weiß nur, dass Eli die besten Absichten hatte. Er wollte Gutes tun. Und diese ganze Geschichte ist nicht gut für ihn geendet.« Ray griff in seine Manteltasche, und als er sie wieder herauszog, hielt er ein kleines Schmuckkästchen in der Hand.

Hitze schlug mir entgegen, als hätte er zwischen uns ein Feuer entfacht.

Er ließ das Schmuckkästchen aufschnappen, und der Anblick von Tristans Ohrringen raubte mir beinahe den Atem. Selbst in der aufsteigenden Dunkelheit funkelten sie immer noch wie Sterne.

»Ich will nichts mit dieser Sache zu tun haben, Harper«, sagte er. »Nicht nach allem, was passiert ist. Vielleicht ist die Hexe Morgana irgendwie zurückgekehrt, oder es war eine andere dunkle Magie. Vielleicht geht es hier auch nur um die verdammt unheimliche Harrison-Familie, egal was, kein Teil davon soll in die Nähe meiner Familie kommen. Nimm du sie.« Er ließ die Schmuckschatulle wieder zuschnappen und steckte sie mir, bevor ich mich wehren konnte, in die Tasche meiner Strickjacke. Erneut ging ein Ruck durch seinen Körper, und er zog die Hand nur sehr langsam zurück, als müsste er seine Muskeln dazu zwingen. Sein Schmuckstück aufzugeben, schien ihn alle Überwindung zu kosten, die er aufbringen konnte.

In mir wollte schon die Panik ausbrechen, aber von der Tasche meiner Strickjacke ging plötzlich eine solche Hitze aus, dass sie mich vollkommen erfasste. Sie durchströmte mich, erfüllte mich mit Mut, den ich eigentlich nicht hatte, und ließ mich überrascht ausatmen.

Ray blickte mich an, als würde er mich zum ersten Mal sehen. Dann blinzelte er ein paarmal hintereinander, als würde er einen Fremdkörper in seinem Auge spüren. »Ich kenne dich nicht, Harper, aber ich kannte deinen Vater. Du und er, ihr seid euch ähnlich. Er hatte gute Absichten, und deine Wolke ist heller als die jedes anderen Menschen. Wenn ich jemandem vertrauen kann, dann dir. Und ehrlich gesagt will ich diese Verantwortung auch nicht mehr länger meiner Familie zumuten.« Er ließ die Schultern sinken, und ich konnte nicht sehen, ob es Erleichterung war oder die Schwere des Abschiedes von dem Schmuckstück, das eigentlich sein Schicksal war. Aber sein Gesichtsausdruck wirkte entschlossen. »Tu damit, was du willst. Behalte sie, wirf sie in einen tiefen Brunnen oder schnapp dir Excalibur selbst. Sofern das ohne Guinevere überhaupt möglich ist. Du wirst schon die richtige Entscheidung treffen.« Wie um sich selbst noch einmal zu beruhigen, wanderte sein Blick in Richtung meiner Stirn. Da, wo er wahrscheinlich die von ihm beschriebene Wolke sehen konnte, die meinen Kopf umwaberte und mich in eine Schublade zwischen Gut und Böse steckte. Fast augenblicklich entspannte er sich wieder etwas.

Ich stand einfach da, die Hände zu Fäusten geballt, und versuchte, nicht an die unheimliche Hitze in meiner Tasche zu denken. »Das war's? Du gibst sie mir und haust einfach ab aus der Geschichte? Ich bin nicht hierhergekommen, weil ich den Plan meines Vaters fortführen, sondern weil ich Antworten haben wollte.«

»Herzlichen Glückwunsch, jetzt hast du beides.« Ray zuckte mit den Schultern, dann zog er den Kragen seines Mantels hoch, machte einfach auf dem Absatz kehrt und lief zurück zur Tankstelle. »Ich schick dir alle Infos, die Eli mir noch hat zukommen lassen, und dann bin ich raus aus der Geschichte. Hoffentlich für immer.«

Ich hätte ihm folgen können. Ihm das Schmuckstück seiner Familie einfach hinterherwerfen können, schreiend und schimpfend. Aber ich tat nichts davon. Ich hatte alle Antworten, die er mir hatte geben können, da war ich mir sicher. Mein Vater hatte ihm vertraut, und aus irgendeinem Grund wusste ich, dass ich das auch konnte. Und auch wenn da in meinem Inneren noch Widerstand war, eine vernünftige Stimme, die protestierte, wusste ich, dass ich sie ignorieren würde.

In dem Moment, in dem ich den Schemen, was auch immer er war, gesehen hatte, war meine Entscheidung gefallen. Die weißen Flammen, die das Leben unschuldiger Menschen ausgelöscht hatten, begleitet von dem Kreischen, dem Flüstern. Beinahe hätten sie auch Willow das Leben gekostet, das meiner besten Freundin.

Ohne nachzudenken, ließ ich die Finger in die Tasche gleiten, berührte den warmen Stoff, und Hitze erfüllte mich, die vielleicht gar nicht meine war, sondern Tristans.

Ich würde diese dunkle Macht aufhalten.

Ich wusste nur noch nicht, wie.

KAPITEL 37

Als ich endlich am Krankenhaus ankam, war es bereits so spät, dass die Schwestern mir seltsame Blicke zuwarfen. Ich war mir eigentlich sicher, dass sie mich gar nicht mehr auf Station zu Willow lassen würden, aber sie nannten mir sofort die Zimmernummer und erklärten, wie ich zu ihr kam. Also nahm ich den Aufzug hoch zur Unfallchirurgie, auf der man sie untergebracht hatte, und suchte nach Raum Nummer vierunddreißig.

Es war ein modern eingerichtetes Zweibettzimmer mit einem großen grauen Schrank und einem kleinen Tischchen in der Mitte, auf dem ein Strauß halb verwelkter Tulpen in einer Vase steckte. Das Bett an der Tür war leer, aber zerwühlt, also war die Patientin wohl gerade auf der Toilette oder auf einem Spaziergang unterwegs.

Willow lag im Bett am Fenster, die Decke ordentlich aufgeschlagen. »Endlich«, stöhnte sie. »Ich habe bestimmt schon zum dritten Mal die Beschreibung auf der Shampooflasche gelesen, weil ich mich so gelangweilt habe. Was hat dich aufgehalten?«

Der uralte Kampf der Ritter der Tafelrunde mit einer mächtigen, dunklen Macht.

»Der Verkehr«, sagte ich und blickte auf die Tasche hinunter, die Ada offensichtlich für Willow gebracht hatte. Wieder stieg ein Hauch Wärme in mir auf. »Sie haben noch nicht wieder alles im Griff seit dem Unfall.«

Sie zog leicht die Stirn kraus. »Weiß man mittlerweile, was da passiert ist?«

Ein Schaudern ging durch meinen Körper. Ich schüttelte den Kopf und wechselte schnell das Thema: »Hat Ada dir alles gebracht, was du brauchst?«

Willow nickte, und glücklicherweise trat ein freudiges Funkeln in ihre Augen. »Sie hat mir ein paar ihrer Klamotten geliehen, damit ich es hier bequem habe, bis sie mein Auto geborgen und meine Sachen gefunden haben. Wenn davon noch etwas übrig ist. Außerdem hat sie mir zwei Bücher eingepackt, ein paar Süßigkeiten und Marshall.« Sie hielt einen Teddybären mit dicker roter Schleife und hängendem Knopfauge hoch und zeigte ihn mir grinsend. »Sie meint, dass sie ihn immer dabeihatte, wenn sie als Kind ins Krankenhaus musste oder zum Arzt. Wirkt wohl Wunder.« Willow zupfte gerührt an dem Knopfauge. »Deine Cousine ist wirklich süß.« Sie klemmte Marshall in ihren Arm und lächelte selig.

Ich lehnte mich auf dem Stuhl nach vorn und stützte meine Arme auf der Bettkante ab. »Weißt du denn schon etwas Genaueres? Haben sie dich geröntgt? Ist irgendetwas gebrochen?«

Sie schüttelte den Kopf. »Alles heil, soweit. Aber ich soll trotzdem ein paar Tage hierbleiben, weil ein paar meiner Rippen geprellt sind und sie noch ausschließen wollen, dass ich eine Gehirnerschütterung habe. Unsere kleine Londoparty wird also ein wenig verschoben.« Willow machte ein paar Tanzbewegungen, die in einem schmerzverzerrten Gesicht endeten.

»Will«, sagte ich mahnend und legte eine Hand auf ihre. »Hör auf, bitte. Ich kann jetzt wirklich nicht an Party denken, mir sitzt der Schreck noch in den Knochen. Was dir passiert ist … was BEINAHE passiert ist …« Ich brach ab, weil ich es nicht einmal aussprechen wollte. Der Kloß in meinem Hals wurde so dick, dass ich kaum noch schlucken konnte, und ich fragte mich, ob dieses böse Wesen, der Geist der Hexe oder was auch immer es war, wohl von Willow gewusst hatte. Ob sie von mir wusste und deshalb meiner besten Freundin etwas hatte antun wollen. Was absurd war, weil ich erst seit Kurzem überhaupt von dieser ganzen Geschichte wusste, aber ich konnte die Schuldgefühle, die von innen gegen meine Stirn pochten, einfach nicht abschalten.

Willow sank ein wenig in sich zusammen und drückte Marshall noch eine Spur fester an sich. »Das wird Ärger geben.«

»Martha wird einfach froh sein, dass dir nichts passiert ist«, gab ich zurück. Ich kannte Willows Mum schon mein ganzes Leben lang und konnte mir ihren erschrockenen Blick nur zu gut ausmalen, wie sie ein schnelles Kreuz vor ihrem Gesicht machte und ein leises »Um Himmels willen« murmelte.

»Wahrscheinlich.« Willow zuckte mit den Schultern und ließ sich in ihr Kissen sinken. Sie wirkte müde und abgekämpft, wie vorhin schon. So müde, wie ich mich fühlte – nach allem, was heute passiert war.

»Und du bist dir ganz sicher, dass sie die Unfallursache noch nicht wissen?«, hakte Willow plötzlich nach. Sie sah aus dem Fenster und kaute nachdenklich auf ihrer Unterlippe herum. »Das war alles so … merkwürdig.« Ihr skeptischer Blick machte mich nervös.

»Im Radio und Fernsehen haben sie zumindest noch nichts gesagt«, antwortete ich schnell. »Aber ich bin mir sicher, dass sie es bald herausfinden werden. Als ich vorhin daran vorbeigefahren bin, waren immer noch unzählige Polizisten und Feuerwehrkräfte vor Ort, um die Sache zu untersuchen. Es bleibt nur zu hoffen, dass so etwas nicht noch einmal passiert.«

Den letzten Satz sagte ich, obwohl ich es besser wusste. Dass es wahrscheinlich längst zu spät war. Mein Vater wollte vor acht Jahren die dunkle Magie und die Prophezeiung aufhalten, und ich hatte das dumpfe Gefühl, dass seine Aufgabe nun auf mich übergegangen war. Die drückende Verantwortung, die auf mir lastete, schnürte mir beinahe die Luft ab.

»Alles okay?« Willow zog an einer meiner verirrten roten Haarsträhnen und grinste aufmunternd, als ich den Kopf hob. »Du siehst aus, als wärst du ganz woanders.«

»Na ja. Der Unfall. Es ist schwer, nicht daran zu denken«, sagte ich, weil es zumindest nur eine halbe Lüge war.

Es klopfte an die Tür, und Willow setzte sich wieder auf. »Ich hoffe, das ist die Schwester mit dem Nachtsnack. Ich verhungere schon wieder fast.«

Ich musste lachen. »Ich bin mir ziemlich sicher, dass es keinen Nachtsnack gibt.«

»Pah.« Sie grinste noch breiter, dann trat ein überraschter Ausdruck auf ihr Gesicht. »Oh. Hallo.«

Verwirrt drehte ich mich auf dem Stuhl herum und starrte Archer an, der gerade hereinkam und milde lächelte. Er trug, wie eigentlich immer, ein Hemd, das an den Ärmeln hochgekrempelt war, eine dunkle Hose und Anzugschuhe. Selbst im Krankenhaus, an einem solchen Ort, lief er noch gestriegelt herum wie ein Dressurpferd.

»Hallo, Harper. Und du musst Willow sein. Ich bin Archer«, sagte er, während er an das Bettende trat und sich darauf stützte. »Ich habe gehört, dass du deine Freundin hier besuchst. Ist alles in Ordnung?«

»Nur ein paar Kratzer und Prellungen!«, meinte meine beste Freundin grinsend. Ich konnte bereits sehen, welche Gedanken sich in ihrem Kopf formten. *Zwei heiße Typen, mit denen du dir die Zeit vertreibst?!* »Nett, dass du extra vorbeischaust.«

Ich betrachtete Archer immer noch erstaunt von der Seite. Eigentlich wollte ich schon fragen, wie zum Teufel er von Willows Unfall erfahren hatte, aber dann erinnerte ich mich daran, was Lark gesagt hatte. Dass die Wächter überall gute Verbindungen hatten, auch hier im Krankenhaus. Und vielleicht hatte es ihm auch einfach Ada erzählt.

Ich fragte mich unwillkürlich, welche Wolke Ray wohl vor Archers Gesicht gesehen hatte. Eine, die so weiß war wie meine, oder doch eher eine, die so schwarz war wie die seines Vaters? Vielleicht konnte ich ihn bei Gelegenheit noch mal danach fragen.

Plötzlich änderte sich etwas in Archers Gesichtsausdruck.

»Das ist ja schrecklich!«, rief Willow und riss mich damit aus meinen Gedanken.

Überrascht blinzelte ich. »Was ist schrecklich?«

»In welcher Traumwelt warst du denn gerade unterwegs?«, fragte sie etwas empört, bevor sie wieder auf Archer deutete. »Er kennt auch jemanden, der in den Unfall verwickelt war, allerdings noch ein paar Autos vor mir.«

Kälte schoss durch meine Blutbahnen. »Wer?«, wollte ich alarmiert wissen.

Archer war in den letzten Sekunden ernst geworden, und jetzt presste er die Lippen aufeinander. »Harry Edgerton. Er und ein Freund von ihm saßen in einem Auto sehr nah am ersten Aufprallort.«

Harry. Der Erbe von Gawain. Ich musste an sein gelangweiltes Gesicht denken, an seine Worte auf dem Ritterfest, und spürte, wie die Übelkeit in meinem Hals nach oben wanderte. Was, wenn der Angriff Harry gegolten hat? Erst seine Schwester, jetzt er … Was, wenn das Wesen versucht hatte, ihn umzubringen. Versucht …?

»Lebt er?«, fragte ich atemlos.

Archer nickte, und mir sanken sofort die Schultern vor Erleichterung ein. »Er ist schwer verletzt und liegt auf der Intensivstation, aber wie es aussieht, wird er überleben. Sein Freund hatte leider nicht so viel Glück.« Das Bedauern in seiner Stimme war deutlich. »Meine Familie ist gerade zusammen mit den Edgertons bei ihm, aber als ich gehört habe, dass du hier eine Freundin besuchst, wollte ich trotzdem kurz rüberkommen und nach euch schauen. Es ist schön, dass es dir gut geht, Willow.«

Er lächelte wieder, während sich in meinem Inneren alles zusammenzog. Helle Panik, unglaubliche Angst, die mich lähmen wollten. War dieses Wesen wirklich Morgana? Würde es auch versuchen, die anderen Erben zu töten? War das mit dem Kronleuchter auch ein Versuch, uns alle gleichzeitig umzubringen? Damit wir … was? Damit wir Excalibur nicht finden und die dunkle Macht aufhalten konnten? Ein Teil von mir hatte es bereits vorher geahnt, nach der Vision am Unfallort, nach dem, was Ray mir vorhin erzählt hatte. Aber jetzt, da ich wusste, dass Harry nur wenige Autos vor dem Feuer gewesen war, das die Massenkarambolage verursacht hatte, gab es keine Zeit mehr zu verlieren. Mein Vater war der dunklen Magie vielleicht zum Opfer gefallen, aber mit dem, was ich vermutete, durfte ich nicht zulassen, dass noch mehr passierte. Dass noch mehr Menschen starben.

Als ich ruckartig aufstand, starrten Willow und Archer mich überrascht an. Ich versuchte, so locker wie möglich zu klingen, als ich zu ihm sagte: »Kann ich dich vielleicht kurz draußen sprechen?«

»Klar«, gab Archer verwundert zurück.

Meine beste Freundin schien das nicht ganz so locker zu nehmen. »Was denn, noch mehr Geheimnisse vor mir?«, protestierte sie. »Das ist nicht fair, du wolltest mir doch ein paar Sachen erklären, wenn wir uns sehen!«

»Und das mache ich noch, versprochen. Aber nicht heute. Du musst dich erholen und auskurieren. Sobald du aus dem Krankenhaus entlassen wirst, reden wir, in Ordnung?«

Ihr war anzusehen, dass sie das alles andere als lustig fand, aber ich hatte jetzt keine Zeit dafür. Nicht wenn ich verhindern wollte, dass noch mehr Leuten etwas passierte. »Tut mir leid. Ich komme dich morgen wieder besuchen, in Ordnung?«

»Okay.« Willow presste die Lippen zusammen. »Wenn du meinst.«

Ich boxte ihr freundschaftlich gegen die Schulter, und sie zog eine Grimasse. Das würde ich in den nächsten Tagen wieder ausbügeln müssen, aber gerade gab es Wichtigeres.

Ich packte Archer am Arm und zerrte ihn nach draußen.

KAPITEL 38

»Ich hatte eine Vision«, sagte ich, kaum dass die Tür hinter uns ins Schloss gefallen war. Ich wusste immer noch nicht wirklich, wie viel ich ihm erzählen konnte. Mein Vater hatte den Harrisons nicht vertraut, zumindest Frederik Harrison nicht, und die glühenden Ohrringe in meiner Tasche bewiesen, dass auch Ray ihm nicht traute. Aber ich konnte die Wächter, so hochnäsig sie auch waren, nicht einfach in ihr Verderben rennen lassen. Selbst wenn ich meinen Vater und sein Vorhaben sowie Rays Beteiligung und das Erbstück nicht verraten konnte, musste ich ihnen irgendetwas geben.

Archer betrachtete mich von der Seite. »Was für eine Vision?«, wollte er wissen, während er mir in Richtung Intensivstation folgte.

»Von dem Unfall. Ich habe gesehen, wie er passiert ist. Das war kein normaler Auffahrunfall, es war Absicht. Ein Anschlag.«

»Ein Anschlag? Von wem?«

Das war hier die Frage. Ich schüttelte mühsam den Kopf, während wir um eine Ecke bogen und im nächsten Trakt des Krankenhauses ankamen. Der Boden unter unseren Füßen wechselte von einem schmutzigen Anthrazit in ein helles Gelb, und an der Wand waren Schilder, die uns in Richtung der Intensivstation wiesen.

»So genau weiß ich das nicht, aber … da war jemand, der den Unfall verursacht hat. Ich habe wieder einen Schemen gesehen und weiße Flammen, so wie in der Gruft deiner Familie. Das ist kein Zufall.« Ich machte den Fehler, zu Archer aufzusehen. Seine Miene war verschlossen und skeptisch, und mir rutschte das Herz in die Hose. Wenn er mir schon nicht glaubte, wie sollte ich dann seinen Vater überzeugen? »Ich habe mir das nicht eingebildet. Meine Visionen sind keine Träume, keine Einbildung, sie sind meine Magie. Ich bin die Erbin von Lancelot, und du glaubst doch an den ganzen Mist. Wieso also glaubst du mir nicht?«

»Es ist nicht so, dass ich dir nicht glaube, Harper.« Er schüttelte den Kopf und drückte den Knopf des Aufzuges. »Es ist nur so … In allen Legenden, die ich gelesen habe, waren Visionen immer nichts Genaues, nichts Greifbares. Oft nur Auslegungssache. Ich mache mir nur Sorgen, dass du dich von Bildern, die vielleicht nicht das bedeuten, was du denkst, in die Irre führen lässt.«

Während wir im Aufzug nach oben fuhren, presste ich die Lippen zusammen und versuchte, die sprudelnde Wut in meinem Bauch zu beruhigen. Er konnte nicht wissen, wie es mir mit den Visionen ging, wie sie sich anfühlten, wie echt sie erschienen. Er konnte es nicht wissen, und das durfte ich ihm nicht übel nehmen.

Als die Türen des Aufzuges aufglitten, stürmte ich trotzdem etwas verärgert voraus. Archers Eltern sah ich bereits von Weitem, sie standen in der Nähe der Eingangstür der Intensivstation, beide mit einem Pappbecher in der Hand. Sie unterhielten sich mit ernsten Gesichtern, die Eltern von Harry Edgerton waren ebenfalls bei ihnen. Zu meiner Überraschung waren auch Carter und seine seltsame Freundin Isabelle hier. Sie standen etwas abseits und unterhielten sich leise. Ob sie mit Harry befreundet waren? Oder einfach mit den Harrisons gekommen waren? Dass sie hier waren, verschlimmerte leider das ungute Gefühl in meinem Magen.

Als die Harrisons mich erblickten, sahen sie ein wenig aus, als hätten sie in eine frische Zitrone gebissen.

»Wenn das nicht Harper Bell ist«, sagte Frederick Harrison und schenkte mir ein grimmiges Lächeln, das alles bedeuten konnte. »Was machen Sie denn hier?«

»Ihre Freundin war auch in den Unfall verwickelt«, gab Archer schnell zurück, bevor ich etwas Unüberlegtes von mir geben konnte. Er räusperte sich, bevor er etwas leiser hinzufügte: »Harper sagt, dass sie eine Vision hatte, die vielleicht den Unfallhergang ... erklären könnte.«

Das war optimistischer formuliert, als er eben noch geklungen hatte.

Ich holte tief Luft und versuchte, nicht zusammenzuzucken, als sich die Augenpaare aller Harrisons und Edgertons auf einmal auf mich richteten. Ich merkte, wie auch Carter sich ein wenig näher schob, um besser hören zu können. »Ich ... ich habe die Stelle gesehen, an der es passiert ist. Da war ein Wesen, die Silhouette einer Person, die weißes Feuer beschworen und damit die ersten Autos zerstört hat.« Kaum hatte ich die Worte ausgesprochen, merkte ich selbst, wie verzweifelt und unglaubwürdig sie klangen.

Frederick Harrison starrte mich an, dann gab er etwas von sich, was nach einem Schnauben klang. »Die Silhouette eines Wesens?«

»Ja ... mehr ein Schatten, der kaum zu erkennen war, aber ...«

»Sie haben also nicht wirklich gesehen, was passiert ist.«

»Doch! Irgendwie. Aber es hat auf jeden Fall wie Magie gewirkt. Etwas Mächtiges. Und es war nicht das erste Mal, das ich diesen Schemen gesehen habe, damals im Gewölbe ...«

»Ich weiß«, unterbrach er mich mit erhobener Hand. »Ich weiß, was Sie geglaubt haben, zu sehen, aber niemand sonst im Raum hat das. Mein Kind, Sie müssen aufpassen, was Sie sich von ihrer Magie einflüstern lassen. Es gab schon Menschen in der Geschichte, die von Visionen … wahnsinnig geworden sind.« Er blickte auf mich herab, nicht amüsiert, sondern ernst, abschätzend, als würde er jeden Moment damit rechnen, dass ich mir die Klamotten vom Leib riss und schreiend herumrannte.

Ich spürte, wie sich meine Nackenhaare aufstellten. »Ich weiß, was ich gesehen habe, Mr Harrison. Ich weiß, was ich dabei gefühlt habe und dass ich mich darauf verlassen kann. Da draußen ist irgendetwas Dunkles und Böses, das den Wächtern nach dem Leben trachtet, und ich habe keine Ahnung, was ich dagegen tun kann. Ich bitte Sie um Ihre Hilfe.«

Alle starrten mich an. Dann sah Bonnie Harrison, die wie auch beim letzten Mal totenblass war, ihren Mann fragend von der Seite an.

Er aber ignorierte sie, seine Mundwinkel hoben sich leicht. »Sie müssen sich keine Sorge machen, Miss Bell. Die Hexe Morgana wurde damals von König Artus getötet, sie kann also nicht zurückkehren. Und selbst wenn es etwas Dunkles geben sollte, wie Sie sagen, dann haben wir immer noch Excalibur. Dann werden wir das Schwert an uns nehmen und das Dunkle in die Flucht schlagen, wie schon damals.«

Wie er da stand, auf mich herablächelte, er nahm mich nicht ernst. Weder meine Sorge noch meine Visionen. Und vielleicht war es vermessen von mir, wütend zu sein, weil er mit dieser Geschichte aufgewachsen war, sie von Generation zu Generation weitergegeben wurde, während ich vollkommen neu im Spiel seiner Wächter war. Vielleicht sollte ich die Ohrringe einfach aus meiner Tasche nehmen und sie ihm vor die Füße werfen, damit er dieses verdammte Schwert endlich finden konnte. Aber das warme Pulsieren in meiner Tasche, der Gedanke an meinen Vater und Rays Worte hielten mich davon ab. Dieser Mann war sich so sicher, dass er alles im Alleingang regeln konnte, dass die Prophezeiung ihm wahrscheinlich in den Arsch treten würde, bevor er Excalibur nur aussprechen konnte.

Es schnürte mir den Hals zu, aber in diesem Moment wusste ich, dass es an mir hängen bleiben würde. Die Mission meines Vaters war tatsächlich zu meiner geworden. Ich ballte die Hände zu Fäusten. »Danke, Mr Harrison«, sagte ich leise, und bevor noch jemand etwas sagen konnte, drehte ich auf dem Absatz um und lief zurück zum Aufzug. Ich bemerkte noch, wie Carter und Isabelle sich einen beinahe schon schadenfrohen Blick zuwarfen, was meine Wut nur noch mehr anfachte. Mein Herz schlug schnell, und ich versuchte mit aller Kraft, mich nicht von der Angst übermannen zu lassen. Von dem Gedanken, dass ich der ganzen Sache vielleicht nicht gewachsen war.

»Harper!« Archer folgte mir, aber ich wartete nicht auf ihn, sondern hämmerte nur wütend auf die Knöpfe des Aufzuges. Als die Türen sich teilten, hatte er mich eingeholt und hielt mich am Arm fest. »Harper, warte. Überlass das uns. Selbst wenn da wirklich etwas ist, können wir wahrscheinlich eher etwas unternehmen.«

Selbst wenn da wirklich etwas ist …

Ich riss mich los und trat in den Aufzug. »Ich habe mich doch schon bedankt, was willst du mehr?« Die Türen gingen vor seinem erschütterten Gesicht zu, doch dann kam mir ein Gedanke, und ich hielt die Hände dazwischen und zwang sie wieder zum Aufgehen. »Was weißt du über Guinevere?«

Archer stockte. Seine Lippen bewegten sich stumm, bevor er nachdenklich sagte: »Sie war die Frau von Artus. Ich weiß nicht viel, weil sie in den Geschichten nie besonders wichtig war. Nur dass sie wohl ein Verhältnis mit Lancelot hatte, aber das ist auch nur in ein paar Legenden so gewesen. Und dass sie nach dem Tod von Artus in ein Kloster eingetreten ist.«

»Keine Nachkommen?«

»Nein.«

Mist. Wenn das, was Ray gesagt hatte, wahr war, dann brauchte ich Guinevere, wenn ich dieses verdammte Schwert wollte. Wenn das wirklich das war, was ich vorhatte. Ehrlich gesagt hatte ich immer noch nicht die geringste Ahnung, was meine nächsten Schritte sein sollten. Aber vielleicht meinte die Prophezeiung auch etwas anderes, etwas, was nur mit ihr zusammenhing. Möglicherweise gab es einen anderen Weg.

»Gut, danke.« Ich zog meine Hand wieder zurück, damit die Aufzugtüren sich schließen konnten, aber diesmal schob Archer seinen Fuß dazwischen.

Zu meiner Überraschung griff er nach meiner Hand und drückte sie sanft. Er sah mich ernst an. »Ich weiß, dass du meinen Vater nicht magst und ihm nicht vertraust. Glaub mir, das verstehe ich. Aber du weißt, dass du mir vertrauen kannst, oder? Dass ich für dich da bin, wenn du etwas brauchst.« Der Druck seiner Hand wurde etwas fester, beinahe drängend, und der Intensität seines Blickes konnte ich nach einer Sekunde schon nicht mehr standhalten.

Ich senkte die Lider. »Danke, Archer. Ich weiß.«

Aber das wusste ich eben nicht. Ich hatte ihm meine Angst, meine Vermutungen mitgeteilt, und er hatte mich abgewürgt. Was seine Familie dachte, über ihn und mich und die Prophezeiung, war wichtiger. Glaubwürdiger. Und als Archer langsam zurückwich und die Aufzugtüren sich zwischen uns schlossen, spürte ich schamvolle Erleichterung in mir aufsteigen.

Ich fuhr runter ins Erdgeschoss, verließ das Krankenhaus und zog auf dem Weg zum Auto mein Handy heraus. Archer stand vielleicht nicht ganz oben auf meiner Liste vertrauensvoller Personen, so gern ich ihn trotz allem mochte, aber da waren noch andere Personen, auf die ich mich verlassen konnte. Und dass ich diese ganze Geschichte nicht allein bewältigen konnte, wusste ich. Ich würde nicht dieselben Fehler wie mein Vater machen.

Lark nahm bereits nach dem ersten Klingeln ab. »Harper?« Seine warme dunkle Stimme jagte mir einen Schauer durch den Körper, und trotz der vielen Gedanken konnte ich nicht anders, als zu lächeln.

»Hey«, gab ich zurück. »Du bist nicht zufällig im *Cinnamon Cup* oder?«

»Nein, ich bin gar nicht in London. Ich bin vorhin nach Harlow gefahren.«

Erst bei diesen Worten hörte ich, wie angespannt seine Stimme klang. Das Lächeln verschwand sofort von meinem Gesicht. »Ist Mona in Ordnung?«

»Ja. Sie hat hohes Fieber, aber wird schon wieder«, sagte er beinahe schon knurrend. »Ich habe ihr versprochen, zu kommen.« Er seufzte tief, beinahe, als würde ihn ein schlechtes Gewissen quälen, dann fragte er: »Warum rufst du an? Ist etwas passiert?«

Ich klappte den Mund auf, um etwas zu sagen, dann aber sah ich mich auf dem Krankenhausparkplatz um, und ein ungutes Gefühl machte sich in mir breit. Die Wächter hatten überall ihre Augen und Ohren, und ich wusste nicht, wo diese gerade lauerten. Deshalb entgegnete ich nur: »Ich wollte mit dir über etwas reden. Aber das muss dann wohl warten, bis du wieder zurück bist.« Das war definitiv kein Gespräch, das man am Telefon führte.

Lark klang sofort alarmiert. »Bist du in Ordnung?«

»Ja, mach dir keine Sorgen. Alles ist gut. Es gibt nur … ein paar neue Erkenntnisse«, sagte ich vage. »Gibst du mir Bescheid, wenn du wieder in London bist?«

»Natürlich, sofort. Ich werde nicht lange in Harlow bleiben«, sagte er schnell. Bei seinen Worten stieg Wärme in mir auf, die mich einhüllte und mir Sicherheit gab.

»Gut«, meinte ich lächelnd. »Dann bis hoffentlich bald.«

»Bis bald, Harper.«

Ich legte auf und seufzte. Damit war eine Person von meiner mickrigen Liste an vertrauensvollen Mitstreitern gestrichen. Aber ganz leer war das Blatt noch nicht. Ich riss die Tür des Autos auf und setzte mich hinters Steuer.

KAPITEL 39

Ada schlief schon, als ich zurück in ihre Wohnung kam, also beschloss ich, mir vor unserem großen Gespräch selbst etwas Ruhe zu gönnen. Allerdings endete das darin, dass ich rücklings auf meinem provisorischen Bett lag und an die Decke starrte, während die Gedanken in meinem Kopf umherwirbelten. Irgendwann nahm ich das alte Handy meines Vaters an mich und tippte eine Nachricht an Ray.

WIR MÜSSEN REDEN. SO BALD WIE MÖGLICH. BRAUCHE DEINE HILFE.

Er antwortete nicht, aber ich vermutete, dass er das Ding genauso versteckte, wie mein Vater es getan hatte. Also legte ich das Handy wieder weg und versuchte erneut, zu schlafen.

Das klappte auch beim zweiten Anlauf nicht besonders gut. Die meiste Zeit über wälzte ich mich nur hin und her, und als es endlich hell wurde, sprang ich aus dem Bett und ging in die Küche, um Kaffee zu machen.

Das laute Geräusch der Maschine weckte wohl auch Ada, denn kurz darauf kam sie Augen reibend aus ihrem Schlafzimmer. »Du bist aber früh wach.«

»Wir müssen reden«, gab ich ernst zurück und reichte ihr den ersten Kaffee.

»Okay.« Ada wirkte mit einem Schlag wach. Sie ließ sich an den Küchentisch sinken. »Was ist los? Geht es um deine Freundin?«

»Nein. Doch. Entfernt.« Während ich an der Küchentheke stand und auf den zweiten Kaffee wartete, nagte ich an meiner Unterlippe herum. Ich hatte nicht die geringste Ahnung, wo ich anfangen sollte, aber ich wusste, dass ich ihr alles erzählen wollte. Ada war eine der wenigen Personen, der ich nicht nur vertraute, sondern bei der ich auch wusste oder zumindest stark hoffte, dass sie mir glauben würde. Trotzdem war es unheimlich schwer, einen Anfangspunkt zu finden.

Die Kaffeemaschine gab ein rumpelndes Geräusch von sich, als die letzten Tropfen in meine Tasse geflossen waren, und ich nahm sie an mich und setzte mich Ada gegenüber an den Küchentisch.

»Du erinnerst dich doch an den Abend des Festes, als wir alle unten im Gewölbe waren und der Kronleuchter runtergekracht ist, oder?«, fragte ich.

Sie nickte.

»Und du erinnerst dich auch daran, was ich gesehen habe?«

»Einen Schatten. Eine Silhouette, richtig?« Ada nahm einen winzigen Schluck aus ihrer dampfenden Kaffeetasse und legte die Stirn in Falten. »Hast du sie wieder gesehen?«

»Ja. Mehrfach, um ehrlich zu sein. Zuletzt in einer besorgniserregenden Vision.« Ich atmete tief durch. »Es gibt ein paar Dinge, die ich dir nicht erzählt habe. Gestern, nachdem ich das erste Mal bei Willow im Krankenhaus war, waren Lark und ich am Unfallort.« Und dann erzählte ich ohne Punkt und Komma. Von der schrecklichen Vision am Unfallort, von meinem Treffen mit Ray, meinen Vermutungen und meinem Versuch, es den Harrisons zu sagen. Ich ließ keine der Informationen der letzten Tage mehr aus.

Als ich fertig war, starrte Ada mich mit schreckgeweiteten Augen an. »Du willst mir also sagen, dass dein Vater glaubte, das Böse würde zurückkehren? Und deshalb wollte er Excalibur, um … gegen das Böse zu kämpfen?«

Ich nickte, wenn auch etwas unsicher. »Das glaube ich zumindest. Ich konnte immer noch nicht herausfinden, WIE er gestorben ist, aber ich vermute stark, dass es irgendetwas damit zu tun hatte.«

»Und die Unfälle, die Brände, die Sache mit dem Kronleuchter … Das war eine dunkle Macht?« Adas Stimme wurde so leise, dass ich sie kaum noch hören konnte. »Wie Morgana damals?«

»Ich weiß es nicht. Laut Archer und Ray ist Morgana tot, gestorben durch Artus' Hand. Das hab ich auch in meiner Vision gesehen. Aber wir wissen nicht, was an diesen ganzen Geschichten von damals wirklich dran ist. Ob sie nicht doch irgendwie überlebt hat. Und ich habe jemanden gesehen. Vielleicht ist es ein Schatten der Hexe, ein Teil ihrer Magie, eine neue Bedrohung, ich weiß es nicht. Aber irgendetwas Böses ist hier und versucht, die Wächter auszulöschen. Diese ganzen Unfälle, die Brände … Es ist ein Wunder, dass es noch niemanden erwischt hat. Ich habe versucht, Archer und Frederick Harrison davon zu erzählen, aber sie haben mir gar nicht richtig zugehört. Er nimmt mich nicht ernst, und es ist nicht so, dass ich nicht damit gerechnet habe, aber nicht einmal Archer glaubt mir.« Frustriert stützte ich den Kopf in meine Hände und stöhnte auf.

Ada starrte in ihre Tasse und sagte eine ganze Weile nichts. Sie presste nur die Lippen zusammen und schien zu überlegen, ihre Hände waren zu Fäusten verkrampft. Irgendwann sah sie auf und betrachtete mich voller Sorge. »Und was machen wir jetzt?«

Obwohl ich keine Antwort darauf hatte, spürte ich Erleichterung in mir aufsteigen. Darüber, dass sie mir zu glauben schien. »Mit den Ohrringen von Tristan haben wir das letzte Schmuckstück der Ritter in unserer Hand. Trotzdem habe ich das Gefühl, dass wir sie nicht einfach zusammenbringen können, ohne dass Frederick Harrison sich Excalibur oder den Schlüssel, oder was auch immer dann erscheint, unter den Nagel reißt.« Ich seufzte.

Ada schnaubte ungläubig. »Vielleicht müssen wir ihn einfach überzeugen, dass die Bedrohung echt ist. Dass Morgana wieder da ist, oder eine andere Hexe, die ihren Platz eingenommen hat. Dann wird er vielleicht etwas unternehmen, wenn er Excalibur hat?«

»Bis er uns endlich glaubt, muss wahrscheinlich wirklich jemand gestorben sein. Und selbst dann wird er es noch auf andere Umstände schieben, wenn er irgendwie kann. Außerdem ...« Ich schluckte hart, bevor ich Ada wieder ansah. »Ich glaube nicht, dass wir ihm vertrauen können. Ray hat nicht besonders positiv über ihn gesprochen. Und auch mein Vater hat alles getan, damit ihm die Schmuckstücke nicht in die Hände fallen. Wenn wir es also irgendwie vermeiden können, ihm das letzte Schmuckstück auszuhändigen, würde ich das gern tun.«

»Okay«, sagte Ada, wenn auch wenig überzeugt. »Aber dann muss uns schnell etwas einfallen, Harper, denn um ehrlich zu sein, möchte ich wirklich nicht in weiße Flammen aufgehen. Und ich will auch nicht, dass Unschuldige da mit reingezogen werden.«

»Ich auch nicht.« Wir schoben beide unsere Hände in die Mitte des Tisches und verschränkten die Finger miteinander, um uns Halt zu geben. »Wenn es auch nur das kleinste Anzeichen gibt, dass es für uns zu heiß wird, dann überlassen wir Frederick Harrison diese verdammten Ohrringe und lassen ihn damit klarkommen, was auch immer als Nächstes passiert. Das Risiko, gegrillt zu werden, gehen wir nicht ein. Aber bis wir an diesen Punkt kommen, will ich die Hoffnung noch nicht aufgeben, dass wir vielleicht einen anderen Weg finden. Wir müssen nur irgendwie an die Schmuckstücke herankommen, ohne dass die Harrisons etwas mitbekommen.«

»Das klingt unmöglich.« Ada setzte sich kerzengerade auf und zog die Augenbrauen nach oben. »Unmöglich ohne einen Insider.«

Ich konnte förmlich in ihrem Blick lesen, was sie meinte. »Archer.« Ich stöhnte. »Aber er hat mir und meinen Visionen nicht geglaubt. Wie soll ich ihn denn überzeugen, dass er mich allein – und ohne seinen Vater einzuweihen – in die Gruft lässt? Wenn ich mit den Ohrringen anfange, will er sie doch sofort haben.«

»Vielleicht nicht.« Ada zuckte mit den Schultern. »Er mag dich, Harper. Das sehe ich. Vielleicht kannst du das … nutzen.« Sie tat sich selbst schwer mit dem letzten Wort, und ich schüttelte sofort mit dem Kopf.

»Archer ausnutzen? Das kann ich nicht machen. Seit wir uns in Liverpool getroffen haben, hat er immer versucht, mir zu helfen. Auch wenn es ihm nicht gefallen hat.«

»Dann musst du vielleicht darauf vertrauen, dass er es weiter tut. Rede noch mal mit ihm. Mach ihm klar, wie ernst die Lage ist, vielleicht wenn der Rest der Harrisons euch nicht im Nacken sitzt. Und wenn alles nicht hilft, dann lass deinen Charme spielen. Bitte, Harper.« Ihr Blick wurde tatsächlich ein wenig flehend. »Meine Eltern haben mir das mit Harry erzählt. Er wird es wahrscheinlich überleben, aber ich will nicht, dass noch jemand in seiner Lage endet. Jemand von meiner Familie, meine Eltern oder jemand, den ich kenne ...« Sie stockte und wiederholte dann noch einmal: »Bitte.«

Sie hatte recht. Das wusste ich. Ich musste alles versuchen, was in meiner Macht stand, um weitere Angriffe zu verhindern, um ihnen zuvorzukommen.

Seufzend griff ich nach meinem Handy, das noch in der hinteren Tasche meiner Hose steckte. Es war etwas Zeit vergangen, und ich konnte mir gut vorstellen, dass Archer ein Frühaufsteher war. Also wählte ich seine Nummer. Es klingelte ewig, bevor die Mailbox ansprang. Ich versuchte es noch einmal, aber er ging wieder nicht ran. Mist.

»Vielleicht ist er sauer, weil ich ihn gestern Abend so hab stehen lassen im Krankenhaus. Ich werde zu ihm fahren, um ihn abzupassen«, sagte ich nach kurzem Überlegen und stand vom Tisch auf. »Kannst du mir währenddessen vielleicht einen Gefallen tun?«

»Natürlich, was soll ich machen?«

»Haben deine Eltern vielleicht alte Bücher über die Ritter? Legenden, Geschichten, irgendetwas in der Richtung?«

Ada stöhnte, nickte aber. »Ja, im Arbeitszimmer meines Vaters stehen ein paar von den Schinken rum. Sie sind verdammt stolz auf die Dinger, aber es sind nicht mehr viele. Lass mich raten, ich bekomme eine Rechercheaufgabe? Was soll ich rausfinden?«

»Alles, was du kannst, über Guinevere«, sagte ich.

Ada runzelte die Stirn. »Artus' Frau? Wieso ausgerechnet sie?«

»Laut Ray hat sie was mit Excalibur zu tun und mit der Prophezeiung. Er wollte mir die Informationen schicken, die er von meinem Vater hatte, aber wahrscheinlich können wir uns da nicht drauf verlassen. Er hat ziemlich erleichtert gewirkt, endlich aus dieser ganzen Geschichte aussteigen zu können, wahrscheinlich hören wir gar nichts mehr von ihm. Also müssen wir unsere eigenen Nachforschungen anstellen.«

»In Ordnung. Gib mir Bescheid, was Archer gesagt hat.«

Ich nickte, steckte mein Handy wieder ein und verließ die Küche.

KAPITEL 40

Auf dem Weg zum Anwesen der Harrisons versuchte ich immer wieder, Archer zu erreichen. Erst als es nur noch wenige Fahrminuten mit der Bahn waren, nahm er endlich ab.

»Harper?«

Es war nur ein Wort, aber ich hörte sofort, dass etwas nicht stimmte. Diese Anspannung in seiner Stimme ging über sein übliches Maß hinaus, und sofort brauten sich in meinem Kopf Horrorgedanken zusammen. Etwas war passiert. »Was ist los?«, wollte ich alarmiert wissen und presste meinen Rücken in den Sitz der U-Bahn.

Archer antwortete nicht, er atmete nur schwer. Im Hintergrund konnte ich vorbeiziehende Straßengeräusche hören, als würde er im Auto sitzen und hätte das Fenster weit aufgemacht. »Warum rufst du an?«, fragte er schließlich nach quälend langen Sekunden.

Wollte er etwa ablenken? Das ließ die Panik in mir noch höher lodern. »Ich wollte mit dir sprechen«, gab ich zurück. »Aber so wie du klingst, bist du derjenige, der etwas auf dem Herzen hat. Sag schon, was los ist, Archer.«

»Ich …« Er stoppte, und in der Leitung war ein Hupen zu hören. »Mein Vater ruft mich an. Ich muss auflegen. Aber ich bin bald zu Hause, wir treffen uns dort. Klingle nicht, warte einfach auf mich.« Und dann legte er auf.

Ungläubig starrte ich auf mein Handy, und mein Herz machte einen unangenehmen Hüpfer. Das war nicht gut. Das war gar nicht gut.

Ich zog mich an der Metallstange aus meinem Sitz hoch und stolperte zum Ausgang. Den Weg über den Bahnsteig bekam ich kaum mit, weil mein Kopf so mit Angst vollgestopft war. Hatte diese dunkle Gestalt wieder zugeschlagen? Hatte sie es diesmal geschafft, war jemand tot? Die Schuld pochte so heiß und schmerzhaft in meiner Brust, dass ich sie kaum ausblenden konnte. Hätte ich Frederick Harrison doch Tristans Ohrringe geben sollen? Hätte ich damit etwas verhindern können?

Meine Beine zitterten, als ich die U-Bahn-Treppe nach oben nahm und den Weg zum Anwesen der Harrisons einschlug. Ich lief nicht ganz bis zum Haus, sondern blieb ein paar Gebäude vorher stehen und lehnte mich mit dem Rücken an eine Steinmauer, die einen Garten einrahmte. Was war nur passiert? Ich versuchte, mich auf das Schlimmste gefasst zu machen, während ich wartete.

Archer brauchte noch fast fünfzehn Minuten, bis sein Wagen endlich in die Straße einbog. Ich stieß mich von der Mauer ab, und das Auto wurde neben mir langsamer. Als er am Bordstein hielt, riss ich die Beifahrertür auf und ließ mich auf den Sitz fallen.

»Rede mit mir«, sagte ich sofort, doch Archer schüttelte steif den Kopf. Sein Gesicht war bleich, seine Hände, mit denen er das Lenkrad fest umklammerte, angespannt.

»Warte«, sagte nur und fuhr zum Anwesen seiner Familie. Er bog um die Hausecke und parkte in eine Tiefgarage dahinter ein, die sich mit einem Knopfdruck vor uns geöffnet hatte. Nur wenige Sekunden später umfing uns Dunkelheit. Archer machte den Motor aus, atmete rasselnd ein und stieg dann aus.

Ich folgte ihm, um das Auto herum zu einer Tür, die ins Haus führte. Ich kannte den Gang nicht, der sich vor uns auftat, aber als ich nach rechts blickte, glaubte ich, den Flur zum Kellergewölbe zu erkennen. Meine Nackenhaare stellten sich auf, aber Archer bog in die andere Richtung ab, und ich folgte ihm weiter. Sein Schritt war schnell, sein Gesicht immer noch totenbleich, als müsste er sich jeden Moment übergeben.

Wir kamen in einen Bereich des Anwesens, den ich noch nicht kannte. Der Gang öffnete sich in einen wunderschönen Wintergarten, an dessen Glaswänden sich üppige Pflanzen entlangreihten. Mein Blick glitt nur kurz über den glänzenden Marmorboden bis hinauf zu der Kuppel am Dach, bevor ich wieder zu Archer sah, der so viele Fenster aufriss, wie er zwischen den Pflanzen erreichen konnte. Dann ließ er sich mit verschränkten Armen auf einen der weißen Korbsessel fallen und stützte den Kopf in eine Hand.

Er sah furchtbar aus, sein Blick war starr auf einen unsichtbaren Punkt in der Luft gerichtet. Noch bevor ich erneut nachfragen konnte, machte er endlich den Mund auf: »Ich war bei den Tristan-Erben.«

Die Gänsehaut in meinem Nacken prickelte unangenehm. »Okay?«, sagte ich. Wusste er etwas? Hatte Ray ihm von unserem Treffen erzählt? Von den Ohrringen, die er mir gegeben hatte? Oder war sogar seine Tante aufgewacht?

Archer räusperte sich. »Vater war deutlich, dass er die Familie nicht mit so etwas davonkommen lassen wollte. Er war unheimlich wütend wegen dieser Geschichte. Deshalb wollte ich noch einmal hinfahren und mit Raymond sprechen. Wollte ihn ausfragen, was er über die Schmuckstücke wusste. Aber …« Er schüttelte den Kopf »Jemand war vor mir im Haus.«

Ich starrte ihn sekundenlang an, und plötzlich schoss ein panisches Brennen in meiner Brust auf. »Was meinst du damit, dass jemand vor dir da war?«

»Ich war extrafrüh dort, um ihn vor der Arbeit abzupassen. Aber … die Tür des Hauses war aufgebrochen. Das ganze Haus war verwüstet und …« Er räusperte sich erneut. »Da war überall Blut, Harper. Überall. Auf dem Boden, an den Wänden, es sah aus, als hätte ein Massaker stattgefunden.«

Eine Sekunde war es ganz still in mir. Dann brach das Chaos in meinem Kopf aus. »Was? Was meinst du damit, überall Blut? War jemand dort? Hast du etwa … jemanden gefunden?«

»Ich bin nicht weiter hineingegangen. Ich … ich konnte das nicht. Aber …« Er sprach es nicht aus, aber ich wusste, was er sagen wollte. Rays Tante war noch im Krankenhaus, und in diesem Haus wohnten nur die beiden. »Es war so viel Blut.« Er schüttelte sich und sprach dann weiter, auch wenn ich ihm kaum noch zuhörte. »Ich habe die Polizei angerufen und danach meinen Vater. Er meinte, er kümmert sich darum. Ich soll zurückfahren. Er hat sogar mit den Polizisten geredet. Als du und ich telefoniert haben, hat er mich zurückgerufen. Er hat gesagt, dass die Polizei im Haus … Raymonds Leiche gefunden hat.«

Ich hatte das Gefühl, mich übergeben zu müssen. Ray. Wir hatten uns gestern noch getroffen, hatten geredet, und jetzt war er tot. Jemand hatte ihm das angetan. Jemand war ihm auf die Schliche gekommen.

»Harper.« Archer sprang vom Stuhl und umklammerte meine Hände. »Atmen«, sagte er, auch wenn er es selbst kaum richtig auf die Reihe bekam.

Aber er konnte mich nicht beruhigen. Mein Blick fiel auf das Blut auf Archers Hemdärmel, und ich zwang mich, ihm ins Gesicht zu sehen. »War es verbrannt dort?«

»Was?«

»Gab es Spuren eines Brandes? War etwas verkohlt? Verbrannt?«

Er zog die Augenbrauen zusammen, und ich wusste, dass er verstand, worauf ich hinauswollte. »Nein«, gab er zurück. »Nein, da war kein Feuer, Harper. Da ist jemand bei Ray eingebrochen und hat … keine Ahnung, auf ihn eingestochen oder auf ihn geschossen. Keine Magie, kein dunkles Wesen, einfach nur ein …« Er beendete den Satz nicht, aber sein Griff wurde fester.

Kein Feuer. Aber ich konnte trotzdem nicht ausschließen, dass es nicht diese dunkle Macht gewesen war. Dass sie nicht nach den Ohrringen gesucht hatte und Ray im Weg gewesen war.

Meine Augen füllten sich mit Tränen, und die ersten rannen mir heiß über die Wangen. Ray hatte nur seine Familie beschützen wollen. Und jetzt hatte er mit seinem Blut dafür bezahlt. Die Tränen tropften auf den rosafarbenen Marmorboden unter meinen Füßen, und die Schuld schien mich zu erdrücken. Hätte ich seinen Tod verhindern können? Wäre er nicht gestorben, wenn wir uns nie getroffen hätten? Auch wenn keine Brandspuren in seinem Haus waren, ich konnte nicht ausschließen, dass es diese böse Macht gewesen war. Der Schatten.

»Sie werden den Schuldigen finden«, versuchte Archer, mich zu beruhigen. Mit der Hand strich er mir über den Rücken, die Schulter, aber der Boden unter mir verschwamm trotzdem immer und immer wieder vor meinen Augen.

Etwas kratzte an meinem Hirn. An meinen Erinnerungen. Eine dunkle Erkenntnis rollte an mir heran. Und alles in mir erstarrte.

Mein Herz schlug sofort wieder in einem so schnellen Takt, dass ich kaum noch Luft bekam. »Der Boden …«

Archer starrte mich verwirrt an und dann den Marmorboden unter unseren Füßen. »Was?«

»Es ist …« Ich sah das Gesicht meines Vaters, sah die Blutlache, die sich in meiner Vision unter ihm ausgebreitet hatte, auf dem rosafarbenen Marmorboden. »Das ist der Boden, auf dem mein Vater starb.«

Archer riss den Kopf hoch. Seine kaffeeschwarzen Augen waren vor Entsetzen geweitet. »Wie bitte?«

»Ich habe es in meiner Vision gesehen!« Meine Stimme wurde mit jedem Wort höher, hysterischer. »Ich habe gesehen, wie er starb! Und es war HIER!« Meine Gedanken überschlugen sich, als ich meine Hände aus Archers zog. »Ich weiß es genau, ich erkenne ihn wieder! Mein Vater ist hier gestorben!«

Archer schien nicht zu begreifen.

Aber ich begriff, und mein Herz zog sich schmerzhaft zusammen.

»Was … was ist mit ihm passiert, Archer?«, fragte ich mit erstickter Stimme.

»Ich habe doch schon gesagt, dass ich es nicht weiß!«, antwortete er hart. Dann stand er langsam auf und machte einen Schritt zurück, von mir weg. »Halt, was willst du damit andeuten? Dass ich etwas damit zu tun habe?«

»Nein. Nein, du …« Ich presste die Lippen zusammen. Wusste er wirklich nichts? Hatte er wirklich keine Ahnung, oder deckte er jemanden? Seinen Vater? Ich wollte es nicht glauben, aber der schreckliche Gedanke grub sich so tief in meinen Kopf, dass ich nicht mehr davon wegkam.

Archer verengte die Augen zu Schlitzen. Plötzlich war da keine

Wärme mehr, keine Weichheit, kein Mitgefühl. Seine Kiefer spannten sich an. »Willst du meine Familie des Mordes bezichtigen?«

Ich wusste nicht, was ich darauf sagen sollte. Noch während ich versuchte, die passenden Worte zu finden für die Gefühle, die mich durchströmten, drückte Archer den Rücken durch.

»Du solltest gehen, Harper.«

»Archer …«

»Jetzt.« Seine Stimme war hart und duldete keine Widerrede. Und wahrscheinlich hätte ich ihm auch keine geben können.

Also drehte ich mich nur auf dem Absatz um und verließ den Wintergarten durch die Glastür.

KAPITEL 41

Mir war schlecht vor Angst und Schuldgefühlen, und ich musste mich am Geländer festhalten, als ich die Treppe zu Adas Wohnung nach oben ging. Ich hätte den Aufzug nehmen können, aber ich wollte den Moment hinauszögern, in dem ich Ada gegenübertreten und ihr alles berichten musste, was ich erfahren hatte. Die Welt verschwamm vor meinen Augen immer wieder, und ich hatte das Gefühl, einfach weinend zusammenbrechen zu können.

Ray hatte mir geholfen, er hatte mir die Ohrringe von Sir Tristan überlassen, und jetzt war er tot. Ermordet. Mein Vater hatte versucht, diese dunkle Macht aufzuhalten, die jetzt alle Wächter in Angst und Schrecken versetzte, und er war ebenfalls tot. Was würde mir passieren, wenn ich so weitermachte, wenn ich mich weiter in diese Geschichte verstrickte? Willow war bereits verletzt worden, aber wenn wir noch mehr Zeit vergeudeten, würde wahrscheinlich etwas noch viel Schlimmeres passieren. Es war, als würde eine Waffe auf meinen Kopf zielen, aber ich konnte nicht sehen, aus welcher Richtung, weil meine Augen verbunden waren.

Ich dachte zurück an die Vision, die ich von Morgana und Artus gehabt hatte, wie das Schwert sie damals durchbohrt hatte. Hatte sie doch irgendwie überlebt? Oder war es eine andere, ähnlich mächtige Hexe, mit der wir es hier zu tun hatten? Egal, wer es war, was war ihr Ziel? Die Wächter töten, um zu verhindern, dass sie Excalibur fanden? Es war das Einzige, was ihr damals etwas hatte anhaben können. Das Einzige, was der Legende nach das Böse aufhalten konnte. Aber was zur Hölle sollte ich dagegen tun? Was hatte mein Vater gedacht, was er tun könnte?

Es war, als würde sich etwas um meine Brust schnüren und immer enger werden, mit jedem Schritt, den ich ging. Konnte ich überhaupt etwas tun, um das schlimme Gewitter noch abzuwenden, das sich unheilvoll über uns zusammenbraute, bevor seine Blitze in London einschlugen?

Meine Finger zitterten, als ich Adas Ersatzschlüssel in das Schloss zu ihrer Wohnung steckte. Die Tür sprang auf, und ich trat mit hängenden Schultern in den schmalen Flur. »Ada?«, fragte ich erschöpft.

»Hier, Harper!«, rief sie sofort aus dem Wohnzimmer.

Ich wollte den Gang durchqueren, blieb aber überrascht stehen, als jemand in den Türrahmen trat. Jemand mit dem wahrscheinlich grimmigsten Gesichtsausdruck der Welt.

»Lark!«, schrie ich beinahe, obwohl ich es gar nicht beabsichtigt hatte. Nur eine Sekunde später schloss er schon die Arme um mich, hüllte mich in die Wärme seiner Berührung ein, und ich drückte mein Gesicht an seine Brust. Das Lächeln, das mir dabei auf die Lippen wanderte, wurde von Tränen begleitet. »Du bist wieder in London«, flüsterte ich in den weichen Stoff seines Kapuzenpullis, um Fassung bemüht. Aber die unheimliche Erleichterung, ihn zu sehen, belegte meine Stimme.

Ich spürte, wie er den Griff um meinen Körper verstärkte. »Dieses Telefongespräch gestern hat mich … beunruhigt. Ich wollte sehen, ob es dir gut geht. Also bin ich heute Morgen zurück nach London gefahren. Ada meinte, du bist bei Archer, also dachte ich, ich warte einfach hier auf dich.« Er hob die Hand und drückte mich sanft etwas von sich, um mir ins Gesicht sehen zu können. Sein Blick war ernst, als er mir die Tränen wegwischte. »Was ist passiert?«

Die Wärme, die Ruhe in seiner Stimme brachte das unruhige Summen in meinem Inneren zwar nicht zum Verstummen, aber es drehte die Lautstärke so weit runter, dass ich wieder klarer denken konnte.

»Ray. Der Erbe von Tristan. Er hat mir die Ohrringe gegeben, die Originale.« Es war das Erste, was ich über die Lippen brachte. Das Erste, was ich formulieren konnte, weil ich den Streit mit Archer und die Ursache dafür noch nicht ganz hatte verarbeiten können.

Während ich sprach, berührte Lark sanft meinen Arm und deutete mir, ihm ins Wohnzimmer zu folgen.

Ada saß auf der Couch, drei dicke, aufgeschlagene Bücher neben sich und den Laptop auf dem Schoß. Sie lächelte mir entgegen, aber ihre Mundwinkel sanken beinahe sofort wieder, als sie meinen Gesichtsausdruck bemerkte.

Lark drückte mich neben die Bücher auf die Couch und lehnte sich dann auf die Rückenlehne, um mich im Auge zu behalten.

So elend, wie ich mich fühlte, war ich wahrscheinlich totenbleich. Ich sah erst ihn und dann Ada an, bevor ich sagte: »Ray … Archer war heute Morgen noch mal bei ihm zu Hause. Er hat das Haus vollkommen verwüstet mit einer riesigen Blutlache am Boden vorgefunden.« Bei dem Gedanken fing ich an zu zittern, und Ada atmete geräuschvoll ein. »Ray ist … Er ist tot.«

Lark zuckte zusammen. Er griff sofort nach meiner Hand und

drückte sie sanft. »War es wieder das Wesen?« Seine Stimme klang angespannt, aber ich schüttelte den Kopf.

»Ich weiß es nicht«, gab ich zu, »aber um ehrlich zu sein … ich glaube es nicht. Archer meinte, dass es keine Zeichen von einem Feuer gegeben hat. Dieser Schatten hat die letzten Male weiße Flammen benutzt, warum sollte er diesmal plötzlich davon abweichen?«

Er presste die Lippen aufeinander und überlegte einen Moment, bevor er fragte: »Und was hat Archer dort gemacht?«

»Sein Vater hat ihn hingeschickt, um nach dem Original des Schmuckstückes zu suchen.«

Lark schnaubte leise, ehe er in die Ferne starrte und auf seiner Unterlippe kaute.

»Schau bitte nicht so«, sagte ich. »Ich weiß, dass ihr euch nicht leiden könnt, aber Archer war es nicht. Auf keinen Fall. Er könnte nie im Leben jemanden umbringen, du hättest sehen sollen, wie erschüttert er darüber war.«

»Archer ist ein Snob. Mehr traue ich ihm auch gar nicht zu«, brummte Lark immer noch, ohne mich anzusehen. Seine blauen Augen funkelten gefährlich. »Bei seinem Vater wäre ich mir allerdings nicht so sicher.«

Ada klappte den Laptop zu und schloss die Arme darum, als müsste sie sich an irgendetwas festhalten. Entsetzen lag auf ihrem Gesicht. »Hey, ich weiß, dass Frederick Harrison ein unangenehmer Typ sein kann, aber unsere Familien kennen sich seit Ewigkeiten. Ich habe als kleines Kind auf seinem Schoß gesessen. Denkt ihr wirklich, dass er jemanden umgebracht haben könnte?«

Lark schnaubte nur wieder, und meiner Cousine war deutlich anzusehen, dass sie es nicht hören wollte, aber ich konnte es auch nicht verschweigen.

»Ich habe den Boden gesehen, auf dem mein Vater gestorben ist. Der rosafarbene Marmor aus meiner Vision.« Ich schluckte heftig, und jetzt drehte sich Lark doch zu mir um.

»Wo?« Seine Stimme war leise, abwartend, aber an seinem Blick erkannte ich, dass er es bereits wusste. Dass er nur eine Bestätigung wollte.

»Im Anwesen der Harrisons. Ich weiß nicht, wie viele reiche Familien so einen Marmorboden in ihrem Wintergarten haben, wahrscheinlich ist es mehr als eine, aber … als ich ihn gesehen habe, als ich daraufgeblickt habe … da wusste ich es. Ich wusste, dass das der Ort war.« Ich atmete scharf ein. »Mein Vater ist im Haus der Harrisons gestorben. Ich weiß nicht, wie, und ich weiß nicht, warum, aber es hatte was mit seiner verdammten Suche nach Excalibur zu tun. Und ich glaube … Ich bin mir sicher, dass es Mord war.«

Ada wurde blass. Blasser, als ich sie je gesehen hatte. Sie klappte den Mund auf, bekam aber kein Wort mehr über die Lippen. Wir wussten beide, was das hieß.

Eine Weile herrschte eine unangenehme Stille, in der ich nur mein eigenes Herz schlagen und Adas rasselnden Atem hören konnte. Es war schließlich Lark, der sie als Erster brach.

»Dann solltest du Frederick Harrison die Ohrringe überlassen, bevor dir dasselbe passiert, Harper«, sagte er mit knurrender Stimme.

Das wäre das Vernünftigste, das wusste ich auch. Ich hatte es auf dem Weg hierher auch immer wieder durchgespielt. Aber dann hatte ich seinen gierigen Blick wieder vor Augen und die Tatsache, was für einen Einfluss er bereits auf die anderen Ritter hatte. Was würde passieren, wenn er wirklich das legendäre Schwert in die Finger bekam?

Ada sah mich überrascht an. Wir hatten dieses Gespräch bereits geführt, und als sie leise zu sprechen begann, war ich erleichtert über ihre Worte. »Du willst Excalibur jemanden überlassen, der vielleicht über Leichen geht?«

Lark mahlte ungeduldig seine Kiefer aufeinander. »Was ist denn bitte die Alternative?«

Ich kaute auf meiner Unterlippe herum, bevor ich mich an meine Cousine wandte: »Hast du in den Sachen deiner Eltern irgendetwas über Guinevere rausgefunden?«

»Guinevere?« Fragend sah Lark zwischen uns hin und her.

Ada schüttelte den Kopf. »Nicht mehr als das, was wir schon wussten: dass sie die Frau von Artus war und nach seinem Tod in ein Kloster gegangen ist. Im Internet habe ich nur diverse Fiktionen zu ihr und Artus gefunden, nichts, was wirklich mit der echten Geschichte zusammenhängt. Wenn sie wirklich essenziell für Excalibur ist, wenn wir sie brauchen, um Excalibur wiederzufinden, dann hat auch Frederick Harrison schlechte Karten. Selbst wenn er alle Schmuckstücke bekommt.«

Verdammter Mist.

Lark stöhnte in seine Hände, raufte sich die Haare und musterte mich dann intensiv. »Ihr wollt das Schwert Frederick Harrison also definitiv nicht überlassen?«

Obwohl mich bei seinen Worten wieder die Realität traf, die schwere Last der Aufgabe, verneinte ich. »Das können wir nicht. Er glaubt mir nicht einmal, dass eine dunkle Macht im Spiel ist, egal, was ich sage. Mal abgesehen davon, dass so viel Macht ihm sicher noch mehr zu Kopf steigen wird – er ist nicht vorbereitet auf die dunkle Magie, weil er sie nicht ernst nimmt.«

»Gut.« Lark richtete sich auf und verschränkte die Arme vor der Brust. »Dann bleibt uns wohl keine andere Wahl, als es wirklich selbst in die Hand zu nehmen.«

»Und wie?«, wollte Ada wissen.

Mein Herz stolperte bei Larks Entschlossenheit.

»Wir haben das letzte Schmuckstück«, sagte er. »Vielleicht reicht es ja doch, vielleicht brauchen wir nichts von Guinevere.«

»Wir haben nur EIN Schmuckstück«, berichtigte ich ihn. »Frederick Harrison hat die anderen.«

»Und wir haben zufällig jemanden, der sich gut mit der Harrison-Familie versteht.« Er deutete auf Ada. »Und jemanden, der gut darin ist, Schlösser zu knacken.« Jetzt deutete er auf sich selbst. »Also sollten wir vielleicht darüber nachdenken, die Schmuckstücke dort zu versammeln, wo sie gerade sind: in der Gruft der Harrisons.«

Ich starrte ihn völlig entgeistert an, aber es war Ada, die mir mit einem Aufschrei zuvorkam.

»Du willst bei den Harrisons einbrechen?«, rief sie. »Bist du verrückt?! Frederick wird nicht das geringste Problem haben, uns ins Gefängnis werfen zu lassen, sollte er uns erwischen!«

»Deswegen musst du ja dafür sorgen, dass die liebe Familie zu deinen Eltern zum Abendessen kommt, so wie sie es oft machen, während Harper und ich uns das Anwesen vornehmen. Am besten versuchst du, alle Harrisons dazuzukriegen, auch die Söhne, damit wir ganz sicher sind.«

»Aber ich bin mir sicher, dass sie ein elektronisches Warnsystem haben, da helfen dir auch deine Schlösser-Knack-Fähigkeiten nicht – bei denen ich übrigens überhaupt nicht wissen möchte, warum du so was kannst«, gab Ada zurück.

Larks Mundwinkel bogen sich zu einem Lächeln. »Ich benutze auch nicht einfach eine Kreditkarte, um das Schloss zu knacken. Ich benutze überhaupt kein Werkzeug dafür.«

Als wir ihn nur fragend ansahen, seufzte er, bevor er in die Küche ging und dort eine Hand auf einen der Wandschränke legte, hinter denen Ada ihre Kaffeetassen aufbewahrte. Er blickte uns über seine Schulter an, und in dem Moment, in dem er wieder schmunzelte, sprangen plötzlich alle Küchenschränke auf, alle Schubladen und sogar die Tür des eingelassenen Herdes klappte einfach herunter.

Ich schrie erschrocken auf, während Ada nur zusammenzuckte und beinahe ihren Laptop weggeworfen hätte.

Larks Lächeln wirkte müde, als er die Schubladen langsam wieder schloss und dabei erklärte: »Das Wappen von Sir Kay zeigt zwei Schlüssel, es hing immer über dem Kamin meiner Mutter. Als ich meine Fähigkeiten bekam, wurde mir auch klar, warum.« Er gab der Herdtür einen sanften Kick, bevor er wieder die Arme vor der Brust verschränkte. »Also. Glaub mir, wenn ich sage, dass ich mit etwas Zeit an jedem Schloss vorbeikomme.«

Wieso hatte ich Lark noch nie nach seiner Magie gefragt? Wahrscheinlich, weil ich in seiner Nähe weniger an die Ritter dachte, als ich es sonst tat. Aber Lark war ein Erbe wie ich, und seine beeindruckenden Fähigkeiten konnten uns wirklich helfen, wenn wir sie richtig nutzten.

Ich drehte mich zu Ada um, die immer noch ihre Küche anstarrte. »Denkst du, du kannst die Harrisons und deine Eltern dazu bringen, heute Abend zusammen zu essen?«, fragte ich sie.

Meine Cousine wirkte nicht gerade begeistert, nickte aber schließlich zögerlich. »Sie haben sich vorhin über die ganze Geschichte mit Sir Tristans Ohrringen unterhalten. Wenn ich meinen Eltern erzähle, dass ich Gerüchte über den Tod des Erbens gehört habe, werden sie die Harrisons sofort danach ausfragen wollen. So was besprechen sie gern wie beiläufig beim Essen.« Sie lehnte sich auf der Couch zurück. »Aber das ist trotzdem riskant. Da sind immer noch Angestellte im Haus, ihr müsst tierisch aufpassen.«

»Das werden wir«, gab ich zurück. In mir kribbelte es bereits. Ich wollte endlich losfahren und die Schmuckstücke vereinen, und die Hitze in meinem Körper kam nicht nur von den Ohrringen in meiner Tasche.

Larks Blick traf meinen, und er wirkte genauso entschlossen wie ich.

Ada seufzte. »In Ordnung. Versuchen wir es.« Dann zuckte sie mit den Schultern und fügte beinah verzweifelt hinzu: »Was, abgesehen von unserer Unbeschwertheit und unserem Leben, können wir schon verlieren?«

KAPITEL 42

Lark und ich fuhren mit Adas Wagen zu Archer, noch eine ganze Weile vor dem Treffen, das Ada mit ihren Eltern ausgemacht hatte. Wir parkten das Auto zwei Straßen weiter und liefen den restlichen Weg durch die schmalen Gassen zwischen den Häusern, um uns nahe dem Harrison-Anwesen an einer Hecke verstecken zu können. Von dort aus beobachteten wir die Stadtvilla, warteten darauf, dass die Familie es verließ.

Wir mussten nicht lange warten, bis das Garagentor hochfuhr und der glänzende schwarze Mercedes herausgerollt kam. Ich duckte mich etwas tiefer hinter die Hecke zurück, sodass sie mich nicht sehen konnten, und spürte, wie Lark neben mir dasselbe tat.

Sobald der Wagen hinter einer Ecke verschwunden war, warteten wir noch ein paar Minuten in der Stille unseres Versteckes ab. Ich meinte beinahe, mein eigenes Herz schlagen zu hören, was zum einen an der Aufregung lag und zum anderen daran, dass Lark mir so unheimlich nah war. Er stand direkt hinter mir und blickte über meine Schulter, sodass sein Atem über meinen Nacken strich.

»Wie packen wir es an?«, hauchte er, als die Harrisons lang genug weg waren, und ich musste ein Schaudern unterdrücken.

»Durch die Garage«, gab ich hastig zurück und drückte mich an ihm vorbei zur Hinterseite des Hauses, um meine Gedanken abzulenken. Ich brauchte jetzt einen klaren Kopf. Von Ada wussten wir, wie wir uns an den Überwachungskameras vorbeischleichen mussten, aber das war nicht das Einzige, was uns verraten konnte. »Denkst du, du kannst das Tor lautlos aufmachen?«

Lark, der mir gefolgt war, nickte nur knapp. Das Licht aus dem Fenster über uns beleuchtete sein ernstes, fein geschnittenes Gesicht und seine blauen Augen. »Steh Wache«, wies er mich an und kniete sich vor die Mitte des Rolltores.

Ich wandte ihm den Rücken zu, die Arme vor meiner Brust verschränkt, und behielt die Straße im Blick. Es war dunkel in der Gasse, und es zeigten auch nicht so viele Fenster hier runter, aber ich machte mir trotzdem Sorgen, dass uns jemand entdecken und die Polizei rufen würde.

Grundlos, wie sich herausstellte, denn Lark brauchte nur Sekunden, bis das Garagentor ein zufriedenstellendes Klicken von sich gab.

Als er aufstand, zog er es mit sich hoch und sah mich über die Schulter an. Das selbstsichere Schmunzeln in seinem Gesicht schien er nicht unterdrücken zu wollen. »Nach dir«, sagte er, und sobald wir beide drin waren, zog er das Tor wieder nach unten.

Da die Garage keine Fenster hatte, war kurz nichts zu sehen außer der absoluten Finsternis. Als meine Augen sich an die Dunkelheit gewöhnt hatten, konnte ich einen schmalen Streifen Licht erkennen, der unter der Tür zum Haus hervorschien.

Ich griff nach Lark, fand seine Hand und verschränkte die Finger mit seinen. »Komm mit«, flüsterte ich und versuchte, mich auf den

Weg zur Tür zu konzentrieren und nicht auf mein verräterisch schlagendes Herz. Vorsichtig tastete ich mit dem Fuß den Boden ab, bis ich in der Dunkelheit die kleine Treppe fand. »Hier sind ein paar Stufen«, raunte ich und schlich zur Tür hinauf. Als ich Lark wieder direkt hinter mir spürte, drückte ich langsam die Tür auf.

Der Gang hinter der Garage war nicht beleuchtet, aber von meiner Position aus konnte ich den Lichtkegel eines Raumes am Ende des Flures sehen. Links ging es zum Wintergarten, in dem ich am Morgen noch mit Archer gewesen war, und dahinter war der Eingangsbereich, das wusste ich. Also mussten wir uns in einem Flur parallel zu dem befinden, der runter zur Gruft führte. Wenn wir den Weg nahmen, mussten wir allerdings an dem beleuchteten Zimmer vorbei, und das war ein Risiko.

»Warte.« Lark schob sich an mir vorbei in den Gang und deutete nach rechts. »Vielleicht kommen wir in der Richtung auch zur Gruft. Soweit ich weiß, münden die drei parallelen Gänge alle dort am Ende.«

Überrascht sah ich zu ihm auf. »Woher weißt du das?«

»Wenn man schon öfter Gast auf den Festen war, sucht man sich jede Ablenkung, die man kriegen kann. Zum Beispiel, einen heimlichen Spaziergang durch das Anwesen der Harrisons zu machen.« Er deutete nach rechts. »Komm schon.«

Also war diesmal ich diejenige, die ihm folgte. Wir schlichen auf leisen Sohlen über den samtweichen Teppich, und es schien ewig zu dauern, bis der Gang endlich wieder nach links führte. Es wurde mit jedem Schritt dunkler und schwieriger, etwas zu sehen, aber gleichzeitig beruhigte mich das auch. Hier hinten war anscheinend niemand, der uns überraschen konnte. Wenn wir Glück hatten, kamen wir wirklich unbemerkt rein und wieder raus.

Die Tür, hinter der die Treppe zur Gruft lag, erkannte ich trotz der Dunkelheit bereits von Weitem, und mein Herz schlug schneller. Es war, als würde plötzlich ein Vibrieren, ein Pulsieren in der Luft liegen, das mich anzog wie ein starker Magnet. Als würden die Schmuckstücke nach ihrem Bruder rufen, den ich in meiner Jackentasche bei mir trug.

Ich griff nach der Klinke, aber die Tür bewegte sich nicht. »Abgeschlossen«, flüsterte ich ins Halbdunkel.

Larks Stichwort.

Er sah sich noch einmal um, bevor er sich am Schloss zu schaffen machte. Diesmal brauchte er etwas länger, um es zu knacken, und ich wurde schon langsam nervös, hier mitten auf dem Flur zu stehen, auch wenn es um uns herum dunkel war. Aber irgendwann kam das Klicken doch, und die Tür sprang quietschend auf. Lark zog mich mit sich auf die oberste Stufe, bevor er sie hinter uns wieder schloss. Trotz der Dunkelheit, die im Zugang zur Gruft noch dichter geworden war, war ich ihm plötzlich so nah, dass ich seine blauen Augen funkeln sehen konnte.

»Wir machen besser erst unten ein Licht an«, flüsterte Lark. Seine Stimme klang angespannt, und er strich kurz über meine Hand, bevor er nach unten ging.

Ich folgte ihm und beschloss, dass ich ihn zu Boden knutschen würde, wenn wir diese ganze Sache unbeschadet überstanden. Dafür und für alles andere, was er die letzten Tage für mich getan hatte.

Am unteren Absatz der Treppe machten wir beide die Taschenlampen an unseren Handys an und leuchteten den kuppelförmigen Raum aus. Es war alles noch so, wie bei meinem letzten Aufenthalt hier, nur dass jemand den Kronleuchter weggeräumt hatte. Über uns thronte aber bereits ein neuer, der sogar noch pompöser wirkte. Frederick Harrison hatte wirklich keine Zeit verloren.

Als der Lichtschein meiner Lampe über die Tafelrunde glitt, blieb mir beinahe das Herz stehen. Die kleinen Einbuchtungen, die vor sieben der acht Stühle in den alten Steintisch eingelassen waren, waren leer. Die Schmuckstücke waren nicht mehr da.

Lark schien es ebenfalls bemerkt zu haben. »Verdammt«, fluchte er in die Stille. »Wo sind die Schmuckstücke?«

Wir waren uns sicher gewesen, dass sie an den ihnen vorherbestimmten Plätzen lagen, wo Frederick Harrison sie schon seit Jahren haben wollte. Aber anscheinend traute er sich nicht einmal in seinem eigenen Haus hinter einer verschlossenen Kellertür, die Schmuckstücke offen liegen zu lassen.

Sie waren nicht weit. Das konnte ich deutlich spüren, an der Hitze und an dem Pulsieren in der Luft, genau wie wahrscheinlich auch Lark. Aber auch als ich das Licht meiner Handytaschenlampe durch den Raum wandern ließ, die Bücherregale, Vitrinen und Wandteppiche mit den Wappen der Ritter entlang, konnte ich nichts entdecken, wo die Schmuckstücke aufbewahrt werden könnten.

»Ruhig bleiben«, sagte Lark neben mir. Offenbar hatte er den panischen Ausdruck in meinem Gesicht gesehen. »Wir sehen uns um. Vielleicht gibt es hier irgendwo einen geheimen Gang oder so etwas, das ist bei so alten Gruften doch normal.«

»Ja«, hauchte ich hoffnungsvoll zurück, und wir trennten uns, um alles zu durchsuchen.

Während Lark die Bücherregale auf der rechten Seite abging, lief ich auf die Vitrinen gegenüber zu. Bereits bei meinem ersten Besuch hier unten, mit Archer zusammen, hatte ich sie bemerkt, aber Archer hatte peinlich genau darauf geachtet, dass ich Abstand zu ihnen hielt. Jetzt war er aber nicht hier, und ich konnte ungeniert die ganzen Gegenstände berühren, die die Harrisons hier untergebracht hatten. Vielleicht würde eine Vision mir weiterhelfen, wenn ich eine auslösen konnte. Es waren offensichtlich alte Artefakte, ein paar Steine, aus denen Diamanten funkelten, alte Messer mit bronzefarbenen Griffen und angestaubtes Silberbesteck, das wahrscheinlich mal irgendein Ritter im Mund gehabt hatte.

Ich ging an der Vitrine entlang, schnupperte die staubige Luft ein und berührte den ein oder anderen Gegenstand, spürte aber nichts bei ihnen. Kein Gefühl, das auf eine Vision hindeuten könnte und das es wert war, wieder die Wunde an meinem Daumen zu öffnen.

Auch an den steinernen Wänden konnte ich keine Einkerbungen sehen oder etwas anderes, was auf einen geheimen Gang hinwies. Also machte ich kehrt und ging zu Lark, der immer noch mit in Falten gelegter Stirn über den Büchern stand. Er hatte einen der alten Schinken aufgeschlagen und blätterte darin herum. Als ich ihn anleuchtete, blinzelte er kurz.

»Ich dachte, dass wir hier drin vielleicht was über Guinevere finden, wenn schon nicht die Schmuckstücke«, flüsterte er. »Vielleicht gibt es irgendein Erbstück von ihr oder einen anderen Hinweis. Hast du irgendwas gefunden?«

Ich wollte schon niedergeschlagen den Kopf schütteln, als mir plötzlich etwas in die Nase stieg. Ein süßer Geruch, den ich mittlerweile nur allzu gut kannte. Karamellpopcorn. Er war nur ganz leicht, und ich musste tief Luft holen, um seinen Ursprung zu finden. Ich drückte mich an Lark vorbei, und er hob fragend den Kopf, aber ich achtete gar nicht auf ihn. Dem Lichtkegel meines Handys folgend trat ich zu dem zweiten Bücherregal und entdeckte darauf einen Brieföffner. Er war silbern mit verschlungenen Ornamenten auf dem Griff. Der Geruch war immer noch nicht besonders stark, aber ich war mir sicher, dass er davon kam.

Ich ließ das Handy sinken. »Lark …«, flüsterte ich, damit er seine

Aufmerksamkeit auf mich richtete. Falls ich jemanden brauchte, der mich auffing. Dann biss ich mir in den Finger und berührte den Brieföffner.

Ich stand mitten in einer Höhle. Alles über mir, unter mir und um mich herum war aus nassem schwarzem Stein. Ich konnte das Meer rauschen hören, und es lag der Geruch von Salz und Wasser in der Luft. Von der linken Seite drang Licht in die Höhle und beleuchtete den Mann in dem dunklen Umhang, der mit dem Rücken zu mir an einer der Felswände stand.

Er legte gerade die Hand an den Stein, der seltsam vibrierte, und murmelte ein paar Worte, die ich nicht verstand, weil sie in einer mir unbekannten Sprache waren. Plötzlich quollen dunkle Schatten aus seinen Händen wie schwarzer Rauch, der von seinen Fingern ausging, und hüllten die Steinwand ein, vergruben sie vollkommen unter sich.

Der Mann atmete schnell und schwer, und als er sich umdrehte, sah ich, dass seine Augen leuchteten. Sie hatten die Farbe von türkisweißem Gletschereis. Er presste sich gegen die Steinwand, als wollte er sie am Zerbersten hindern, und seine Schatten drängten sich mit ihm dagegen. Die grauen Haare, die sich um seine Ohren kringelten, bebten unter der Anstrengung.

Irgendwann stoppte das Vibrieren. Der schwarze Qualm sank in die Felswand hinein, und der Mann sackte in sich zusammen, ging in die Knie und hustete stark. Als er sich wieder umdrehte, leuchteten seine Augen nicht mehr, und sein Atem ging rasselnd.

»Ich … habe … sie versiegelt. Die Hexe ist … versiegelt«, keuchte er. Dann brach er komplett zusammen.

Ich musste dem Drang widerstehen, zu ihm zu eilen und ihn aufzufangen, weil ich eigentlich wusste, dass das hier nur Bilder aus der Vergangenheit waren. Nichts, woran ich noch etwas ändern konnte.

»Merlin!« Die Stimme hinter mir war hell und panisch. Schritte hallten über den nassen Steinboden, und ich fuhr herum.

Eine Frau kam auf uns zugeeilt, mit langen blonden Haaren, die in Wellen hinter ihr herwehten. Sie trug ein einfaches weißes Kleid, um das sie sich offensichtlich nicht sonderlich scherte, denn der Schmutz des Bodens hatte den Saum bereits eingefärbt.

Als sie an mir vorbei zu Merlin hastete, der keuchend am Boden lag, fiel mein Blick auf das Schwert in ihrer Hand. Es leuchtete in so vielen Farben, dass mir der Atem stockte. Es glänzte, als würde der Mond persönlich aus seiner Klinge scheinen. Excalibur. Sie trug das Schwert des Königs. Und in diesem Moment ließ sie es einfach auf den Boden fallen und griff stattdessen nach Merlin.

Das scheppernde Geräusch breitete sich in der Höhle aus, und beim nächsten Augenaufschlag war ich zurück.

Lark stützte mich, als ich zurücktaumelte. »Alles in Ordnung?«

»Ja«, gab ich mühevoll von mir und erlaubte mir eine Sekunde, mich an ihn zu lehnen. Sein Griff um meinen Arm verstärkte sich, aber ich wurde das seltsame Benommenheitsgefühl nicht los. Mir war schlecht, und der Geruch von Karamellpopcorn wollte sich nicht aus meiner Nase verabschieden.

Lark sah auf mich herab. »Was hast du gesehen?«

»Merlin«, gab ich zurück. »Er hat … etwas versiegelt. Nein …« *Jemanden.* Die Erkenntnis brachte mich direkt noch mal ins Schwanken. Denn es gab nur eine mögliche Schlussfolgerung. »Er hat Morgana versiegelt. In einer Höhle. Versiegelt.« Und das konnte nur bedeuten …

»Sie ist also nicht tot«, sprach Lark meinen Gedanken aus und schüttelte leicht den Kopf. Er wirkte erschüttert, aber nicht sonderlich überrascht.

Und wenn ich so an die Gestalt am Unfallort dachte, an den Schemen hier auf der Tafelrunde, dann war ich es auch nicht. Wir hatten es also wahrscheinlich tatsächlich mit Morgana zu tun. Der mächtigen Hexe, die damals nur knapp aufgehalten wurde. Ich spürte, wie meine Knie zu zittern begannen. Die Hexe war alt, weise, hatte eine unglaublich mächtige Magie. Sie hatte Jahrhunderte gehabt, um sich auf diesen Kampf vorzubereiten. Und wenn ich daran dachte, was ihr passiert war, war sie höchstwahrscheinlich auch sehr, sehr wütend.

Ich schluckte. Versuchte, die Gedanken zu durchbrechen, und atmete ein paarmal tief durch. Wir mussten ruhig bleiben. Uns einen Plan überlegen.

»Was hast du da?« Ich deutete mit zitternder Hand auf den Beutel, den Lark in der Hand hatte, um mich von meiner eigenen, nur langsam abklingenden Übelkeit abzulenken. Er hob den vollen Beutel und schmunzelte. »Ein paar Souvenirs.«

»Klaust du Zeug aus der Gruft der Harrisons?!«

»Soll ich etwa alles jetzt sofort lesen?«, gab er zurück. »Ich bringe es wieder her, wenn sich die Gelegenheit bietet. Vielleicht. Wird ihnen bestimmt nicht auffallen.«

»Lark!«, mahnte ich. Aber bevor ich noch etwas anderes sagen konnte, war plötzlich ein Geräusch über uns zu hören.

Wir blickten uns entsetzt an, als am oberen Fuß der Treppe knarrend die Tür aufging.

KAPITEL 43

Einen Moment schien mein Herz auszusetzen. Ich sah mich schon in Handschellen, als der Lichtkegel von oben auf den Steinboden der Gruft fiel, nur wenige Meter von uns entfernt.

Lark war glücklicherweise nicht vor Angst wie versteinert, denn während ich noch voller Panik die Treppe hochstarrte, packte er mich schon am Arm. Er zog mich zu meinem Entsetzen direkt in Richtung der Stufen, bog vor dem Lichtkegel jedoch ab in die Ecke, die direkt unter der Treppe im Schatten lag. So schnell, wie ich kaum gucken konnte, kauerte er sich in die Dunkelheit und nahm mich in seinen Arm. Ich drückte mich an ihn, krallte die Finger in seinen Pulli und lauschte ängstlich auf die Geräusche über uns. Jemand kam langsam die Steinstufen herunter.

»Hallo? Ist da wer?«

Ich erkannte die kühle, leicht genervte Stimme von Carter sofort, und Lark wohl auch, denn seine Arme spannten sich an. Ansonsten schien er aber vollkommen ruhig zu bleiben. Sein Atem ging gleichmäßig und so leise, dass ich ihn gar nicht hören, sondern nur unter meinem Gesicht an der Bewegung seiner Brust wahrnehmen konnte. Ich hingegen hatte das Gefühl, so laut zu schnaufen, dass Carter mich bereits am oberen Aufgang der Treppe hören musste.

Wenn er ganz nach unten kam und das Licht anmachte, dann waren wir verloren. Dann würde er uns in unserem Versteck ziemlich schnell finden. Aber Carter blieb nur wenige Stufen über uns stehen.

Einen Moment bewegte sich niemand, dann hörte ich wieder die Stimme von Archers Bruder. »Hier unten ist auch niemand. Ich habe dir doch gesagt, dass Archer nur wieder vergessen hat, die Garagentür abzuschließen.«

»Aber ich hab die Tür gehört«, antwortete eine Frau, deren Stimme ich auch sofort erkannte. Isabelle. Seine seltsame Freundin. Beim Gedanken an ihren bohrenden, kalten Blick schüttelte ich mich unwillkürlich.

Carter gab ein Schnauben von sich. »Du hast dich verhört. Und ich habe jetzt wirklich keine Zeit für so etwas, Isabelle.« Er ging wieder nach oben, denn das Knirschen unter seinen Schuhen wurde leiser. Er sagte noch etwas, aber ich hörte ihm gar nicht mehr zu, weil mich eine Welle unendlicher Erleichterung überschwemmte.

Der Lichtkegel verschwand, als die Tür über uns geschlossen wurde, und das Schloss klackte zweimal.

Kaum waren wir wieder von Dunkelheit umfangen, wich die Anspannung aus meinem Körper, und ich ließ mich gegen Lark sinken. »O Gott«, flüsterte ich. »O mein Gott, beinahe wäre alles aus gewesen.« Dann begann ich, völlig unkontrolliert zu kichern. Ich spürte, wie Lark sanft über meinen Rücken streichelte, als ich meiner Erleichterung auf so unpassende Art und Weise Luft machte. Aber ich konnte nicht anders – wenn ich nicht gelacht hätte, hätte ich wahrscheinlich geweint. Oder mich übergeben.

Lark seufzte tief, erleichtert. Da wo seine Finger mich berührten, breitete sich eine Gänsehaut aus, die mir erst richtig bewusst machte, wie nah wir uns waren. Wie eng umschlungen wir hier unter der Treppe der Harrisons kauerten und dass ich das Gesicht immer noch an seine Brust gedrückt hatte.

Er bewegte sich unter mir, und in der nächsten Sekunde erhellte das Licht seines Handys die kleine Nische, in der wir saßen. Ich konnte immer noch nicht aufhören zu glucksen, auch nicht, als ich mich aufsetzte und Larks Blick begegnete.

»Alles in Ordnung«, murmelte er beruhigend. »Sie haben uns nicht erwischt. Noch nicht.«

»Ich weiß«, sagte ich atemlos und lachte in meine Hand. Mir kamen schon die Tränen, aber mein Körper war so überspannt gewesen, dass ich gar nicht anders konnte. »Aber es war so verdammt knapp. Was haben wir uns nur dabei gedacht?«

Lark sah mich wortlos an, während ich direkt neben ihm auf dem kalten Steinboden saß und kicherte. Dann legte er das Handy zwischen uns, sodass das Licht unser Gesicht erhellte, und rückte zu mir heran. »Du bist echt …« Er beendet den Satz nicht, aber seine Mundwinkel zuckten überraschenderweise, und das lockte einen erneuten, unterdrückten Lacher in mir auf. »Hör auf«, raunte er. »Willst du, dass Carter wiederkommt?« Lark bemühte sich ganz offensichtlich um Ernsthaftigkeit, aber selbst er schaffte es nicht mehr, das Schmunzeln zu unterdrücken. Vielleicht lag es am Adrenalin.

»Ich kann nicht«, antwortete ich und schnappte nach Luft.

Da hielt er plötzlich meine Hand fest, zog sie von meinem Gesicht weg und beugte sich nach vorn. Im nächsten Moment spürte ich seine Lippen auf meinen.

Erst konnte ich gar nicht reagieren, weil ich so überrascht war.

Dann spürte ich, wie mir das Blut ins Gesicht schoss, spürte, wie warm und weich sich seine Lippen anfühlten und wie ein so unglaubliches Kribbeln in meinem Körper nach oben wanderte, dass ich glaubte, jeden Nerv in mir überdeutlich wahrzunehmen. Unfähig, noch einen klaren Gedanken zu fassen, schlang ich die Arme um seinen Hals, zog ihn enger an mich, und er beantwortete es, indem er eine Hand sanft in meinen Nacken legte, mich festhielt, nah an seinem Körper.

Gott, wie großartig er sich anfühlte, welche Gefühle er durch meinen Körper jagte!

Ich versuchte, mich noch dichter an ihn zu drängen, die Hitze in mir und die Nähe zu ihm auszukosten. Seine Küsse wurden ebenfalls fordernder, während er seine freie Hand an meinem Rücken hinunterwandern ließ, die nackte Haut unter meinem T-Shirt berührte und eine Gänsehaut erzeugte, die sich auf jedem Zentimeter meiner Haut ausbreitete. Himmel. Ich wollte ihn. Noch näher. Noch enger. Mein Gehirn schaltete sich kurzzeitig völlig aus, als ich auf seinen Schoß rutschte und in der Dunkelheit meinen Körper an seinen drängte. Sein Herzschlag beschleunigte sich direkt unter meinem. Und ich spürte neben dem Kribbeln, das in mir nach unten wanderte, auch seine Lust. Seine Finger, deren Druck an meiner Haut fester wurde, seine leichten Bewegungen unter mir … und dann löste er sich plötzlich ruckartig von meinen Lippen.

Wir atmeten beide schwer, und im Licht seines Handys konnte ich sehen, dass seine Wangen so rot waren, wie meine sich anfühlten. »Wir … wir sollten hier abhauen, Harper.« Seine Stimme klang heiser, eher einem Keuchen gleich. Er räusperte sich und atmete tief durch, seinen Blick erst auf meine Lippen und dann auf meine Augen gerichtet.

Ich versuchte, meine Gedanken zu sortieren, auch wenn mir das gerade unheimlich schwerfiel. Wir hatten immer noch keine Ahnung, wo die Schmuckstücke waren, und nun waren wir auch noch beinahe erwischt worden. Auch wenn es mir widerstrebte, unverrichteter Dinge wieder abzuhauen, war es wahrscheinlich die vernünftigste Idee. Wir hatten die Bücher, die uns vielleicht weiterhelfen würden, und ansonsten mussten wir eben noch mal zurückkommen. Die Tatsache, dass Carter hier war und Isabelle uns gehört hatte, machte es einfach zu gefährlich, hierzubleiben.

Weil ich mir nicht mehr zutraute, einen vernünftigen Satz rauszubekommen, nickte ich nur.

Lark stand auf, aber er wankte ein wenig. Als er mir die Hand hinhielt, nahm ich sie dankbar und ließ mich zurück auf die Beine ziehen. Er schnappte sich den Beutel, in dem er sein Diebesgut aufbewahrte, räusperte sich noch einmal und deutete dann mit dem Kinn zur Treppe hin.

Meine Beine fühlten sich an wie Pudding, als ich hinter ihm die Stufen nach oben ging. Als er an der Tür hielt, um sie zu knacken, trat ich so dicht hinter ihn, dass ich sein Parfüm riechen konnte. Mein Körper begann sofort wieder, zu prickeln.

Lark räusperte sich. »Harper«, flüsterte er. »Ich kann mich nicht konzentrieren, wenn das Blut mir nicht ins Gehirn fließt.«

»Entschuldige«, sagte ich, aber ich konnte das Grinsen nicht unterdrücken, als ich einen Schritt zurückmachte.

Er bemühte sich, sehr vorsichtig und leise zu machen. Immerhin wussten wir nicht, ob Carter und Isabelle noch in der Nähe waren. Nach Frederick Harrison waren die beiden definitiv die Personen, denen ich am wenigsten über den Weg laufen wollte. Aber das Licht im Flur vor der Tür war wieder gelöscht worden, die Stimmen nur in der Ferne zu hören.

Lark drehte sich zu mir um und formte mit den Lippen ein tonloses »Mir nach. Leise.«

Ich musste das Verlangen, ihn einfach wieder zu küssen, in meinen Hinterkopf drängen, weil dafür jetzt wirklich keine Zeit war. Kaum waren wir auf den Gang getreten, war mein Körper wieder so mit Adrenalin aufgeladen, dass meine Sinne geschärft genug waren, um nicht länger an seine Lippen auf meinen zu denken.

Wir schlichen denselben Weg zurück, aber schon von Weitem konnte ich erkennen, dass die Tür zur Garage einen Spaltbreit geöffnet war. Licht schien heraus, und es war ein Rumpeln zu hören, als würde jemand an einem der Autos rumschrauben.

Lark und ich sahen uns kurz an. *Carter.* Das war also keine Option mehr. Zum Glück hatte dieses verdammte Haus mehr als einen Ausgang, auch wenn wir dafür ein Risiko eingehen mussten.

Ich deutete an der Garagentür vorbei zu dem Gang, hinter dem sich der Wintergarten befand. Lark zog die Augenbrauen zusammen, nickte nach einer Sekunde aber. Bevor er in die Richtung ging, griff er nach meiner Hand und verschränkte seine Finger mit meinen. Eine Welle beruhigender Kühle floss durch meinen Körper, die meinen Herzschlag verlangsamte. Dann setzte er sich in Bewegung und zog mich wieder mit sich.

So leise wir konnten, schlichen wir an der Garage entlang. Ich hielt die Luft an und schickte Stoßgebete in den Himmel, und es klappte. Kaum waren wir an der Tür vorbei, beschleunigte Lark seine Schritte. Wir stolperten über den Teppich in den Gang hinein und dann zum Wintergarten. Zwischen den wilden, großen Pflanzen hindurch, die sich an den Glaswänden nach oben schlängelten, zu der Glastür hin, die in den Garten führte.

Draußen empfing uns kühle Abendluft, und Lark ließ meine Hand auch dann nicht los, als wir über den Steinweg hasteten, an der Mauer vorbei, raus auf die Straße. Ich hatte Angst, mich umzudrehen, weil wir noch zu nah am Haus waren. Carter oder einer der Angestellten konnten immer noch aus dem Fenster sehen und uns entdecken, auch wenn sie uns damit nichts mehr nachweisen konnten.

Wir hetzten die Straße hinunter bis zur nächsten Kreuzung und dort hinter eine Hausecke, an die wir uns schwer atmend lehnten. Lark schloss eine Sekunde die Augen, dann blickte er auf mich herab. Seine Hand war immer noch mit meiner verschränkt, in der anderen hielt er den Beutel mit den Büchern.

Ich erwiderte seinen Blick und spürte, wie wieder ein Kichern in meinem Hals aufsteigen wollte. *Geschafft.* Gott sei Dank. Zwar hatten wir nicht sonderlich viel erreicht, aber ganz enttäuscht war ich auch nicht. Als ich versuchte, meine Mundwinkel daran zu hindern, wieder nach oben zu wandern, seufzte Lark schmunzelnd.

»Nicht schon wieder«, sagte er. »Ich mache mir noch Sorgen, dass du den Verstand verlierst.«

»Das habe ich schon längst«, flüsterte ich und verstärkte den Druck meiner Hand in seiner, und er drückte zurück. Ich drängte die aufsteigende Hitzewelle weg und deutete auf den Beutel in seiner Hand. »Und was machen wir jetzt damit? Sollen wir zurück in Adas Wohnung fahren?«

Er zögerte, schien zu überlegen. Dann erwiderte er meinen Blick wieder, und zu dem Schmunzeln gesellte sich ein Funkeln in seinen Augen. »Meine Wohnung ist näher.«

Wieder war da dieses warme Prickeln. Ich holte tief Luft. »Okay.«

KAPITEL 44

Larks Wohnung war nur zehn Minuten vom Anwesen der Harrisons entfernt. Es war eine schöne Gegend, direkt neben einem Park, und das Haus, in dem er lebte, war offensichtlich frisch renoviert. Als er die Tür zu der Wohnung im zweiten Stock aufschloss, erspähte ich hohe Decken, einen lichtdurchfluteten Gang und eine sehr spärliche Einrichtung. Im Flur standen nur zwei Paar Schuhe, eine Jacke hing über einer offenen Tür, die in die Küche führte, und ansonsten gab es hier nur einen kleinen Tisch, auf dem Lark seinen Schlüsselbund fallen ließ, bevor er die Schuhe von seinen Füßen kickte und den Beutel in das Zimmer am Ende des Ganges trug.

»Die scheinen ja gut zu zahlen im *Cinnamon Cup*«, sagte ich bewundernd, während ich ihm langsam folgte und dabei einen Blick in die Zimmer warf, an denen ich vorbeikam. Ein großes Tageslichtbad mit Dusche und Badewanne, eine gut ausgestattete Küche und schließlich ein riesiges Wohn- und Schlafzimmer. Hinter der Tür stand ein großes Bett, auf dem die Decke halbherzig zusammengelegt war, auf der anderen Seite waren eine Couch, ein großer

Fernseher, vor dem ein halbhoher Glastisch stand, ein Bücherregal, das kaum gefüllt war – ich konnte nur drei dicke Bücher sehen –, und direkt gegenüber der Tür war ein großer Balkon. »Aber offensichtlich nicht genug für Deko.«

Lark schnaubte. Er hatte den Beutel neben seinem Bett abgestellt und sah jetzt schmunzelnd auf. »Deko wird überbewertet. Und ich kann mir so eine Wohnung in so einer Lage auch nur leisten, weil das ganze Haus und auch die umliegenden einer der Wächterfamilien gehören. Den Harrisons, um genau zu sein.«

»Oh«, gab ich überrascht zurück. Plötzlich spürte ich etwas an meinen Füßen, und als ich nach unten blickte, streifte gerade ein kleiner roter Kater zwischen meinen Beinen hindurch. Er blickte mich mit seinen grünen Augen abwartend an und maunzte. »Du hast eine Katze?« Ich ging in die Knie, um sie zu streicheln, und sie reckte ihren Kopf genüsslich meiner Hand entgegen.

»Familienkatze«, gab Lark zurück. Er hatte auf der Bettkante Platz genommen und eins der Bücher aus dem Beutel gezogen, über dessen Rücken er nun nachdenklich strich. »Mona war der Meinung, dass ich nicht allein nach London gehen kann, weil ich dann niemanden habe, der auf mich aufpasst.«

Ich hob den Kopf, während ich die Katze weiterhin streichelte. »Deine Schwester?«

Er nickte, und ich bemerkte, wie seine Kiefer sich wieder anspannten.

Ich stand vom Boden auf – was die Katze mit einem beleidigten Mauzen kommentierte und aus dem Zimmer in irgendeine Ecke der Wohnung verschwinden ließ – und setzte mich neben Lark auf die Bettkante.

Er starrte weiterhin mit zusammengezogenen Augenbrauen den Buchrücken an, und es war ihm deutlich anzusehen, wie in ihm etwas kämpfte. Lark war nach Harlow gefahren, um sich um seine kleine Schwester zu kümmern, und war trotzdem zurückgekommen, um mir zu helfen.

Ich legte eine Hand auf seine und lächelte, als er mich anblickte. »Wenn wir das hier hinter uns haben, fahre ich dich persönlich zurück zu deiner Familie. Für alles, was du getan hast.«

»Ich denke, das kriege ich schon allein hin, aber ich weiß das Angebot zu schätzen«, gab Lark zurück und ließ das Buch auf seinen Schoß sinken. »Du solltest vielleicht Ada sagen, dass wir hier sind, bevor sie sich Sorgen macht.«

»Gute Idee.« Ich nickte, obwohl ich viel lieber darüber geredet hätte, was im Keller der Harrisons zwischen uns passiert war. Oder es einfach direkt fortgesetzt hätte. Trotzdem zog ich erst einmal das Handy aus meiner Hosentasche.

Ada hatte mir bereits geschrieben.

Carter ist anscheinend noch zu Hause!
Passt unbedingt auf!

Ich schnaubte belustigt. »Die Info wäre wahrscheinlich wichtig gewesen. Ich hätte früher aufs Handy schauen sollen.« Schnell tippte ich eine Nachricht, dass wir heil aus dem Anwesen der Harrisons herausgekommen und jetzt bei Lark waren und dass sie sich melden sollte, wenn das Abendessen vorbei war und sie wieder zu uns stoßen konnte. Da sie das letzte Mal vor einer Stunde online gewesen war, ging ich davon aus, dass es noch lief.

Als ich aufblickte, starrte Lark Löcher in die Luft. Er hatte zwar immer noch das Buch auf dem Schoß, schien aber ganz woanders zu sein. Ich stupste ihn an. »Das war … echt knapp, was?«

»Carter hätte uns fertiggemacht. Mich ganz besonders, vor allem nach unserer gemeinsamen Geschichte.« Lark schüttelte langsam den Kopf. »Das wäre es dann wohl gewesen mit den Wächterprivilegien.« Er lachte kurz auf.

»Glaub mir. Nachdem ich nicht auf seine Flirtversuche eingegangen bin, hätte er sich wahrscheinlich auch wahnsinnig gefreut, etwas gegen mich in der Hand zu haben. Er wirkt nicht wie der Typ, der mit so was klarkommt«, merkte ich an. »Und Isabelle scheint auch kein allzu großer Fan von mir zu sein.«

Lark hatte sich bei dem Wort Flirtversuche angespannt. »Er hat dich angemacht?«

»Ich glaube ehrlich gesagt, dass er alles anmacht, was Brüste hat und nicht bei zwei auf dem Baum ist. Er wirkt wie so ein Typ.«

»Wahrscheinlich.« Larks Gesicht entspannte sich wieder etwas, bevor sich ein leises Schmunzeln auf seine Lippen schlich. »Aber zumindest verstehe ich ihn in dieser einen Sache. Also, dass er dich angemacht hat, nicht wie. Das war wahrscheinlich wieder in alter Carter-Manier ekelhaft.«

»Ach ja?« Ich grinste, während ich wieder das aufsteigende Kribbeln im Bauch spürte.

»Es wäre heuchlerisch von mir, das Gegenteil zu behaupten, wenn ich es selbst getan habe, oder?«, brummte Lark.

»Du hast mich angemacht?«

»Bitte sag mir, dass du Witze machst, Harper.« In gespieltem Entsetzen zog er wieder die Augenbrauen nach oben. »Mir ist schon klar, dass ich nicht sonderlich gut in so was bin, aber das muss doch rübergekommen sein, oder?«

Ich lächelte. »Ein bisschen, ja.«

»*Ein bisschen* …« Er legte den Kopf schief, sodass sein Gesicht wieder nur Zentimeter von meinem entfernt war. Er sah zu meinen

Lippen, dann in meine Augen, bevor er leise sagte: »Dann muss ich mir wohl das nächste Mal mehr Mühe geben.«

Mein ganzer Körper war nur noch ein einziges Prickeln. »Wie wäre es mit jetzt?«, fragte ich atemlos und griff nach dem Buch auf seinem Schoß, um es wegzuschieben. »Das hier kann doch sicher noch einen Moment warten.«

Lark schien die Luft anzuhalten. Da war Sehnsucht in seinem Blick, bevor er zögernd zu dem Beutel, den Büchern aus der Gruft der Harrisons, wanderte. Ich verstand den Zwiespalt, weil ich ihn auch empfand. Morgana war noch da draußen, und wir waren heute Abend keinen Schritt weitergekommen. Aber vielleicht hatten wir uns trotzdem eine Pause verdient. Ein kleines Aufatmen zwischen all den schrecklichen Dingen, die uns in den letzten Tagen und Stunden passiert waren.

Ich legte die Hand an seine Wange, um sein Gesicht wieder zu mir zu drehen. Er sah mich an, lange, dann seufzte er ergeben.

»Vermutlich kann es warten«, murmelte er. »Vielleicht bringst du aber auch nur meinen Kopf durcheinander.« Ein Schmunzeln, ein kurzes Zögern, dann beugte er sich vor und lehnte seine Stirn gegen meine. »Vielleicht ist mir das gerade aber auch einfach egal.« Er strich mit der Hand über meinen Hals, hin zu meinem Nacken, bevor er die letzten Zentimeter überbrückte und mich endlich wieder küsste.

Diesmal war ich nicht überrascht. Diesmal erwiderte ich den Kuss sofort mit derselben Intensität. Die Wächter, die dunkle Magie, alles rückte in meinen Hinterkopf, als er mich sanft, aber bestimmt in seinen Arm zog. Rückte hinter dieses unglaubliche Gefühl, das er in mir auslöste. Lark zu küssen, fühlte sich richtig an, warm und aufregend und sicher, und ich hatte nicht vor, so schnell wieder damit aufzuhören.

Ich ließ meine Hände über seine Brust bis zum Saum seines T-Shirts wandern. Er erschauderte, obwohl sich meine Hände auf der nackten Haut seines Bauches wahrscheinlich warm anfühlen mussten, dann löste er auch seine Hände von meinem Hals. Eine von ihnen glitt zu meinem unteren Rücken, während er mit der anderen sanft mein Schlüsselbein entlangfuhr. Provozierend langsam strich er darüber, erst rechts, dann links, dann zurück zur Mitte.

In mir brannte wieder dieselbe Hitze wie vorhin, als ich ihm in der Gruft der Harrisons am liebsten schon die Klamotten vom Körper gerissen hätte. Jetzt sprach zumindest nichts mehr dagegen. Also schob ich sein T-Shirt nach oben, ließ meine Hände über seinen Bauch und seine Brust wandern, während er sich leicht gegen mich drängte, mich sanft auf das Bett drückte. Wir lösten unsere Lippen kurz voneinander, und ich biss mir auf die Unterlippe, als ich ihm das Shirt über den Kopf zog. Seine braunen Haare waren durcheinander, als er sich wieder über mich beugte. Er war schlank, aber seine Brust und seine Arme waren so fest, dass ich die angespannten Muskeln unter der Haut deutlich sehen konnte.

Lark beobachtete mich und strich mit der Hand, mit der er sich nicht abstützte, liebevoll über meine Wange, was unvermittelt eine erneute Glückswelle durch meinen Körper schickte. Ich musste unwillkürlich daran denken, wie er im *Cinnamon Cup* auf mich herabgesehen hatte, nachdem er mich vor einem zerberstenden Glas und den Blicken der anderen Gäste gerettet hatte. Es kam mir gar nicht so vor, als wäre das erst Tage her, so nah fühlte ich mich ihm.

Sein nächster Kuss war sanft, als hätte er denselben Gedanken gehabt. Ich spürte, wie etwas in mir weich wurde bei der sachten Frage in seinem Blick. Bei dem Abwarten, das er trotz der leichten Ungeduld, dem intensiven Glühen in seinen Augen durchhielt.

Ich konnte nicht anders, als zu lächeln. »Ich … will das. Ich will dich, Lark.«

Er erwiderte mein Lächeln mit einem Schmunzeln, aber es wirkte seltsam verletzlich und unheimlich sanft. Er küsste mich einmal, zweimal. Dann sah er mir in die Augen, immer noch etwas zurückhaltend, als wir uns vorsichtig vom Rest unserer Klamotten entledigten, bis nichts mehr zwischen uns war. Seine warme Haut auf meiner zu spüren, das Verlangen in seinem Gesicht zu sehen, jagte einen Schauer durch mich. Er küsste mich wieder, bevor er mit den Lippen meinen Hals hinabwanderte, über mein Schlüsselbein. Im nächsten Moment wusste ich gar nicht mehr, auf was ich mich mehr konzentrieren sollte: auf seine Zunge, mit der er sanft über meine Brust strich, oder auf seine Hand, mit der er zielgerichtet den Weg zwischen meine Beine fand. Er streichelte über das Innere meines Oberschenkels und ließ die Finger dann zur Mitte wandern.

Ich presste den Kopf in sein Kissen, als er über meine empfindlichste Stelle strich. Am liebsten hätte ich das Geräusch unterdrückt, das mir dabei über die Lippen kam, aber es war unmöglich. Die Mischung aus Keuchen und Stöhnen war nicht zurückzuhalten bei der Lustwelle, die durch meinen Körper schwappte.

Larks Lippen stockten an meiner Brust, bevor er den Kopf hob und mich beinahe eine Spur überrascht ansah.

»Entschuldige«, flüsterte ich etwas peinlich berührt.

»Wofür?«, gab er rau zurück. Er streichelte mich weiter, schickte erneute Wellen durch meinen Körper, während er mich musterte. »Dafür, dass du die süßesten Geräusche machst? Weil es dir gefällt, was ich tue?«

Ich biss mir auf die Unterlippe, und meine Antwort ging in einem erneuten Stöhnen unter.

»Gott, Harper.« Lark lachte leise. »Wie schön kannst du eigentlich noch werden?«

Seine Bewegungen wurden schneller und brachten meine Gedanken wirklich endgültig zum Zusammenbrechen. Ich konnte nur noch darüber nachdenken, wie sehr ich ihn wollte. Auf mir. Und in mir.

Ich schlang die Arme um seinen Hals und zog ihn wieder enger an mich heran, um ihn zu küssen. Er kam auf mir zum Liegen, Haut auf Haut, und ich spürte, wie hart er bereits war. Offensichtlich machte das alles hier genau so viel mit ihm wie mit mir. Das trieb mir wieder ein Schmunzeln auf die Lippen, bevor ich sie öffnete und meine Zunge sanft gegen seine stieß. Er ließ sich in den Kuss fallen, aber als ich begann, meine Hüfte kreisend an seiner Hüfte zu reiben, stoppte er wieder ab und sah mich an.

»Fuck«, kam ihm nur über die Lippen, diesmal war offensichtlich er derjenige, der keine Kontrolle mehr über die Geräusche aus seinem Mund hatte.

Ich lächelte. »Hast du … Kondome da?«

Lark presste die Lippen zusammen, dann nickte er und griff nach seinem Beistelltisch. Ich fuhr ihm sanft durch die Haare, als er die Packung öffnete und sich das Gummi überstreifte. Dann verflochten sich unsere Blicke wieder, und er hielt meinem stand, als er sanft und langsam in mich drang.

Ich konnte nicht anders, als aufzukeuchen, als ich ihn in mir spürte, wie er immer tiefer glitt. Unsere Körper fügten sich zusammen wie perfekte Puzzlestücke, und ich schien von Prickeln, von nervöser Energie erfüllt zu sein. Er küsste meinen Hals, mein Gesicht, und er hielt mich fest und sicher umschlossen, während wir uns liebten. Während er erst sanft und dann fester, schneller immer wieder in mich stieß.

»Fuck, Harper«, stöhnte er direkt in mein Ohr. »Du fühlst dich so gut an.«

»Du auch«, keuchte ich, beinahe ungläubig.

Wir küssten uns, bevor er seine Bewegungen beschleunigte. Ich spürte ihn tief in mir, und jetzt ließ ich ebenfalls los, warf den Kopf zurück und stöhnte jedes Mal, wenn er mich erneut erfüllte. Die Wellen wurden intensiver, schöner, und als Lark ebenfalls aufstöhnte, trieb er mich damit noch näher an den Höhepunkt.

»Lark … ich glaube … ich komme gleich.«

Sein Lächeln war warm, bevor sein Mund sich leicht öffnete. Er keuchte. »Ich auch«, bekam er dann gerade so heraus.

Erneut stieß er in mich. Tief und fest, und das war der Moment, an dem ein großartiger Orgasmus mich überrollte. Ich verlor die Kontrolle, und mir entfuhr ein süßer Schrei der Lust.

Lark stöhnte meinen Namen, drang erneut in mich ein, und dann kam auch er. Eine Schauder ging durch seinen Körper, seine Muskeln spannten sich an, und ich spürte das Pumpen seiner Härte in mir. Ich krallte meine Hände in seinen Rücken, ließ die süßen Wellen der Lust durch mich vibrieren, von meinen Zehen bis zu meinem Haaransatz, und keuchte an seinen Lippen. Er küsste mich zärtlich und lehnte seine Stirn gegen meine, während unsere Bewegungen langsamer wurden, abebbten. Er seufzte tief, und ich lachte leise.

Vorsichtig rieb ich meine Nase gegen seine. »War eine gute Idee mit deiner Wohnung.«

Lark schmunzelte, er wirkte so erschöpft, wie ich mich fühlte. »Ja, verdammt. War es. Ich glaube, viel länger hätte ich es auch nicht mehr ausgehalten, NICHT mit dir zu schlafen.«

Ich grinste, und nach einem erneuten kleinen Kuss rutschte er ein wenig zur Seite, von mir weg, schloss mich aber sofort wieder in seinen Arm. Mit der freien Hand zog er die Decke über mich, damit ich nicht fror. Ich lehnte zufrieden lächelnd meinen Kopf an seine Brust und nahm mit einem absoluten Glücksgefühl in meinem Bauch wahr, wie er mit den Fingern sanft durch meine Haare strich.

KAPITEL 45

Wir lagen noch eine ganze Weile eng umschlungen in seinem Bett, Haut an Haut, und sprachen kein Wort. Wir waren zu erfüllt von dem, was gerade zwischen uns passiert war, wollten den Moment nicht sofort wieder ziehen lassen.

Aber irgendwann gab mein Handy ein paar Töne von sich, mehrere hintereinander, und ich stöhnte. »Das ist sicher Ada. Das Abendessen ist wohl vorbei.«

»Dann solltest du ihr antworten«, murmelte Lark gegen meine Stirn. Er rollte sich herum, griff nach unseren Handys und reichte mir meins.

Ada hatte gleich mehrere Nachrichten geschrieben, dass die Harrisons das Haus ihrer Familie verlassen hatten und dass sie zu uns kommen würde.

Ich drehte mich zu Lark um und konnte kurz das Foto sehen, das ihm anscheinend jemand geschickt hatte. Es zeigte Melody, die grinsend ein kleines blondes Mädchen im Arm hielt und an sich drückte. Lark war die Sorge deutlich anzusehen. Als ich sein Kinn berührte, blickte er mich etwas gequält an.

»Hey, sie sieht doch okay aus. Und offensichtlich kümmert sich Mel ganz hervorragend um sie«, versuchte ich es aufmunternd und unterdrückte den leichten Stich der Eifersucht in mir. Wie gut Melody und Lark wohl befreundet waren? Wie eng? Es war blödsinnig, dass ich mir gerade jetzt diese Gedanken machte, aber ich konnte es auch nicht ganz ausblenden.

Lark nickte sehr langsam. »Ja, das tut sie. Aber Mona ist meine Schwester. Meine Familie. Ich kann nicht einfach aufhören, mir Sorgen zu machen.«

»Das verstehe ich«, gab ich zurück, denn das tat ich wirklich. Allein der Gedanke, Danica könnte es nicht gut gehen und ich nicht bei ihr sein – ich hatte mich schon wieder viel zu lange nicht bei ihr gemeldet.

»Das ist gut«, sagte er und lächelte.

Ich wollte nicht aus diesem Moment auftauchen, denn das würde bedeuten, dass ich mich der Realität stellen musste. Dem, was uns meine letzte Vision bestätigt hatte, und der Tatsache, dass wir die Schmuckstücke in Frederick Harrisons Gruft nicht gefunden hatten.

Etwas unwillig setzte ich mich auf. »Ada kommt hierher«, sagte ich und schob mein Handy auf den kleinen Nachtschrank neben dem Bett. »Ich geh kurz ins Bad.« *Meine Gedanken abkühlen.*

»In Ordnung.« Lark war schon wieder in die Nachricht vertieft, die er Melody schrieb. Aber als ich an ihm vorbei zur Bettkante rutschte, hielt er mich kurz fest. Er beugte sich zu mir, küsste mich ganz sanft und wischte mir dann eine Haarsträhne aus dem Gesicht, ohne etwas zu sagen. Aber das musste er auch nicht.

Ich lächelte, bevor ich aufstand, meine Sachen zusammennahm und barfuß durch den Flur zu der Tür lief, hinter der ich vorhin das Bad gesehen hatte. Vorsichtig drückte ich sie hinter mir zu, seufzte tief und ging zum Waschbecken, um mir kaltes Wasser ins Gesicht zu spritzen. Plötzlich war es mir selbst unverständlich, wie ich mein Gehirn für eine kurze Zeit hatte ablenken können. Kaum blickten mir allerdings meine müden Augen und die dunklen Ringe darunter im Spiegel entgegen, kam alles wieder zurück.

Artus hatte Morgana damals nicht getötet. Merlin hatte sie versiegelt, in einer Höhle am Meer. Ich hatte keine Ahnung, wo diese sich befand, denn mehr als dunklen Stein hatte ich nicht erkennen können – aber ich war mir sicher, dass sie dort eh nicht mehr war. Sie war ihrem Gefängnis entkommen. Hatte Merlin deshalb die Prophezeiung geschrieben? Hatte er gewusst, dass dieser Tag kommen würde?

Ich stützte mich auf den Rand des Waschbeckens und atmete tief durch, bevor ich mich kurz wusch, mich anzog und die Tür zum Flur öffnete. Sobald Ada hier war, konnten wir uns überlegen, wie wir weitermachten. Uns einen neuen Plan ausdenken. Wir waren zu dritt, wir würden eine Lösung für das Problem finden, ganz sicher.

Aber kaum hatte ich einen Schritt über die Schwelle der Tür gemacht, spürte ich, dass etwas anders war. Im ersten Moment verstand ich nicht, was es war, aber es sickerte langsam durch mein Bewusstsein, bis es mich mit voller Wucht traf: Die ganze Wohnung war plötzlich von Karamellgeruch getränkt. Es war so überwältigend, dass ich aufkeuchte und rückwärts gegen die Wand stieß. Meine Hand wanderte zu meinem Hals, als ich herumfuhr und zum Wohnzimmer hastete, so schnell mich meine zitternden Beine trugen.

Was zur Hölle war hier los?

Lark saß noch auf der Bettkante. Er hatte eins der Bücher aus dem Beutel auf seinem Schoß, in der Hand hielt er eine Plastikfolie, in der es offensichtlich eingetütet gewesen war. Als ich reinstolperte, sah er erschrocken auf und zog die Augenbrauen zusammen. »Was ist los, Harper?«

»Was ist das?« Ich zeigte panisch auf das Buch. Es hatte einen grünen Einband aus Leder, und auf der Vorderseite war ein Zeichen abgebildet. Eine schlanke Krone, die sich metallisch schimmernd vom Rest des Einbandes abhob und um deren Zacken schmale goldene Äste lagen.

Das Symbol kam mir bekannt vor, und ich zermarterte mir das Hirn danach, wo ich es schon mal gesehen haben könnte. Im Anwesen der Harrisons? Hatte ich es in der Gruft gesehen? Oder war es mir etwa schon im Haus der Graysons begegnet?

Ich beugte mich vor, und plötzlich war der Geruch so stark, dass ich beinahe würgen musste. Süß, klebrig, etwas verbrannt, als hätte ich das Popcorn direkt in der Nase. Ich holte tief und rasselnd Luft und hielt mir den Bauch. Was auch immer für eine Vision darin schlummerte, was auch immer dort auf mich wartete, es war etwas Großes. Etwas Veränderndes. Etwas unheimlich Wichtiges.

»Es war in einer der Vitrinen«, sagte Lark langsam und ließ mich dabei nicht aus den Augen.

Ich spürte, wie mir Tränen kamen. Es war nicht nur der beißende Geruch, es war die überwältigende Angst vor dem, was mich erwarten würde, wenn ich es berührte. Denn dass ich das tun musste, stand völlig außer Frage. Trotz meiner Panik und der Übelkeit zog es mich wie magisch an.

»Was ist los?«, wiederholte Lark, als ich langsam, fast schon bedächtig, neben ihm und dem Bett in die Knie ging.

Als ich zu ihm aufsah, wusste ich, dass ich es nicht erklären musste. Es reichte, dass ich sagte: »Ich habe Angst.« Sie schnürte mir die Brust zu, weil ich wusste, dass ich es über mich ergehen lassen musste, was auch immer auf mich zukam, auch wenn es mich von den Füßen riss.

Larks Blick wanderte zu dem Buch. Es war offensichtlich, dass ihm das nicht gefiel, dass er es mir am liebsten abgenommen hätte. Aber statt etwas zu sagen, rutschte er von der Bettkante, zu mir auf den Boden, und griff nach meiner Hand, um mich festzuhalten.

Ich wischte mir die Tränen weg, sah in seine blauen Augen und nahm meinen ganzen Mut zusammen – und dann beugte ich mich nach vorn, biss mir den Daumen auf und berührte die metallische Krone.

KAPITEL 46

Ich war wieder in der unheimlichen, dunklen Höhle. Es tropfte von den schwarzen Steinwänden, und im Hintergrund konnte ich das Meer rauschen hören.

Direkt vor mir kniete die blonde Frau aus meiner letzten Vision auf dem Boden. Sie hielt Merlin in den Armen, und ihr Gesicht war schmerzvoll verzogen, während sie ihm eine Strähne seines grau melierten Haares aus der Stirn strich. »Merlin, was hast du getan?«

Er lachte kratzend, aber es ging in ein Husten und ein Keuchen über. »Ich habe sie aufgehalten, so wie es geplant war. Artus hat sein Leben gegeben, damit sie geschwächt genug war, und es hat funktioniert.« Langsam, als würde es ihn große Mühe kosten, hob er die Hand. Dunkle Schatten, wie dicker Rauch, tanzten um seine Finger, aber sie lösten sich fast augenblicklich wieder in Luft auf.

»Aber zu welchem Preis?« Die Frau flüsterte nur noch, als ich näher an die beiden herantrat. »Erst Artus und nun du.«

»Es musste sein, Guinevere. Um sie zu versiegeln, sie in den Felsen wegzusperren, wo sie niemanden mehr verletzen kann, brauchte es meine gesamte Kraft. Meine gesamte Magie.«

Guinevere seufzte, und es klang unendlich traurig. Tränen schimmerten in ihren Augen, und es war offensichtlich, dass sie versuchte, sich zusammenzureißen. »Dann ist die Welt jetzt sicher vor der Hexe? Werden dein und Artus' Opfer gerechtfertigt sein?«

»Jedes Opfer ist es wert, wenn wir das Böse dafür aus der Welt vertreiben können.« Er lächelte, und selbst auf die Entfernung konnte ich erkennen, dass sein Atem schwer wurde. Er starb gerade in Guineveres Armen, und aus irgendeinem Grund erfüllte mich das mit einer solchen Schwere, dass ich mir an die Brust greifen musste. Mein Atem schien irgendwo in meinem Hals stecken zu bleiben.

Guinevere hob den Blick und starrte die dunkle Steinwand hinter sich an. Das Gestein, hinter dem Morgana nun eingeschlossen war. Weggesperrt, nicht tot. »Sie wird zurückkommen.«

»Ja«, sagte Merlin schwach. »Das wird sie. Du musst dafür sorgen, dass die Welt darauf vorbereitet ist.«

»Wie?«

»Zerstöre Excalibur. Niemand sollte eine so große Macht besitzen, wenn sie nicht notwendig ist. Teile es in sieben Teile und gib jedem der verbleibenden Ritter ein Stück davon. Um es aufzubewahren, mit ihrem Leben zu beschützen, bis das Schwert wieder gebraucht wird.« Er hustete, dann strich er mit der Hand über die glänzende Klinge. »Guinevere. Es ist wichtig, dass du dir meine Worte merkst. Gib sie an die Ritter weiter. Sag ihnen, dass das Siegel irgendwann an Kraft verlieren wird, dass Morgana wieder ausbrechen und zurückkehren wird. Es wird lange Zeit dauern, Tausende von Jahren vielleicht, aber dann wird sie eine genauso große Bedrohung für die Welt sein, wie sie es für uns war. Die Menschen müssen es wissen, sie müssen sich darauf vorbereiten können.«

Mein Blick wanderte zu dem Schwert, das neben den beiden auf dem nassen Steinboden lag. Das funkelte, obwohl kein Licht einfiel.

Die Schmuckstücke … waren sie wirklich das, was ich gerade vermutete?

Merlins Husten brachte mich dazu, den Kopf wieder zu ihm zu drehen.

Guinevere hielt ihn verzweifelt fest. »Ich soll Excalibur zerstören?«

»Du bist die Einzige, die es kann. Und du bist die Einzige, die es wieder zusammenschmieden kann, wenn die Welt es braucht.«

»In Tausenden von Jahren? Dann werde ich nicht mehr am Leben sein, um das zu tun, Merlin.«

»Nein, aber dein Erbe wird es sein.«

»Mein Erbe?« Sie schüttelte den Kopf, und die Tränen rollten über ihre Wangen. »Ich habe meinen Mann verloren. Mein Erbe findet am heutigen Tag ein Ende.«

Merlin lächelte. »Nichts ist heute zu Ende, Guinevere. Nichts. Alles findet heute, an diesem glorreichen Tag, erst den Anfang. Das verspreche ich.« Einen Moment schloss er die Augen, und sein Gesicht sah zufrieden aus, fast glücklich. Dann blickte er wieder auf. Seine Iris leuchtete in einem unnatürlich hellen Gletscherblau, und ein paar Schatten tanzten um seinen Kopf. »Und es wird wieder beginnen. Wir alle werden wieder beginnen, Guinevere. Die Guten genauso wie die Schlechten, wir werden immer hier sein. Bereit für den Kampf. Bereit, die Neuen in ihrem Kampf zu unterstützen. Deshalb muss ich jetzt fortgehen, Guinevere. Ich würde meine letzten Sekunden gern mit dir verbringen, meiner treuen Freundin, aber ich muss noch ein Gespräch mit jemandem führen, der mich mehr braucht.«

»Ich weiß nicht, ob ich das alles ohne dich schaffe, Merlin«, sagte die junge Frau schluchzend, ihr Gesicht war nass von Tränen.

Merlin lachte. Es klang jung und unbeschwert. »Guinevere, du hast das mächtigste Schwert der Welt geschaffen, um die Hexe zu besiegen. Du hast nur ein wenig Magie von mir und den Seen gebraucht, nur einen kleinen Anstoß, mehr war nicht nötig, um dein Potenzial zu entfalten. Du bist die stärkste Frau deiner Zeit, und deine Erben werden das fortführen. Auch in Tausenden von Jahren noch.« Kurz hatte ich das Gefühl, dass der Magier mich ansah, und zuckte erschrocken zurück. Aber der Moment war nach einer Sekunde schon wieder vorbei, und ich wusste nicht, ob ich ihn mir nicht vielleicht doch nur eingebildet hatte.

»Du schaffst das. Alles.« Merlins Stimme wurde leiser. »Lass mich ziehen. Lass uns dein Werk fortführen.«

Guinevere weinte noch immer lautlose Tränen, aber sie nickte. Ihr Blick war beinahe gefasst, als sie sich nach vorn beugte und ihm einen sanften Kuss auf die Stirn drückte. »Geh, mein lieber Merlin. Geh dorthin, wo sie dich brauchen.«

Er lächelte sie an, beinahe schon freudig, erwartungsvoll. Dann hob er die Hand in meine Richtung, und Schatten tanzten um seine Finger. »Komm zu mir.«

Guineveres Umrisse wurden unscharf. Beinahe, als würde ihre anmutige, blasse Gestalt sich langsam auflösen. Ich spürte etwas in meiner Brust, ein seltsames Rufen und Ziehen, als würde mein Herz nach mir schreien. Als würde es mir etwas sagen wollen.

»Komm, kleine Schmiedetochter«, flüsterte Merlin erneut.

Ich taumelte, stolperte. Blinzelte, aber als ich die Augen wieder aufschlug, war plötzlich ich es, die neben Merlin kniete. Ich war es, die ihn sanft in den Armen hielt und die auf seinen sterbenden Körper hinabblickte.

Erschrocken zuckte ich zurück, wollte aufspringen, fliehen, aber da griff Merlin nach meiner Hand. Seine Haut fühlte sich rau an, kühl, aber lebendig. Echt.

»Habe keine Angst«, sagte er leise. »Das Schicksal hat dich zu mir geführt. Die Linie, die in deinem Blut fließt, die leise Magie deiner

Vergangenheit.« Er lächelte und blickte mich nun wieder müde an. »Harper Bell, Erbin von Guinevere.«

Es war, als würde mein Körper von einem Erdbeben erfasst, als würde jeder Nerv in ihm erzittern. »Aber …«, flüsterte ich ungläubig. »Das ist unmöglich. Ich bin die Tochter von …«

»Die Tochter von Guinevere und Lancelot. Das Kind der Liebe aus zwei mächtigen Familien, aber nicht die Erbin des Ritters. Du bist die Erbin des Eisens, der Magie, die Erbin der Schmiede.« Sanft strich er über meine Stirn, als würde er dort etwas sehen, was für mich unsichtbar war. »Und du stehst vor einem schrecklichen Kampf. Dem alten, immer da gewesenen zwischen Gut und Böse. Du hast die richtige Seite gewählt, aber das kann man nicht von allen behaupten. Nicht jeder hat dein Geschick bewiesen.« Seine Stimme klang bedauernd, und er starrte einen Punkt in der Luft an, als würden Visionen vor seinem inneren Auge tanzen. Vielleicht taten sie das auch. »Gute Menschen haben sich dem Bösen zugewandt. So viel verschwendetes Vertrauen, so viel verkipptes Potenzial.« Merlin schüttelte den Kopf, bevor er mich wieder ansah. Lächelnd. »Aber es ist noch nicht zu spät, Harper. Du kannst sie noch aufhalten. Auch in der dunkelsten Stunde, wenn es nicht so scheint.«

Ich klappte den Mund auf und zu, weil ich nicht wusste, was ich sagen sollte. Das war nur eine Vision, ein Blick in die Vergangenheit. Wie konnte es sein, dass er mit mir sprach? Oder hatten die Visionen mich jetzt den Verstand gekostet? War es schlussendlich doch so weit?

Merlin lachte, und es ging in ein Husten über. »Mach dir keine Sorgen, Harper. Dein Kopf sitzt noch an der richtigen Stelle und so auch alles darin.«

»Was soll ich tun?«, hauchte ich. Etwas Kaltes streifte mein Bein, und als ich hinabblickte, sah ich Wasser um uns herum über den Stein *laufen. Die Flut setzte ein. Die Höhle würde bald gänzlich unter Wasser stehen.*

»Das kann ich dir nicht sagen, Harper.« Bedauern lag in seiner Stimme. »Ich bin nicht wirklich dort, nicht wirklich bei dir. Aber wenn du daran denkst, was hier und heute passiert ist, wirst du die Lösung finden. Du bist vielleicht die Einzige, die es kann, aber vergiss nicht, dass auch Artus ohne seine Ritter nicht weit gekommen wäre. Finde deine eigenen Vertrauten. Bedenke nur, dass nicht immer alles so ist, wie es scheint.«

Ich holte tief Luft, versuchte, die Kälte wegzuatmen, die mich umschloss. »Es ist also wahr. Wir haben es wirklich mit der echten Morgana zu tun. Sie ist zurückgekehrt.«

»Ich fürchte, ja. Meine Magie war nie mächtig genug, um sie für immer zu halten, auch wenn ich dir ein Treffen mit ihr gern erspart hätte.« Er lächelte entschuldigend, während das Licht in ihm langsam erlosch. Das Meerwasser umspülte schon seinen Kopf.

Ich wollte ihm noch so viele Fragen stellen, aber bei einem Blick in seine Augen wusste ich, dass er sie mir nicht beantworten konnte. Was ab diesem Zeitpunkt passierte, hatte ich selbst in der Hand. Die Erbin von Guinevere.

Ein Beben ging durch meinen Körper, da hob Merlin seine Hand noch einmal aus dem dunklen Wasser und streifte über etwas an dem Kleid, das ich trug. Es war das Gewand von Guinevere. Ein bodenlanges, schmutzig weißes Kleid. Aber auf der Brust thronte ein Zeichen: eine silberne Krone umgeben von goldenen Ästen. »Erinnerst du dich?«, flüsterte er in die stärker werdende Dunkelheit.

Ich betrachtete das Symbol, das mir so bekannt vorgekommen war. Und plötzlich erinnerte ich mich wirklich. Die Bilder in meinem Kopf kamen so plötzlich, dass es mir beinahe die gesamte Luft aus der Lunge presste. Ich sah das alte Haus meiner Grandma, das wir im Sommer immer besucht hatten. Ich sah sie, in ihrem langen Gewand, ein breites Lächeln im faltigen Gesicht. Und ich sah das Symbol, das auf dem dunklen Stoff prangte. Nicht nur dort, überall in ihrem Haus. Auf dem Kaminsims, auf dem Bücherregal, an der Wand über dem Bett, in dem meine Grandma schlief.

Das Symbol meiner Familie. Das Symbol von Guineveres Erben. Sie hatten es gewusst – meine Großmutter, meine Tanten, wahrscheinlich auch meine Mutter. Mir wurde ganz schwindlig von den Gedanken, die sich in meinem Kopf überschlugen.

»Tochter der Schmiedin«, sagte Merlin. Seine Stimme klang einen Moment wieder kräftig, und er lächelte mich an. »Sorge dafür, dass die Dunkelheit in deiner Welt wieder verschwindet und die Sonne aufgeht.«

Ich schüttelte den Kopf. Wollte sagen, dass ich das nicht schaffen konnte, dass ich nichts Besonderes war, nichts bewirken konnte. Aber mir kamen ganz andere Worte über die Lippen. Worte, die ich noch nicht einmal gedacht hatte. »Du hast dich geopfert, um die Welt zu retten. War es das wert, Merlin?«

Er strahlte und schien die Höhle damit zu erleuchten. »Ja«, sagte er. »Und wenn es nötig ist, werde ich das immer wieder tun.«

Dann erfasste uns eine eiskalte Welle, drückte mich unter Wasser und erstickte jedes Gefühl.

Ich hustete so heftig wie noch nie in meinem Leben. Das kalte Wasser, das in meine Lunge geströmt war, konnte ich immer noch fühlen, obwohl es nie wirklich da gewesen war. Es war nur eine Vision, nur Bilder von früher. Aber gleichzeitig wusste ich es besser, wusste, dass es mehr gewesen war.

Es dauerte eine ganze Weile, bis ich wieder genug in der Realität war, um zu merken, dass ich auf dem kalten Holzboden in Larks

Wohnung saß. Mein Kopf war zur Seite gekippt, aber er hatte eine Hand darunter gelegt, damit ich ihn mir nicht an der Bettkante anschlug. Mit dem anderen Arm hielt er mich fest, und sein Blick war ernst und besorgt.

»Harper? Bist du wieder zurück?« Er sprach leise, als wollte er mich nicht erschrecken, aber auch eindringlich. Beinahe fordernd. »Rede mit mir. Was hast du gesehen?«

Ich starrte ihn an, suchte nach Worten, und sagte schließlich: »Die Wahrheit.« Das Wort fühlte sich schwer an, wie eine unendliche Last auf meinen Schultern. Ich hatte mein Schicksal gesehen, ausgebreitet vor meinen Füßen, und viel mehr noch, als ich vermutet hatte. »Ich bin nicht die Erbin von Lancelot«, fügte ich leise an.

Lark half mir, mich aufzusetzen. »Was meinst du damit?«

»Ich bin ... die Erbin der Schmiedin. Die Erbin von Guinevere.« Ich hielt mir die kühle Hand an die Stirn, versuchte, einen klaren Gedanken zu fassen. Das war es, was Merlin gesagt hatte. Mehr noch: Es war das, was ich als Wahrheit erkannt hatte. Tief in mir drin, als hätte jemand ein Buch vor mir aufgeschlagen und auf einen Absatz gezeigt, den ich bisher übersehen hatte.

Lark starrte mich an, mit einer Mischung aus Ehrfurcht und Ernst. Ich erwartete, dass er nachfragte, dass er mehr wissen wollte. Aber er stellte nur eine einzige Frage, mit der ich überhaupt nicht gerechnet hatte: »Und jetzt?«

Ja, was jetzt? Ich hatte das Gefühl, einen Handel eingegangen zu sein. Einen Pakt mit Merlin, dem Zauberer aus der Vergangenheit. Ich hatte das Gefühl, mein Schicksal angenommen zu haben, aber wie genau es aussah, wusste ich nicht. Da war nur dieses Drängen, dieses Ziehen in mir, das mir den Weg deuten wollte.

In dem Moment klingelte es an der Tür, und ich hörte ein Rumpeln in der Küche, das wohl von dem kleinen Kater kam. »Er versteckt sich hinter dem Kühlschrank«, erklärte Lark seufzend. »Da krieg ich ihn wieder tagelang nicht raus.« Er erhob sich schwerfällig vom Boden und ging zur Tür, aber ich blieb auf dem Parkett sitzen, um mich zu sammeln. Ich hörte das Summen des Türöffners und kurz darauf Adas Stimme.

»Wo ist Harper?« Sie musste wohl an Lark vorbeigestürmt sein, denn kurz darauf stand sie im Wohnzimmer. Ihr Blick wanderte über das Buch in meiner Hand, mein höchstwahrscheinlich noch verweintes Gesicht, und dann sagte sie schnell: »Harper, sei bitte nicht böse.«

Verwirrt sah ich sie an, aber bevor ich etwas sagen konnte, war Larks Knurren aus dem Flur zu vernehmen. »Und was genau willst ausgerechnet du hier?«

»Ich weiß, wir haben nicht den besten Stand, aber ich bin hier, um mit Harper zu reden.«

Archer. Mir klappte der Mund auf. Mühsam zog ich mich am Bett hoch und ging zur Wohnzimmertür, von der aus ich Lark und Archer im Flur stehen sah. Letzterer drehte sich zu mir, als ich in sein Sichtfeld trat.

»Harper.« Er hob die Hände und legte sie zusammen wie ein Bittsteller. »Wirf mich nicht direkt wieder raus. Du hast jedes Recht dazu, weil ich mich geweigert habe, dir zuzuhören, aber bitte tu es nicht.«

»Was …?« Ich war vollkommen verwirrt. Archer wollte auf mich zugehen, aber Lark trat ihm in den Weg. Er hatte sein Shirt noch nicht wieder angezogen, und die Muskeln auf seinem nackten Rücken spannten sich an.

»Rede«, sagte er, es klang beinahe drohend. Obwohl er ein paar Zentimeter kleiner war als Archer, strahlte er etwas Respekteinflößendes aus.

Archer presste die Lippen zusammen, aber er bewahrte Haltung und wandte sich wieder zu mir um. »Du hattest recht. Mit allem. Ich habe Nachforschungen angestellt, und ich …« Seine Stimme brach. Er wirkte durcheinander, und selbst in Larks Haltung schmolz etwas von der Härte, als Archer zitternd Luft holte.

Ich durchquerte den Flur und legte Lark eine Hand auf die Schulter. Dann winkte ich Archer rein. »Komm«, sagte ich leise. »Was auch immer es ist – viel schlimmer kann es unsere Situation nicht machen.«

KAPITEL 47

Lark wirkte nicht unbedingt glücklich über die Runde, die sich in seinem Wohnzimmer versammelt hatte. Trotzdem machte er sich sofort mit grimmiger Miene daran, Kaffee für alle zu kochen, während Ada und ich uns auf die Bettkante setzten und Archer auf der Lehne der kleinen Couch Platz nahm. Er verschränkte die Arme vor der Brust, und seine Haltung war direkt wieder angespannt, wie ich es bereits von ihm kannte. Ich glaubte zu sehen, wie sein Blick über die zerwühlte Bettwäsche wanderte. Wie seine Augen sich weiteten und wie er die Lippen zusammenpresste.

Bevor ich ein schlechtes Gewissen bekommen konnte, rief ich mir ins Gedächtnis, dass er mich bei unserem letzten Treffen aus dem Haus seiner Familie geworfen hatte. Allerdings hatte ich seinen Vater da auch als Mörder verdächtigt – vielleicht waren wir auf eine verschrobene Art und Weise quitt.

»Was hast du rausgefunden?«, fragte ich in dem versöhnlichsten Ton, den ich hinbekam.

Archer sah mich aus seinen kaffeeschwarzen Augen bedauernd an. Offensichtlich fiel es ihm nicht sonderlich leicht, darüber zu sprechen, aber nach kurzem Zögern tat er es trotzdem. »Es tut mir leid, dass ich dir nicht geglaubt habe, Harper. Ich war dumm, nicht zu hinterfragen, was meine Familie für Machenschaften treibt.« Er fuhr sich durch die Haare und seufzte. »Nach unserem Gespräch im Krankenhaus habe ich Vater noch einmal darauf angesprochen, was du über Morgana gesagt hast, aber er wollte natürlich nichts davon wissen. Mir sind deine Worte trotzdem nicht mehr aus dem Kopf gegangen, und nach dem, was du im Wintergarten gesagt hast, habe ich selbst nachgeforscht. Ich wollte dir beweisen, dass meine Familie nicht so schlimm ist, wie du denkst. Also habe ich die Überwachungskameras im Haus überprüft. Wir hatten früher eine an jeder Tür, die ins Haus führt, also auch im Wintergarten, in dem du deinen Vater hast sterben sehen. In unserem Archiv sind Aufnahmen der letzten fünfzehn Jahre.« Er stoppte, schüttelte ungläubig den Kopf, und ich spürte, wie sich meine Nackenhaare aufstellten.

»Fünfzehn Jahre?«, wiederholte ich. »Wieso hat dein Vater sie aufbewahrt?«

»Er hat den Angestellten nicht getraut. Um ehrlich zu sein, glaube ich, dass er gegen jeden etwas in der Hand haben wollte. Er hat sie schön geordnet nach Jahren und Monaten.«

Lark, der uns von der Küche aus zugehört hatte, rief ins Wohnzimmer: »Und, was hast du darauf gefunden?«

»Nichts«, gab Archer zurück. »Überhaupt nichts. Und genau das ist das Problem. Ich habe die ganze Nacht vom Tod deines Vaters angeschaut, keinerlei Bewegung, niemand, der ins Haus kam. Erst dachte ich, dass das ein Beweis ist, aber als ich mir die Aufzeichnungen erneut angesehen habe, ist mir die Zeit in der oberen Ecke aufgefallen. Es fehlen vier Stunden von dieser Nacht. Einfach weg, gelöscht.«

Lark, der gerade mit dem Kaffee zurück ins Wohnzimmer kam, hob die Augenbrauen. »Deine Familie hat also etwas vertuscht.« Er wirkte nicht triumphierend, auch wenn die beiden nicht den besten Draht hatten, sondern ernst und aufmerksam.

Ich lächelte dankbar, als er mir eine Tasse reichte.

»Offensichtlich.« Archer ließ die Schultern sinken, nickte ihm zu und sah dann mich wieder an. »Nicht nur das. Ich habe mit den Angestellten gesprochen. Mein Vater war in der Nacht, in der Ray starb, bei uns im Haus. Aber mein Bruder Carter nicht. Anscheinend ist er spätabends irgendwo hingefahren und erst mitten in der Nacht zurückgekommen, war allerdings weder alkoholisiert noch hat er nach Frauenparfüm gerochen wie sonst. Und unser Hausmädchen hat geschworen, dass er andere Sachen anhatte. Das ist kein Beweis, aber …«

Andere Sachen.

Vielleicht weil an seinen alten Rays Blut geklebt hatte. Mir wurde übel bei dem Gedanken daran, was in den Stunden dazwischen passiert war. »Traust du deinem Bruder zu …?«

»Dass er Ray getötet hat? Nein, bisher nicht. Er ist ein Arschloch, doch so weit wäre ich nicht gegangen. Aber nach dem, was du gesagt hast, nach den ganzen Beweisen … Ich weiß nicht mehr, was ich denken soll. Ich weiß nur, dass ich ihnen nicht mehr glaube.« Archer sah so elend aus, dass ich aufstehen und mich neben ihn setzen musste, um eine Hand auf seinen Arm zu legen. »Du konntest es nicht wissen. Niemand würde denken, dass die eigene Familie zu so etwas fähig ist.« Ich wollte jetzt nicht nachfragen, nicht nachdenken über das, was meinem Vater in diesem Haus passiert war. Wer ihn getötet hatte. »Wichtig ist, dass du jetzt hier bist. Ich hätte nicht gedacht, dass ich das mal sagen würde, aber: Es gibt gerade Wichtigeres. Viel Wichtigeres.«

Wie zur Erklärung nahm Lark das Buch vom Boden und reichte es Ada, die sofort ehrfürchtig über die metallene Krone auf dem Cover strich.

»Was ist das?«, fragte sie.

Ich atmete tief durch und wandte den Blick ab. Es würde keine Vision mehr kommen, wenn ich es jetzt berührte, das wusste ich. Trotzdem war ich zu sehr mit Ehrfurcht erfüllt, um meine Finger über den grünen Stoff gleiten zu lassen. Die Erinnerungen an Merlin, der in meinen Armen gestorben war, waren noch zu frisch.

»Ich hatte eine Vision«, sagte ich und überlegte, wie ich es am besten in Worte fassen sollte. Ada sah mich verwirrt an, doch Lark und Archer wirkten so ernst, wie ich sie noch nie erlebt hatte. Also entschloss ich mich, das sprichwörtliche Pflaster einfach abzureißen. »Ich habe Merlin gesehen. Er ist … in meinen Armen gestorben.« Langsam hob ich die Hände, blickte auf sie hinab, als könnte ich ihn dadurch wieder heraufbeschwören. »Aber vorher hat er mir gesagt, dass ich nicht die Erbin von Lancelot bin. Ich bin die von Guinevere.«

»Moment, was?« Ada zog die Augenbrauen zusammen. »Aber unsere Familie stammt doch von Lancelot ab!«

»Ja, das war die Linie meines Vaters. Offensichtlich kommt von meiner mütterlichen Seite etwas ganz anderes«, gab ich seufzend zurück.

Archer war plötzlich ganz aufgeregt. »Lancelot und Guinevere. Genau wie in der Legende von damals.« Als Lark ihn fragend anblickte, fuhr er fort: »Angeblich hatten die beiden eine Affäre. Waren sogar verliebt ineinander. Das Treffen deiner Eltern könnte also schicksalhaft gewesen sein.«

Ich wiegte den Kopf. »Möglicherweise. Und es ist nicht nur das.«

Ich griff in die Tasche meiner Jeans und zog die Ohrringe hervor. Archer fielen beinahe die Augen aus dem Kopf. »Du hast sie?«

»Ray hat sie mir gegeben, kurz bevor …« Ich schüttelte mich schaudernd. »In meiner Vision habe ich ein Gespräch zwischen dem Zauberer und Guinevere mit angehört, das ziemlich deutlich gemacht hat, dass die Schmuckstücke nicht der Schlüssel zu Excalibur sind.« Ich flachte die Hand ab, ließ die Ohrringe darauf tanzen, sodass sie im Licht der Deckenlampe schimmerten. »Sie SIND Excalibur. Lauter kleine Teile davon, die zusammen zu dem Schwert geschmiedet werden können.«

Entsetzte Gesichter. Archer klappte mehrfach den Mund auf und zu, und die Anspannung in Lark wuchs tatsächlich noch etwas, obwohl ich das nicht mehr für möglich gehalten hätte.

Ada keuchte auf. »Du willst mir sagen, dass das hier … ein Stück von dem echten Schwert Excalibur aus der Legende ist?« Ihr Blick glitt ehrfürchtig über die Ohrringe in meiner Hand. »Und die Kette? Archers Ring? Harrys Diadem?«

Ich nickte sanft. »Guinevere hat das Schwert damals zerstört, weil Merlin der Meinung war, dass niemand allein so viel Macht haben sollte. Jeder der Ritter hat einen Teil von dem Schwert bekommen, damit Excalibur wieder zusammengebracht werden kann, wenn es nötig ist.« Ich sah jeden von ihnen lange und eindringlich an. »Wenn das Böse zurück ist. Wenn Morgana zurück ist. Und diese Zeit ist jetzt.«

»Die Hexe aus der Legende? Aber sie ist tot!«, widersprach Archer heftig. »Artus hat sie damals mit dem Schwert getötet!«

»Nein. Artus hat sie mit Excalibur so geschwächt, dass Merlin sie in eine Höhle einsperren konnte. Er hat seine ganze Magie darauf verwendet, sie zurückzuhalten, aber irgendwann ist das Siegel gebrochen. Morgana ist hier, in London. Ich glaube, dass mein

Vater deshalb zurückgekommen ist. Er wollte selbst die Stücke von Excalibur zusammenbringen, um das Schwert zu schmieden, vielleicht sogar, um damit gegen Morgana zu kämpfen. Ich weiß es nicht.«

»Morgana ist hier«, wiederholte Lark. Die Worte schienen nur schwer über seine Lippen zu kommen. »Das weiße Feuer. Die Angriffe auf die Wächter.« Es war, als würde er es jetzt erst realisieren.

Ich nickte. »Sie wollte höchstwahrscheinlich verhindern, dass Excalibur erneut geschmiedet wird. Und bis jetzt hat uns auch ein wichtiges Puzzleteil gefehlt, um das zu tun.«

Lark holte tief Luft, bevor er die nächsten Worte aussprach: »Du. Die Erbin der Schmiedin.« Er schüttelte den Kopf, als wollte er den Gedanken verdrängen.

Ada war still geworden. Sie strich noch immer über Guineveres Symbol, das Symbol meiner Familie. Dann sah sie langsam auf. »Und lass mich raten, es ist dein Schicksal, Excalibur zu schmieden? Die Stücke zusammenzubringen?«

Ich zuckte mit den Schultern, obwohl mich bei ihren Worten eine Gewissheit erfüllte, die im ganzen Raum zu spüren war. Wir hatten alle Schmuckstücke in Reichweite. Wir hatten mich, Guineveres Erbin, die sie vereinen konnte, auch wenn ich keine Ahnung hatte, wie. Wir alle wussten, was der nächste Schritt sein musste.

Zu meiner Überraschung drehte Lark sich zu Archer um. »Weißt du, wo die anderen Schmuckstücke sind?«

Dieser zögerte kurz. »Nun … ja, mein Vater hat sie in einem geheimen Tresor in der Gruft.«

Deshalb hatten wir sie nicht gefunden.

Lark brummte verstehend. »Und du kannst uns in die Gruft

deiner Familie bringen und dafür sorgen, dass uns niemand stört, oder? Nicht, dass es ein Problem wäre, da noch mal einzusteigen, aber so wäre es doch um einiges einfacher.«

Archer starrte seinen Gegenüber ein paar Sekunden ungläubig an. Dann klappte sein Mund auf, und er fuhr zu mir herum. »Ihr seid in die Gruft eingestiegen?! Wann?«

»Vor ein paar Stunden.«

»Das ist unmöglich. Euch hätte jemand bemerkt. Unsere Angestellten waren da – und Carter!« Archer wirkte vollkommen fassungslos. »Seid ihr von allen guten Geistern verlassen? Hast du davon gewusst, Ada?!«

Meine Cousine zuckte schuldbewusst mit den Schultern, und ich stand von der Sofakante auf, um mich vor Archer aufzubauen. »Können wir bitte später darüber reden? Gerade steht wahrscheinlich etwas mehr auf dem Spiel als die Räumlichkeiten deiner Familie und deren Ehre. Harry liegt schwer verletzt auf der Intensivstation, meine beste Freundin nur ein paar Stationen weiter. Das Haus der Edgertons ist abgebrannt und Stella dabei verletzt worden. Ray ist tot. Wir müssen etwas Schlimmeres verhindern. Am besten jetzt sofort. Wir brauchen Excalibur.«

Archer starrte mich an. »Aber … wir können nicht … wir müssen …«

Ich sah ihm an, dass er alle Alternativen in seinem Kopf durchging und fast gleichzeitig wieder verwarf, so wie ich es getan hatte. Seinem Vater war nicht zu trauen, jetzt noch weniger als zuvor. Er wollte vielleicht seine Frau retten, Archers Mutter, aber dafür würde er alles tun. Ohne Rücksicht auf Verluste. Und jemand anders konnten wir die Sache nicht überlassen. Es blieb an uns hängen.

Das verstand auch Archer. Er klappte den Mund zu und erwiderte meinen Blick. »In Ordnung«, sagte er leise. »Ich bringe euch rein.«

»Gut.« Ich wollte es optimistisch klingen lassen, entschlossen, wie ich mich vor wenigen Sekunden noch gefühlt hatte. Aber ich schaffte es nicht. Die Angst vor dem, was uns erwarten würde, auch wenn wir Excalibur hatten – sie schnürte mir die Brust ab. Trotzdem sprach ich es aus: »Dann lasst uns keine Zeit verlieren.«

KAPITEL 48

Es war seltsam, nach unserem kleinen Einbruch wieder zum Anwesen der Harrisons zurückzukehren und einfach durch die Vordertür zu spazieren. Als ich über die Schwelle trat, spürte ich wieder den Sog der Schmuckstücke. Das Rufen von Excalibur, das endlich wieder vereint sein wollte. Ganz. Ich musste mir an die Brust greifen, weil das Gefühl so stark war, und endlich verstand ich auch meine Verbindung zu den Schmuckstücken. Es war immer auf diesen Moment hier hinausgelaufen, und plötzlich wunderte es mich, warum ich das nicht viel früher erkannt hatte.

Archer deutete uns den Weg in den hinteren Bereich des Anwesens, und als wir in den dunklen Gang getreten waren, nahm er zwei Stufen zum oberen, beleuchteten Stockwerk. »Vater? Ich bin zurück.«

Jemand bewegte sich über uns, und dann ertönte die kühle Stimme Frederick Harrisons, die mir einen Schauer über den Rücken jagte: »Warst du erfolgreich?«

Ich drückte mich seitlich an die Treppe und spürte, wie Lark seine Hand in meine schob. Ich wollte ihn dankbar ansehen, aber er starrte einen unsichtbaren Punkt in der Luft vor sich an. Grimmige Entschlossenheit lag in seinem Blick. Er war bereit. Ada war es auch. Aber würde Archer wirklich auf unserer Seite stehen, wenn es darauf ankam?

Er räusperte sich unbehaglich. »Bisher nicht. Ich habe mich zwar nach dem Abendessen bei den Graysons noch umgehört, aber nichts herausgefunden. Und die Tante ist bisher nicht ansprechbar. Die Ärzte sind aber zuversichtlich, dass es bald so weit sein wird.«

Es ging also um Ray. Um das Schmuckstück von Tristan. Ich spürte die Ohrringe in der Tasche meiner Jeans pulsieren. Wenn Frederick Harrison gewusst hätte, dass ich hier stand und das dabei hatte, was er um alles in der Welt wollte, was hätte er dann wohl getan? Dasselbe, was er auch mit meinem Vater getan hatte? Mir kam die Galle hoch.

»Das ist nicht zufriedenstellend«, gab Harrison zurück. »Ich erwarte mehr von dem Erben des großen Galahad.«

»Es tut mir leid, Vater.« Archers Stimme klang gefasst, aber ich konnte mir vorstellen, wie die Worte ihn nach seiner ganzen Mühe schmerzten. Hatte er je von seinem Vater gehört, dass er stolz auf ihn war? Wenn ja, dann war das sicher lange her. Trotzdem straffte er jetzt die Schultern. »Ich will in der Gruft noch ein wenig in den alten Schriften forschen. Vielleicht gibt es irgendeinen Weg, das letzte Schmuckstück aufzuspüren. Irgendeine Verbindung, auf die wir noch nicht gestoßen sind.«

Frederick Harrison seufzte missbilligend. »Wie du meinst. Aber reize den Abend nicht mehr zu sehr aus – ich erwarte von dir, dass du dich morgen wieder um diese Angelegenheit kümmerst.«

»Natürlich.« Archer verschränkte die Arme hinter dem Rücken, und ich war fast darauf vorbereitet, dass er salutierte. Stattdessen machte er nur auf dem Absatz kehrt und kam zu uns in den dunklen Gang. Ihm fiel es offensichtlich immer noch schwer, gegen seinen Vater zu handeln, trotz allem, was wir herausgefunden hatten. Aber ich konnte es ihm nicht verdenken. »Kommt«, raunte er und ging voraus.

Wir folgten ihm mit eiligen Schritten, bedacht darauf, keinen Lärm zu machen.

Archer hatte einen Schlüssel für die schwere Holztür, der am selben Bund hing wie sein Autoschlüssel. Als er meinen verwunderten Blick sah, zuckte er mit den Schultern. »Es gibt nur drei Schlüssel für die Gruft. Er hat für mich einen eigenen anfertigen lassen, als klar wurde, dass ich Galahads Erbe bin.« Da war Stolz in seinem Blick, nur kurz, dann stumpfte das Gefühl ab und machte etwas anderem Platz. Ärger vielleicht, der sich gegen Lark richtete. Er konnte sich also wahrscheinlich denken, wie wir in die Gruft gekommen waren.

Ich wandte mich ab, weil ich ihm nicht in die Augen sehen konnte. Erst als Archer die Tür geöffnet und die Lichter an der Treppe angemacht hatte, sah ich wieder auf. Mittlerweile war das ziehende Gefühl beinahe zu einem Schrei angeschwollen, der mich hinunterlockte in die Gruft. Ich ließ Larks Hand los und ging den anderen voran die Treppe hinunter. Hinter mir klickte das Schloss, als Archer die Tür wieder absperrte, und das Geräusch hallte in meinem Kopf wider.

»Was, wenn wir fliehen müssen?«, wollte Ada mit bleichem Gesicht wissen.

»Dann lasst ihr mich besser vor«, meinte Archer und ließ den Schlüssel wieder in seine Hosentasche fallen. »Aber falls Carter oder jemand anders aus meiner Familie beschließt, uns zu überraschen, haben wir wahrscheinlich ähnlich große Probleme.«

Ich war bereits am unteren Treppenabsatz angekommen und trat auf die Tafelrunde zu. Alles, was um mich herum passierte, das aufflammende Licht des Kronleuchters, die Stimmen meiner Freunde, ich nahm es nur noch wie durch einen Tunnel wahr. Mein Blick klebte an dem Tisch, den feinen Einkerbungen, in die die Schmuckstücke gehörten.

Archer ging an mir vorbei zu dem Bücherregal, an dem Lark vor ein paar Stunden noch im Schein seines Handylichtes gestanden hatte. Er griff durch das oberste Regalbrett, es klickte, und dann zog er den kleinen Schrank nach vorn. Dahinter war ein für die Umgebung viel zu modern aussehender Safe in die Wand eingelassen.

Während Archer einen achtstelligen Code eingab, drehte ich mich zu Lark um. »Tja, an dem wärst du wahrscheinlich auch nicht vorbeigekommen.«

»Wer weiß«, sagte er, aber ohne zu lächeln. Wir waren alle zu angespannt.

Als der Safe aufging, fühlte ich mich, als würde ich direkt an einem riesigen Lagerfeuer stehen. Die Hitze sprang mir glühend ins Gesicht, und doch reckte ich den Hals, um die Schmuckstücke sehen zu können. Sie funkelten wie Diamanten.

»Helft mir«, Archer machte einen Schritt zur Seite und nahm ein paar der Excalibur-Stücke, um sie zum Tisch zu tragen.

Lark und Ada kamen ihm direkt zu Hilfe, während ich mich zur Tafelrunde drehte, um die Ohrringe aus der kleinen Schatulle in die für sie vorgesehene Einkerbung fallen zu lassen. Da landeten nun auch das Diadem von Gawain, der Ring von Galahad, die Armkette von Kay, die Brosche von Percival und die Anstecknadel von Bedivere. Meine Kehle war wie ausgetrocknet. Zum gefühlt hundertsten Mal fragte ich mich, worauf ich mich da eingelassen hatte und ob ich der Sache wirklich gewachsen war.

»Harper?« Lark war neben mir stehen geblieben, seine Worte holten mich aus meinen Gedanken. »Hier«, sagte er und ließ etwas in meine Hand fallen. »Das solltest du wohl machen.«

Ich blickte auf meine Hand hinab, in der die Kette von Lancelot lag. Die Hitze durchflutete mich wie ein Fieberschub, und ich schloss sofort die Finger darum. Dann ging ich um den Tisch herum. Ich wusste, was ich als Nächstes tun musste.

Obwohl sich meine Abstammung als etwas komplizierter herausgestellt hatte, fühlte es sich noch richtig an, mich auf den Stuhl von Lancelot zu setzen. Ada wirkte unheimlich nervös, als sie sich mir gegenüber an die Stelle setzte, an der das Diadem von Harry lag. Lark und Archer nahmen ebenfalls Platz, zwischen uns, und starrten angespannt zu mir.

Das war der Moment.

Ganz langsam ließ ich die Kette in die für sie vorhandene Kuhle fallen. Die Hitze, die daraufhin von dem Schmuckstück herausströmte, fühlte sich richtig an. Gut. Aber ich wusste auch instinktiv, dass es nicht ausreichte. Wenn es wirklich mich brauchte, die Linie meiner Mutter, dann brauchte die Tafelrunde wahrscheinlich einen Teil von mir.

So wie meine Visionen.

Zum gefühlt hundertsten Mal in den letzten Tagen führte ich den Daumen an meinen Mund und biss die Haut auf. Der erste Blutstopfen fiel auf die Kette, die mein Vater den Graysons gestohlen hatte. Damit hatte alles angefangen.

Dann ging ich langsam um den Tisch herum, ließ wieder und wieder ein kleines Stück, einen kleinen Tropfen von mir an den Schmuckstücken zurück. Als Letztes kam ich bei Lark an, bei der Armkette, die vor ihm lag. Er hob den Blick, in dem eine Mischung aus Besorgnis und grimmiger Entschlossenheit lag. Er nickte, und ich streckte den Arm aus, um das letzte Schmuckstück mit meinem Blut zu benetzen.

Eine halbe Ewigkeit passierte nichts, und als ich den Kopf hob, starrten auch die anderen abwartend auf die Schmuckstücke. Doch plötzlich stieg von der Kette vor mir Rauch auf. Und dann auch von den anderen dünne Rauchfäden, als hätte jemand die Schmuckstücke in Brand gesetzt.

Die goldenen Fassungen schmolzen einfach unter den Steinen weg und füllten die in das Holz eingelassenen Adern, die zur Mitte des Tisches führten, mit dicker Flüssigkeit. Zum Kern der Tafelrunde. Harrys Diadem, die Kette meines Vaters und Archers Ring, sie alle fielen in sich zusammen wie Wachs.

Als die sternförmige Ausbuchtung in der Mitte der Tafelrunde mit goldener Flüssigkeit gefüllt war, ging ein leichtes Rumpeln durch den Tisch – wie ein sanftes Erdbeben. Ada stieß ein entsetztes Keuchen aus, im selben Moment brach die Tafelrunde in der Mitte entzwei.

KAPITEL 49

Der uralte Mechanismus machte knackende und rasselnde Geräusche, während die mit Gold gefüllte Ausbuchtung einem klaffenden Loch Platz machte. Dann war das Rumpeln vorbei, und der Raum wurde in eine so tiefe Stille gestürzt, wie ich sie noch nie wahrgenommen hatte. Alle um mich herum schienen die Luft anzuhalten und zu warten.

Irgendwann traute ich mich doch, mich langsam nach vorn zu beugen und in das klaffende Loch zu blicken, das sich in der Mitte der Tafelrunde aufgetan hatte. Erst konnte ich in der Dunkelheit nichts erkennen, doch dann sah ich den Rand von etwas Schimmerndem, Metallenem, von dem Rauch aufstieg.

Der goldene Griff des Schwertes. Er lag in einer Form, aber die Auskerbung seiner Klinge war leer. Der essenzielle Teil des Schwertes fehlte noch.

Archer sah mich an. »Ich glaube …«, begann er langsam. »Ich glaube, du musst die Schmuckstücke dort hineingeben.«

Als ich mich wieder aufrichtete, lagen die Steine aus den Schmuckstücken noch immer in den für sie vorhergesehenen Kuhlen. Sie waren nicht wie ihre Fassungen geschmolzen und durch die Adern zur Mitte des Tisches geflossen, sondern warteten dort auf mich. Einzelteile des legendären Schwertes.

Ich trat auf den Tisch zu, und ohne nachzudenken, griff ich zuerst nach dem größten Stein, der aus der Brosche gebrochen war. Als ich ihn mit den Fingern umschloss, pulsierte er in meiner Hand wie ein lebendes Organ. Im Uhrzeigersinn machte ich weiter, sammelte alle Steine in meiner immer heißer werdenden Hand. Einen nach dem anderen. Die letzten beiden Stücke waren die Steine aus der Kette meines Vaters und aus dem Ring von Archers Familie. Als auch sie auf meiner Hand lagen, schmiegten sie sich aneinander zu einem Pfeil.

Ich sah Archer an. »Die Spitze des Schwertes«, flüsterte ich und wartete sein staunendes Nicken ab, bevor ich mich langsam vorbeugte.

Meine Haut schien beinahe zu brennen, als ich die Stücke nacheinander wie bei einem alten Puzzle an ihren Platz in der Auskerbung des Schwertes legte. Als ich fertig war, pochte der Raum vor Hitze. Ich fühlte mich, als würde ich in einem Vakuum stehen. Und ich fühlte mich, als würde ich nicht mehr selbst bestimmen, was ich tat. Als hätte mein Muskelgedächtnis eingesetzt, das mir sagte, was ich zu tun hatte.

Beinahe schon wie in Trance ging ich um die Tafelrunde herum und hob meine noch immer blutende Hand. Ich schloss die Finger um den Griff des Schwertes, und sofort stiegen feine Dampfwolken von den Edelsteinen auf – und mit ihnen der starke Geruch von Karamellpopcorn. Je fester und länger ich den Griff hielt, desto heißer schien das Metall zu werden, desto stärker der Geruch. Ich versuchte, die kommende Vision von mir wegzuschieben, versuchte, mich auf das Hier und Jetzt zu konzentrieren.

Und dann schmolzen auch die Schmucksteine, zerflossen wie Butter, vereinten sich endlich wieder zu der Klinge, die vor tausend Jahren die Hexe Morgana aufgehalten hatte. Der Qualm hüllte uns ein, und ich spürte, wie ich die Kontrolle verlor. Das Bild des Schwertes vor mir vermischte sich mit Bildern von damals. *Ich sah Artus, Bedauern in seinem Blick, und ich sah Morgana vor ihm knien. Sah, wie sie flehend die Hände zusammengelegt hatte. Hörte, wie sie sagte: »Es muss einen anderen Weg geben, Artus.«*

Ich stolperte zurück, sah einen Moment wieder die Tafelrunde, *bevor ich erneut das Gesicht des Königs erblickte.*

Er schüttelte den Kopf. »Guineveres und Merlins Magie ist zu stark geworden. Sie haben ein Schwert erschaffen, das dich töten kann. Aber wenn ich es führe … wenn ich es nutze …«

»Du kannst mich nicht töten«, kreischte die Hexe.

»Ich kann nicht zulassen, dass sie es herausfinden. Ich muss ihr Spiel mitspielen.« Er beugte sich über sie. »Wir werden uns wiedertreffen. Was sind tausend Jahre? Sie können unser Band nicht zerstören. Wir werden es wieder aufleben lassen.« Sein Lächeln wurde mild. »Du warst eine gute Untertanin. Die beste. Und jetzt tu das, was gute Untertaninnen machen … und stirb für mich.«

KAPITEL 50

»Harper?« Lark hatte mich aufgefangen, als ich zurückgestolpert war. »Hattest du wieder eine Vision?«

Ich starrte ihn über meine Schulter an, versuchte, zu verstehen, was ich da gerade gesehen hatte. Artus und Morgana? Wie war das möglich? Was hatte das zu bedeuten?

»Was tun wir jetzt?«, fragte Ada, bevor ich ihm antworten konnte, und hustete, weil der Rauch ihr wie mir den Hals zuklebte.

Ich drehte mich wieder zu ihr und Archer. Die beiden standen in gebührendem Abstand von der Tafelrunde weg, auf der nun wahrhaftig Excalibur lag. Das legendäre Schwert von damals, zurück in dieser Welt. Es dampfte noch immer, als wäre es aus Feuer, und die Hitze füllte diesen kleinen Raum aus. Sie sahen mich abwartend an. Als würde ich alle Antworten kennen.

Ich holte tief Luft und verdrängte die Vision, die ich gerade gesehen hatte. *Merlin hilf,* flüsterte ich in Gedanken. *Was soll ich jetzt tun? Hättest du nicht einfach etwas Genaueres sagen können?*

»Harper, was machst du da?«, schrie Ada erschrocken auf, aber ich war bereits an der Tafelrunde und hatte meine Hand ausgestreckt. Nur eine Millisekunde, bevor meine Finger das dampfende Schwert berührten, zuckte Angst durch meinen Körper. Ich erwartete ein furchtbares Brennen, aber es blieb aus, als ich die Hand um den Griff legte. Es fühlte sich beinahe an, als wäre es nur Luft, nur Qualm, der meine Haut umspielte.

Excalibur lag warm in meiner Hand, seine Magie und Macht durchströmte mich, als ich daran zog. Um mich herum war erschrockenes Aufkeuchen zu hören, doch dann stockte ich in meiner Bewegung. Es wurde schwerer und schwerer, an dem Schwert zu ziehen, und irgendwann bekam ich es keinen Millimeter mehr weiter. Ich war nicht in der Lage, es aus der Fassung zu ziehen, in der ich es geschmiedet hatte. Als ich es noch einmal versuchte, rutschte meine Hand ab.

»Es steckt fest«, sagte ich angestrengt.

Niemand reagierte darauf. Niemand wirkte überrascht. Und nach einer Sekunde war ich es auch nicht mehr. Ich konnte mich noch gut an die Geschichten erinnern, die ich in der Schule von König Artus gehört hatte. Wie er Excalibur aus dem Stein gezogen hatte, weil er als Einziger dazu in der Lage gewesen war. Der einzig wahre Erbe. So hatte es auch in der Prophezeiung geheißen.

»Tja, anscheinend bin ich nicht prädestiniert, der neue König zu werden.« Ich blies mir eine Strähne aus dem Gesicht und musterte die Mienen meiner Freunde. »Also, wer will es als Nächstes versuchen?«

Lark machte sofort einen Schritt zurück und schüttelte vehement den Kopf. Auch Ada wirkte wenig begeistert. Nur Archer sah mich direkt an.

»Niemand von uns ist ein Erbe des Königs, Harper«, sagte er.

»Wenn man den Geschichten glauben kann, gibt es keinen Erben von Artus. Aber das Schwert ist hier, also muss es jemanden geben, der es ziehen kann«, widersprach ich. »Also versuch es wenigstens.«

Er musterte mich unsicher, eine Sekunde nur, dann drückte er wieder den Rücken durch und trat auf die Tafelrunde zu. Ganz langsam, als hätte er Angst vor dem, was passieren würde, hob er die Hand und legte die Finger um den Griff des Schwertes.

Im nächsten Moment explodierte die Gruft in weißem Feuer.

KAPITEL 51

Ich war wieder in der Höhle. Kaltes Wasser umspülte meine Beine, nur bis kurz über meine Knöchel, und der Geruch von Salz und Meer lag in der Luft. Ein paar Sonnenstrahlen, die aus derselben Richtung kamen wie das Geräusch der Wellen, fielen mir auf den Rücken.

Erschrocken riss ich den Kopf hoch. Was war passiert? Gerade noch hatte ich in der Gruft der Harrisons gestanden, wieso war ich jetzt hier? Wieso hatte ich eine Vision? Ich konnte mich nicht daran erinnern, den Duft von Karamellpopcorn in der Nase gehabt zu haben, und auch nicht, in die tiefe Dunkelheit gestürzt zu sein, die sonst immer meine Visionen begleitete.

Eine Bewegung in meinem Augenwinkel lenkte mich ab. Als ich zu der Steinwand auf meiner rechten Seite blickte, die, hinter der Merlin Morgana verschlossen hatte, hob sich plötzlich ein mattes Leuchten von ihr ab. Ganz leicht nur, ein sanftes Flüstern aus Licht, das sich aus dem Fels stahl. Und dann schwebte das kleine Licht mitten in der Höhle wie ein verirrter Stern und warf Schatten an die Wände.

Ich hielt die Luft an, als es schlingernd auf den Höhlenausgang zuschwebte. Was war das?

»Der goldene Moment vor acht Jahren, als ein Teil meiner Seele sich endlich aus seinem Gefängnis befreien konnte. Sie nennen die Höhle Merlin's Cave, wusstest du das?«, sagte jemand hinter mir.

Eine Eiseskälte packte mich, schüttelte mich. Langsam, beinahe in Zeitlupe drehte ich mich um meine eigene Achse. Und da saß sie – auf einem der abgeflachten Felsen, in ein einfaches rotes Kleid gekleidet. Die Sonne umspielte ihre schlanke Gestalt, und sie lächelte wissend.

Morgana. *So, wie sie damals ausgesehen hatte, in meiner ersten Vision.*

Ich schnappte so heftig nach Luft, dass ich mich beinahe daran verschluckt hätte, und stolperte durch das kalte Wasser zurück, weg von ihr, auch wenn ich in meinem Inneren bereits wusste, dass ich ihr nicht entkommen konnte.

»Na, na«, sagte sie mit dieser irritierend sanften Stimme und hob eine Hand, wie um mich zu beruhigen. »Du musst mich nicht fürchten, kleine Schmiedetochter. Schließlich habe ich dir einiges zu verdanken – du hast meine Reise in den letzten Tagen so viel einfacher gemacht.«

Als ich in meiner Bewegung einfror, fuhr sie sich mit einer Hand durch ihre langen dunklen Haare und gab ein beinahe schwärmendes Seufzen von sich. »Ich habe den Wächtern so viel Feuer unter ihren faulen Hintern gemacht. So viele Winke mit dem Zaunpfahl, aber sie haben einfach nicht verstanden, worauf ich hinauswollte. Sie haben sich keine Angst vor der Bedrohung machen lassen, weil sie zu dumm waren, sie zu erkennen. Nur du hast ausgeführt, was ich von dir wollte. Es brauchte nur ein winziges, erstes Feuer, um dich zu motivieren.« Ihre funkelnden schwarzen Augen schienen mich festzuhalten, und plötzlich konnte ich mich wirklich nicht mehr bewegen.

Kein Muskel in meinem Körper wollte mehr auf mich hören.

Panik schnürte mir die Brust zusammen. »Was meinst du damit?

Was habe ich getan?« Meine Stimme war nur ein Hauch, während mein Herz von innen gegen meine Rippen hämmerte.

»Nun.« Sie deutete auf die Felswand, aus der ein Teil ihrer Seele entkommen war. »Das hier, dieser kleine Moment, war nur der Anfang. Ich war zu kaum etwas in der Lage, also folgte ich nur diesem unbestimmten Gefühl, dieser Magie, die ich kurz nach meinem Aufwachen spürte. Und was ich fand, war mehr, als ich zu träumen gewagt hätte.« Morgana lachte auf, und es klang so befreit, dass mir schlecht wurde.

Was hatte ich getan? Was für einen Fehler hatte ich in den letzten Tagen gemacht, der ihr zugespielt hatte? Meine Hände waren schweißnass, obwohl ich von dem kalten Wasser unter mir fror.

»Aber damit du das verstehen kannst, müssen wir ein paar Jahre weiterspringen. Zu den Ereignissen vor einem Jahr, die die Schmuckstücke wieder aktivierten.« Die Hexe zwinkerte mir zu, als wären wir alte Freunde. »Ich will ja schließlich nicht, dass du stirbst, bevor du die Tragweite deiner Entscheidungen begreifst.« Sie machte eine Bewegung mit der Hand, und auf einmal schwankte die ganze Höhle um mich herum.

Ich stolperte nach vorn, und als ich zu Boden ging, war das Wasser plötzlich weg. Der Steinboden unter meinen Händen war feucht, aber es war eindeutig Ebbe. Auch das Licht der Sonne war fast gänzlich verschwunden, durch die hereinbrechende Dunkelheit konnte ich im ersten Moment kaum etwas erkennen.

Dann hörte ich plötzlich Schritte auf dem feuchten Stein, die näher kamen. Stimmen, die sich mit dem heulenden Wind vermischten.

»Es ist nicht mehr weit. Nur noch ein kleines Stück.«

»Was wollen wir denn hier unten? Es ist kalt und unheimlich. Ich will nach Hause.«

»Da vorn kann ich es schon sehen! Gleich sind wir da!«

»Aber was genau willst du mir denn jetzt zeigen?«

Ich hob den Kopf, mein Magen füllte sich mit Horror, meine Augen weiteten sich. Die Stimme der jungen Frau … Die beiden Menschen, die jetzt vom Höhleneingang auf mich zukamen … Ich kannte sie.

»Das wirst du gleich sehen.« Der junge Mann grinste. »Nur noch ein Stück. Hier, sieh mal.« Er blieb stehen, nur einen Meter von mir entfernt, und legte eine Hand an die Steinwand. Seine Augen funkelten, und es hatte etwas Gefährliches. Etwas Bösartiges. »Es ist hier. Genau, wie sie mir gesagt hat. Gott, ich kann die Macht spüren. Ich kann ihre Magie spüren.«

»Wovon zur Hölle redest du?« Die junge Frau, die hinter ihn trat, hatte die Arme um ihren Oberkörper geschlungen. Sie wirkte verwirrt. Verängstigt.

Aber ihr Begleiter schien sie gar nicht mehr zu beachten. Er streichelte nur weiter über den Felsen. »Sie hat gesagt, dass ich sie hier finden würde. Dass ihr Gefängnis marode ist, dass die Zeit gekommen ist, sie zu befreien. Ich kann das tun, hat sie gesagt. Und sie wird mir dienen. Wird mich auf den Thron setzen, wie es damals schon war. Wie es meine Bestimmung ist. Alles, was sie dazu braucht, ist ihre Freiheit. Und einen neuen Körper.« Er drehte sich um, und seine Freundin zuckte erschrocken zusammen.

»Was meinst du damit?«, fragte sie ängstlich.

Unter der Hand, die der junge Mann an den Fels gelegt hatte, leuchtete es auf. Der nasse Stein bekam Risse, durch die weißes Feuer brach. Langsam, aber stetig fraß es sich durch das Gefängnis, das die Hexe so viele Jahrhunderte gehalten hatte. Sein Lächeln wurde breiter.

Die junge Frau stolperte zurück. Stürzte und schlug auf den Boden auf. Ihr Blick war voller Angst, als das Feuer immer heller, immer stärker wurde. Ich konnte ihre Schreie hören und schloss die Augen vor dem blendenden Licht.

Dann war plötzlich alles still. Als ich ganz langsam die Augen wieder öffnete, stand das Wasser wieder hoch in der Höhle. Die Sonne war untergegangen, der Ort fühlte sich leer an. Erschreckend leer. Als ich herumfuhr, saß Morgana noch immer auf dem Stein hinter mir, hatte das Kinn auf eine Hand gestützt und lächelte mich an.

Sie sah wohl die Frage in meinem Blick, denn sie legte sich in gespielter Überraschung eine ihrer schlanken, bleichen Hände an die Wange. »Oh, richtig. Das weißt du noch nicht. Nicht nur deine Vorfahrin Guinevere hatte Erben, von denen die Bücher nicht berichteten. Artus, der schlimme Junge, hatte bereits vor seiner Frau eine Liebschaft, die ihm einen Sohn bescherte. Aber er hat sie damals verstoßen, um mit Guinevere glücklich werden zu können. Tja, wer hätte gedacht, dass es sein einziger Erbe bleiben würde?«

Artus hatte einen Erben gehabt. *Die Prophezeiung hatte sich also erfüllt. Natürlich hatte sie das. Aber diese beiden … Wieso hatte er …?*

»Ich war auch überrascht. Hatte von seinem unehelichen Kind keine Ahnung.« Morgana nickte bedächtig, während sie aufstand und langsam auf mich zuschritt. »Aber als das winzige Stück meiner entkommenen Seele ihn spürte, ihn fand, war ich unheimlich glücklich. Weil ich wusste, dass ich wieder an seiner Seite sein konnte. Dass ich dem König wieder dienen konnte. Ich sprach mit ihm. Viele Jahre, immer wieder. Blieb in seiner Nähe, bis genug Zeit vergangen und mein Gefängnis schwach genug war. Dann brachte ich ihn dazu, zu mir zu kommen. Ich riss die schwache Seele seiner Gefährtin aus deren Körper und nistete mich dort ein, in ein junges, unbedarftes Mädchen. Ich versprach, ihm zu der Macht zu verhelfen, die er verdiente. Excalibur. Schwor, ihm zu dienen, wie ich es schon vor Jahrhunderten getan hatte, bevor man uns auseinandergerissen hatte. Aber schlussendlich konnte ich ihm das Schwert nicht selbst schmieden, das Schwert, das einzig zu meiner Vernichtung hergestellt worden war. Meine Negativ-

magie. Der Gegensatz zu meinem weißen Feuer: Merlins schwarzer Wasserdunst. Er hat damit die alte Magie der Seen mit Guineveres Hilfe zu etwas gemacht, was mich schwächen konnte. Also brauchte ich jemand anders, um es zu schmieden.«

Die Erkenntnis schlich sich langsam kalt in meine Gedanken.

Währenddessen sprach Morgana einfach ungerührt weiter, einen fast schon ungeduldigen Klang in ihrer Stimme: »Zuerst habe ich mich auf Frederick Harrison verlassen. Was für ein angenehmer Mensch, ich mochte ihn direkt. Aber leider hat ihn der Blick, der einzig und allein auf seine eigenen Bedürfnisse gerichtet war, vom Wesentlichen abgelenkt. Dein Vater war auch ein Hoffnungsschimmer, aber er wurde ja leider aufgehalten.«

Ich versuchte, alles, was sie sagte, in einen für mich schlüssigen Zusammenhang zu bringen, aber als sie mich wieder mit diesen dunklen Augen ansah, wurden alle Gedanken von der aufsteigenden Panik vertrieben.

»Dann kamst du«, sagte sie leise und trotzdem gut hörbar. »Und du hast dein Soll so gut erfüllt, kleine Harper. Hast das Schwert geschmiedet, von dem du dachtest, dass es mich wieder vernichten wird. Hast nicht daran gedacht, dass ich möglicherweise in den letzten tausend Jahren etwas schlauer geworden bin. Obwohl meine Magie geschwächt ist und noch eine Weile brauchen wird, um sich gänzlich zu erholen, hatte ich bereits einen Plan, Artus zu seiner alten Macht zu verhelfen. Seinen Erben. Schon gut, es ist nicht dein Fehler, du konntest es nicht ahnen. Dass diesmal alle Spielfiguren auf meiner Seite stehen.« Ihr mildes Lächeln brannte in meiner Brust. Sie hob den Arm und deutete wieder auf die schwarze Felswand.

Erst jetzt sah ich, dass dort jemand stand. Die junge Frau von eben. Sie stöhnte zufrieden auf. »Endlich wieder komplett.« Sie schlang die Arme um den schmalen Körper. »Endlich ist meine ganze Seele wieder frei. Endlich habe ich meine Stärke zurück.« Sie seufzte tief, bevor sie sich umwandte und den jungen Mann anblickte, der sie befreit hatte. Den Mann, der nun mit gestrafften Schultern und einem strahlenden Lächeln neben der Felswand stand.

»Machst du mich jetzt zum König?«, fragte er, und meine Nackenhaare stellten sich auf.

»Aber natürlich, mein Schöner.« Die junge Frau – Morgana – kicherte mit ihrer glockenhellen Stimme. »Wir holen uns das Schwert und deinen Thron und die Macht über die Wächter zurück. Jetzt kann uns nichts mehr aufhalten.«

Seine Augen strahlten vor Vorfreude und Gier, und während er sie an den Hüften packte, sagte Morgana hinter mir: »Zeit, zurückzukehren, kleine Schmiedin.«

KAPITEL 52

Ich war wieder zurück im Kellergewölbe der Harrisons, auf dem kalten Boden neben der Tafelrunde. Der Geruch von verbrannten Haaren legte sich beißend um mich, raubte mir den Atem, und ich hustete wild.

»Oh, sieh an, sie ist wieder wach«, sagte jemand vergnügt hinter mir.

Meine Augen tränten vom beißendem Geruch und dem Husten, der mich schüttelte, aber ich wandte mich ihr trotzdem zu. Der jungen Frau, die mit hinter dem Rücken verschränkten Armen neben mir stand und auf mich herablächelte. An ihrer Kleidung tanzten weiße Flammen, die ihre smaragdgrünen Augen zum Leuchten brachten.

»*Morgana*«, hauchte ich mit kratziger Stimme.

Die junge Frau, die ich als Melody kannte, nickte beinahe erfreut. Das weiße Feuer erlosch, und ich zuckte zusammen.

Ruckartig richtete ich mich in eine Sitzposition auf und kroch von ihr weg, während ich gleichzeitig versuchte, mir einen Überblick zu verschaffen, obwohl mir der Kopf noch immer schwirrte.

Lark und Archer lagen nicht weit von mir entfernt auf dem Boden. Bewusstlos, das hoffte ich zumindest. Ada lehnte in einer Sitzposition an der Tafelrunde, ihr Kopf war zur Seite gekippt. Mein Herz blieb beinahe stehen, als ich bemerkte, dass Blut aus ihrer Nase lief.

»Das hat aber echt ewig gedauert.«

Ich fuhr zu der dunklen Stimme herum und sah gerade noch, wie Cain sich gierig über den steinernen Tisch beugte und die Hand um den Griff des Schwertes legte. Einen Moment hoffte ich inständig, panisch, dass es nicht funktionieren würde. Aber da zog er auch schon Excalibur aus dem aufsteigenden Rauch – ohne Probleme – und hielt die glänzende Klinge über sich. Er legte den Kopf in den Nacken und lachte bellend.

»Beruhige dich, mein Schöner. Du machst noch unserer kleinen Schmiedin Angst.« Melody, nein, Morgana kicherte und breitete die Arme aus. »Dabei sind wir ihr doch zu Dankbarkeit verpflichtet. Sie hat dir dein Schwert gebracht.«

Entsetzen breitete sich in mir aus, als ich dabei zusah, wie Cain mit der Klinge spielte, als wäre sie aus Federn gemacht. *Das habe ich zu verantworten. Das ist meine Schuld.*

Die Schuld wollte mich zu Boden drücken. Ich hatte der mächtigsten bösen Hexe und dem Erben von Artus wie eine Idiotin die stärkste Waffe der Welt quasi vor die Füße gelegt. Ich hatte alles versaut.

Plötzlich war hinter mir ein schmerzverzerrtes Stöhnen zu hören, und sowohl Morgana als auch Cain blickten überrascht auf.

»Sieh an«, sagte Cain und grinste breit. »Du lebst ja noch, Lark.«

Lark stützte sich auf seine Arme, sein Gesicht war vor Wut und Hass verzerrt. Aus seinen Augen schienen regelrecht Funken zu sprühen. Kurz trafen sich unsere Blicke, bevor er sich an Cain und Morgana wandte. »IHR!«, grollte er.

Und dann passierte plötzlich etwas, was mir das Blut in den Adern gefrieren ließ. Die Farbe von Larks Augen wechselte von einem dunklen Blau zu einem leuchtend türkisen Gletscherblau, wie ich es schon einmal gesehen hatte. Und als er sich langsam aus seiner Position erhob, tanzten dunkle Schatten um seine Arme, kringelten sich in der Luft wie schwarzer Rauch. Dann stand er, und die tanzenden Schatten schossen auf Cain zu.

Der riss entsetzt die Augen auf, als einer der Rauchschwaden ihn am Bein packte und ihn einfach von den Füßen fegte. Mit einem lauten Aufschlag knallte Cain rücklings auf den Steinboden und schrie vor Schmerz auf. Das Schwert rutschte ihm aus der Hand, und mein Herz machte einen hoffnungsvollen Satz.

Merlin. Das war die Magie von Merlin.

Geschockt sah ich zu Lark, der immer noch da stand, die Hände zu Fäusten geballt und das Gesicht wutverzerrt. Die Schatten tanzten um seine gletscherblauen Augen.

»Na, na, na, ihr werdet doch jetzt nicht streiten«, sagte Morgana in einem besänftigenden Ton. Sie ging an mir vorbei und stellte sich zwischen Lark und Cain und verschränkte die Arme vor der Brust. Sie wirkte alles andere als beunruhigt, eher belustigt. »So etwas machen Freunde doch nicht miteinander.«

Lark schnaubte wütend. »Was sollte die Explosion? Wolltet ihr mich umbringen?«

»Ach, das war doch gar nichts.« Morgana winkte lachend ab. »Du warst zu keiner Zeit in Gefahr, also beruhige dich wieder.«

»Was zur Hölle ist hier los?« Keuchend richtete sich Archer hinter uns auf. Offensichtlich war er auch wieder zur Besinnung gekommen. Er starrte erst Lark, dann Morgana und schließlich Cain an, der ihm am nächsten war. Dieser lachte auf, griff nach dem Schwert am Boden und baute sich damit vor Archer auf.

»NEIN!«, schrie ich, wollte aufspringen, aber mein Körper, meine Muskeln, gehorchten mir immer noch nicht. Verzweifelt fuhr ich zu Lark herum, wollte ihn anflehen, Archer zu retten, aber da erstarben die Worte schon auf meinen Lippen.

Er sah mich an, ganz kurz nur, absolute Ruhe lag in seinem Blick, und dann stieg erneut schwarzer Dunst von seinem Körper auf.

Ich konnte mich nicht von ihm abwenden, von der dunklen Schönheit, die ihn umgab. Von der Magie, die ich bereits aus meiner Vision kannte. Aus meiner letzten Begegnung mit Merlin. Auch wenn diese hier sich roher anfühlte, grober, war es doch dieselbe. Das spürte ich, das wusste ich bis in die tiefste Faser meines Körpers.

Lark hob die Hand wie ein Dirigent, und die schwarzen Dunstwolken rasten auf Archer zu, dessen Augen sich entsetzt weiteten. Er riss den Mund auf, als wollte er schreien, aber der Dunst schloss sich zu dunklen Ranken zusammen, und die waren schneller, legten sich um seine Arme und Beine und um seinen Mund und erstickten sofort jeglichen Laut.

Cain stockte in seiner Bewegung, ließ Excalibur sinken und sah verärgert zu Lark.

Lark schüttelte nur leicht den Kopf. »Er ist einer der Wächter. Wir sollten ihn nicht töten.«

Cain schien nicht glücklich darüber, dass er herumkommandiert wurde, aber er begnügte sich mit einem Schnauben. »Du machst, was ich dir sage, hast du verstanden, Larkin?«

»Schon klar«, brummte Lark beinahe schon gelangweilt. »Das ist doch in deinem Sinn, oder nicht?« Er wartete das Nicken von Cain ab, bevor er wieder auf Archer herabblickte, der verzweifelt versuchte, sich von den Ranken aus Schatten zu befreien. »Sei still.«

Archer schien ein letztes Mal aufzukeuchen, dann sackte er in sich zusammen.

Ich spürte, wie alles in mir zusammenfiel wie ein Kartenhaus. Ungläubig starrte ich erst Archer an und dann Lark, der da stand wie ein Rachegott. Er hatte die Hand immer noch erhoben, und um seine Finger tanzte schwarzer Dunst. Er sah mich nicht an, aber auch von der Seite konnte ich erkennen, dass seine gletscherhellen Augen kalt waren. Gefühllos.

»Lark …« Meine Stimme war nur ein Hauch.

Er hob die Hand, und die Ranken lösten sich von Archer, der sofort bewusstlos auf dem Boden zusammensackte.

Ich starrte weiterhin Lark an. Auch als Morgana ihr Freudentänzchen um den Artus-Erben aufführte.

Lark erwiderte meinen Blick nicht. Es war, als würde er mich gar nicht mehr wahrnehmen, der gelangweilte Ausdruck in seinem Gesicht wich einem Seufzen, als die Schatten zu ihm zurückkehrten.

»Oh, deine Liebste sieht verwirrt aus, Lark«, sagte Cain. Er funkelte mich belustigt an.

Erst jetzt schien Lark wieder von mir Notiz zu nehmen. Er drehte sich langsam zu mir um, das Gletschereis in seinem Blick schmolz und machte wieder dem Meerblau Platz, das ich kannte. »Tatsächlich?« Seine Stimme war leise.

Mein Herz sank. Es war, als würde eine vollkommen fremde Person vor mir stehen. Jemand, den ich in meinem Leben noch nie gesehen hatte.

Einer seiner Mundwinkel zuckte nach oben, zu einem freudlosen Lächeln, das nur eine Sekunde andauerte. »Ich denke nicht, dass sie verwirrt ist. Sie hat ihn in ihrer Vision gesehen. Sie weiß es. Sie will nur die Zusammenhänge nicht akzeptieren.«

»Hm«, machte Morgana. »Du bist grausam, Lark, weißt du das?« Sie schlich um Cain herum, an Lark vorbei und beugte sich mit einem Lächeln zu mir herunter. »Oh, Harper, meine Kleine. Weißt du, letztes Mal waren Artus und ich auf uns allein gestellt, und das ist uns zum Verhängnis geworden. Dieses Mal mussten wir also auch den haben, der uns gefährlich werden könnte. Und wie es aussieht, ist mit dem Bruch des Siegels auch Merlins Magie freigekommen und hat sich – wie ich – jemand neuen ausgesucht. Obwohl Merlins Geist tot und seine Seele damals schon verschwunden ist, seine Macht war es nicht. Seine Magie, die er in das Siegel gesteckt hatte, ging auf jemand anders über. Es brauchte eigentlich kaum Überzeugungskraft, Lark für uns zu gewinnen.«

»Aber … Lark ist der Erbe von Sir Kay!«

»Nein, ein Typ namens Thomas Gray war der Erbe von Sir Kay«, sagte Cain mit einem grollenden Lachen. »Ich habe ihn getötet, damit Lark seinen Platz einnehmen konnte.«

»Was?«, fragte ich erstickt, ungläubig. »Was haben sie dir geboten?«

Lark wandte den Blick von mir ab und zuckte mit den Schultern. »Die Wächter denken, sie sind die Könige der Welt. Sie denken, dass ihr Titel ihnen alles erlaubt, dass sie das Recht haben, die Welt so zu machen, wie sie ihnen passt. Reicht es nicht, dass ich dabei sein wollte, wenn sie vor dem wahren König im Staub kriechen?«

Wie um Larks Worte zu unterstreichen, machte Cain einen Schritt auf Ada zu und zeigte mit der Schwertspitze auf sie. Die Klinge berührte fast ihren Hals. Sein Grinsen erinnerte an das Zähnefletschen eines tollwütigen Hundes.

»Nein!«, keuchte ich und sah von Ada zu Archer, der sich mühsam aufrappelte, und dann wieder zu Lark. »Das ist nicht richtig! Die Wächter sind mitunter furchtbare Menschen, aber soll das alles hier rechtfertigen, Menschen zu verletzen, zu töten?«, schrie ich ihn an. Ich wollte es nicht glauben. Dass er wirklich so dachte, dass er wirklich auf der falschen Seite stand. Merlins Gesichtsausdruck kam mir wieder in den Sinn, sein gequälter Blick, als er mir gesagt hatte, dass nicht jeder sich für die richtige Seite entschieden hatte.

Lark schüttelte beinahe sanft den Kopf. »Und wer entscheidet, was richtig ist? Du?«

Ich starrte ihn an, aber er wich meinem Blick aus.

Morgana brummte zustimmend, sie lächelte immer noch. »Außerdem … Dein Vater? Der Erbe von Tristan? Wir haben sie alle nicht angerührt. Das waren deine geliebten Wächter, die selbst im Angesicht des Dunklen, im Angesicht meiner Rückkehr nicht aufgehört haben, sich gegenseitig zu zerfleischen. Es ist eher eine Komödie als ein Drama, wenn du mich fragst, Harper. Aber soll ich dir was sagen? Sie sind mir egal. Jeder von ihnen. Ich hätte sie alle getötet, aber unser neuer König wollte sie lieber als seine Untertanen, wie es die Geschichte schon vorgesehen hat. Die Wächter an seiner Seite, zumindest die, die die Vergangenheit und die Harrisons übrig gelassen haben. Er ist schließlich der König, nicht wahr?« Sie schmiegte sich an Cain, und er blickte mit stolzgeschwellter Brust auf sie herab.

Aber Lark? Mein Herz fühlte sich an, als hätte es jemand an beiden Seiten gepackt und riss nun daran. »Wieso hast du mir geholfen?« Ich wollte ihn anschreien, aber die Worte kamen nur als wütender Schluchzer über meine Lippen.

»Du bist die Einzige, die Excalibur schmieden konnte.« Eine seiner Augenbrauen zuckte nach oben, als könnte er nicht glauben, dass ich immer noch nicht darauf gekommen war. »Aber es ist nicht so einfach, ein Schwert zu schmieden, das für den Kampf gegen das Böse erschaffen wurde. Du musstest es aus freien Stücken, aus tiefster und guter Überzeugung schmieden. Also musstest du auch selbst daraufkommen, es zu tun.«

Wie er das sagte. So völlig ohne Reue, ohne Bedauern darüber, was er mir angetan hatte. Er hatte mich benutzt, um das zu bekommen, was er wollte. Wie viel von dem, was er mir erzählt hatte, was er mit mir geteilt hatte, war überhaupt wahr gewesen? Oder waren da nur Lügen zwischen uns gewesen? Ich wollte es nicht glauben, aber sein Blick strafte meine Naivität. Mein Herz bekam die ersten Risse.

Ada keuchte schwer. Als ich zu ihr herumfuhr, öffnete sie leicht die Augen und zuckte zusammen, als sie das Schwert an ihrem Hals sah.

Archer hatte sich auf die Knie hochgekämpft und sah Cain wütend an. »Und jetzt? Tötet ihr uns und macht euch dann die Welt untertan?«

»Hörst du denn überhaupt nicht zu, Galahad-Erbe?« Cain knurrte. »Ich will meine Wächter um mich wissen. Ich will als König über euch herrschen. Was nützt ihr mir tot?« Er lachte, und ich zuckte schrecklich zusammen, als er das Schwert über Adas Haut schrammen ließ und Blut aus der flachen Wunde an ihrem Hals tropfte.

Sie sog erschrocken die Luft ein und griff danach. Der Schnitt war nicht tief genug, um sie zu töten, aber er reichte, um Angst in ihr auszulösen. In uns allen. Er reichte, um seine Macht über jeden Einzelnen von uns zu zeigen.

»Aber ich bin ein gnädiger König. Ich gebe euch Zeit, eure Entscheidung zu treffen.« Er tippte mit dem Schwert gegen Archers Brust und drehte es leicht. »Ich werde allen Wächtern die Gelegenheit geben, sich auf meine Seite zu stellen. An die Seite, an die als meine Untertanen gehören.« Ein irrer Blick stahl sich in seine Augen, schlimmer noch, als ich es je bei Frederick Harrison gesehen hatte.

Er griff nach Morganas Hand, und als wäre gerade nichts vollkommen Welterschütterndes passiert, machten die beiden einfach auf dem Absatz kehrt und gingen zur Treppe.

Und Lark schloss sich ihnen an.

»Denkt ihr wirklich, dass sich alle stolzen Wächter einfach vor euch in den Staub werfen werden?«, rief Archer ihnen nach.

Lark blickte noch einmal zurück, und im nächsten Moment waren seine Augen wieder gletscherblau. »Die zwei mächtigsten Magier der Welt und der wahre König mit Excalibur«, sagte er leise und ruhig. Plötzlich wirkte sein Blick gar nicht mehr so kalt und unbarmherzig. Da war eine ernst gemeinte Frage darin, als er mich fest ansah. »Was glaubt ihr, könnt ihr oder die Wächter dagegen ausrichten?« Der dunkle Dunst sammelte sich um ihn herum, und mit ihm verschwanden auch Morgana und Cain. Lösten sich einfach in der Luft auf, als hätten sie nie existiert.

Ich starrte die Stelle an, an der sie gerade noch gestanden hatten, und spürte, wie mein Herz in die Dunkelheit stürzte.

EPILOG

»Wir sind da.« Lark trat aus den Schatten seiner Magie und spürte, wie der gewohnte Schauer durch seinen Körper ging. Er hatte sich noch immer nicht an diese Macht gewöhnt, die eines Nachts auf einmal über ihn hereingebrochen war wie ein dunkles Gewitter, und wahrscheinlich würde er das auch nie.

Als er über seine Schulter blickte, sah er auch Morgana aus den Schatten treten. Wieder lag da dieses unnatürliche Glänzen in ihren Augen und wie immer auch dieses boshafte Lächeln auf ihren Lippen. Sie bewegte sich so grazil, so erhaben, dass Lark nicht anders konnte.

»Für die mächtigste Hexe der Welt ist es irgendwie ein bisschen peinlich, auf den Transport von jemand anders angewiesen zu sein, oder?«, sagte er.

Augenblicklich verzog Morgana das Gesicht, als hätte sie in eine Zitrone gebissen. Sie strich ihren Rock glatt, bevor sie mit erhobenem Kinn an ihm vorbeiging bis zum Rand des Schuppens und in den vor ihnen liegenden Hof blickte. »Denkst du, es ist eine gute Idee, dich über mich lustig zu machen, Larkin?«

Er hörte das Lächeln in ihrer Stimme, aber er spürte auch, dass er sie aus der Reserve gelockt hatte. Dass er sie verärgert hatte, und das verlieh ihm eine gewisse Genugtuung. Für eine mächtige, uralte Hexe war sie auch ganz schön empfindlich.

»Ich habe dir bereits erklärt, dass meine Macht sehr lange geschlafen hat«, sagte sie leise. »Bis sie sich wieder entfaltet und vor allem an diesen irdischen Körper gewöhnt, wird noch eine Weile vergehen. Dann aber, da kannst du dir sicher sein, werde ich dich nicht mehr brauchen – für nichts. Und das ist doch eigentlich nicht in deinem Sinn, nicht wahr, Larkin?« Morgana drehte sich um und hielt das Handy hoch, das sie bis eben noch in ihrer Rocktasche versteckt gehabt haben musste.

Larks Blut gefror zu Eis, als er das Foto darauf sah. Sie zusammen mit Mona und Theo im Arm. Mit seinen Geschwistern. Sein Puls raste, in seiner Brust vermischten sich Wut und Frust und Verzweiflung wie schon so oft in den letzten Monaten.

»Dachte ich es mir doch.« Ihr überhebliches Lächeln wich einem genervten Blick. »Und jetzt still. Unser Ziel nähert sich gerade.« Sie nickte in Richtung des Wohnhauses, in dessen Hof sie sich befanden.

Als Lark einen Schritt nach vorn machte und ebenfalls um die kleine Abstellhütte blickte, ging die Hintertür auf und jemand kam heraus. Erst huschte ein kleiner, uralter Hund heraus, verschwand blitzschnell in den Rosenbüschen auf der anderen Seite. Eine Sekunde später folgte ihm ein Mädchen. Ihre langen roten Haare fielen ihr in glänzenden Strähnen über die Schultern auf die Brust. Im Licht des Hofes konnte Lark sehen, dass sie jede Menge goldenen Schmuck trug. Sie wirkte müde, als sie ihren Rollstuhl nach draußen lenkte.

Morgana gab ein Geräusch von sich, das dem Schnurren einer

Katze ähnelte. Sie sah ihn an, und er kannte diesen Blick. Den, der keine Widerrede duldete. Den, der keine Alternative ließ.

Also straffte er die Schultern, wie er es immer getan hatte, seit er die Hexe kannte, und trat auf den Hof.

DANKSAGUNG

»Jewel & Blade« hat mittlerweile eine sehr bewegte Geschichte. Ich habe es vor einigen Jahren geschrieben und weil es damals verschoben werden musste, habe ich sehr lange darauf gewartet, dass ihr es endlich lesen könnt! Und jetzt ist sie gekommen – die Zeit für Harpers Geschichte. Die Zeit für Ada, Lark, Archer, Willow und all die anderen Figuren! Ich freue mich deshalb besonders, dass DU zu diesem Buch gegriffen hast, liebe:r Leser:in, und hoffe, dass du die Geschichte lieben wirst!

Ohne meine großartige Familie (ganz besonders meine wunderwunderwundervolle Mama) und meine besten Freund:innen (Marie, Alex, Laura …) hätte ich wahrscheinlich schon mehrfach alles hingeschmissen. Ihr baut mich immer wieder auf, motiviert mich, schimpft und lacht mit mir, und feiert jeden meiner Erfolge, als wäre es euer eigener! Ihr seid die besten Menschen auf dieser Welt!

Ein großes Herz außerdem an das Zuhause, das ich seit meiner Kindheit überall mit hin nehmen kann: One Piece. Danke, Eiichiro Oda, für die Geschichte, die mich mein Leben lang begleiten wird.

Das Team von Ravensburger hat mich von Anfang an behandelt wie eine Queen und ich liebe es, dass meine Bücher bei euch ein Zuhause gefunden haben. Kathrin, danke, dass du immer ein offenes Ohr für mich hast und meinen Büchern so viel Liebe gibst! Und danke an meine Lektorin Tamara und für ihre motivierenden, süßen und anime-inspirierten Kommentare, die mich immer wieder zum Lachen bringen. :D

Und jetzt … ganz viel Spaß in London und bei Harpers Reise!

Mit ganz viel Liebe
Anne